KB162437

을 유 세 계 문 학 전 집 · 104

황야의 이리

을유세계문학전집 · 104

황야의 이리

DER STEPPENWOLF

헤르만 헤세 지음·권혁준 옮김

을유문화사

옮긴이 권혁준

서울대학교와 동 대학원에서 독문학을 전공하고, 쾰른대학교에서 프란츠 카프카 연구로 문학 박사 학위를 받았다.
한국 카프카학회 회장을 역임했으며, 현재 인천대학교 독어독문학과 교수로 재직 중이다.
옮긴 책으로 『다섯 번째 여자』, 『모래 사나이』, 『카프카 단편집』, 『베를린 알렉산더 광장』, 『성』, 『소송』, 『싯다르타』 등이 있다.

을유세계문학전집 104
황야의 이리

발행일 · 2020년 7월 25일 초판 1쇄 | 2023년 12월 25일 초판 3쇄
지은이 · 헤르만 헤세 | 옮긴이 · 권혁준
펴낸이 · 정무영, 정상준 | 펴낸곳 · (주)을유문화사
창립일 · 1945년 12월 1일 | 주소 · 서울시 마포구 서교동 469-48
전화 · 02-733-8153 | FAX · 02-732-9154 | 홈페이지 · www.eulyoo.co.kr
ISBN 978-89-324-0492-9 04850 978-89-324-0330-4(세트)

차례

편집자의 서언

이 책은 우리가 '황야의 이리'라고 불렀던 한 남자가 남긴 수기를 담고 있습니다. '황야의 이리'라는 말은 그가 자신에 대해 여러 차례 사용했던 표현이기도 합니다. 그가 남긴 원고를 소개하는 말이 굳이 필요한지는 모르겠으나, 나로서는 황야의 이리의 원고에 몇 가지 덧붙이고 싶어 그에 대한 기억들을 적어 보려 합니다. 사실 나는 이 남자에 대해 아는 것이 거의 없습니다. 특히 그의 과거 모든 행적이나 출신에 대해서는 전혀 알지 못합니다. 하지만 그의 개성은 내게 강렬한 인상, 그것도 하여튼 호감이라고 말할 수밖에 없는 인상을 남겼습니다.

황야의 이리는 몇 해 전 어느 날 가구가 구비된 방을 얻고자 아주머니 집을 찾아온, 쉰 살쯤 되어 보이는 남자였습니다. 그는 꼭대기 층 다락방과 그 옆에 딸린 작은 침실을 얻었고, 며칠 지나 여행 가방 두 개와 책이 담긴 커다란 상자 하나를 들고 들어와 아홉 달인가 열 달 정도 우리 곁에서 지냈습니다. 그는 매우 조용한 고독자의 삶을 살았습니다. 우리 두 사람은 침실이 가깝게 있어 가끔 우연히 계단과 복도에서 마주쳤을 뿐, 그렇지 않았다면 서로 전혀 알지 못한 채로 지냈을 것입니다. 그는 결코 사교적이라고 할 수 없는 인물이었습니다. 내가 그동안 만났던 어떤 사람에게서도 보지 못했을 정도로 매우 비사교적인 남자였습니다. 그는 가끔 스스로 그렇게 불렀듯이 정말 한 마리 황야의 이리, 내가 사는 세계와 다른 세계에서 온 낯설고 야성적이면서도 수줍어하는, 그것도 몹시 수줍어하는 존재였습니다. 이런 성향과 운명 때문에 그가 얼마나 깊은 고독 속에서 살아왔는지, 나아가 이런 고독감을 얼마나 자신의 숙명으로 의식하고 있었는지, 그가 남긴 수기를 보고서야 알게 되었습니다. 그렇지만 몇 번의 가벼운 만남과 대화를 통해 이미 그에 대해 어느 정도는 파악하고 있었습니다. 그리고 내가 개인적인 교분을 통해 얻은 이미지는 불명확하고 불완전한 부분도 있었지만, 그가 남긴 수기에서 얻은 이미지와 비교해 보면 근본적으로 일치하는 것이었습니다.

황야의 이리가 우리가 사는 건물에 처음 찾아와서 아주머니 집에 세 들고자 했을 때, 마침 나도 그 자리에 있었습니다. 그가 찾아온 것은 점심 무렵이었습니다. 식탁에는 접시들이 아직 그대로 있었고 나는 사무실로 돌아가기까지 30분 정도 여유가 있었습니다. 이 첫 만남에서 그가 남긴 특이하고도 매우 양가적인 인상을 아직도 잊을 수가 없습니다. 그는 초인종을 누른 뒤 유리로 된 현관문을 통해 들어왔고, 아주머니는 어둠침침한 현관 통로에 서서 무슨 일로 왔느냐고 물었습니다. 그런데 그 남자, 즉 황야의 이리는 질문에 대답하거나 이름을 밝히기에 앞서 짧게 깎은 머리를 탐색이라도 하듯 위로 쭉 내밀고는 예민해 보이는 코로 냄새를 맡으려고 킁킁거리면서 말했습니다. "아, 이곳은 냄새가 참 좋군요." 그러면서 그가 빙그레 미소를 짓자 마음씨 좋은 아주머니도 덩달아 미소를 지었습니다. 하지만 나는 그 인사말이 오히려 뜬금없게 들려 다소 반감이 들었습니다.

"그건 그렇고," 그가 말했습니다. "방을 세놓으신다고 해서 왔습니다."

우리 세 사람이 함께 다락으로 난 계단을 오를 때에야 비로소 나는 남자를 보다 자세히 살펴볼 수 있었습니다. 남자는 키가 아주 큰 편은 아니었지만, 걸음걸이와 머리를 쳐든 자세는 장신처럼 보였습니다. 그는 편안해 보이는 최신 유행하는 겨울 외투를 걸치고 옷매무새는 조금 흐트러진 편이었으나 얼굴은 깨끗하게 면도를 하고 군데군데 회색빛이 감도는 머리도 짧게 깎은 상태여서 전반적으로 단정해 보였습니다. 처음에는 그의 걸음걸이가 좀처럼 마음에 들지 않았습니다. 다소 힘겹고 우유부단해 보이는 그의 걸음걸이는 예리하고 격정적인 그의 옆모습은 물론 그가 말할 때 보이는 어조나 기질과도 전혀 어울리지 않았습니다. 나중에야 나는 그가 실은 몸이 아프고 보행이 버겁다는 것을 알았습니다. 당시 그는 불쾌감을 자아내는 야릇한 미소까지 머금고 계단, 벽들, 창문 그리고 층계참에 있는 낡고 높은 장롱까지 살펴보았습니다. 그러면서 그 모든 것이 마음에 들긴 하지만 어딘가 우스꽝스럽다는 기색이었습니다. 대체로 낯선 세상, 멀리 바다 건너 나라에서 온 사람들처럼 이곳의 모든 것이 마음에 들지만 다소 어색하다는 눈치였습니다. 그런데도 그는 달리 말할 수 없을 정도로 예의 바른, 정말 공손한 사람이었습니다. 그는 입주하는 집 건물과 방, 아침 식사를 포함한 방세 그리고 모든 것에 대해 어떤 이의도 제기하지 않고 즉석에서 동의했습니다. 그렇지만 그는 전체적으로 낯선 분위기, 내 주관적인 판단으로는 유쾌하지 않은 분위기 혹은 적대적인 분위기를 풍기는 남자였습니다. 그는 다락방에 더해 침실까지 빌렸고, 난방과 수도, 제공되는 서비스와 임차인들이 지켜야 할 거주 수칙에 대해 알려 달라고 했습니다. 그는 그 모든 것을 주의 깊게, 정중한 자세로 듣고는 모든 조건에 동의한 뒤 방세도 선불로 바로 지불하겠다고 했습니다. 그런데 이 모든 것을 진행하면서도 정신이 딴 데가 있는 것 같았습니다. 마음속으로 딴생각을 하면서 마치 방을 빌리고 사람들과 독일어로 대화를 나누는 일이 자신에게는 아주 이상하고 새롭다는 듯, 자기 행동에 대해 우스꽝스러워하고 진지하지 않은 태도를 보였습니다. 그에 대한 첫인상은 대략 이러했습니다. 다양한 여러 소소한 특징에 의해 이런 이미지가 상쇄되고 교정되지 않았다면 결코 좋은 인상이라고 할 수 없을 것입니다. 처음부터 마음에 들었던 것은 무엇보다 그 남자의 얼굴이었습니다. 낯선 인상에도 불구하고 호감을 갖게 하는 얼굴, 어쩐지 다소 독특하면서도 슬픔이 감도는 얼굴, 동시에 깨어 있고 매우 사려 깊으며 사색으로 조련된 이지적인 얼굴이었습니다. 아울러 예의 바르고 공손한 태도, 그렇게 하느라 애쓰는 것 같긴 했지만 교만함이라고는 전혀 느껴지지 않는 태도 역시 내가 더 유화적인 평가를 내리게 했습니다. 그 이유는 나중에 알게 되었지만, 그의 태도에는 오히려 무엇인가 사람의 마음을 움직이는 간절함 같은 것이 있었고, 내가 얼마간 호감을 갖게 된 것도 바로 이런 태도 때문이었습니다.

그가 계약한 두 방을 둘러보고 추가적인 논의를 마무리하기 전에 나는 점심시간이 끝나 사무실로 복귀해야 했습니다. 나는 작별 인사를 하고 그를 아주머니께 맡겨 두었습니다. 저녁에 귀가했을 때, 아주머니는 그가 방을 계약했고 며칠 안에 이사 올 거라고 했습니다. 남자는 다만 자신의 전입 사실을 경찰에 신고하지 말아 달라는 부탁도 했는데, 아픈 몸이어서 그런 형식상 절차나 경찰서 민원실에 서서 기다리는 등의 일들이 견디기 힘들기 때문이라는 이유를 들었습니다. 나는 그 이야기를 듣고 깜짝 놀랐고 아주머니에게 그런 조건은 절대로 받아들여선 안 된다고 경고한 것을 아직도 생생히 기억하고 있습니다. 의심을 사지 않으려고 경찰과 접촉을 피하는 태도는 그 남자가 풍기는 수상쩍고 낯선 분위기에 딱 맞아 보였습니다. 나는 그런 꺼림칙한 요구는 아주머니에게 혹시라도 큰 낭패가 될 수 있으니 생면부지의 사람인 경우 절대로 수용해서는 안 된다고 했습니다. 그런데 알고 보니 아주머니는 이미 그의 뜻대로 하겠다고 동의한 상태였고, 심지어 그에게 마음을 뺏겨 매혹을 느끼고 있었습니다.

사실 아주머니는 세입자를 받을 경우, 인간적이고 우호적인 관계, 이웃집 아주머니나 엄마 같은 관계를 맺고자 했습니다. 이로 인해 세입자들에게서 된통 이용당한 적도 더러 있었습니다. 따라서 처음 몇 주 동안 나는 새로운 세입자에 대해 이런저런 불평을 쏟아 놓았으나, 아주머니는 언제나 그를 감싸는 태도를 보였습니다.

나는 그 남자가 경찰에 전입 신고를 하지 않은 일이 마음에 걸려 아주머니가 적어도 그 사람에 대해, 남자의 신원과 이곳에 투숙하는 의도에 대해 얼마나 파악했는지 알고 싶었습니다. 그 남자는 내가 점심시간이 끝나 사무실로 돌아간 뒤 잠깐 더 머물렀을 뿐이지만, 아주머니는 벌써 이런저런 사정을 파악하고 있었습니다. 아주머니가 들은 바로, 그 남자는 이 도시에 몇 달 머물 것이고 도서관에 드나들거나 도시의 유적들을 둘러볼 생각이라고 했습니다. 그렇게 단기간 방을 세놓는 것은 사실 아주머니가 선호하는 방식이 아니었지만, 그 남자는 다소 기이한 등장에도 불구하고 아주머니의 호감을 산 것이 분명했습니다. 간단히 말해 방은 이미 임대되었고, 나의 이의제기는 너무 늦은 셈이었습니다.

"그 사람은 어째서 이곳에서 좋은 냄새가 난다고 했을까요?" 내가 물었습니다.

그러자 때때로 직감이 상당히 뛰어난 아주머니는 이렇게 말했습니다. "그거야 내가 잘 알지. 이곳은 청결함과 질서, 정감과 품위 있는 삶의 향기가 있다는 뜻이고, 그게 그 사람 마음에 들었던 거지. 그 사람은 이런 삶에 친숙하지 않고 이런 것을 그리워했던 것 같아."

아주머니가 그렇게 말씀하시니, 나로선 상관없다는 생각이 들었습니다. "그런데 말이죠," 내가 말했습니다. "그가 이런 질서 있고 고상한 삶에 익숙하지 않은 사람이라면 과연 어떻게 이곳에 적응할까요? 혹시라도 청결하지 않고 모든 것을 더럽히는 사람이거나 밤마다 고주망태가 되어 들어온다면 어떻게 하실 거죠?"

"일단 두고 보자고." 아주머니는 이렇게 말하면서 웃었고, 나도 더는 토를 달지 않았습니다.

사실 나의 염려는 기우에 불과했습니다. 새 세입자는 단정하고 이성적인 삶과 거리가 먼 삶을 살았지만, 우리에게 어떤 부담이나 피해를 주는 일은 하지 않았습니다. 우리는 지금도 그를 기분 좋게 기억하고 있습니다. 하지만 사실 내면, 즉 영혼 측면에서 보면 그 남자는 아주머니와 나 우리 두 사람을 상당히 괴롭히고 방해했습니다. 솔직히 말해 나는 아직도 그와의 관계를 완전히 정리하지 못한 상태입니다. 밤이면 여전히 가끔 그에 관한 꿈을 꾸고, 이제는 그가 좋아졌음에도 그런 존재, 그런 인간이 있다는 사실만으로도 내 영혼은 방해를 받고 불안해집니다.

*

이틀 후 짐꾼 하나가 하리 할러라고 불리는 그 낯선 남자의 물건들을 날라 왔습니다. 아주 예쁜 가죽 가방 하나는 내게 좋은 인상을 주었고, 크고 펑퍼짐한 다른 여행 가방 하나는 그가 거쳐 온 긴 여정을 말해 주는 듯했습니다. 하여튼 여행 가방 겉면에는 여러 나라, 그것도 바다 건너 여러 나라의 호텔과 운송 회사들의 상표가 누렇게 변색된 채로 붙어 있었습니다.

이어 그가 직접 모습을 드러냈고, 내가 이 기이한 인물을 조금씩 알게 되는 기간이 시작되었습니다. 처음에 그를 알고자 내가 특별히 노력한 것은 없었습니다. 할러 씨를 처음 본 순간부터 호기심이 일어나긴 했지만, 처음 몇 주 동안은 그와 마주치거나 대화하려는 어떤 시도도 하지 않았습니다. 다른 한편으로 고백하지 않을 수 없는 것은, 나는 처음부터 이 남자를 살짝 관찰하고 있었다는 것입니다. 나는 심지어 그가 없는 틈을 타서 때때로 그의 방에 들어가 보기도 하고 순전히 호기심에서 그를 몰래 엿보기도 했습니다.

황야의 이리의 외모와 관련해서는 앞에서 이미 몇 가지 언급했습니다. 처음 본 순간부터 그는 예사롭지 않은, 진기하고 비범한 재능을 가진 사람이라는 인상을 주었습니다. 얼굴 전체에 지성이 감돌았고, 아주 부드럽고 생동감 있는 표정에서는 흥미롭고도 명민하며 아주 섬세하고 감성적인 영혼의 존재를 읽을 수 있었습니다. 그와 이야기를 나누다 보면, 그리고 늘 그런 것은 아니지만 그가 관습적인 것의 한계를 넘어 특유의 낯선 분위기에서 나오는 다분히 개인적이고 독자적인 의견을 표명할 때면, 우리 같은 사람들은 즉시 존중하는 태도를 갖지 않을 수 없었습니다. 그는 다른 사람들보다 생각을 더 많이 하는 편이었고 지적인 문제에서는 냉철함에 가까운 객관성과 철저한 성찰에서 나온 확고한 지식을 갖추고 있었습니다. 이런 덕목은 어떤 공명심도 없는 사람들, 두각을 나타내려 하거나 남을 설득하려 하거나 자신의 주장이 옳음을 입증하려고 하지 않는, 정말로 지성적인 사람들만 갖출 수 있는 것입니다.

나는 그가 이곳에 머물던 마지막 무렵 이런 방식으로 보여 준, 실은 말로 제시한 것이 아니고 눈빛으로 보여 준 의견 하나를 기억하고 있습니다. 당시 저명한 역사철학자이면서 문화비평가로 유럽 전역에서 명성을 떨쳤던 한 인사가 대학의 대형 강의실에서 강연을 한 적이 있습니다. 나는 처음에는 전혀 흥미를 보이지 않은 황야의 이리를 설득해 강연을 들으러 갔습니다. 우리는 함께 강연장에 들어가 나란히 자리를 잡았습니다. 강연자가 연단에 올라 인사말을 했을 때, 예언자 같은 존재를 기대했던 몇몇 청중은 무엇인가 허식적이고 우쭐대는 강연자의 태도에 실망하는 모습이었습니다. 강연자가 강연을 시작하면서 청중에게 몇 가지 감언이설을 늘어놓고 이렇게 많이 왕림해 주셔서 감사하다고 했을 때 황야의 이리는 나를 향해 아주 짧은 눈길을 보냈는데, 강연자의 감언이설과 그의 전 인격에 대한 비판을 담은 눈길, 아, 정말 그 의미를 두고 책 한 권은 족히 쓸 정도로 잊을 수 없는 섬뜩한 눈길이었습니다. 그것은 그저 강연자를 비판하는 정도가 아니라 부드럽지만 강력한 아이러니를 담아 그 유명한 인물을 일거에 파멸시키는 눈빛이었습니다. 이것은 그나마 최소한으로 표현한 것입니다. 그것은 비꼬는 눈길이라기보다 오히려 슬픈 눈길이었고, 바닥을 알 수 없는 지독한 슬픔의 눈길이었습니다. 그것은 어느 정도는 확고하고 어느 정도는 습관이나 삶의 형식이 되어 버린 조용한 절망이 담긴 눈길이었습니다. 그 절망적인 시선이 선명한 빛을 발하면서 허영심으로 가득한 강연자의 인격을 폭로했음은 물론 그 순간의 상황, 청중의 기대와 분위기, 미리 공지된 강연문의 가식적인 제목까지 조롱하고 끝장내는 것이었습니다. 아니, 그게 전부가 아니었습니다. 황야의 이리의 눈길은 우리 시대 전체, 모든 분망한 짓거리, 모든 부질없는 야심, 모든 허영, 망상에 사로잡힌 천박한 지성이 벌이는 모든 피상적인 유희를 꿰뚫어 보는 것이었습니다. 아, 유감스럽게도 그 눈길은 좀 더 깊은 곳까지 파고들었습니다. 그것은 우리가 사는 시대, 우리의 지적 추구, 우리 문화의 결핍과 무망함을 훨씬 넘어서는 시선이었습니다. 그 시선은 모든 인간적인 것의 심장까지 파고드는 눈길이었고, 인간 삶의 품위와 의미와 관련해 한 사상가, 어쩌면 한 현자가 품고 있는 모든 회의를 일순간 웅변적으로 말해 주었습니다. 그의 시선은 이렇게 말했습니다. "보라, 우리는 저런 원숭이들이다! 보라, 저게 인간의 모습이다." 모든 명성, 모든 영리함, 모든 정신의 업적, 숭고하고 위대하며 영속적인 것을 추구하는 인간의 모든 시도가 붕괴 상태에 있고 원숭이 놀음에 불과하다는 것이었습니다.

이렇게 말하다 보니 계획하고 의도했던 것과 달리 너무 앞질러 나가면서 할러 씨의 본질에 관해 미리 말해 버린 셈이 되었습니다. 본래 의도는 그를 알게 된 과정을 단계별로 이야기하면서 그의 면모를 서서히 드러내는 것이었습니다.

그런데 이렇게 앞질러 이야기하고 나니, 이제 할러 씨의 그 수수께끼 같은 '이질감'에 대해 더 이야기하는 것, 그리고 내가 어떻게 이 남자의 이런 이질감, 그의 유별나고 섬뜩한 고독의 이유와 의미를 서서히 예감하고 알게 되었는지 그 과정을 낱낱이 밝히는 일이 불필요해졌습니다. 나로선 이야기하면서 배후에 머물고 싶으니 차라리 잘된 일입니다. 어떤 고백을 늘어놓거나 기이한 이야기를 들려주려는 것도 아니고 심리 분석을 시도하려는 것도 아닙니다. 다만 황야의 이리로서 이 원고를 남긴 한 특이한 남자의 이미지를 구축하는 데 그를 목격한 사람으로서 다소 기여하고 싶을 뿐입니다.

그가 아주머니 집의 유리 현관문으로 들어와 머리를 새처럼 쭉 쳐들면서 이곳의 냄새가 좋다고 하던 그 첫 대면에서 벌써 이 남자의 특별한 면모가 눈에 들어왔습니다. 그리고 그것에 대한 나의 소박한 첫 반응은 반감이었습니다. 내가 예감한 것(그리고 나와 달리 결코 지적이라고 할 수 없는 아주머니도 상당히 같은 정도로 예감한 것), 그것은 이 남자가 정신적인 면에서든 심성에서든 성격적인 면에서든 병들어 있다는 것이었습니다. 나로 말하자면 건강한 사람이 가진 본능에 방어적인 태도를 보였던 것입니다. 나의 방어적인 태도는 시간이 흐르면서 공감으로 바뀌었습니다. 그의 고독과 내적으로 붕괴한 모습을 곁에서 두 눈으로 목격하면서 만성적으로 고통에 시달리는 이 남자에 대해 큰 연민을 갖게 되었기 때문입니다. 이 기간에 내가 점차 깨달은 것은, 고통에 시달리는 이 남자의 병이 천성적으로 어떤 결핍이 있어서가 아니라 그와 반대로 그의 타고난 풍부한 재능과 능력들이 다만 서로 조화를 이루지 못한 데서 생겨났다는 것입니다. 나는 할러 씨가 고통의 천재라는 사실, 니체가 말한 여러 명언의 의미에서 탁월하고 무제한적이며 외경심을 갖게 할 정도로 고통을 감내하는 능력을 내적으로 길러 왔다는 것을 알아차렸습니다. 아울러 세상에 대한 경멸이 아니라 자기 경멸이 그의 염세주의의 근간임을 알았습니다. 그가 어떤 제도나 인간들에 대해 가차 없이 가혹한 비판을 할 때마다 결코 자신을 예외로 두지 않았기 때문입니다. 그가 화살을 날리는 첫 인물은 언제나 자기 자신이었고, 그가 증오하고 부정한 첫 존재도 바로 자기 자신이었습니다.

이 대목에서 나는 심리학적인 소견을 하나 덧붙이지 않을 수 없습니다. 내가 황야의 이리의 삶에 대해 아는 것은 매우 적지만, 여러 정황으로 보아 추측할 수 있는 것은 그가 자애롭지만 엄격하고 매우 신앙심이 돈독한 부모님과 선생들에 의해, 그것도 '의지를 꺾는 것'을 교육의 기반으로 하는 양육을 받았으리라는 것입니다. 하지만 이 학생의 경우는 개성을 말살하고 의지를 꺾으려는 시도가 성공하지 못했습니다. 그렇게 되기에는 너무 강하고 거칠고, 자존심이 너무 강한 이지적인 학생이었습니다. 양육자들은 그의 개성을 죽이지는 못하고 다만 그가 자신을 증오하게 만드는 쪽으로만 성공을 거두었던 것입니다. 그는 평생에 걸쳐 자기 자신, 그 순결하고 고상한 존재에 항거하는 데 자신의 모든 천재적인 상상력과 지력을 소모했습니다. 그는 온갖 신랄함, 온갖 비판, 온갖 악의, 자신이 품을 수 있는 모든 증오를 무엇보다 자기 자신에게 퍼부었다는 점에서 철두철미한 그리스도인, 철두철미한 순교자였습니다. 그는 다른 사람들, 자신의 주변 세계와 관련해서는 항상 그들을 사랑하고 공정하게 대하며 어떤 상처도 주지 않으려 가장 영웅적이고도 진지한 노력을 기울였습니다. '네 이웃을 사랑하라'는 계명이 그에게는 자기 증오만큼이나 깊게 각인되어 있었던 것입니다. 따라서 그의 삶 전체는 자기 자신을 사랑하지 않고는 이웃을 사랑할 수 없다는 사실, 자기 증오도 결국 지독한 이기심만큼이나 무서운 고립과 절망을 낳는다는 사실을 보여 주는 본보기였다고 할 수 있습니다.

그러나 이제 개인적인 상념들은 제쳐 두고 있는 사실들을 말할 때가 된 것 같습니다. 그러니까 한편으로는 나의 염탐질과 다른 한편으로는 아주머니의 관찰을 통해 할러 씨에 대해 파악한 첫 번째 사실은 그가 어떤 방식으로 살고 있는가에 관한 것이었습니다. 금방 파악한 것은, 그가 사색과 책을 좋아하는 반면 어떤 생업에도 나서지 않고 있다는 사실이었습니다. 그는 늘 침대에 늦게까지 머물렀고, 정오가 다 되어서야 자리에서 일어나 잠옷 차림으로 침실에서 몇 발자국 떨어진 거실로 건너가는 때가 많았습니다. 창문이 두 개 나 있는 크고 아늑한 다락방인 거실은 며칠 지나지 않아 이전 세입자들이 살던 때와 사뭇 다른 모습이 되었습니다. 거실은 여러 물건으로 채워지기 시작하더니 시간이 지날수록 점점 가득 차버렸습니다. 벽마다 사진과 그림들이 걸리고 가끔은 잡지에서 오려 낸 사진들이 나붙었다가 자주 교체되었습니다. 남쪽 지방의 풍경과 할러 씨의 고향인 것이 분명한 독일의 지방 소도시 사진도 있었습니다. 사이사이 밝은 채색의 수채화 그림도 걸려 있었는데, 나중에야 알게 된 사실이지만 할러 씨가 직접 그린 것이었습니다. 그리고 예쁘고 젊은 여자나 어린 소녀의 사진도 있었습니다. 한동안은 시암 종파의 부처 그림도 걸려 있다가 얼마 후에는 미켈란젤로의 조각 〈밤〉의 복제품으로 대체되더니, 다시 마하트마 간디의 초상으로 바뀌었습니다. 책들은 커다란 책장을 채웠을 뿐 아니라 탁자 위에도, 고풍스러운 멋진 책꽂이 겸용 책상에도, 낮은 안락의자와 다른 의자들 위에도, 심지어 바닥에도 여기저기 놓여 있었습니다. 책갈피가 끼워져 있는 책들은 수시로 책갈피가 바뀌었습니다. 그리고 그는 도서관에서 책을 한 꾸러미씩 빌려 올 뿐 아니라 소포로 배달받는 일도 빈번해 책은 지속적으로 늘어났습니다. 그 방의 거주자는 학자일 가능성이 높아 보였습니다. 사방으로 자욱한 담배 연기, 여기저기 널린 담배꽁초와 재떨이들도 학자의 방에 어울리는 것이었습니다. 그런데 대부분의 책은 학술적인 내용이 아니었고, 다양한 시대와 민족이 배출한 문인들의 작품이 대다수였습니다. 그가 종종 하루 종일 누운 자세로 지내는 안락의자에는 한동안 18세기 말에 출간된 『메멜에서 작센까지 소피의 여행』*이라는 제목의 두꺼운 책 여섯 권이 모두 놓여 있었습니다. 괴테 전집과 장 파울* 전집은 많이 펼쳐 본 흔적이 역력했고, 노발리스*와 레싱*, 야코비*, 리히텐베르크*의 책들도 마찬가지였습니다. 도스토옙스키의 책 몇 권에는 메모를 적은 종이가 잔뜩 끼워져 있었습니다. 수많은 책과 저작물 사이에 있는 조금 큰 책상 위에는 종종 꽃다발이 하나씩 있었습니다. 거기에는 또 수채화 용품 상자가 먼지를 잔뜩 뒤집어쓴 채 널브러져 있었고, 옆에는 재떨이들, 그리고 굳이 숨김없이 말하자면 온갖 술병이 나뒹굴고 있었습니다. 짚으로 감싼 한 술병에는 대체로 근처 작은 가게에서 사 온 이탈리아산 적포도주가 채워져 있었고, 가끔은 부르고뉴산 포도주와 말라가산 포도주도 보였습니다. 버찌 브랜디가 들어 있는 두꺼운 술병 하나가 상당히 짧은 기간 거의 다 비워진 채로 방 한구석에 처박혀 있다가 조금 남은 술이 줄어들지 않은 상태로 먼지만 쌓여 가는 것도 목격했습니다. 내 염탐질을 정당화할 생각도 없지만, 지적 호기심이 충만하면서도 정말 방종하고 방탕한 삶의 모든 징후가 처음에는 나의 혐오감과 불신을 불러일으켰음을 솔직하게 고백합니다. 나는 정돈된 삶을 사는 시민으로서 일과 정확한 시간 배분에 익숙할 뿐 아니라 음주나 흡연을 하지 않는 사람이라서, 할러의 방에 널려 있는 술병들이 그의 자유분방한 무질서보다 더 마음에 들지 않았습니다.

이 낯선 남자는 잠자는 것, 일하는 것에서와 마찬가지로 식사와 음주도 매우 불규칙적이고 기분 내키는 대로 했습니다. 어떤 날은 전혀 집 밖으로 나가지 않고 모닝커피 말고는 아무것도 입에 대지 않았습니다. 때때로 아주머니가 그의 식사 흔적으로 발견한 것은 고작 바나나 껍질 하나였습니다. 그러나 어떤 날은 멋진 고급 레스토랑에서 식사를 하거나 교외의 조그만 선술집을 찾기도 했습니다. 그의 건강 상태는 좋아 보이지 않았습니다. 다리에 장애가 있어 종종 계단을 오를 때 상당히 힘겨워했고, 다른 신체 부위도 허약해서 고통을 겪는 듯했습니다. 한번은 그가 지나가는 말로 몇 년 전부터 소화 불량에 시달리고 잠도 제대로 자지 못한다고 했습니다. 나는 그것이 무엇보다 음주 탓이라고 여겼습니다. 나중에는 이따금 그가 단골 음식점에 갈 때 동행하면서 포도주를 기분 내키는 대로 급하게 마셔 대는 모습을 여러 번 목격했습니다. 하지만 나를 포함해 그 누구도 그가 만취한 모습을 본 적은 없었습니다.

우리가 처음으로 보다 친밀하게 만났던 날을 결코 잊을 수 없습니다. 그때까지 우리는 같은 셋집에 사는 이웃으로 그저 인사 정도 나누는 사이였습니다. 그러던 어느 날 저녁 일을 마치고 귀가하는 길이었는데, 놀랍게도 할러 씨가 1층과 2층 사이 층계참에 앉아 있는 것을 보았습니다. 그는 내가 지나갈 수 있도록 맨 위쪽 계단에 한쪽으로 비켜 앉아 있었습니다. 나는 그에게 어디 불편한가 묻고는 꼭대기 층까지 부축해 주겠다고 했습니다.

그런데 할러 씨가 나를 쳐다보는 순간, 내가 그를 일종의 몽환적 상태에서 깨어나게 했음을 알았습니다. 그는 자주 내 마음을 무겁게 만들었던 특유의 아름답고도 연민을 자아내는 미소를 짓기 시작했습니다. 이어 그는 내게 곁에 앉아 보라고 권했습니다. 나는 다른 사람들이 사는 방 입구에서 가까운 계단에 앉는 것은 어색하다면서 정중하게 거절했습니다.

“아, 그렇군요.” 그는 이렇게 말하면서 더욱 빙그레 미소를 지었습니다. "당신 말이 맞아요. 하지만 잠시만 있어 보세요. 내가 왜 이곳에 잠깐이나마 앉아 있으려 했는지 당신에게 보여 줘야 할 것 같거든요."

그러면서 그는 첫 번째 층 한 과부가 살고 있는 방의 층계참을 가리켰습니다. 계단들과 창문 그리고 유리문 사이 쪽매널 마루가 깔린 작은 공간에 높이가 상당하고 오래전에 백랍을 입힌 마호가니 장롱이 벽에 기대어 세워져 있었습니다. 앞쪽 바닥에는 두 개의 작고 나지막한 받침대에 대형 화분이 두 개 있었는데, 하나에는 철쭉이, 또 하나에는 아라우카리아가 심어져 있었습니다. 두 식물은 모두 자태가 고울 뿐 아니라 늘 깔끔하고 흠잡을 데 없이 보살핌을 받고 있어 내게도 진작부터 유쾌한 기분을 선사했습니다.

"한번 보세요." 할러 씨가 말을 이었습니다. "아라우카리아가 있는 저 작은 안뜰에서는 정말 좋은 향기가 납니다. 그래서 잠시라도 발걸음을 멈추지 않고 그냥 지나칠 수 없을 때가 많습니다. 물론 당신 아주머니 공간에서도 좋은 향기가 나고 모든 것이 더할 나위 없이 단정하고 청결하지만, 아라우카리아가 있는 저 공간은 눈부실 정도로 깨끗합니다. 먼지 하나 없게 청소하고 반들반들하게 닦아 놓아 손 대기 민망할 정도로 깔끔하며 말 그대로 정말 환하게 빛이 납니다. 그래서 나는 이곳에서 코 안으로 깊숙이 숨을 들이쉬지 않을 수 없습니다. 당신도 향기가 느껴지지 않나요? 바닥의 왁스 냄새와 송진의 은은한 잔향이 마호가니 냄새, 촉촉하게 젖은 식물 잎사귀의 향과 어우러져 만들어 내는 이 향기는 최상급의 시민적인 청결함, 세심함과 정확성, 소소한 일에도 의무와 성실을 다하는 품성을 그대로 보여주죠. 저기 방문 뒤에 사는 사람이 누군지는 모르지만, 유리문 안쪽에는 분명 청결함과 먼지 하나 없는 시민성, 질서의 낙원, 그리고 소소한 습관과 의무에 대해 세심하고도 감동적으로 헌신하는 그런 낙원이 펼쳐져 있을 겁니다.”

내가 잠자코 있자, 그가 말을 계속했습니다. “내 말이 반어적이라고 여기지는 마십시오! 나는 이런 시민성과 질서를 비웃을 마음이 정말 전혀 없답니다. 물론 나는 전혀 다른 세계에 살고 있습니다. 그것은 이 세계와 다른 세계이고, 어쩌면 나는 저런 아라우카리아가 있는 집에서는 단 하루도 견딜 수 없을지 모릅니다. 하지만 비록 나이 들고 초췌한 한 마리 황야의 이리라고 해도 나 역시 한 어머니의 자식이고, 나의 어머니 역시 시민 가정의 주부로서 꽃을 가꾸고 방과 계단, 가구와 커튼을 손질하셨으며 자신의 집과 삶을 가능하면 깨끗하고 청결하게, 질서 정연하게 가꾸려고 애쓰셨답니다. 이 송진 향, 저 아라우카리아가 그 시절을 떠올리게 합니다. 그래서 나는 가끔 이곳에 우두커니 앉아 정적이 흐르는 저 작은 질서의 정원을 바라보면서 저런 것이 여전히 남아 있어 기뻐한답니다.”

그는 자리에서 일어나려 했으나 힘겨워했고 내가 조금 거들어 주는 것을 뿌리치지 않았습니다. 나는 침묵을 지키고 있었지만 아주머니가 겪은 것처럼 이 기이한 인간이 가끔 발산하는 어떤 매력에 굴복당하고 있었습니다. 우리는 천천히 계단을 올라가 어느덧 그의 방문 앞에 이르렀습니다. 그때 그는 열쇠를 손에 든 채 다시 한번 다정한 눈길로 내 얼굴을 쳐다보며 말했습니다. "일터에서 오는 길이죠? 그래요, 난 그런 삶을 잘 이해하지 못해요. 보시다시피 나는 약간 벗어나 있는 삶, 주변적인 삶을 살고 있어요. 하지만 당신도 책 같은 것에 관심이 있겠죠. 일전에 아주머니께서 당신이 김나지움을 마쳤고 그리스어에 유창하다는 말을 하신 적 있어요. 오늘 아침에 노발리스를 읽다가 괜찮은 구절 하나를 발견했는데, 한번 보시지 않겠어요? 당신도 아마 좋아할 겁니다."

그는 나를 담배 냄새가 심한 자신의 방으로 안내하더니 책 더미에서 한 권 뽑아 들고는 책장을 넘겨 가면서 어떤 문장을 찾았습니다.

"이 부분도 훌륭해요, 아주 훌륭해요." 그가 말했습니다. "이 문장을 한번 들어 보세요. '사람은 모름지기 고통에 자부심을 가져야 할지니, 모든 고통은 우리의 고귀한 지위에 대한 기억이다.' 멋진 문장이죠! 니체보다 80년 앞서 한 말입니다! 하지만 이 부분은 내가 언급했던 경구가 아니고, 잠깐만요, 여기 있군요. 다음 문장입니다. '대부분의 사람은 수영을 할 수 있을 때까지 수영을 하지 않으려 한다.' 재치가 번득이지 않나요? 사람들이 수영을 하지 않으려는 것은 당연하죠! 사람은 땅에서 살도록 태어났지, 물에서 살도록 태어난 것이 아니니까요. 그리고 사람들이 생각을 하지 않으려는 것도 당연합니다. 사람은 살기 위해 태어났지 생각을 하기 위해 태어난 것이 아니니까요! 그래요,

생각하는 사람, 생각하는 일을 우선시하는 사람은 사고라는 면에서 큰 진전을 거둘 수도 있겠지만 땅을 물로 바꿔 버린 셈이어서 언젠가 익사하고 말 것입니다."

이제 그는 나를 사로잡고 나의 흥미를 돋우었습니다. 그리고 나는 그의 방에 잠시 더 머물렀습니다. 그날 이후 우리는 계단에서 또는 길거리에서 서로 만나면 몇 마디 주고받는 사이가 되었습니다. 처음에는 그가 아라우카리아를 예찬할 때와 마찬가지로 나를 조롱하는 것 아닌가 하는 느낌을 살짝 받기도 했습니다. 하지만 그런 것은 아니었습니다. 그는 아라우카리아에 대해서와 마찬가지로 나에 대해서도 매우 존중하는 마음을 갖고 있었습니다. 그는 자신이 고독을 자초했고 자신이 '물에서의 수영'을 선택한 뿌리 뽑힌 존재라고 정말 굳게 믿고 있었고, 따라서 타인에 대해 조롱하는 마음이 전혀 없었습니다. 오히려 그는 시민들의 일상적인 행동, 예를 들어 내가 출퇴근 시간을 정확히 지키는 것이나 심부름꾼 또는 전차 차장이 크게 소리치며 일하는 것에 대해 진심으로 감격할 줄 알았습니다. 처음에는 그런 모습이 내 눈에 아주 우스꽝스럽고 과장되어 보였고, 한량이나 백수건달의 기질에서 나오는 유희적인 감상주의 같은 것으로 여겨졌습니다. 하지만 나는 그가 진공 상태 같은 자신의 공간에서 세상에 대한 이질감과 황야의 이리로서의 기질을 지닌 채 살고 있어, 실은 우리 소시민의 세계를 진정으로 찬미하고 사랑한다는 것을 점차 깨달았습니다. 우리가 살고 있는 세계가 그에게는 견고하고 안전한 곳, 멀리 떨어져 있고 다가갈 수 없는 곳, 차

단되어 접근할 수 없는 고향이자 평화로운 장소였던 것입니다. 그는 얌전한 파출부 아주머니와 마주치면 매번 진심으로 경외심을 보이면서 모자를 벗었고, 여주인이 그와 잠시 이야기를 나눌 때, 또는 그의 옷가지에 수선할 데가 있다거나 외투 단추를 다시 매달아야 한다고 지적할 때면, 그는 눈에 띌 정도로 주의를 기울이고 진지한 태도로 경청했습니다. 마치 한 시간만이라도 괜찮으니 이 아담하고 평화로운 세계로 들어가 그곳에서 편안함을 느끼고 싶어 이루 형언할 수 없는 절망적인 노력을 기울이는 그런 모습이었습니다.

그는 아라우카리아를 보며 나누었던 그 첫 대화 때부터 자신을 황야의 이리라고 불렀는데, 그것 역시 내게는 낯설고 다소 거슬리는 호칭이었습니다. 도대체 무슨 이런 표현이 있단 말인가요? 그러나 나는 어느새 그 표현에 익숙해졌고, 이제는 나 자신도 생각 속에서는 그 남자를 황야의 이리 외에 달리 부를 수 없게 되었습니다. 그리고 그가 보인 모습에 대해 지금도 나는 더 적절한 표현을 찾을 수 없습니다. 도시 한복판으로 들어와 군중 속에서 길을 잃은 황야의 이리, 이 문제의 인물, 경계심 가득한 그의 고독, 그의 야성, 그의 불안, 그의 향수, 그의 고향 상실에 대한 묘사로 이보다 더 적절한 표현은 없을 것입니다.

한번은 어느 교향곡 연주회에서 놀랍게도 그와 가까운 자리에 앉게 되었는데, 그가 눈치채지 못한 상태에서 저녁 내내 그를 지켜본 적이 있습니다. 첫 번째 곡으로 고상하고 아름다운 헨델의 음악이 연주되었습니다. 그런데 황야의 이리는 자신 속에 침잠한 채 음악과 주변 세계를 외면하고 있었습니다. 그는 냉정하면서도 수심 가득한 얼굴로 시선을 내리깔고 어디에도 속하지 않은 고독하고 낯선 존재로 앉아 있었습니다. 이어 다른 종류의 음악인 프리데만 바흐*의 작은 교향곡이 연주되었습니다. 몇 소절이 채 지나지 않았는데 나의 이방인은 놀랍게도 미소를 띠기 시작하면서 심취하는 모습을 보였습니다. 그는 완전히 내면에 침잠하고 10여 분 남짓 행복에 젖어 달콤한 꿈속을 헤매는 듯 보였습니다. 나는 음악보다 그에게 더 주의를 기울였습니다. 곡이 끝나자 그는 깨어나서 자세를 가다듬고 일어나 바깥으로 나가려는 듯하더니, 그대로 자리에 앉아 마지막 곡까지 감상했습니다. 마지막 곡은 레거*의 변주곡이었는데, 많은 사람에게 다소 지루하고 길게 느껴질 만한 음악이었습니다. 처음에는 주의를 기울이며 기분 좋게 경청하던 황야의 이리도 지루해진 듯 두 손을 주머니에 꽂고 다시 자신만의 세계로 빠져들었습니다. 하지만 이번에는 행복하고 꿈꾸는 것이 아니라 슬프고 결국 화가 난 모습이었습니다. 잿빛으로 파리해진 그의 얼굴은 거리감을 느끼게 하는 표정이었고, 늙고 병들고 불만 가득한 모습이었습니다.

연주회가 끝난 후 나는 거리에서 그를 다시 발견하고는 뒤따라갔습니다. 그는 외투 속에 몸을 웅크린 채 내키지 않는 피곤한 발걸음으로 우리가 사는 구역을 향해 걸었습니다. 그러다가 한 작은 고풍스러운 음식점 앞에서 걸음을 멈추더니 마음을 정하지 못한 듯 잠시 시계를 쳐다보다 안으로 들어갔습니다. 나는 순간적인 충동에 사로잡혀 따라 들어갔습니다. 그는 소박한 식탁에 자리를 잡았고, 여주인과 여종업원이 그를 단골손님으로 반갑게 맞아 주었으며, 나도 그에게 인사를 하고 곁에 가서 앉았습니다. 우리는 그곳에 한 시간 정도 머물렀는데, 내가 물 두 잔을 마시는 동안 그는 적포도주 반 리터를 마신 뒤 4분의 1리터를 더 마셨습니다. 나도 연주회에 갔었다고 말을 꺼냈으나, 그는 특별한 반응을 보이지 않았습니다. 대신 그는 내가 마시는 물병의 상표를 훑어보더니 자신이 한 잔 살 테니 혹시 포도주를 마시지 않겠느냐고 물었습니다. 하지만 내가 술을 마시지 않는다는 대답을 듣고는 다시 의기소침한 얼굴이 되어 말했습니다. "그럼요, 당신 말이 맞아요. 나도 몇 년 동안 술을 끊은 적이 있고, 오랫동안 단식까지 한 적이 있어요. 하지만 지금은 다시 음울하고 축축한 성좌인 물병자리로 되돌아와 있답니다."

내가 이런 비유적 암시를 농담조로 받으면서 당신 같은 사람이 점성술을 믿다니 의외라는 반응을 보이자, 그는 내게 종종 상처를 주었던 매우 정중한 어조로 말했습니다. "전적으로 옳습니다. 유감스럽게도 나는 점성술이라는 학문도 믿을 수 없습니다."

나는 밖으로 나오면서 먼저 작별 인사를 했고, 그는 밤이 늦어서야 귀가했습니다. 언제나처럼 친숙한 발소리가 귓전에 들려왔는데, 그는 평소와 달리 곧바로 침실로 건너가지 않고(나는 그의 옆방에 살고 있어 모든 소리를 정확히 들을 수 있었습니다) 한 시간 정도 불 켜진 거실에 머물러 있었습니다.

다른 어느 날 저녁에 있었던 일도 잊을 수 없습니다. 아주머니가 외출 중이어서 그때 집에는 나 혼자 있었습니다. 현관 초인종이 울리는 소리가 나서 문을 열어 보니, 젊고 아리따운 여성이 서 있었습니다. 할러 씨가 집에 있느냐고 그녀가 물었을 때, 나는 그녀를 알아볼 수 있었습니다. 그의 거실 사진 속에 있는 여성이었습니다. 나는 그의 방문 쪽을 가리키고는 내 방으로 들어갔습니다. 그녀는 한동안 그의 방에 머물렀고, 얼마 후 두 사람이 활기차고 유쾌한 농담을 나누며 계단을 내려가 바깥으로 나가는 소리가 들렸습니다. 나는 이 은둔자에게 연인이 있다는 사실, 그것도 저토록 젊고 아름다우며 우아한 여성이 있다는 사실에 매우 놀랐습니다. 그와 그의 삶에 관한 나의 모든 추측이 다시 불확실해졌습니다. 그러나 바깥으로 나간 지 한 시간도 채 안 되어 그는 집으로 돌아왔고, 혼자 무겁고 처량한 발걸음으로 힘겹게 계단을 올라가서는 자기 거실에서 몇 시간 동안 조용한 발걸음으로, 마치 우리 안에 갇힌 이리처럼 이리저리 서성였습니다. 그의 거실에는 새벽녘까지 밤새 불이 켜져 있었습니다.

나는 두 사람의 관계에 대해 아는 바가 전혀 없으나 한 가지만 덧붙이고자 합니다. 나는 그가 시내 거리에서 그녀와 함께 있는 것을 또다시 본 적이 있습니다. 두 사람은 팔짱을 끼고 걸었고, 그는 행복해 보였습니다. 나는 수심 가득하고 고독한 그의 얼굴이 때에 따라 그토록 기품 있고 천진난만할 수 있다는 것에 다시 한번 놀랐고, 그 여성은 물론 아주머니가 그에게 보이는 연민의 감정까지 이해할 수 있었습니다. 그런데 그날 저녁에도 그는 처량하고 비참한 모습으로 귀가했습니다. 나는 현관에서 그와 마주쳤는데, 그는 종종 그랬듯이 외투 속에 이탈리아산 포도주를 품고 들어와 자신의 소굴에서 포도주와 함께 밤의 절반을 지새웠습니다. 나는 마음이 아팠습니다. 하지만 저렇게 절망적이고 망가진 삶, 취약한 삶을 살고 있는 사람한테서 무엇을 더 기대하겠습니까!

이 정도면 충분히 수다를 떤 것 같습니다. 황야의 이리가 자살자의 삶을 살았다는 사실을 보여 주기 위해 더는 보고나 설명을 하지 않아도 될 것 같습니다. 그는 어느 날 갑자기 작별 인사도 없이, 하지만 밀린 방세를 다 지불하고 나서 우리 도시를 떠나 종적을 감추었습니다. 그럼에도 불구하고 나는 그가 이곳을 떠난 후 스스로 목숨을 끊었다고는 생각하지 않습니다. 우리는 더 이상 그의 소식을 듣지 못했고, 다만 그에게 온 편지 몇 통만 보관하고 있습니다. 그가 남겨 둔 것이라고는 이곳에 머물면서 썼던 수기가 전부입니다. 그는 이 수기를 마음대로 처분해도 좋다는 몇 줄의 메모와 함께 내게 헌정했습니다.

나로서는 할러 씨의 수기에 기록되어 있는 체험들이 얼마나 사실에 부합하는지 확인할 수 없었습니다. 나는 체험이라는 것이 대부분 문학의 영역에 속한다는 점을 의심하지 않습니다. 하지만 임의로 지어낸 이야기라는 뜻이 아니라 깊이 체험된 영혼의 과정들을 눈에 보이는 사건들의 옷을 입혀 표현하고자 한다는 의미에서 그렇습니다. 할러의 수기에 나오는 일부 환상적인 것들은 그가 이곳에 체류하던 마지막 시기에 쓴 것으로 추측됩니다. 나는 그것들도 사실적이고 객관적인 현실 체험의 일부가 바탕이 되었을 거라고 봅니다. 그 시기에 우리 집의 투숙객은 정말 변화된 태도와 모습을 보였습니다. 집 밖에서 보내는 시간이 많았고, 이따금 밤을 새우고 들어오고 책도 건드리지 않았습니다. 당시 몇 번 마주쳤는데, 그는 눈에 띄게 활기차고 젊어진 모습이었고, 어떤 때는 매우 흡족한 표정이었습니다. 물론 금방 심한 우울증이 찾아오면 식사도 거른 채 하루 종일 침대에 누워 있었습니다. 그러다가 애인이 다시 나타나 인정사정없이 심하게 다투기도 했습니다. 이런 소동으로 인해 세입자 모두 놀랐고, 할러 씨는 다음 날 아주머니에게 정중히 용서를 구했습니다.

아니, 나는 그가 결코 자살하지 않았을 거라고 확신합니다. 그는 여전히 살아 있을 것이고, 불편한 다리로 낯선 집의 계단을 오르내리며, 어딘가에서 반짝반짝 윤이 날 정도로 닦은 쪽매널 마루와 정갈하게 가꾸어진 아라우카리아를 바라보고 있을 것입니다. 그리고 낮에는 도서관에, 밤에는 음식점에 앉아 있거나 셋방의 안락의자에 앉아 창문 너머 세상과 사람들이 살아가는 소리를 듣고 있을 것입니다. 그는 자신이 그런 삶에서 배제되었음을 알지만, 스스로 목숨을 끊지는 않을 것입니다. 그에게 남아 있는 일말의 신념은 그 자신이 고통, 자기 마음속의 그 몹쓸 고통을 마지막까지 맛보아야 하고 그 고통으로 인해 죽어야 한다고 말해 주기 때문입니다. 나는 종종 그를 생각합니다. 그는 내 삶을 더 편안하게 해 주지도 않았고 내 안의 활력과 기쁨을 고무시키는 재능도 갖고 있지 않았으며 오히려 그 반대였는데도 말입니다! 하지만 나는 할러가 아니고, 따라서 그의 방식대로 살지 않을 것입니다. 나는 나만의 삶, 소박하고 소시민적이지만 안정적이고 의무를 다하는 삶을 살아갈 것입니다. 이처럼 나와 아주머니, 우리 두 사람은 마음에 평온함과 호의를 갖고 그를 추억할 수 있습니다. 아주머니는 그에 대해 나보다 더 많은 것을 알고 있겠지만 그 모든 것을 선량한 마음에 고스란히 간직할 것입니다.

*

이제 할러 씨의 수기에 대해 말하자면, 한편으로 병적이고 다른 한편으로 아름답고 깊은 사색이 담긴 놀라운 상상의 산물인 이 수기가 만약 우연히 내 손에 들어왔고 수기의 저자가 내가 모르는 사람이었다면 나는 분명히 격분해서 수기를 내던져 버렸을 것입니다. 하지만 할러라는 사람을 알고 있었기에 나는 그 내용을 부분적으로 이해하고 공감도 할 수 있었습니다. 이 수기에서 단지 어떤 가련한 개인, 한 정신 질환자의 병리학적 환상만 보았다면, 나는 다른 사람들에게 이 수기를 전하는 것에 대해 우려했을 것입니다. 하지만 나는 이 수기에서 그 이상의 무엇, 말하자면 한 시대의 기록을 보았습니다. 왜냐하면 할러가 겪은 영혼의 병은 한 개인의 기벽이 아니라 우리 시대 자체의 병, 할러가 속한 세대의 신경증이었기 때문입니다. 이 신경증은 결코 나약하고 열등한 개인만 괴롭힌 것이 아니라 강하고 지적이며 재능이 뛰어난 인물에게도 엄습했던 것입니다.

이 수기는 그 밑바탕에 얼마만큼의 현실 체험이 깔려 있는가와 상관없이 우리 시대의 거대한 병을 에둘러 말하거나 미화하는 방식이 아니라 있는 그대로 묘사함으로써 극복하고자 하는 시도입니다. 이것이 의미하는 바는 말 그대로 지옥을 통과하는 것, 어둠 속에서 영혼의 세계가 빚어낸 혼돈을 때로는 두려움에 차서, 때로는 용감한 자세로 통과하는 것입니다. 그것도 지옥을 가로질러 가고 혼돈에 용감히 맞선 것이며, 악을 끝까지 견디겠다는 의지를 지니고 걸어간 것입니다.

내가 이런 이해에 이르는 데는 할러의 말이 열쇠가 되었습니다. 언젠가 이른바 중세 시대의 잔혹성에 대해 이야기를 나누고 나서 그가 말했습니다. "우리가 생각하는 중세의 잔혹성은 사실 잔혹성이 아닙니다. 오히려 중세에 살았던 인간이 오늘날 우리의 모든 삶의 방식을 보게 된다면 또 다른 시각에서 잔혹하고 경악스러우며 야만적이라고 역겨워할 것입니다! 모든 시대, 모든 문화, 모든 도덕과 전통은 저마다의 양식을 갖고 있고, 자신에게 어울리는 부드러움과 엄격함, 아름다움과 잔혹성을 갖고 있습니다. 각 시대는 어떤 고통은 당연한 것으로 받아들이고 어떤 해악은 인내심을 갖고 감수할 것입니다. 인간의 삶이 정말 고통이 되고 지옥이 되는 것은 다만 두 시대, 두 문화와 종교가 서로 중첩되는 때입니다. 고대의 인간이 중세 시대에 살아야 했다면, 야만인이 우리의 문명 한복판에서 질식해 죽을 수밖에 없는 것처럼, 비참하게 질식사했을 것입니다. 그런데 세대 전체가 두 시대, 두 가지 삶의 양식 사이에 끼여 모든 자명함, 모든 도덕, 모든 안온함과 순수함을 잃어버리는 시기가 있습니다. 물론 각각의 사람이 동일한 강도로 그것을 느끼지는 않습니다. 사실 니체와 같은 기질의 인물은 우리가 오늘날 겪고 있는 고통을 한 세대 이상 먼저 감수해야 했던 거죠. 니체가 고독하게 어떤 이해도 받지 못한 채 맛보아야 했던 것을 오늘날에는 수많은 사람이 경험하고 있습니다."

나는 수기를 읽으면서 이 말을 자주 떠올리지 않을 수 없었습니다. 할러 씨는 두 시대 사이 끼여 있는 사람, 모든 안온함과 순수함을 잃어버린 사람, 인간 삶의 모든 의문을 개인적인 고통과 지옥의 형태로 더욱 강렬하게 체험해야 하는 운명을 가진 사람 중 하나였습니다.

바로 이 점에서 그의 수기가 우리에게 의미를 지닐 수 있다고 생각되어 공개하기로 마음먹었습니다. 아울러 나는 그의 수기를 옹호할 생각도 없고 혹평할 마음도 없습니다. 독자 개개인이 자신의 양심에 따라 판단하기를 바랄 뿐입니다!

하리 할러의 수기

— 오로지 미친 자들을 위하여

이날도 평소와 다름없이 지나갔다. 나는 하루를 그럭저럭 때우면서 보냈고, 나의 원시적이고 소심한 삶의 방식대로 부드럽게 살해했다. 서너 시간 일하고 나서 고서들을 뒤적였다. 중년에 접어든 사람들이 대개 그렇듯이 두 시간 정도 온갖 통증에 시달리다 가루약을 먹었고, 통증을 기만한 것 같아 기분이 좋아졌다. 이어 뜨거운 욕조에 들어가 은근한 온기를 흡입했다. 세 번에 걸쳐 우편물을 받아 그 쓸데없는 편지와 인쇄물들을 들여다보았다. 몇 차례 호흡 연습도 했으나, 명상 훈련은 귀찮아서 오늘 생략했다. 대신 한 시간 정도 산책하면서 평소 보기 드물게 예쁘고 연한 새털구름이 하늘에 흩어져 있는 것을 감상했다. 고서를 읽거나 따뜻한 욕조에 몸을 담그고 있을 때처럼 매우 기분 좋은 광경이었다. 하지만 전체적으로 보면 특별히 매혹적인 날은 아니었고 행복하고 기쁨이 가득한 날도 아니었다. 오히려 이미 오래전부터 익숙해진, 평범하고 일상적인 날 중 하루였을 뿐이다. 다시 말해 만족을 모르는 한 중년 남자가 적당히 편안하고 그럭저럭 견딜 만한 그런 미적지근한 날, 특별한 고통이나 특별한 근심, 딱히 염려할 일이나 절망 같은 것이 없는 날, 그래서 아달베르트 슈티프터처럼 면도를 하다가 불의의 죽음을 맞지 않을까 하는 생뚱맞은 생각이 들어도 흥분하거나 불안해하지 않고 냉정하고 차분하게 숙고해 볼 수 있는 그런 하루였다.

이와 다른 날들을 경험해 본 사람이라면, 그러니까 통풍 발작에 시달리거나 눈알 뒤에 깊이 뿌리내린 지독한 두통이 악마처럼 눈과 귀의 모든 활동을 기쁨이 아니라 고통으로 바꾸어 놓는 날, 혹은 영혼이 죽음을 맛보는 날, 내면에 공허를 느끼고 절망감으로 심란한 날, 주식회사들이 남김없이 빨아먹어 피폐해진 이 지상의 한복판에서 인간 세계 그리고 소위 문화라는 것이 기만적이고 비열한 모습으로 저속한 명절 대목장처럼 번쩍이면서 마치 구토제처럼 심술궂게 웃어 대고 나의 병든 자아 속에서 도저히 참기 어려울 정도로 응축되어 진입해 있는 날, 그런 지옥의 날들을 맛본 사람이라면, 이날처럼 평범하고 어중간한 날에 무척이나 만족할 것이다. 그런 사람이라면 따뜻한 난롯가에 앉아 조간신문을 읽으면서 오늘도 전쟁은 발발하지 않았고 새로운 독재 정권이 들어선 곳도 없으며 정치면과 경제면에도 특별히 추악한 일이 실리지 않았다는 사실을 확인하고 감사하게 된다. 그런 사람은 자신의 녹슨 칠현금의 현을 조율해 온건하면서도 어지간한 즐거움과 만족을 선사하는 감사의 시편을 연주하면서 자신 속에 있는 조용하고 부드럽고 브롬 약 기운에 취해 현실에 만족해하는 평범한 신을 따분하게 할 것이다. 그런 만족스러운 권태의 투박한 분위기에서는, 아무런 고통도 없는 고마운 상태에서는 지루하게 고개를 끄덕이는 평범한 신과 수수한 시편을 연주하는 머리가 희끗한 평범한 인간이 쌍둥이처럼 서로 닮아 있다.

이런 만족감, 이렇게 고통이 없다는 것, 고통이나 환희 그 어느 것도 목소리를 높이지 않고 모든 것이 속삭이듯 그리고 발끝으로 살살 걷듯 조용히 흘러가 어느 정도 견딜 만한 이런 날들은 좋은 것이다. 그런데 문제는 유감스럽게도 바로 이런 종류의 만족감이 나한테는 전혀 어울리지 않는다는 것이다. 이런 만족감은 잠시 지속되다 참을 수 없을 정도로 혐오스럽고 역겨운 것이 되어 버리고, 나는 절망감에 사로잡힌 채 대체로 쾌감의 길을 따르지만 부득이한 경우에는 고통의 경로를 따라 이와 다른 풍토로 도피해야 한다. 한동안 나는 욕망도 없고 고통도 없이 지내며 소위 좋은 날들의 미지근하고 무미건조한 공기를 흡입할 수 있다. 하지만 어린아이 같은 나의 영혼은 너무나 심한 아픔과 비참함을 느끼고, 나는 졸고 있는 만족의 신의 잘난 체하는 면상에 감사를 노래하던 저 녹슨 칠현금을 집어 던지고 소화하기 쉬운 이 실내 온도보다 차라리 내 안에서 실로 악마적인 고통이 타오르는 것을 느끼고 싶다. 그러면 내 속에서는 격렬한 감정과 감각적인 것에 대한 열망이 타오르고, 퇴색되고 평범하며 규범화되고 안전하게 살균 처리된 삶에 대한 분노가 치솟는다. 아울러 그 무엇, 예를 들어 백화점이나 대성당 또는 나 자신까지 박살 내고 싶은 강렬한 욕구가 마구 일어난다. 나는 무모하게 어리석은 행동을 저지르고 싶고, 숭배의 대상이 되는 몇몇 우상의 가발을 벗겨 버리고 싶으며, 반항적인 어린 학생들에게 고대하던 함부르크행 기차표를 사 주고, 어린 소녀를 유혹하거나 시민적 세계 질서의 대표자들을 망가뜨리고 싶다는 생각이 간절해진다. 나는 바로 이런 만족감, 이 건강함과 안락함, 이렇게 잘 보전되어 있는 시민의 낙관주의, 중용적이고 평범하고 평균적인 것을 이렇게 살찌우고 건실하게 양육하는 것을 뼛속 깊이 증오하고 혐오하고 저주해 왔기 때문이다.

바로 이런 분위기에서 나는 어둠이 찾아들 무렵 그 미적지근한 날을 마무리했다. 물론 병을 앓는 남자가 큰 부담 없이 일반적으로 하듯이 잘 정돈되어 있고 보온 주머니까지 넣어 둔 침대의 유혹에 굴복한 것은 아니었다. 대신 나는 하찮은 일상에 불만과 구역질을 느끼고 아주 언짢은 기분이 되어 신발 끈을 묶고 외투를 걸친 뒤, 어둠이 내리고 안개가 자욱한 저녁 시간에 시내로 나섰다. 술집 '슈탈헬름'으로 가서 술꾼들이 전통적으로 '포도주 딱 한 잔'이라고 부르는 것을 마시기 위해서였다.

나는 다락방에서 나와 오르내리기 쉽지 않은 이 낯선 곳의 계단을 내려갔다. 세 가구가 사는 번듯한 임대주택 건물에 설치되어 있는 그 계단은 아주 시민적이고 말끔하게 솔질되어 청결한 상태를 유지하고, 나는 이 주택의 다락방에 은거하고 있다. 어떻게 된 일인지는 모르지만, 소시민의 세계를 증오하고 고향도 없는 고독한 황야의 이리인 나는 줄곧 전형적인 시민의 집에서 거주하고 있는데, 이것은 나의 오래된 감상주의에서 나온 변덕이라고 할 수 있다. 내가 사는 곳은 궁정도 가난한 노동자의 집도 아니고, 하필이면 언제나 아주 반듯하고 더없이 무료하며 흠잡을 데 없이 잘 관리되는 이런 소시민의 둥지다. 송진 향과 비누 냄새가 나고 누군가 현관문을 요란하게 닫거나 신발이 더러운 상태로 들어오면 깜짝 놀라는 곳이다. 나는 의심할 여지 없이 어린 시절부터 이런 분위기를 좋아해 왔으며, 진정한 고향 같은 것을 그리워하는 은밀한 동경은 절망의 순간에 나를 늘 이 오래되고 어리석은 길로 다시 접어들게 한다. 그것뿐만 아니라 나는 나의 삶, 다시 말해 고독하고 애정이 결핍되어 있으며 지독하게 무질서한 나의 삶이 이런 가정적이고 시민적 환경과 대조를 이루는 것도 좋아한다. 나는 계단에서 느껴지는 이 정적과 질서, 청결, 단정함과 길든 온순함의 향기를 좋아하는데, 그 향기는 시민 세계를 증오하는 나까지도 감동시키는 무언가를 품고 있다. 그러고 나서 나는 문턱을 넘어 내 방으로 들어서는 것도 좋아한다. 내 방에 들어서면 이 모든 것이 끝난다. 책 더미 사이사이로 담배꽁초와 포도주 병이 널브러져 있고, 모든 것이 무질서하고 가정적인 것과는 거리가 멀며 황폐하다. 그곳에 있는 모든 것, 모든 책과 원고, 생각에는 고독한 자의 비통함, 인간 존재의 문제적 본성, 무의미해진 인간의 삶에 새로운 의미를 부여하고자 하는 열망이 각인되고 스며들어 있다.

이제 나는 아라우카리아 화분을 지나갔다. 이 건물의 첫 번째 층에서는 그곳에 입주한 세대 앞의 작은 층계참을 따라 계단이

나 있는데, 층계참이 초인적으로 잘 가꾸어져 빛나는 것으로 미루어 보아 그곳에 사는 세대는 다른 어떤 집보다 더 흠잡을 데 없고 더 청결하며 더 깨끗하게 손질되어 있을 것이 틀림없다. 작은 층계참은 환하게 빛나는 작은 질서의 성전이다. 차마 발을 들여놓기가 꺼려지는 쪽매널 마루 위에는 우아한 받침대 두 개가 놓여 있고, 각 받침대에는 대형 화분이 하나씩 세워져 있다. 한 화분에는 철쭉이 자라고, 다른 화분에는 아주 완벽한 인상을 주는 건강하고 옹골찬 분재 형태로 상당히 수려한 아라우카리아가 자라고 있는데, 아라우카리아는 가지 끝의 마지막 바늘잎까지 더없이 싱싱하고 청결하게 빛을 발하고 있다. 때때로 아무도 보지 않을 때면 나는 이 장소를 일종의 신전으로 사용한다. 아라우카리아가 내려다보이는 계단에 앉아 잠시 휴식을 취하면서 두 손을 모으고 경건한 마음으로 그 작은 질서의 정원을 바라보는 것이다. 정원의 감동적인 모양새와 고독한 우스꽝스러움은 묘하게 내 영혼을 사로잡는다. 나는 층계참을 지나 안쪽, 어느 정도 아라우카리아의 성스러운 그림자가 드리워진 곳, 광택 나는 마호가니 가구들이 가득 들어선 집 안에서 영위되고 있는 품위와 건강함으로 충만한 삶을 상상해 본다. 아침에 일찍 일어나 일상의 의무를 다하고, 지나치지 않을 정도로 유쾌한 가족의 축제를 벌이기도 하며, 주일에는 교회를 가고 저녁에는 일찍 잠자리에 드는 그런 삶이다.

나는 짐짓 기분이 유쾌해져 빠른 걸음으로 축축한 아스팔트 골목길을 걸어갔다. 골목에는 가로등 불빛이 서늘한 습기를 머금은 흐린 공기를 뚫고 슬픈 눈물을 흘리는 듯 바닥을 비추면서 축축한 바닥의 나태한 반사광을 빨아들이고 있었다. 잊고 지낸 유년 시절이 떠올랐다. 그때 나는 늦가을과 겨울에 만나는 이렇게 음산하고 침울한 저녁을 얼마나 사랑했던가! 그때 나는 폭풍우가 몰아치는 날씨에 외투로 몸을 감싼 채 적대적이고 앙상한 자연 속을 헤매고 밤늦도록 돌아다니면서 얼마나 간절하게, 도취 상태에서 고독과 우울의 분위기를 흡입하고자 했던가! 이미 당시에도 나는 고독을 알고 고독을 푹 즐기면서 시구들을 마구 떠올렸고, 나중에 내 작은 방 안에 촛불을 밝히고 침대 가장자리에 앉아 그 시구들을 적어 보았다! 이제는 다 지나간 일이다. 그 시절의 잔은 다 비워졌고 더는 채워지지 않았다. 그래서 애석했다는 건가? 그렇지 않았다. 지난 일은 아무것도 애석하지 않았다. 내가 애석해하는 것은 지금이고 현재였다. 내가 단지 참아 내야만 하고 어떤 기쁨이나 감동도 선사하지 못하는, 내게는 상실된 이 수많은 시간과 날들이었다. 하지만 감사하게도 예외는 있었다. 드물긴 하지만 때로는 충격과 보상을 선사해 준 순간들, 벽을 허물고 들어와서 방황하는 나를 세상의 살아 있는 심장으로 다시 이끌어 간 다른 시간들도 있었다. 나는 슬퍼하면서도 내면 깊은 곳에서 흥분을 느끼며 그런 마지막 체험들을 기억해 내려고 애썼다. 나는 장엄한 고전 음악이 연주된 어떤 음악회에서 그런 체험을 한 적이 있다. 목관악기부와 협연으로 연주된 피아노곡의 두 소절 사이에서 불현듯 피안의 세계로 들어가는 문이 다시 열렸다. 나는 하늘로 날아올라 신이 일하는 모습을 보았다. 그 순간 나는 정말 복된 고통을 맛보면서 이 세상의 어떤 것에도 더 이상 저항하지 않고 어떤 것도 더 이상 두려워하지 않게 되었으며, 모든 것을 긍정하고, 모든 것에 마음을 내주었다. 이런 체험이 오랫동안 지속되지는 못했다. 기껏 15분 정도에 불과했다. 하지만 그날 밤 꿈속에서 그 순간이 다시 찾아왔고 이후 때때로 황량한 날이면 언제나 은밀하게 빛을 발했다. 나는 가끔 몇 분 동안 신적인 것의 황금빛 잔상이 나의 삶을 관통하는 것을 분명히 목격했다. 그것은 거의 언제나 오물과 먼지 속에 깊이 파묻혀 있다 다시 황금빛 섬광을 발했고, 더는 없어지지 않을 듯 반짝이다 곧 심연으로 사라져 버렸다. 한번은 밤에 자리에 누웠다가 잠에서 깨어나 갑자기 시를 읊은 적이 있었다. 그 순간에는 적어 두려는 생각조차 할 수 없을 정도로 너무나 아름답고 너무나 놀라운 시행들이었으나, 아침이 되자 기억할 수 없었다. 하지만 그 시행들은 낡고 부서지기 쉬운 껍데기에 쌓여 있는 무거운 견과처럼 내 속에 간직되어 있다. 한번은 어떤 문인의 작품을 읽던 중에, 그리고 데카르트와 파스칼의 사상에 대해 숙고하던 중에 그런 체험을 한 적이 있다. 그리고 한번은 사랑하는 애인과 함께 있을 때 그것이 빛을 발하고 황금빛 잔상을 남기며 하늘로 올라가는 체험을 했다. 아, 우리가 지금 살아가는 삶의 한복판에서는, 이처럼 지독하게 만족스러워하고 지독하게 시민적이며 지독하게 천박한 삶에서는, 이런 건축물과 사업, 회사, 정치, 인간 들을 마주하고 있는 상태에서는 신적인 것의 자취를 발견하기가 참으로 어렵다! 이 세상은 내가 공유할 수 없는 목적들을 추구하고 내 마음은 흡족해하지 않는 것을 기뻐하고 있는데, 이곳에서 내가 어찌 한 마리 황야의 이리, 불만 가득한 은둔자가 되지 않을 수 있겠는가! 나는 극장에서든 영화관에서든 오래 견딜 수가 없다. 신문도 거의 읽지 않고 신간 서적을 읽는 경우도 드물다. 사람들은 붐비는 열차나 호텔에서, 자극적이고 부담스러운 음악이 흐르는 사람 많은 카페에서, 우아하고 화려한 도시의 술집과 버라이어티 쇼 극장에서, 만국 박람회장에서, 거리 축제에서, 교양에 목마른 자들을 위한 강연장에서, 거대한 스포츠 경기장에서 쾌락과 기쁨을 찾는데, 나는 그런 쾌락과 기쁨을 이해할 수 없다. 그것은 수많은 사람이 서로 밀치면서 얻고자 하는 것이고 나 자신도 당연히 접근할 수 있는 것이지만, 나는 그런 기쁨을 이해할 수도 없고 공감할 수도 없다. 반대로 드물지만 기쁨의 순간 내가 경험하는 것, 내게 환희와 체험, 황홀함과 고양을 가져다주는 것을 사람들은 기껏해야 문학 작품에서나 알고, 찾고, 좋아하지, 실제 삶에서는 미친 짓이라고 여긴다. 그런데 만약 세상이 옳다면, 카페에서 흐르는 음악, 대중이 즐기는 향락, 소소한 것에 만족하는 이 미국식 인간들이 옳다면, 그렇다면 내가 당연히 틀린 것이고, 그렇다면 내가 미친 인간일 것이다. 그렇다면 나는 스스로 자주 일컬었듯이 정말로 황야의 이리, 자신의 고향, 대기, 양식도 더는 발견하지 못한 채 낯설고 이해할 수 없는 세상에 길을 잘못 들어선 짐승인 셈이다.

나는 여느 때와 같이 이런 상념에 잠긴 채 이 도시에서 가장 조용하고 가장 오래된 구역의 축축한 거리를 걷고 있었다. 길 건너 어둠침침한 곳에는 오래된 잿빛 돌담이 서 있었다. 내가 늘 즐겨 바라보던 그 돌담은 작은 교회와 오래된 병원 건물 사이에 옛 모습 그대로 무심하게 자리 잡고 있었다. 낮에는 내 두 눈이 자주 돌담의 그 거친 표면에 가서 머물곤 했다. 보통은 반 제곱미터마다 가게이고 변호사, 발명가, 의사, 이발사 또는 티눈 치료사가 요란하게 자기 이름을 떠들어 대는 이 시내에서 이곳만큼 조용하고 호젓하며 적막한 장소는 거의 찾을 수 없었다. 지금도 이 고색창연한 돌담은 내 눈앞에 조용히 평화롭게 모습을 드러내고 있는데, 무엇인가 달라진 것이 있다. 돌담 중간에 나 있는 고딕식 아치 모양의 작고 예쁜 문 하나가 눈에 들어왔다. 그런데 그 문이 예전부터 거기 있었는지 아니면 새로 만들어진 것인지 정말로 알 수 없어 다소 당황했다. 문은 분명히 아주 오래되어 보였다. 어두운색 나무 문짝이 달린 그 작은 문은 수백 년 전에는 어쩌면 어느 고즈넉한 수도원 안뜰로 통했을 것 같은데, 수도원이 사라진 지금까지 거기 서 있었다. 아마 그 문을 백 번은 보았을 텐데 주목하지 않다가 문에 새로 칠을 하고 나서야 눈에 들어왔던 모양이다. 하여튼 나는 걸음을 멈추고 서서 주의 깊게 건너편을 살펴보았다. 하지만 길이 너무 질척거리고 젖은 상태여서 건너가지는 않고 인도에 서서 눈길만 주었다. 그사이 주변은 온통 밤의 어둠에 휩싸여 있었는데, 화환인가 다채로운 어떤 것이 문을 감싸고 있었다. 좀 더 자세히 살펴보니 문 위쪽에 걸린 밝은 간판에 뭐라고 적혀 있는 것 같았다. 나는 두 눈으로 안간힘을 다해 글자를 읽으려고 시도하다, 결국 진창과 웅덩이를 무릅쓰고 길을 건너갔다. 문 위쪽 회녹색 담장 벽의 한 부분이 흐릿하게 빛을 발하고 있었는데, 그 부분에 다채로운 글자가 빠르게 나타났다 바로 사라지고, 나타났다 사라지기를 반복했다. 사람들이 이제는 이 사랑스럽고 고풍스러운 돌담까지 네온 광고판으로 이용한다는 생각이 들었다. 나는 잠시 나타났다 사라지는 몇 글자를 해독하려고 시도했는데, 글자들이 불규칙한 간격으로 흐릿하게 나타났다 금방 사라졌기 때문에 해독하기가 쉽지 않았고 절반 정도는 추측에 의존할 수밖에 없었다. 이런 것으로 사업을 하려는 사람은 분명 유능한 사람이 아닐 것이다. 그 역시 한 마리 황야의 이리, 가련한 녀석이었다. 그 사람은 왜 여기, 구시가지의 가장 어두운 골목에 있는 돌담에서 아무도 오가지 않는 이 시간에, 이런 빗속에서 저런 글자놀이를 벌이는 것일까? 그리고 저 글자들은 왜 저리 덧없고 무작위적이며 변덕스럽고 해독하기 어려운 것일까? 그러나 잠깐, 이제 나는 몇 글자를 차례로 낚아채는 데 성공했다. 내용은 다음과 같았다.

마술 극장

누구나 입장할 수 있는 것은 아님

— 누구나 …… 할 수 있는 것은 아님

문을 열어 보려고 시도했으나, 낡고 무거운 손잡이는 아무리

힘을 주어도 움직이지 않았다. 그러는 사이 글자들의 유희도 끝났다. 마치 자신의 작업이 아무 의미 없다는 듯 슬프게도 갑자기 멈춘 것이다. 몇 걸음 뒤로 물러나다 발이 진창에 깊이 빠졌다. 벽에는 더 이상 어떤 글자도 나타나지 않았다. 불빛의 유희는 사라졌지만, 나는 오랫동안 진창에 서서 헛되이 기다렸다.

그러다가 기다리는 것을 포기하고 다시 건너편 인도로 돌아왔을 때, 앞쪽 아스팔트 위에 여러 색깔의 네온사인 글자 몇 개가 거울에 비친 듯 반사되어 떨어져 내렸다.

나는 글자를 읽어 보았다.

미친 …… 사람만 …… 입장 …… 가능!

두 발이 축축하게 젖고 몸이 얼었지만 한동안 그 자리에 서서 기다려 보았다. 더는 아무것도 나타나지 않았다. 하지만 계속 그 자리에 서서 저 부드러운 색색의 도깨비불 같은 글자가 축축이 젖은 돌담과 검은 아스팔트 위로 유령처럼 아른거리는 것이 얼마나 매혹적인가 생각하고 있는데, 예전에 품었던 생각의 한 조각이 불현듯 뇌리를 스쳤다. 그것은 환한 빛을 내다가 홀연히 사라져 되찾을 수 없는 황금빛 잔상에 관한 비유였다.

나는 뼛속까지 한기를 느끼면서 계속 꿈을 꾸듯 황금빛 잔상을 떠올렸고 미친 사람만 입장이 가능하다는 마술 극장으로 통하는 문에 대한 동경에 사로잡힌 채 발걸음을 옮겼다. 나는 어느새 밤의 환락이 넘치는 시장 구역에 들어서고 있었다. 몇 걸음 걸을 때마다 여성 전용 밴드, 버라이어티 쇼, 영화관, 무도회의 밤을 안내하는 포스터나 광고판이 걸려 있었다. 그러나 그 모든 것이 내게는 의미 없고, 전부 '평범한 사람들', 정상적인 사람들을 위한 것이었다. 그런 사람들이 저기 눈앞에 보이는 출입구들로 밀려들고 있었다. 그럼에도 불구하고 울적한 기분이 조금 나아졌다. 어떤 다른 세계가 나를 향해 환영 인사를 하면서 내 마음을 움직였고 다채로운 글자 몇 개가 내 눈앞에서 춤을 추고 내 영혼에서 뛰놀면서 잠재되어 있던 화음들을 건드렸던 것이다. 황금빛 잔상이 다시 희미한 빛을 던졌다.

나는 작고 고풍스러운 술집을 찾아갔다. 25년 전 이 도시에 처음 머물렀을 때부터 들렀던 술집인데 변한 것이 하나도 없었다. 술집 여주인도 그대로였고, 지금 보이는 손님 중에는 그때도 이 술집에 드나들면서 같은 자리에 앉아 같은 술잔을 들고 있던 손님도 있었다. 나는 이 소박한 술집, 나의 피난처로 들어섰다. 이 술집 또한 아라우카리아가 있는 계단의 공간처럼 내게는 하나의 피난처에 불과했다. 이곳에서도 고향이나 공동체를 발견한 것은 아니고, 다만 낯선 사람들이 낯선 드라마를 연기하는 무대 앞에서 자그마한 객석 하나를 발견했을 뿐이다. 그렇지만 이 조용한 자리는 나름의 가치가 있었다. 여기는 어떤 인간 무리, 어떤 아우성, 어떤 음악도 없었다. 평화로운 시민 몇 명이 그저 나무로 만들어진 (대리석도 아니고 에나멜 판도 아니며 우단도 아니고 황동 조각도 없는!) 탁자에 앉아 각자 저녁 반주로 텁텁한 포도주를 한 잔 즐기고 있었다. 내가 첫눈에 알아본 단골손님

몇 명은 속물임이 분명했다. 저들은 속물스럽게 꾸민 집 안에 멍청한 만족의 신을 위한 황량한 제단을 하나씩 마련해 두고 있을 것이다. 어쩌면 저들은 나처럼 궤도에서 벗어난 고독한 족속일 수도 있고, 파산한 이상에 대해 조용히 숙고하는 술꾼들이거나 황야의 이리이거나 가련한 악마일 수도 있다. 정확한 사정은 알 수 없었다. 저들은 모두 어떤 향수, 어떤 환멸 또는 어떤 보상 심리에 끌려 이곳을 찾았을 것이다. 이미 결혼한 남자는 이곳에서 독신 시절의 분위기를 느끼려 했을 것이고, 저 나이 든 공무원은 학창 시절의 추억을 더듬어 보고자 했을 것이다. 저들은 모두 상당히 과묵했고 모두 나 같은 술꾼이었으며, 나와 마찬가지로 여성 악단보다는 반 리터의 알자스산 포도주 앞에 앉아 있기를 선호했다. 이곳에 나는 닻을 내렸고, 이곳이라면 한 시간, 아니 두 시간도 견딜 수 있었다. 알자스산 포도주를 한 모금 들이키면서 오늘은 아침에 빵 한 조각 먹은 것 말고는 온종일 아무것도 먹지 않았다는 사실을 깨달았다.

기이하게도 인간은 무엇이든 삼킬 수 있다! 나는 10분 정도 신문을 읽으면서, 다른 사람들의 말을 입에 넣고 씹다가 배 속에 저장한 후 소화도 시키지 않고 다시 뱉어 버리는 어떤 무책임한 인간의 정신이 눈을 통해 내 속으로 흘러들도록 내버려 두었다. 나는 그 인간이 뱉어 낸 신문 한 단락을 섭취했다. 그런 다음 도살당한 송아지에서 잘라 낸 큼지막한 간 조각 하나를 먹어 치웠다. 기이한 맛이다! 최고는 단연 알자스산 포도주다. 나는 거칠고 강렬한 맛의 포도주, 자극적인 향을 강하게 풍기고 독특한 맛을 내는 포도주를 적어도 일상에서는 좋아하지 않는다. 내가 최고로 좋아하는 것은 특별한 이름이 없는, 아주 순수하고 가벼운 맛의 소박한 지방 포도주다. 그런 포도주는 많이 마셔도 별 탈 없고, 시골 지방의 땅과 흙, 하늘과 수목의 향기롭고 정겨운 풍미를 느끼게 한다. 알자스산 포도주 한 잔에 훌륭한 빵 한 조각이면 최고의 식사다. 그런데 나는 벌써 송아지 간을 1인분이나 먹어 치웠다. 육식을 드물게 하는 나로서는 별난 식사를 즐긴 셈이었다. 그리고 두 번째 와인 잔을 앞에 두고 있었다. 기이한 일은 또 있다. 어딘가 초록 골짜기에서 건강하고 정직한 사람들이 포도를 재배하고 포도주를 짜내는 수고를 했을 터인데, 이제 그들에게서 멀리 떨어져 있는 세상 이곳저곳에서 환멸감에 젖어 조용히 한잔하려는 시민 몇 명 그리고 어찌할 바 모르는 황야의 이리 몇 명이 술잔을 들이키며 다소나마 용기를 얻거나 기분 전환을 할 수 있다는 것도 기이하다.

그런데 나로서는 그것이 기이한 일이든 아니든 상관없다! 포도주는 효과가 있어 기분을 좋게 해 주었다. 그래서 조금 전에 읽은 잡탕 같은 신문 기사도 한결 가벼운 마음으로 웃어넘길 수 있었다. 그리고 그동안 잊고 있던 멜로디, 지난번 목관악기부와 협주하던 피아노곡의 멜로디가 갑자기 다시 떠올랐다. 그 멜로디는 내 속에서 작고 반짝이는 비눗방울처럼 솟아올라 반짝이면서 온 세상을 형형색색으로 자그마하게 담아 비추더니 다시 부드럽게 흩어졌다. 그 천상의 작은 멜로디가 내 영혼에 뿌리내리고 있다가 어느 날 온갖 사랑스러운 빛깔의 앙증맞은 꽃으로 다시 피어나는 것이 가능한 것을 보면, 어떻게 내가 완전히 상실된 존재라고 할 수 있겠는가? 비록 내가 주변 세계를 이해하지 못하는 한 마리 길 잃은 짐승이라고 해도 내 어리석은 삶 또한 나름의 의미가 있었다. 내 안에는 저 멀리 있는 드높은 세계들에서 들려온 부름에 응답하고 그것을 받아들인 무엇인가가 있었다. 내 머릿속은 수많은 영상이 쌓여 있는 저장고였다.

파도바 성당의 작고 푸른 천장에는 화가 조토가 그린 천사의 무리가 있었다. 그 옆에는 이 세상의 모든 슬픔과 모든 오해의 아름다운 알레고리라고 할 수 있는 햄릿과 머리에 화환을 쓴 오필리아가 걷고 있었다. 그리고 비행선 조종사 지아노초*는 열기구 비행선 안에 서서 호른을 불고 있었다. 아틸라 슈멜츨레*는 손에 새 모자를 들고 있고, 보로부두르 사원*은 조각상들이 산을 이루면서 하늘로 뻗어 있었다. 이 모든 아름다운 형상은 다른 많은 사람의 가슴속에도 살아 있겠지만, 이름 모를 수만 가지 다른 형상과 소리는 오직 내 속에서만 간직되어 살아 있고 내 눈이 보고 내 귀가 들은 것들이다. 오래 풍상에 시달려 얼룩진 회녹색의 고색창연한 병원 돌담, 온갖 균열과 풍화의 흔적 속에서 수천의 프레스코 벽화를 연상시키는 그 돌담, 누가 그 돌담에 응답하고 누가 그 돌담을 자신의 영혼에 받아들였으며, 누가 그 돌담을 사랑하고 누가 부드럽게 소멸하는 그 색채의 마법을 느꼈단 말인가? 은은하게 빛나는 세밀화가 담긴 수도사들의 고서들, 지난 100년 전 또는 200년 전에 나왔으나 자기 민족에게는 잊혀 버린 독일 문인들의 책들, 닳고 곰팡내 나는 서적들, 그리고 옛 음악가들의 인쇄본과 필사본, 그들의 소리의 꿈이 담겨 있는 누렇게 빛바래고 뻣뻣한 악보들, 누가 재기 넘치고 짓궂으면서도 동경 가득한 그들의 목소리에 귀를 기울이고, 누가 그들의 정신과 그들의 마법으로 충만한 심장을 그들에게 낯선, 다른 시대로 옮겼는가? 누가 낙석에 의해 꺾이고 갈라지면서도 끝까지 생명을 보존하며 새 우듬지를 내뻗는 저 구비오 언덕의 작고 강인한 실측백나무를 생각했는가? 첫 번째 층에 사는 부지런한 안주인과 그녀의 광택 나는 아라우카리아의 진가를 제대로 알아본 사람은 누구인가? 밤이면 라인강에서 짙은 물안개가 만들어 내는 구름 글자를 읽은 사람은 누구인가? 다름 아닌 황야의 이리였다. 그리고 누가 자기 삶의 폐허 너머에서 흩어져 사라지고 있는 의미를 찾아내려고 했는가? 그리고 무의미하게 보이는 것을 견뎌 내고, 겉보기에 미친 사람의 삶을 살면서도 마지막 혼돈 속에서 은밀하게 계시를 기대하며 신에게 다가가기를 희망한 자는 누구인가?

나는 술집 여주인이 다시 채우려 하는 술잔을 꽉 잡고 자리에서 일어났다. 더 이상의 포도주는 필요 없었다. 황금빛 잔상이 다시 반짝 빛났고, 나는 영원한 것들을 기억하고 모차르트와 별들을 기억했다. 다시 한 시간 정도는 호흡할 수 있고 살 수 있으며, 이렇게 존재할 수 있을 것 같았다. 그동안만큼은 괴로워할 필요가 없고 두려움이나 수치심을 느낄 필요도 없었다.

이제 적막이 감도는 바깥 거리로 나오자, 이슬비가 차가운 바람에 흩날려 가로등 주위에 부딪히면서 수정체처럼 반짝반짝

빛을 내고 있었다. 이제 어디로 가야 할까? 만약 이 순간 내 소원을 이루어 주는 마법이 있다면, 몇 명의 훌륭한 악사가 나를 위해 헨델과 모차르트의 곡 두세 편을 연주하는 루이 16세 양식의 아담하고 예쁜 실내 공간을 소망했을 것이다. 나는 지금 그렇게 하고 싶은 기분에 젖어 신들이 감미로운 술을 마시듯 그 시원하고 고상한 음악을 흡입했을 것이다. 아, 지금 이 순간 내게도 친구, 어느 다락방에서 촛불을 켜 놓고 곁에는 바이올린을 둔 채 사색하는 친구가 있다면 얼마나 좋을까? 나는 고요한 밤을 보내고 있는 그에게로 살그머니 다가갔을 것이고, 후미진 계단을 몰래 올라가 그를 놀라게 했을 것이며, 우리는 함께 담소를 나누고 음악을 들으며 몇 시간 동안 천상의 밤을 즐겼을 것이다! 나는 지난 시절 한때 이런 행복을 자주 맛본 적 있었다. 하지만 세월이 흐르면서 그 행복은 내게서 멀어지고 떨어져 나갔다. 그 시절 이후 지금까지 여러 해가 시들어 버린 날들로 채워져 있다.

조금 망설이다 외투 깃을 바로 세우고 축축한 포도 위를 지팡이에 의지해 걸으면서 귀로에 올랐다. 이렇게 천천히 걷는다고 해도 금방 나의 다락방에 들어가 앉아 있을 것이다. 다락방은 좋아하지는 않지만 그것 없이는 지낼 수 없는 나의 작은 가상의 고향이었다. 겨울철 비 내리는 밤에 들판을 뛰놀며 보내던 시절은 내게 먼 과거의 일이었다. 하지만 나는 이날 저녁의 좋은 기분만큼은 절대로 망치고 싶지 않았다. 내리는 비, 통풍 또는 아라우카리아도 이번에는 귀가의 핑계가 될 수 없었다. 실내악 오케스트라가 없다고 하더라도, 바이올린을 연주하는 고독한 친구가 없다고 하더라도 저 고상한 멜로디는 내 속에서 계속 흐르고, 나는 그 선율을 호흡의 리듬에 실어 나지막하게 흥얼거리면서 어느 정도 나 자신을 위해 연주할 수 있었다. 나는 생각에 잠긴 채 계속 발걸음을 옮겼다. 아니, 실내악이 없어도 괜찮고 친구가 없어도 괜찮았다. 무력하게 따스한 온기만을 갈망하면서 자신을 소모하는 것은 웃기는 일이었다. 고독은 독립적이 되는 것이고, 나는 오랜 세월 그것을 갈망했으며 이제는 그것을 내 것으로 만들었다. 고독은 차가운 것이다. 아니, 고독은 또한 조용한 것, 별들이 공전하는 저 차갑고 조용한 우주 공간만큼이나 놀랍도록 조용하고 광대한 것이었다.

어느 댄스홀을 지나가는데 격렬한 재즈 음악이 마치 익지 않은 날고기에서 나는 수증기처럼 뜨겁고 거칠게 흘러나왔다. 나는 잠시 걸음을 멈추었다. 이런 종류의 음악은 상당히 혐오하지만, 언제나 은근한 매력이 있었다. 재즈 음악은 비록 내가 역겨워하는 장르이긴 하지만, 그래도 오늘날 모든 어떤 아카데믹한 음악보다 열 배는 더 나았다. 재즈 음악은 그 유쾌하고 거친 야성을 통해 나 같은 사람에게서도 본능 세계까지 깊이 파고들었고, 나름의 순박하고 솔직한 감성을 발산했다.

나는 잠시 그곳에 서서 그 야만적이고 소란스러운 음악의 냄새를 맡았고, 악의와 관능적인 호기심을 품은 채 댄스홀의 분위기도 파악하고자 했다. 음악의 절반은 서정적인 것으로 느끼하고 지나치게 달콤하며 넌덜머리 날 정도로 감상적이었고, 다른 절반은 거칠고 자유분방하며 활력이 넘쳤는데, 두 부분이 소박하게 평화로운 조화를 이루며 하나로 통일되었다. 재즈는 몰락의 음악이었다. 로마에서 마지막 황제들의 집권기에도 분명 이와 유사한 음악이 있었을 것이다. 바흐나 모차르트 그리고 진정한 음악에 견주어 본다면, 재즈 음악은 물론 추잡한 짓거리에 불과하다. 그런데 실은 오늘날 모든 예술, 모든 사상, 모든 사이비 문화가 진정한 문화에 비하면 그렇다고 할 수 있다. 이 음악의 장점은 위대한 솔직함, 사랑스럽고 가식이 없는 흑인의 심성, 쾌활하고 천진난만한 분위기라고 할 수 있다. 재즈에는 흑인의 어떤 특성, 아무리 강해도 우리 유럽인들에게는 소년처럼 생기발랄하고 순진해 보이는 미국인의 어떤 특성이 들어 있다. 유럽도 저렇게 변할까? 유럽도 이미 저 길로 들어선 것일까? 과거의 유럽, 지난날의 진정한 음악, 이전의 참된 문학만 알고 숭배하는 우리 낡은 세대는 내일이면 망각되고 비웃음거리가 될 복잡한 심성을 지닌 소수의 어리석은 신경증 환자에 불과한 것 아닐까? 우리가 '문화'라고 부르는 것, 우리가 정신, 영혼, 아름다움, 성스러움이라고 부르는 것은 이미 오래전에 죽은 유령에 불과하고, 지금은 우리 몇몇 멍청한 인간만 그것을 여전히 진짜이고, 살아 있다고 여기는 것 아닐까? 그것은 어쩌면 실재하지도 않았고 살아 있지도 않았던 것 아닐까? 우리 같은 바보들이 추구했던 것은 어쩌면 처음부터 환영(幻影)에 불과했던 것 아닐까?

도시의 구시가지가 다시 나를 맞아 주었다. 불이 꺼진 작은 교회 하나가 흐릿한 회색 분위기를 띠면서 비현실적으로 서 있었다. 갑자기 저녁에 겪었던 일, 수수께끼 같은 고딕식 아치형 문, 그 위에 걸려 있던 불가사의한 광고판과 거기에서 조롱하듯 춤추던 네온 글자들이 떠올랐다. 무엇이라고 적혀 있었던가? '평범한 사람은 입장 불가' 그리고 '미친 사람만 입장 가능'이라는 글귀였다. 마법이 다시 시작되고 그 글자들이 광인인 나를 초대하는 것이며 작은 문이 내 입장을 허용하기를 은밀히 희망하면서, 나는 고색창연한 돌담 쪽을 건너다보았다. 어쩌면 내가 갈망하는 것이 저곳에 있지 않을까? 어쩌면 내 음악이 저곳에서 연주되고 있는 것 아닐까?

어둠이 짙어 가는 가운데 검은 돌담은 자신의 깊은 꿈에 잠긴 듯 닫힌 상태로 담담하게 나를 쳐다보았다. 지금은 어디에도 문이나 고딕식 아치가 보이지 않았다. 어떤 구멍도 나 있지 않은 어둡고 적막한 담장만 덩그러니 서 있었다. 나는 미소를 띠고 돌담을 향해 다정하게 고개를 끄덕이면서 발걸음을 옮겼다. '잘 자거라, 돌담이여, 나는 너를 깨우지 않겠다. 언젠가는 사람들이 너를 허물어 버리거나 탐욕스러운 회사 간판들로 너를 도배할 때가 오겠지. 하지만 아직 너는 거기에 여전히 아름답고 조용하게 서 있고, 내게는 여전히 사랑스러운 존재란다.'

그때 어두운 골목 어귀에서 한 남자가 갑자기 나타나 내 앞에서 구토하는 바람에 깜짝 놀랐다. 늦은 시간 지친 발걸음으로 집에 돌아가는 고독한 남자였는데, 머리에는 모자를 눌러쓰고 푸른색 셔츠를 입고 어깨에는 플래카드가 달린 막대기를 메고 있었다. 배 앞쪽에는 상인들이 명절 대목장에서 물건을 팔때 쓰는 좌판을 가죽끈에 매달고 있었다. 남자는 피곤에 지친 듯 내 앞쪽에서 돌아보지도 않고 걸어갔다. 그렇지 않았더라면 그에게 인사를 건네고 담배라도 하나 선사했을 것이다. 다음 가로등 불빛에 의지해 그가 들고 있는 막대기에 달린 붉은색 플래카드를 읽어 보려고 했으나, 이리저리 흔들리는 바람에 글자를 해독할 수 없었다. 그래서 남자를 향해 소리치며 플래카드를 좀 보여 달라고 요청했다. 그가 멈춰 서서 막대기를 좀 더 곧추세워 줘 춤추듯 흔들리는 글자들을 읽을 수 있었다.

무정부주의적 밤의 환락

마술 극장!

평범한 …… 입장 불가

"내가 바로 당신을 찾고 있었소." 나는 기뻐서 소리쳤다. "당신이 말하는 밤의 환락이라는 것이 무엇이오? 어디에 있는 거요? 언제?"

그는 벌써 발걸음을 옮기고 있었다.

"누구나 입장할 수 있는 것은 아닙니다." 남자는 졸린 목소리로 무덤덤하게 말하고는 걸음을 옮겼다. 그는 이제 충분하다고 생각하고는 집으로 들어가려 했다.

"잠깐만요." 나는 소리치며 그의 뒤를 쫓아갔다. "당신의 상자 속에는 무엇이 들어 있소? 내가 무엇인가 좀 사고 싶어서 그래요."

남자는 걸음을 멈추지 않고 기계적으로 상자 안에 손을 넣더니 작은 책자 하나를 꺼내 내게 내밀었다. 나는 얼른 소책자를 받아 주머니에 넣었다. 그러고는 외투 단추를 열고 돈을 꺼내려는데, 남자는 옆쪽에 있는 대문 안으로 들어가더니 문을 닫고 사라졌다. 집 안뜰에서 무거운 발걸음 소리가 들려왔는데, 처음에는 포석 위를 걷고 나중에는 나무 계단을 오르는 소리가 나더니 아무 소리도 나지 않았다. 갑자기 피로가 몰려오고 시간도 늦어 이만 귀가하는 것이 좋겠다는 생각이 들었다. 걸음을 재촉해 모두가 잠들어 있는 변두리 골목을 지나 성벽 사이 위치한 내가 사는 구역에 들어섰다. 깨끗한 소형 임대 주택들이 들어서 있고 잔디와 담쟁이덩굴로 둘러싸인 그 구역에는 공무원들과 소액 연금 생활자들이 살고 있었다. 나는 담쟁이덩굴과 잔디, 키 작은 전나무를 지나 내가 사는 집에 도착했고, 열쇠 구멍과 전등 스위치를 찾은 다음 살그머니 현관 유리문, 윤기 나는 장롱과 화분들을 지나 나의 작은 가상의 고향인 다락방의 문을 열었다. 사람들이 고향에 가면 어머니 또는 아내, 자녀들, 하녀들, 개들, 고양이들이 기다리고 있듯이, 다락방에는 안락의자와 난로, 잉크병과 물감 상자, 노발리스와 도스토옙스키가 나를 기다리고 있었다.

축축하게 젖은 외투를 벗는데 조금 전에 받아 들었던 작은 책자가 손에 만져졌다. 나는 책자를 꺼내 들었다. 그것은 대목장에서 흔히 볼 수 있는 것으로 「정월에 태어난 사람을 위한 조언」이라든지 「8일 만에 20년 젊어지는 비결」 등의 팸플릿처럼 질

나쁜 종이에 형편없게 인쇄된 소책자였다.

그런데 나는 안락의자에 웅크리고 앉아 독서용 안경을 끼고 겉표지에서 소책자의 제목을 읽으면서 놀라움과 함께 갑자기 열리는 어떤 운명의 감정을 예감했다. '황야의 이리에 관한 소논문. 미친 사람들만을 위한 것.'

내가 점점 더 고조되는 긴장감을 느끼며 단숨에 읽어 내려간 소책자의 내용은 다음과 같았다.

*

황야의 이리에 관한 소논문

— 미친 사람들만을 위한 것

옛날 한때 황야의 이리로 불렸고 하리라는 이름을 가진 한 남자가 있었다. 그는 두 다리로 걷고 옷도 걸친 인간이었지만, 본래는 한 마리 황야의 이리였다. 그는 이해력이 뛰어난 사람들이 배울 수 있는 많은 것을 배운 사람이었고 상당히 총명한 남자였다. 그러나 그가 배우지 못한 것이 있었는데, 자기 자신과 자신의 삶에 만족하는 법이었다. 이것만은 할 수 없었다. 말하자면 그는 불만족스러워하는 인간이었다. 그가 그렇게 된 것은 아마도 마음 깊은 곳에서 자신이 본래 인간이 아니고 황야에서 온 이리라는 것을 늘 의식하고 있었기(또는 그럴 것이라고 믿었기) 때문일 것이다. 그가 정말로 이리였는지, 아니면 태어나기 전 마법에 의해 이리에서 인간으로 변신한 것인지, 아니면 인간으로 태어났지만 황야의 이리의 영혼이 주입되어 거기에 사로잡힌 것인지, 그것도 아니면 망상이나 어떤 병 때문에 자신을 황야의 이리라고 생각하는 것은 아닌지 현명한 사람들은 서로 논쟁을 벌일 수도 있을 것이다. 예를 들어 다음과 같은 억측, 다시 말해 이 사람은 어릴 적에 거칠고 난폭하고 제멋대로여서 그의 양육을 담당한 사람들이 그의 내면에 있는 야수성을 말살하려 했고, 그 결과 그 자신이 교육과 인간성이라는 얇은 외피가 덧씌워져 있을 뿐 실은 야수였다는 환상과 믿음을 심어 주었을 것이라는 억측도 가능할 것이다. 이에 대해서는 오랫동안 흥미진진하게 이야기를 나눌 수도 있고, 심지어 이 주제로 책을 몇 권 쓸 수도 있을 것이다. 하지만 그렇게 하는 것이 황야의 이리에게는 전혀 도움이 되지 않을 것이다. 그로서는 자기 속의 이리가 마법으로 들어왔든 강제로 주입된 것이든, 그도 아니면 자신의 영혼이 상상한 것에 불과한 것이든 아무 상관 없기 때문이다. 다른 사람들이 그것에 대해 어떻게 생각하든 또는 자기 스스로 어떻게 생각하든, 그에게는 아무런 가치가 없었다. 그런 억측을 하더라도 그에게서 이리를 밖으로 끄집어낼 수는 없었기 때문이다.

다시 말해 황야의 이리는 두 개의 본성, 인간의 본성과 이리의 본성을 모두 갖고 있었다. 이것은 그의 운명이었고, 그런 운명이 어쩌면 그렇게 특별하고 드문 일이 아닐지도 모른다. 자신 속에 개나 여우, 물고기 또는 뱀의 특성을 많이 지니고 있으면서도 그 때문에 별다른 어려움을 겪는 것은 아니라는 사람이 많이 목격되었다는 것이다. 이런 사람들 속에는 인간과 여우, 인간과 물고기가 공존하고, 그 어떤 존재도 서로를 해치는 것이 아니라 오히려 도움을 준다. 예를 들어 성공해서 부러움의 대상이 되는 어떤 사람들은 자신에게 행운을 가져다준 존재가 자신 속에 있는 인간이라기보다는 오히려 여우나 원숭이였다고 한다. 이것은 누구나 다 아는 이야기다. 하지만 하리의 경우에는 사정이 달랐다. 그의 안에서는 인간과 이리가 결코 사이좋게 지내지 않았고 서로 도움을 주기는커녕 항상 철천지원수처럼 지냈으며 서로 고통만 안겨 주었다. 두 철천지원수가 하나의 피 그리고 하나의 영혼 속에서 지낸다면 그것은 재앙의 삶이다. 하여튼 각 존재는 자신만의 운명을 지니고, 어떤 운명도 만만하다고 할 수 없다.

우리 황야의 이리도 모든 혼종적인 존재가 그렇듯 때로는 이리로서의 감정, 때로는 인간으로서의 감정을 갖고 살았다. 일단 이리일 때는 내면에 잠복하고 있는 인간이 매복에 나서 그 이리를 끊임없이 관찰하고 판단하고 비판했다. 그리고 인간일 때는 반대로 이리가 그런 역할을 했다. 예를 들어 하리가 인간으로서 아름다운 사고를 하고 섬세하고 고상한 감정을 느끼거나 소위 착한 행동을 하는 경우 내면의 이리는 으르렁거리고 이빨을 드러내면서 그를 지독하게 비웃는 것이다. 자신에게 무엇이 편한지, 다시 말해 고독하게 황야를 누비며 다른 짐승들의 피를 빨아먹고 암컷 꽁무니나 쫓아다니는 것이 편하다는 것을 아는 이리 입장에서 보면 그 고상한 척하는 모든 연극이 얼마나 우스꽝스러운 것이냐고 비웃어 대는 것이다. 그리고 이리의 관점에서 보면 모든 인간적인 행동은 지독하게 웃기고 황당하며 멍청하고 덧없었다. 그러나 하리가 자신을 이리로 느끼며 다른 사람들에게 이빨을 드러내는 행동을 보일 때도, 모든 사람과 그들의 가식적이고 타락한 예의범절과 관습에 대해 증오심과 적대감을 품는 때도, 사정은 마찬가지였다. 그럴 때면 내면에 잠복하고 있는 인간이 매복에 나서서 이리를 감시하고 그를 짐승 또는 야수라고 불렀으며, 단순하고 건강하고 야성적인 이리의 본성에서 맛볼 수 있는 모든 기쁨을 망가뜨리고 망쳐 놓았다.

황야의 이리는 바로 이런 특성을 지닌 인물이었고, 우리는 하리가 편안하고 행복한 삶을 살지 못했을 거라고 상상할 수 있을 것이다. 하지만 그렇다고 해서 그가 특별하다고 할 정도로 불행한 삶을 살았다고 하는 것도 곤란하다. (물론 사람은 누구나 자신의 고통이 최악이라고 여기는 법이므로 하리 자신은 그렇게 생각했을 수도 있다.) 어떤 사람에 대해서도 그런 식으로 말해서는 안 될 것이다. 자신 안에 이리가 살고 있지 않다고 해서 반드시 행복하다고 할 수는 없다. 지독히 불행한 삶이라고 해도 나름 행복한 순간들이 있고, 모래와 자갈 사이에서도 작은 행복의 꽃은 피어날 수 있다. 황야의 이리도 마찬가지였다. 그는 대체로 아주 불행했다. 그것은 부인할 수 없는 사실이다. 그는 다른 사람들, 말하자면 자신이 사랑한 사람들 또는 그를 사랑한 사람들도 불행하게 만들 수 있었다. 그를 좋아하게 된 사람들은 하나같이 그의 한쪽 면만 보았기 때문이다. 어떤 사람들은 그를 섬세하고 지적이며 독특한 사람으로 여겨 좋아했다가 그 안에 살고 있는 이리를 갑자기 발견하고는 소스라치게 놀라고 실망스러워했다. 그럴 수밖에 없었던 것은, 누구나 그렇듯 하리도 자신의 전부를 사랑받고 싶었고 따라서 그가 몹시 사랑을 얻고 싶었던 사람들 앞에서 자기 안의 이리를 숨기거나 이리가 아닌 것처럼 둘러댈 수는 없었기 때문이다. 하지만 그의 안에 있는 바로 그 이리, 그 자유롭고 야성적이며 길들지 않아 위험하고 강인한 면을 사랑한 사람들도 있었다. 그런데 이들도 이 야성적이고 사악한 이리 역시 인간이고 친절과 다정함을 동경하며 모차르트의 음악을 듣고 시를 읽고 인간성의 이상을 추구한다는 사실을 갑자기 알게 되면 극도로 실망하고 정말 비탄에 잠겼다. 대개는 이런 부류의 사람들이 더 많이 실망하고 분노하는 편이었다. 그래서 황야의 이리는 자기 고유의 이중성과 분열성을 자신이 접촉한 모든 낯선 운명 속에 주입했다.

그런데 누군가 이 정도면 황야의 이리를 안다고 생각하거나 그의 비참하고 분열된 삶을 상상할 수 있다고 감히 말한다면, 유감스럽게도 그 사람은 착각한 것이고 황야의 이리를 아는 데 한참 모자란다고 할 수 있다. 예외 없는 규칙이 없고 경우에 따라서는 신에게 아흔아홉 명의 의인보다 한 사람의 죄인이 더 소중하듯이 하리에게도 예외가 있고 행복한 순간들이 있었다. 하리는 자신 속에서 때로는 이리로서 또 때로는 인간으로서 순수하게 그리고 아무런 방해도 받지 않고 호흡하고 생각하며 느끼는 때가 있었다. 두 존재는 매우 드물기는 하지만 때로는 화평을 맺고 서로를 위해 살아감으로써 한 존재가 깨어 있는 동안 다른 존재가 더 이상 잠을 자는 것이 아니라 오히려 서로 기운을 북돋워 주고 서로의 역량을 배가시키는 때가 있었다. 세상 도처에서 그렇듯이 이 남자의 삶 속에도 때로는 모든 익숙한 것, 모든 일상적인 것, 잘 알려진 것, 규칙적인 것이 잠시 멈추고 중단되고 그것을 대신해 비상한 것, 그리고 기적과 은총이 자리를 차지했다. 이처럼 드물게 나타나는 짧은 행복의 순간들이 황야의 이리의 고약한 운명을 상쇄해 주어 결국 행복과 고통이 균형을 이루게 되었는지는 논쟁의 여지가 있다. 어쩌면 그 얼마 되지 않은 순간들의 짧고 강렬한 행복이 그의 모든 불행까지 흡수해 긍정적인 결과를 가져다주었을 수도 있다. 이런 것은 한가한 사람들이나 곰곰이 생각해 볼 문제다. 황야의 이리도 자주 그 문제를 생각해 보았지만, 그런 생각을 하면서 보낸 것은 한가하고 무익한 날이었다.

이 문제에 관해서는 한 가지 더 덧붙일 것이 있다. 하리와 유사한 종류의 인간들이 상당히 많다는 것인데, 이를테면 많은 예술가가 이런 유형에 속한다. 이런 유형의 사람들은 모두 자기 안에 두 개의 영혼, 두 개의 존재를 갖고 있다. 이들 속에는 신성한 것과 악마적인 것, 모성적인 피와 부성적인 피, 행복의 능력과 고통을 감내하는 능력이 마치 하리 속에 있는 이리와 인간처럼 서로 적대적으로 맞서 있거나 혼란스럽게 뒤엉켜 있다. 아주 불안정한 삶을 사는 이 사람들은 가끔 주어지는 드물게 행복한 순간에 무엇인가 강렬함과 형언할 수 없는 아름다움을 체험한다. 그 행복한 순간의 물거품은 때로는 찬란한 빛을 발하면서 다른 사람들까지 매료시키고 감동을 줄 정도로 고통의 바다 위로 높이, 눈부시게 솟구쳐 오르기도 한다. 이처럼 예술 작품들은 고통의 바다에서 순간적으로 스쳐가는 소중한 행복의 포말 형태로 탄생한다. 그런 예술 작품에서는 고통을 겪는 각 개인이 잠시나마 자신의 타고난 운명 위로 솟구칠 수 있고, 그들의 행복은 별처럼 빛나면서 그것을 바라보는 사람들의 눈에는 어떤 영원한 것, 자기 자신들이 꿈꾸는 행복으로 나타난다. 이런 사람들은 모두 자신들의 행위와 작품이 어떻게 정의되든 상관없이 실은 자신의 고유한 삶을 누리지 못한다. 다시 말해 이들의 삶은 실체가 없고 어떤 형태도 갖고 있지 않다. 이들은 보통 판사, 의사, 제화공, 교사들 같은 부류의 영웅이나 사상가 또는 예술가는 아닌 것이다. 오히려 이들의 삶은 영원히 떠다니는 고통스러운 움직임이고, 부서지는 파도처럼 불행하고 고통스럽게 찢어져 있다. 만약 삶의 이런 혼돈에서 빛을 발하는 저들의 독특한 행위와 사고방식, 작품에서 어떤 의미를 찾으려는 사람들이 없다면, 저들의 삶은 끔찍하고 무의미할 것이다. 인간의 삶 전체가 어쩌면 단지 엄청난 착각에 불과하고 인류 최초의 어머니가 제대로 출산하지 못하고 고통 가운데 낳은 실패작, 거칠고 끔찍하게 잘못된 자연의 습작에 지나지 않는다는 위험하고 소름 끼치는 생각도 이런 부류의 인간들에게서 나온 것이다. 그런데 이와 결이 다른 사상, 즉 인간이 어쩌면 어느 정도 이성을 가진 동물일 뿐만 아니라 신들의 자녀로서 불멸의 운명을 타고 났다는 사상 역시 이들에게서 나온 것이다.

모든 인간 유형은 각각 고유한 표식, 저마다의 고유한 특성, 저마다의 미덕과 악덕을 지니고 있으며, 나아가 저마다의 치명적인 죄과를 갖고 있다. 황야의 이리가 가진 특성의 하나는 그가 야행성 인간이라는 것이다. 하루 중 아침 시간은 그에게 고약한 시간, 그가 두려워하는 시간이자 한 번도 좋은 것을 가져다준 적 없는 시간이다. 살아오면서 그는 아침 시간에는 한 번도 제대로 기쁨을 누려 본 적이 없고, 오전에는 선한 행위를 하거나 좋은 착상을 떠올려 본 적이 없으며 자신이나 다른 사람을 기쁘게 해 준 적도 없었다. 오후가 되어야 그는 비로소 서서히 생기를 되찾고 활기를 띠었으며, 저녁이 되어서야 비로소 일진이 좋을 경우 생산적이 되고 흥분에 사로잡혔으며 때로 열정적이 되고 기쁨을 느꼈다. 고독과 자유에의 욕구도 이런 기질과 연관 있었다. 자유를 그보다 더 깊게 열망한 사람도 없을 것이다. 젊은 시절, 아직 가난해서 끼니를 해결하느라 애써야 했던 그 시절에도 그는 단지 한 조각 자유를 얻을 수만 있다면 굶기를 마다하지 않았고 해진 옷을 입고 다녔다. 그는 돈이나 안락한 삶을 얻고자 자신을 판 적이 없고 여자들이나 권력자들에게도 자신을 내준 적이 없다. 그는 자신의 자유를 보존하기 위해 세상 사람들의 눈에는 이득과 축복으로 보이는 것을 골백번 내던지고 배척했다. 그로서는 어떤 직책을 수행하거나 하루의 일과와 일 년 동안의 업무 일정을 지키며 다른 사람들에게 복종해야 한다는 상상보다 더 혐오스럽고 소름 끼치는 것이 없었다. 회사 또는 사무실, 관청에 대해서는 죽음만큼이나 질색했고, 병영에 갇혀 지내는 것이 가장 끔찍한 악몽이었다. 때로는 엄청난 희생을 치르고서야 가능했지만 그는 이런 모든 상황에서 벗어나는 법을 나름대로 터득하고 있었다. 이것이 바로 그의 강점이자 미덕이었고, 이 점에서 그는 어떤 것에도 굴복하거나 매수당하지 않았으며 강직하고 올곧은 성품을 유지했다. 다른 한편으로 그의 고통 및 운명도 다름 아닌 이런 덕성과 밀접하게 연관되어 있었다. 다른 사람들에게 흔히 일어나는 일이 그에게도 일어났다. 그는 자기 존재의 가장 내밀한 충동에 따라 아주 고집스럽게 추구하고 얻으려 한 것을 결국 손에 넣기는 했으나, 그가 얻은 것은 인간에게 좋은 한도를 넘어서는 것이었다. 처음에는 그의 꿈이요 행복이었던 것이 나중에는 쓰라린 운명이 되어 버렸던 것이다. 권력을 추구하는 자는 권력 때문에 몰락하고, 돈을 사랑하는 자는 돈 때문에 몰락하며, 굴종적인 자는 자신의 굴종으로 인해 몰락하고, 쾌락을 추구하는 자는 쾌락 때문에 몰락한다. 마찬가지로 황야의 이리도 자신의 자유 때문에 몰락했다. 그는 자신의 목표를 달성했고, 점점 더 자립적인 존재가 되었으며, 그 누구에게서도 명령을 받지 않았고, 그 누구의 말도 따르지 않았다. 그는 자신이 해야 할 것과 하지 말아야 할 것을 자유롭게 단독으로 결정했다. 강한 자라면 누구나 자기 내면의 진정한 충동이 추구하는 바를 반드시 성취하기 때문이다. 그러나 이렇게 자유를 성취하고 나서 하리는 갑작스럽게 자신의 자유가 죽음을 의미한다는 사실, 그 자신이 혼자가 되었다는 사실, 세상이 그를 섬뜩하게 방치하고 있다는 사실을 완전히 깨달았다. 사람들은 더 이상 그에게 관심을 두지 않았고, 그도 자신에게 관심을 두지 않았다. 그래서 그는 점점 더 관계 상실과 고독으로 인해 공기가 더욱 희박해지는 상황에서 서서히 질식해 가고 있었다. 고독과 자유는 더 이상 그의 소망이나 목표가 아니라 이제는 그의 숙명이자 그에게 내려진 형벌이 되었다. 마법의 소원은 한 번 이루어지자 더 이상 취소할 수 없는 것이 되었다. 그가 아무리 동경과 선의가 가득한 손을 내밀며 공동체와 다시 결합하고 연대하고자 해도 소용없었다. 사람들은 이제 그가 혼자 있도록 내버려 두었던 것이다. 그렇다고 그가 사람들에게서 미움을 사거나 역겨운 대상이 된 것은 아니었다. 그와 반대로 그에게는 많은 친구가 있었다. 많은 사람이 그에게 호감을 보였다. 그러나 그때마다 그가 발견한 것은 동정과 친절에 불과했다. 사람들이 그를 집으로 초대하고 그에게 선물을 주고 다정한 편지를 보내기도 했지만, 그에게 다가오는 사람은 아무도 없었고 어디에서도 유대감 같은 것이 생겨나지 않았으며 그의 삶을 공유할 의사가 있거나 그럴 능력이 있는 사람은 어디에도 없었다. 이제 그를 둘러싸고 있는 것은 고독의 공기, 적막한 분위기, 주변 세계에서 벗어난 삶, 대인관계에서의 무능력이었고, 이것을 해결하는 데는 어떤 선의나 동경도 도움이 되지 못했다. 이것이 그의 삶의 중요한 특징 가운데 하나였다.

다른 하나는 그가 자살자의 부류에 속했다는 것이다. 여기서 짚고 넘어가야 할 것은 실제로 자기 목숨을 끊는 자들만 가리켜 자살자라고 부르는 것은 잘못이라는 점이다. 그런 사람 중에는 어쩌다 우연히 자살자가 된 경우, 다시 말해 본성에서 필연적으로 자살자의 특징을 지녔다고 할 수 없는 경우도 많다. 이렇다 할 개성이나 강렬한 특성, 강렬한 운명을 타고나지 않은 사람들, 무리를 지어 다니는 많은 사람 중에도 전체 특성이나 특징을 따져 보면 자살자의 유형에 속하지 않는데 자살로 생을 마감하는 자가 상당히 있다. 반면에 본성상 자살자에 속하는 사람 중에는 다수가, 아니 어쩌면 대부분이 실제로 스스로 목숨을 끊는 일이 없다. 전형적인 '자살자' 유형이라고 해서, 하리도 그런 사람이지만, 반드시 죽음과 긴밀한 관계를 맺고 사는 것은 아니다. 자살자의 유형이 아니어도 그럴 수 있다는 것이다. 그런데 자살자 유형인 경우 그 판단이 정당한 것인가 여부와 상관없이 자신의 자아를 특별히 위험하고 의심스러우며 위태로운 자연의 싹이라고 여긴다는 특징이 있다. 그런 사람은 자신이 언제나 특별할 정도로 무방비 상태에 노출되어 있고 마치 엄청나게 좁은 바위 꼭대기에 서 있어 외부에서 살짝 밀치거나 내면에서의 작은 나약함만으로도 허공으로 떨어질 것처럼 위험에 처해 있다고 생각한다는 것이다. 이런 유형의 인간들은 가장 개연성이 큰 죽음의 형식이 자살이라고 손금 운명선에 적어 두거나 최소한 머릿속에서 그렇게 생각하는 특징이 있다. 이런 심성은 거의 언제나 이른 청소년기에 대부분 싹을 보이고 이런 유형의 인간들에게 평생 따라다니는데, 이런 정서가 생겨나는 것은 생명력이 특별히 약해서가 아니다. 오히려 '자살자' 유형에서는 특별히 강인하고 의욕적이며 대담한 천성을 지닌 사람들이 있다. 하지만 아주 사소한 질병에도 고열이 발생하는 체질이 있듯이, 우리가 '자살자'라고 부르는 사람들은 감수성이 예민하고 민감한 천성을 지니고 있어 아주 사소한 내적 동요가 있어도 자살 충동에 심하게 빠져든다. 우리에게 단순히 생명 현상의 메커니즘을 다루는 학문이 아니라 인간 자체를 다루는 용기와 책임감을 지닌 학문, 예를 들어 인간학이나 심리학 같은 학문이 있다면, 이런 사실은 누구나 아는 상식이 될 것이다.

물론 우리가 여기서 자살자에 대해 다룬 모든 것은 말할 것도 없이 단지 사안의 피상적인 면에만 관계한다. 우리가 말한 것은 모두 심리학이고, 따라서 물리학의 한 조각일 것이다. 형이상학적인 시각에서 보면 자살자의 문제는 전혀 다르게 보이고 더 명확하게 드러난다. 형이상학적인 시각에서 보면 '자살자'는 개성화에 따른 죄책감에 시달리는 자, 자신의 완성과 실현을 삶의 목표로 삼는 것이 아니라 자신을 해체해 어머니에게로, 신에게로, 우주로 환원되는 것을 목표로 삼는 영혼들로 나타난다. 이런 유형 중 아주 많은 사람이 자살 행위가 죄라는 것도 깊이 인식하고 있어 실제로 자살을 감행할 가능성이 전혀 없다. 그럼에도 불구하고 우리가 보기에 이들은 자살자라고 할 수 있다. 왜냐하면 이들은 삶이 아니라 죽음에서 구원을 찾으며 자기 자신을 내던지고 희생하며 소멸시켜 자신이 태어난 기원으로 돌아가려는 자들이기 때문이다.

모든 강점이 약점이 될 수 있듯이 (그리고 어떤 상황에서는 그렇게 될 수밖에 없듯이) 정반대의 진실도 있다. 다시 말해 전형적인 자살자는 일견 나약해 보이는 자신의 약점을 강점과 버팀목으로 삼는 경우가 많은데, 이런 경우가 특별히 자주 있다는 것이다. 황야의 이리인 하리도 그런 경우에 속한다. 같은 부류의 수많은 사람과 마찬가지로 그는 자신에게는 죽음의 길이 항상 열려 있다고 생각하면서 단지 젊은이다운 우울한 유희를 즐기는 데 머물지 않고 바로 그런 생각에서 위안과 삶의 버팀목을 이끌어 냈다. 물론 그와 같은 부류의 사람들이 그러하듯이 모든 충격, 모든 고통, 모든 비참한 삶의 곤경은 그의 내면에서 죽음을 도피처로 삼으려는 욕구를 불러일으켰다. 그렇지만 그는 점차 이 모든 성향을 삶에 유용한 철학으로 변모시킬 수 있었다. 삶으로부터 탈출이 가능한 비상구가 항상 열려 있다는 생각에 친숙해지면서 오히려 활력을 얻었고 고통과 처참한 상황도 온전히 맛보려는 호기심이 일었던 것이다. 그리고 아주 비참한 상황에서도 그는 때때로 지독한 기쁨, 일종의 고소해하는 감정을 느꼈다. '나는 인간이 도대체 어느 정도까지 견뎌 낼 수 있는지 호기심을 갖고 지켜보려 한다! 더 이상 참을 수 없는 임계점에 이르면 죽음의 문을 열기만 하면 될 것이고, 그러면 상황을 벗어날 수 있다.' 아주 많은 자살자가 이런 식으로 생각하면서 비상한 힘을 얻는 것이다.

다른 한편으로 모든 자살자는 자살의 유혹에 대항해 싸우는 투쟁에도 익숙해 있다. 모든 자살자는 영혼의 한구석에서는 자살이 하나의 탈출구이긴 하지만 다소 초라한 출구, 정당하지 못한 출구임을 알고 있다. 근본적으로는 자신의 손에 의해서가 아니라 삶 자체에 의해 제압당하고 굴복당하는 것이 훨씬 고결하고 아름답다고 여기는 것이다. 이런 지식, 이른바 자기만족에 빠진 사람들이 시달리는 가책과 같은 뿌리에서 나온 이런 양심의 가책은 대부분의 '자살자'가 자살의 유혹에 대항해 지속적으로 투쟁하게 한다. 도벽이 있는 사람들이 자신의 악덕에 맞서 싸우듯이 이들은 자살의 유혹에 대항해서 싸운다. 이런 싸움은 황야의 이리도 잘 알고 있다. 그는 다양하게 무기를 바꿔 가면서 이런 싸움을 해 왔다. 그러다가 마침내 마흔일곱 살이 되었을 때 행복하고도 다소 유머 있는 착상이 하나 떠올라 그에게 자주 기쁨을 선사했다. 그는 쉰 살이 되는 생일날을 자신이 자살을 감행해도 되는 날로 정했던 것이다. 그날이 닥쳐오면 그날의 기분에 따라 이 출구를 사용할지 말지 자유롭게 결정하리라 자신과 합의했던 것이다. 이제 그에게 무슨 일이 일어나든, 그가 아프게 되든, 가난하게 되든, 고통과 비참함을 경험하든 모든 것은 기한이 정해져 있었다. 그 모든 것은 기껏해야 몇 년, 몇 달, 며칠만 지속될 것이고, 기한은 하루하루 줄어들었다! 그리고 실제로 그는 이전 같으면 그를 더욱 심하게, 더욱 오래 괴롭혔을 여러 불행, 아니 그를 뿌리까지 뒤흔들어 놓았을 여러 불행을 이제는 정말 훨씬 더 쉽게 견뎌 냈다. 이런저런 이유에서 자신의 상황이 특별히 고약해질 때면, 삶의 쓸쓸함과 고독, 황폐함과 더불어 특별한 고통이나 상실이 생겨날 때면, 그는 이제 고통을 향해 이렇게 말할 수 있었다. '2년만 기다려라. 그때는 내가 너의 주인이 될 것이다!' 그러고 나서 그는 자신의 쉰 살 생일날 아침에 카드와 축하 편지들이 도착하는 동안 자신의 면도칼이 자신을 실망시키지 않을 것임을 확신하면서 모든 고통과 작별하고 인생의 문을 닫아 버리는 장면을 기분 좋게 상상했다. 그러면 관절염도 진정되었고 모든 우울한 기분과 두통 및 위통도 그리 문제가 되지 않았다.

이제 황야의 이리라는 개별 현상, 특히 그가 시민 사회에 대해 가진 독특한 관계를 설명하는 일이 남아 있는데, 우리는 이 현상들을 그 근원이 되는 기본 법칙들과 관련해서 설명하고자 한다. 이제 그 기회가 찾아왔으니 우리는 '시민적인 것'에 대한 그의 관계에서 출발하고자 한다.

황야의 이리는 가족의 삶이나 사회적인 명예 같은 것에는 관심이 없어, 그 자신의 견해에 따른다면 시민적 세계에서 완전한 아웃사이더로 머물러 있었다. 그는 자신을 철두철미하게 단독자로 여겼고, 때로는 자신을 기인이자 병든 은둔자, 때로는 평범한 삶의 사소한 규범을 넘어서는 비범하고 천재적인 소양을 타고난 개인으로 여겼다. 그는 평균적인 부르주아를 의식적으로 경멸했고 자신이 부르주아가 아닌 것에 자부심을 느꼈다. 그럼에도 불구하고 그는 여러 면에서 아주 시민적인 삶을 살았다. 돈을 은행에 예치해 두었고 가난한 친척들을 도와주었으며, 옷차림에 신경 쓰는 편은 아니었지만 가급적 단정하고 무난하게 입고 다녔고, 경찰이나 세무서 또는 기타 권력 기관들과 아주 원만하게 지내고자 했다. 그 밖에도 그가 지닌 강렬하고도 은밀한 동경은 그를 언제나 시민적인 작은 세계, 깨끗한 정원과 윤기 나는 계단을 갖추고 질서와 품격이 어우러져 아주 소박한 분위기를 자아내는 조용하고 단아한 주택으로 이끌어 갔다. 그는 작은 악덕과 무절제한 행동을 하면서 자신을 시민 사회의 국외자, 기인 또는 천재로 느끼는 것을 좋아했지만, 분명히 말하건대 어떤 시민성도 존재하지 않은 그런 공간에는 결코 둥지를 틀거나 살아가려고 하지 않았다. 폭력적인 성향의 사람이나 예외적 인간들의 분위기에서는 편안함을 느끼지 않았고 범죄자들이나 사회적으로 권리를 박탈당한 사람들과도 결코 어울리지 않았다. 아니, 그는 언제나 시민들의 영역에서 살았고, 대립과 반항의 관계이긴 했지만 시민들의 습관, 시민들의 규범과 분위기와 어떻게든 관계를 맺었다. 게다가 그는 시민적인 교육을 받으며 자랐고, 이런 교육을 통해 많은 개념과 틀에 박힌 사고방식을 습득했다. 이론적으로는 매춘 행위에 대해 전혀 반대하지 않았지만 개인적으로는 매춘부를 진지하게 대우하거나 정말 자신과 동등한 존재로 여길 수 없었다. 또한 국가나 사회의 배척을 받은 정치범, 혁명가 또는 사상적 선동가들은 형제로서 사랑할 수 있었지만, 도둑이나 가택 침입자 또는 강간 살인범들에 대해서는 상당히 시민적인 방식으로 못마땅해하는 것 말고는 어떻게 대해야 할지 몰랐다.

그는 늘 이런 방식으로 자신의 본성과 행동의 절반이 대항하고 거부한 것을 다른 절반으로 인정하고 수긍해 왔다. 그는 교양 있는 시민 가정에서 엄격한 형식과 도덕을 익히면서 자라, 영혼의 일부분이 늘 시민 세계의 질서에 애착을 갖고 있었다. 이것은 그가 시민적인 것이 허용하는 척도를 넘어서는 정도로 자신의 개성을 발전시켜 시민적 이상과 신념의 부담에서 진작 자신을 해방시킨 후에도 오랫동안 지속되었다.

우리가 '시민적인 것'이라고 부르는 것은 항상 존재하는 인간 조건의 한 측면이다. 그것은 균형을 이루고자 하는 시도, 인간 행동의 수많은 극단과 대립들 사이에서 중용을 추구하는 노력에 다름아니다. 이런 대립 관계를 보여 주는 것으로 성자와 탕자의 사례를 들어 보면 우리의 비유가 금방 분명하게 이해될 것이다. 인간은 정신적인 것, 신적인 것을 향한 추구, 성자의 이상에 자신을 전적으로 헌신할 가능성이 있다. 반대로 인간은 또한 충동적인 삶이나 감각의 욕망에 전적으로 투신하고 즉각적인 쾌락을 얻는 데 모든 에너지를 쏟을 가능성도 있다. 하나는 성자, 정신을 위한 순교자, 신에게 귀의로 향하는 길이다. 다른 하나는 탕자, 본능을 위한 순교자, 타락에 자신을 내주는 길로 나아가게 한다. 시민은 이제 이 두 길 사이에서 온건한 중용을 유지하며 살아가고자 시도한다. 시민은 결코 방탕이나 금욕 그 어디에도 자신을 내주거나 헌신하려고 하지 않는다. 시민은 결코 순교자가 되려 하지 않고 자신을 파괴하는 것에 동의하지 않는다. 오히려 이와 반대로 시민의 이상은 자신을 헌신하는 것이 아니라 자기를 보존하는 것이다. 시민이 추구하는 바는 신성함도 아니고 그 반대도 아니며, 무엇을 절대적으로 추구하는 것을 그는 견디기 어려워한다. 그는 신을 섬기고자 소망하면서도 환락에 봉사하려 하고, 덕성을 추구하면서도 어느 정도는 지상에서의 안락하고 편안한 삶을 누리고자 한다. 간단히 말해 시민은 양극단 사이 중간 지대, 격렬한 폭풍우나 악천후가 없는 쾌적하고 안온한 지대에 안주하려 한다. 그런 노력은 또한 성공을 거두는데, 물론 그 성공은 절대성과 극단을 지향하는 삶에서만 얻을 수 있는 강렬한 체험들과 감정들을 희생함으로써 얻는 것이다. 삶의 강렬함은 자아를 희생함으로써만 가능하다. 시민이 (물론 발육 부진의 것이기는 하지만) 자아보다 더 높게 평가하는 것은 없다. 다시 말해 시민은 강렬한 삶을 희생하는 대가로 자아의 보존과 안전을 확보하는 것이다. 시민은 신에 매료되는 대신 마음의 평정을 얻고, 쾌락 대신 편안함, 자유 대신 안락함, 삶을 위협하는 열정 대신 쾌적한 정도의 온도를 얻는다. 따라서 시민은 본질상 삶의 추동력이 약한 존재, 겁 많은 개인, 자신을 내던지는 것을 두려워하며 쉽게 지배당하는 존재다. 시민이 권력을 다수의 지배로 대체하고 폭력을 법률로, 책임감을 표결 절차로 대체한 것도 바로 이런 이유에서다.

이 나약하고 겁 많은 존재들은 아무리 그 수가 많다고 해도 자신을 제대로 보존할 수 없다는 것이 분명하다. 그들은 자유롭게 이 세상을 배회하는 이리들 사이에서 새끼 양 무리의 역할 외에는 자신들의 속성상 다른 것을 할 수 없다. 그런데도 시민은 천성이 강한 자들이 지배할 때는 무참하게 궁지로 내몰리기도 하지만 결코 멸종하는 법이 없고, 심지어 가끔은 세상을 지배하는 듯 보이기도 한다. 어떻게 그것이 가능할까? 그들의 수적 우위나 그들의 미덕, 또는 그들이 가진 상식이나 그들의 조직이 멸종으로부터 그들을 구해 낼 정도로 충분히 강하지는 않을 것이다. 처음부터 삶의 강렬함이 그렇게 쇠약해진 존재는 세상에 알려진 어떤 약으로도 살려 낼 수 없다. 그런데도 시민 계급은 생존해 있고, 강력하며, 번성하고 있다. 왜 그런 것일까?

대답은 바로 황야의 이리들 덕분이라는 것이다. 사실 시민 계층의 활력은 결코 정상적인 구성원들의 속성에서 나오는 것이 아니라 수많은 아웃사이더의 속성에 기반을 두고 있는데, 시민 계층은 모호하고 확장될 수 있는 이상들을 갖고 있어 이런 아웃사이더들까지 포용할 수 있다. 시민 계층 안에는 상당한 수의 강렬하고 거친 천성을 지닌 자들이 언제나 함께 살고 있다. 우리의 황야의 이리 하리는 전형적인 사례다. 그는 시민에게 허용된 척도를 넘어서는 개성을 발전시킨 인물, 명상에서 희열을 느낄 뿐만 아니라 타인을 증오하고 자신을 증오하는 데서 음울한 기쁨을 느끼는 인물, 법과 미덕과 상식을 경멸하면서도 시민 사회에 감금되어 있고 거기에서 벗어날 수 없는 인물이다. 이런 식으로 진정한 시민 계층의 핵심적인 무리를 중심으로 여러 계층의 인간들, 다양한 삶과 지성의 형태들이 겹겹이 둘러싸고 있다. 이들은 모두 시민 계층이 버거워할 정도로 성장했고 절대적인 자유의 삶을 살도록 소명을 받은 존재다. 하지만 이들은 시민성이라는 유아적 감정에 매달려 있고 삶의 강렬함을 약화시키는 시민성의 속성에 얼마간 전염되어 있어 언제까지나 시민 계층에 머물고자 하고 어떻게든 거기에 예속되어 의무를 다하고 봉사하고자 한다. 왜냐하면 시민 계층에게는 위대한 자들에게 적용되는 근본 원칙이 다음과 같이 거꾸로 적용되기 때문이다. '나를 반대하는 자가 아니면 나를 위하는 자다!'

이런 점에 비추어 우리가 황야의 이리의 영혼을 살펴보면, 이 인물은 고도의 개성화를 달성한 까닭에 비시민적인 삶을 살도록 정해진 그런 인간이다. 왜냐하면 개성화를 고도로 추구할 경우 자아에 반대되는 방향으로 나아가 결국 자아를 파괴하려는 경향을 띨 것이기 때문이다. 그런데 그는 성자의 방향으로 나아갈 수 있고 탕자의 방향으로도 나아갈 수 있는 강력한 잠재력을 지니고 있지만, 활력이 부족하거나 나태해 자유롭고 거친 우주 공간으로 도약할 수 없고 시민 계층이라는 어머니별의 중력에 갇혀 있다. 이것이 우주 공간에서 그의 위상이고, 그는 거기에 속박된 상태에 있다. 대부분의 지식인, 대다수의 예술가가 이런 유형에 속한다. 이들 중 일부 정말로 강한 자들만 시민들이 사는 지상의 대기권을 뚫고 나가 우주의 영역으로 솟구쳐 오른다. 다른 나머지는 모두 체념하거나 타협하고, 시민 계층을 경멸하면서도 거기에 귀속되어 살아간다. 그리고 이들은 계속 살아남기 위해 시민 계층을 긍정하지 않을 수 없고, 이로써 결국 시민 계층을 강화하고 찬미한다. 이 수많은 개인은 비극에 이르는 것은 아닐지라도 상당히 불운하고 불행한 삶을 살게 되며, 그러한 지옥 같은 삶의 용광로에서 이들의 재능은 서서히 담금질되어 더욱 풍성해지기도 한다. 이런 상황을 적극적으로 뿌리치고 벗어나 절대적인 자유를 발견하는 소수의 사람만 경탄을 불러일으키면서 몰락하기도 하는데, 이들은 진정으로 비극적인 존재이며 그 숫자는 적다. 그런데 다른 부류의 사람들, 시민 계층에 속박되어 있으면서 자신의 재능으로 종종 시민 계층의 큰 존경을 받는 사람들에게는 제3의 영역이 열리는데, 상상에 기반을 둔 독자적인 세계, 즉 유머의 세계가 그것이다. 평화가 없는 황야의 이리들, 늘 끔찍한 고통을 겪는 자들, 우주 공간으로 뚫고 날아가 비극적 지위를 얻을 추진력이 부족한 자들, 절대적 자유를 향한 소명을 느끼면서도 이런 삶을 살아갈 능력을 갖추지 못한 자들, 이들에게는 고통 속에서 정신이 강해지고 유연해지는 경우 유머로 나아가는 화해적인 탈출구가 남아 있다. 진정한 의미에서의 시민은 유머라는 것을 제대로 이해할 능력이 없지만, 유머는 늘 어떻게든 시민적인 것으로 남아 있다. 모든 황야의 이리가 자신들의 복잡하고 다양한 이상을 실현하는 것은 유머라는 상상의 영역에서다. 여기서는 성자와 탕자를 동시에 긍정하는 것과 양극단을 구부려 서로를 접촉하게 하는 것이 가능할 뿐 아니라 시민 계층을 긍정의 대상에 포함시키는 것도 가능해진다. 신에게 사로잡힌 성자가 범죄자를 긍정하는 것과 그 반대의 경우도 확실히 가능할 것이다. 보통은 성자나 범죄자 모두의 경우, 나아가 절대성을 추구하는 다른 모든 사람의 경우, 저 중립적이고 미지근한 중용, 저 시민적인 것을 긍정하는 것이 불가능하다. 단지 유머라는 것, 가장 위대한 것을 향한 소명을 받았으나 달성하지 못한 자들, 거의 비극적인 자들, 최고의 재능을 타고난 불행한 자들이 만들어 낸 위대한 발명품, 단지 (어쩌면 인류의 가장 독특하고 독창적인 업적인) 이 유머만이 그 불가능한 것을 가능하게 하고, 인간 존재의 모든 영역을 자신의 프리즘을 통과한 광선으로 뒤덮어 통합할 수 있다. 세상에 살면서도 세상이 아닌 것처럼 살기, 법을 존중하면서도 법을 넘어서기, 소유하면서도 '소유하지 않는 것처럼' 하기, 포기하면서도 마치 포기가 아닌 것처럼 하기, 자주 애용되고 종종 고차원적인 삶의 지혜로 표현되는 이 모든 요구는 유머를 통해서만 실현될 수 있다.

그리고 만약 유머의 재능과 소질을 갖추고 있는 황야의 이리의 경우 자신이 처한 지옥의 후덥지근한 혼돈 속에서도 유머라는 마법의 약물을 뒤섞어 증류시키는 데 성공한다면 구원받을 수 있을 것이다. 아직은 그가 그렇게 되기에 많은 것이 부족하다. 하지만 그렇게 될 가능성, 희망만큼은 있다. 그를 사랑하고 그의 행복을 염두에 둔 사람은 그가 이런 방식으로 구원 얻기를 희망할 것이다. 그렇게 할 경우 그는 영원히 시민적인 삶 속에 머물겠지만, 그의 고통은 견딜 만할 것이고 결실을 거둘 것이다. 그가 시민 계층에 갖는 애증의 관계는 감상적인 측면을 상실할 것이고, 이 세계에 매여 있는 것이 그에게는 더 이상 괴로운 치욕으로 남지 않을 것이다.

이를 달성하거나 어쩌면 종국에 우주로의 거대한 도약을 감행하려면 언급한 황야의 이리는 언젠가 한 번은 자신과 맞서야 할 것이고, 자기 영혼의 혼돈을 깊이 들여다보고 자기 자신을 완전히 인식하는 데 이르러야 할 것이다. 그렇게 되면 그 자신의 미심쩍은 실존은 전체가 변하지 않는 모습으로 자신을 드러낼 것이다. 그는 앞으로 충동의 지옥에서 벗어나 감상적이고 철학적인 위안으로 다시 도피하고, 이 위안에서 벗어나 자신의 이리 본능이 살아 있는 맹목적인 도취 상태로 다시 도피하는 것이 불가능해질 것이다. 인간과 이리는 왜곡을 야기하는 감정의 가면 없이 서로를 인식할 것이고, 벌거숭이 상태로 서로의 눈을 바라보도록 요청받을 것이다. 그러면 이 두 존재는 폭발하고 영원히 갈라서 황야의 이리가 더 이상 존재하지 않는 상황에 이르거나, 아니면 두 존재가 솟아오르는 유머의 빛 속에서 이성적인 결혼을 하게 될 것이다.

하리는 언젠가 아마도 이 마지막 가능성 앞에 서게 될 것이다. 언젠가 그는 우리의 작은 손거울 하나를 손에 넣거나 불멸의 존재들을 만나거나 어쩌면 우리의 마술 극장에서 황폐한 상태의 자기 영혼을 해방시키는 데 필요한 것을 발견함으로써 자신의 존재를 발견할 수 있을 것이다. 이와 같은 수많은 가능성이 그를 기다리고 있고, 그의 운명이 불가항력적으로 이런 가능성들을 그에게로 끌어당기고 있다. 시민 계층에서 국외자로 사는 모든 아웃사이더는 이런 마술적인 가능성들로 충만한 대기 속에서 살아가고 있다. 아주 하찮은 것으로도 충분히 번개를 치게 할 수 있다.

황야의 이리는 자기 내면의 전기인 이 소책자를 들여다보지 않더라도 이 모든 것을 잘 알고 있다. 그는 우주의 집 안에서 자신이 어떤 위치에 있는지 예감하고 있고, 불멸의 존재들을 예감하고 잘 알며, 자기 자신과 대면할 가능성을 예감하고 그것을 두려워하기도 한다. 그는 자신이 꼭 들여다봐야 하는 거울이 있음을 알고 있지만, 그 거울을 들여다보는 것을 죽는 것만큼이나 무서워하고 있다.

이 소논문을 마무리하기 전에 하나의 마지막 픽션, 하나의 근본적인 착각을 해명해야 하는 일이 남아 있다. 모든 '설명', 모든 심리 분석, 모든 이해의 시도는 그것들을 지지해 주는 보조 수단들과 이론들, 신화와 허구가 필요하다. 그리고 훌륭한 저자라면 서술의 마지막 부분에서 이해를 위해 동원된 이런 허구에 대해 가능하면 해명하고자 시도할 것이다. 가령 내가 '위' 또는 '아래'라고 말하는 경우 그것은 벌써 설명이 필요한 하나의 주장이다. 왜냐하면 위 또는 아래라는 것은 단지 생각 속에서, 단지 추상적 개념으로 존재하기 때문이다. 세상 그 자체는 위 또는 아래 같은 것을 알지 못한다.

이와 마찬가지로 바로 본론을 말하자면 '황야의 이리'라는 것도 하나의 허구인 셈이다. 하리가 자신을 '이리 인간'으로 느끼고 자신이 적대적이고 대립적인 두 존재로 이루어졌다고 여긴다면 그것은 다만 사태를 단순화하는 신화일 뿐이다. 하리는 결코 '이리 인간'이 아니다. '황야의 이리'라는 그가 만들어 내고 믿고 있는 거짓 이야기를 우리가 무비판적으로 받아들이고 또 그를 실제로 이중적인 존재, 황야의 이리라고 여기고 해석을 시도했다면, 이는 더욱 쉽게 이해할 수 있기를 바라면서 하나의 착각을 활용한 것이다. 남은 일은 이제 그런 착각을 바로잡는 것이다.

하리가 자신의 운명을 자신에게 더 잘 납득시키고자 이리와 인간, 충동과 정신으로 이분법적 구분을 시도한 것은 매우 조잡한 단순화라고 할 수 있다. 그렇게 하는 것은 이 인간이 자신의 내면에서 느끼고 자신의 적지 않은 고통의 원천일 것이라고 여기는 모순들을 그럴듯하지만 잘못 설명해 주는 것으로서 실은 현실을 왜곡시키는 것이다. 하리는 자신 안에서 하나의 '인간', 다시 말해 사상과 감정, 문화의 세계, 길들여진 숭고한 본성을 발견한다. 이와 더불어 그는 자신 안에서 한 마리의 이리, 다시 말해 본능과 야성, 잔혹성의 세계, 순화되지 않은 거친 본성의 어두운 세계를 발견한다. 이처럼 표면적으로는 자신의 존재를 서로 적대적인 두 영역으로 명확히 구분했음에도 불구하고 그는 가끔 이리와 인간이 한동안 서로 화목하게 지내는 행복한 순간을 경험하기도 한다. 만약 하리가 자기 삶의 모든 개별적인 순간, 모든 개별적인 행동, 모든 개별적인 감정에서 어떤 부분이 인간에 속하고 어떤 부분이 이리에 속하는지 구분하려 시도한다면, 그는 즉시 곤란한 처지에 놓일 것이고 그의 아름다운 이리론(論) 전체가 무너질 것이다. 왜냐하면 어떤 인간도, 아니 어떤 원시적인 흑인이나 어떤 바보도 자신의 존재가 두세 개의 주요 요소가 합쳐진 것이라는 설명에 만족할 정도로 그리 단순하지는 않기 때문이다. 하물며 하리같이 미묘하게 복잡한 인간을 이리와 인간으로 소박하게 구분하는 방식으로 설명하려는 것은 말할 수 없을 정도로 순진한 시도라고 할 수 있다. 하리는 두 존재가 아니라, 수백 혹은 수천의 존재로 되어 있다. 그의 삶은 (다른 모든 인간의 삶과 마찬가지로) 단지 두 개의 극, 예를 들어 단지 충동과 정신 또는 성자와 탕자 사이를 오가는 것이 아니라 수천의 존재 사이를, 수많은 양극 사이를 오가고 있다.

하리와 같이 교양 있고 총명한 인간이 자신을 '황야의 이리'로 여길 수 있다는 사실, 그가 자신의 풍부하고 복잡한 삶의 형체를 이렇게 단순하고 조야하며 원시적인 공식에 가둘 수 있다는 사실로 인해 우리가 놀라워해서는 안 될 것이다. 인간은 고도의 사유 능력을 가진 존재가 아니고, 가장 지적이고 가장 교양 있는 인간조차 언제나 매우 소박하고 사태를 단순화하며 왜곡시키는 상투적 렌즈들을 통해 세상과 자신을 바라보는 법이다. 인간은 자기 자신을 바라볼 때 이런 경향이 가장 심하다! 왜냐하면 인간은 누구나 선천적으로 그리고 필연적으로 자신의 자아를 하나의 통일체로 상상할 필요성을 타고난 것으로 보인다. 이런 망상은 매우 빈번하게, 매우 심하게 흔들릴 때도 있지만 대부분 다시 회복된다. 살인자를 마주하고 그의 눈을 들여다보는 재판관은 한순간 살인자가 (재판관인) 자신의 목소리로 말하는 것을 듣고 살인자의 모든 흥분과 살인의 능력, 가능성이 자신의 내면에도 있다는 것을 발견하지만, 바로 다음 순간 그는 하나의 통일체, 재판관의 신분이 되어 있고 상상적인 자아의 껍질 속으로 재빨리 되돌아가 자신의 의무를 다하면서 살인자에게 사형을 선고한다. 그리고 특별히 재능을 타고나고 예민한 감각을 지닌 인간 영혼들이 자신의 분열상을 예감하기 시작하는 경우, 그리고 모든 천재와 마찬가지로 이런 영혼들이 통일된 인격이라는 망상을 파괴하고 자신을 여러 부분, 수많은 자아의 묶음으로 느끼는 경우, 이들이 이런 사실을 단지 주장하기만 해도 대다수 사람은 당장 이들을 감금한다. 대중은 학문의 힘을 빌려 조현병(정신분열증)이라는 진단을 내릴 것이고 인류가 이 불행한 인물들의 입에서 나오는 진리의 외침을 듣지 못하게 할 것이다. 그런데 그것은 생각이 있는 사람이라면 누구나 이해하는 자명한 진리겠지만, 그것을 말로 표현하는 것이 비윤리적인 경우 우리는 무엇 때문에 굳이 발설해야 하는가? 그러니까 자아라는 상상적인 통일체를 이중적 존재로 확장하고자 나서는 인간이 있다면 그는 이미 천재에 가깝거나 하여튼 드물고 흥미로운 예외적인 존재인 것이 분명하다. 그러나 사실은 어떤 자아, 어떤 단순한 자아라고 해도 하나의 통일체가 아니다. 오히려 자아라는 것은 극도로 다양한 세계, 별들이 총총한 작은 하늘, 다양한 형식과 다양한 단계와 다양한 상태가 혼재하고 여러 상속된 것과 가능성들이 어우러져 있는 혼돈인 것이다. 그런데도 모든 인간은 이런 혼돈을 하나의 통일체로 간주하려 노력하고 아울러 자신의 자아를 마치 단순하고 확고한 형태, 명확한 윤곽을 가진 것처럼 말하는데, (최고의 인간을 포함해) 모든 인간이 공통적으로 갖고 있는 이런 착각은 호흡을 하고 음식을 먹는 것과 같이 우리의 삶이 요구하는 것이다.

이런 착각은 단순한 유추에서 생겨난다. 인간은 하나의 몸을 가졌다는 점에서는 하나의 실체지만 영혼은 결코 그렇지 않다. 전통적으로 문학, 심지어 가장 세련된 작품의 경우에도 총체적이고 통일적으로 보이는 인물을 언제나 서사의 대상으로 삼았다. 우리가 아는 한 문학에서 전문가나 식자들이 최고로 평가하는 장르는 드라마다. 드라마는 자아를 다중적인 존재로 표현할 가능성이 가장 높기 때문에 이는 타당한 견해라고 할 수 있다. 물론 겉으로 보기에는 드라마에 등장하는 각 인물이 어쩔 수 없이 일회적이고 통일적이며 폐쇄적인 육체에 갇혀 통일성을 가장하기 때문에 이런 인상을 반박하는 것처럼 보인다. 소박한 수준의 미학적 판단을 내리는 사람들 또한 개별 인물이 두드러질 정도로 독립적인 통일체로 무대에 등장하는 이른바 성격극을 최고로 평가하기도 한다. 그러나 어떤 사람들은 어쩌면 이런 미학적 접근이 진부하고 피상적이라는 것, 장엄하기는 하지만 우리 고유의 것이 아니고 고대에서부터 물려받은 미 개념을 우리 시대의 위대한 극작가들에게 적용하는 것은 잘못이라는 것을 처음에는 어렴풋하게, 하지만 점차 또렷하게 예감한다. 우리는 실은 눈에 보이는 육체에서 출발해 자아라는 픽션, 개별 인물이라는 허구를 창안한 고대 사상가들의 개념을 받아들이도록 설득당한 것이다. 고대 인도의 문학 작품에서는 이런 개념을 전혀 찾아볼 수 없다. 인도 서사시의 주인공들은 개별 인물이 아니라 여러 성격이 뒤섞인 매듭, 일련의 신들의 화신이라고 할 수 있다. 오늘날 서구에서도 작가 자신이 어쩌면 거의 의식하지 못하는 상태에서 인물극이나 성격극의 베일 뒤에서 영혼의 다중성을 묘사하려 시도하는 작품들이 있다. 이런 사실을 인식하려는 자는 해당 문학 속에 등장하는 인물들을 개별적인 실체로 간주하지 않고 더 높은 통일체(예를 들어 작가의 영혼)의 부분들과 양상들, 다양한 측면들로 파악하려 해야 할 것이다. 예를 들어 '파우스트'를 이런 방식으로 바라보면, 파우스트와 메피스토, 바그너 그리고 기타 인물들이 모여 개인을 넘어서는 하나의 통일체가 만들어진다. 그리고 개별 인물이 아니라보다 고차원적인 이런 통일체에서 비로소 영혼의 진정한 본질 같은 것이 암시된다. 파우스트라는 인물은 교사들이 즐겨 인용하고 속물들이 전율을 느끼며 찬미하는 다음의 구절, 즉 "아, 내 가슴에는 두 개의 영혼이 살고 있다!"는 구절을 말하는데, 이 경우 그는 메피스토와 자신의 가슴속에 있는 수많은 다른 영혼을 잊고 있는 것이다. 우리의 황야의 이리도 자신의 가슴속에 두 개의 영혼(이리와 인간)을 지니고 있다고 믿고, 이로써 자신의 가슴은 이미 고통스러울 정도로 비좁은 상태라고 느낀다. 가슴, 육체는 언제나 하나인 것이 맞지만, 그 안에 거주하는 영혼은 둘 또는 다섯이 아니라 헤아릴 수 없이 많다. 인간은 수백 겹의 껍질로 이루어진 양파이자 수많은 실로 짜인 직물이다. 고대 아시아인들은 이것을 깨닫고 정확히 알고 있었다. 불교의 요가에서는 이미 개성이 하나의 망상임을 드러내 주는 정확한 기법을 고안했다. 이렇게 본다면 인류의 유희는 재미있고 다채롭다. 인도에서는 수천 년 동안 노력을 기울여 그 망상을 폭로하고자 했는데, 서구에서는 바로 그 망상을 지탱하고 강화하기 위해 마찬가지로 많은 노력을 기울였다.

이런 관점에서 황야의 이리를 고찰해 보면 그가 어처구니없는 자신의 이원성 때문에 왜 그렇게 고통스러워하는지 분명히 알 수 있다. 그는 파우스트처럼 하나의 가슴에 두 영혼이 깃든 것이 너무 부담되어 가슴이 터져 버릴 거라 믿고 있다. 그러나 이와 반대로 두 개의 영혼은 너무 적고, 하리는 이렇게 원시적인 이미지로 자신의 영혼을 파악함으로써 자신의 불쌍한 영혼에 끔찍한 폭력을 가한다. 하리는 교양이 높은 인간임에도 불구하고 둘 이상은 세지 못하는 미개인처럼 처신하고 있다. 그는 자신의 한 부분을 인간, 다른 한 부분을 이리라고 부르면서, 이로써 이야기는 벌써 끝난 것이고 그 자신은 소진되었다고 생각하는 것이다. 그는 자신 속에서 발견하는 모든 정신적이고 승화되거나 문명화된 것은 '인간'에 집어넣고, 모든 본능적이고 야성적이고 혼돈스러운 것은 '이리'에 집어넣는다. 그러나 실제 삶에서의 사태는 우리가 생각하는 것처럼 그렇게 단순하지 않고 우리가 사용하는 보잘것없는 바보들의 언어처럼 그렇게 조야한 것이 아니다. 하리가 이리라는 이런 단순한 모형을 자신에게 적용한다면 이중으로 자신을 기만하는 것이다. 우리가 우려하는 바는, 하리가 혹시 영혼의 영역 중에서 아직 인간적인 것이라고 상상할 수 없는 영역까지 '인간'에 포함시키고 벌써 오래전에 이리적인 것을 넘어선 자신의 본질까지 '이리'에 포함시키고 있지 않은가 하는 것이다.

다른 모든 사람처럼 하리 역시 인간이 무엇인지 상당히 잘 안다고 믿고 있다. 그리고 그는 꿈에서나 다른 통제하기 어려운 의식 상태에서 종종 그것을 예감하는 때가 있기도 하지만, 실은 그것을 대체로 알지 못하는 것이 분명하다. 그가 부디 이런 예감을 잊지 않고 가능하면 그것을 자기 것으로 만들었으면 한다! 인간은 물론 확고하고 항구적인 형상을 지닌 존재

(고대 현인들이 인간에 대해 서로 대립되는 예감을 보였음에도 불구하고 이것은 고대의 이상이었다)가 결코 아니다. 오히려 인간이라는 존재는 하나의 실험이자 변화의 과정에 있다. 인간 존재는 자연과 정신 사이에 놓여 있는 좁고도 위험한 다리에 불과하다. 내면 깊은 곳의 숙명은 인간을 정신을 향해, 신을 향해 내몰아 가는 반면, 내면 깊은 곳의 동경은 인간을 자연 쪽으로, 어머니에게로 돌아가도록 이끈다. 인간은 이 두 강력한 힘 사이에서 비틀거리면서 불안과 전율의 삶을 살아간다. 사람들이 제각각 이해하는 '인간'이라는 개념은 언제나 시민들의 다수가 합의한 덧없는 것에 지나지 않는다. 이런 인습에 따르면 날것 그대로의 거친 본능들은 거부되고 금기시된다. 약간의 의식, 문명화된 행동 그리고 탈(脫)야만화가 요청되고, 약간의 정신성만 허용될 뿐 아니라 요구된다. 이런 인습에 따르면 '인간'은 다른 모든 시민적 이상과 마찬가지로 하나의 타협이다. 그것은 악한 태초의 어머니인 자연뿐만 아니라 성가신 태초의 아버지인 정신이 제기하는 강렬한 요구들을 기피하고 그 둘 사이 미적지근한 중간에 머물고자 하는 소심하고 순진하면서도 교활한 시도라고 할 수 있다. 바로 이런 이유에서 시민들은 스스로 '개성'이라고 부르는 것을 허용하고 참아 내지만, 동시에 그 개성을 몰록 신에 해당하는 '국가'에 바치고는 지속적으로 둘 사이를 반목시킨다. 시민들이 오늘은 어떤 인물을 이단자로 화형에 처하고 범죄자로 매달고는 내일 지나 다음 날에는 그를 위해 기념비를 세워 주는 것도

이런 이유에서다.

'인간'은 이미 창조되어 있는 존재가 아니라 정신이 요구하는 바이고, 동경하면서도 두려워하는 저 멀리 있는 가능성이다. 거기에 이르는 길은 언제나 단지 짧은 단계에 불과하지만 엄청난 고통과 도취 상태를 감수하면서 나아가는 길이다. 그 길을 가는 사람은 오늘은 단두대, 내일은 기념비가 예비되어 있는 흔치 않은 개인들이다. 이 모든 진실은 황야의 이리도 이미 예감하는 것이다. 그런데 그가 자신 속에서 '이리'에 반대적인 것으로서 '인간'이라고 부르는 것은 대부분 저 시민적 인습을 따르는 범상한 '인간'이다. 하리는 진정한 인간에 이르는 길, 불멸의 존재에 이르는 길을 상당히 잘 예감하고 있다. 그래서 그는 때로는 주저하면서 아주 조금씩 그 길로 나아가며, 심한 수난과 고통스러운 고독을 대가로 치르기도 한다. 하지만 그는 영혼 깊은 곳에서는 정신이 요구하는 최고의 요구, 다시 말해 진정한 인간 되기를 긍정하고 추구하라는 요구, 불멸에 이르는 그 유일한 좁은 길을 걸어가라는 요구와 맞닥뜨리는 것에 겁을 먹고 있다. 그는 그 길이 더 큰 고난과 박탈의 삶, 궁극적인 희생, 어쩌면 단두대로 이어진다는 것을 분명히 느끼고 있다. 그리고 바로 이런 이유에서 그는 비록 그 길의 끝에 불멸의 보상이 유혹하지만 그 모든 수난을 감당하고 그 모든 죽음을 감수하고 싶지는 않은 것이다. 비록 그는 진정한 인간 되기라는 목표를 평범한 시민들보다 잘 의식하고 있음에도 진실에 대해 두 눈을 감아 버리고는, 다음의 사실, 다시 말해 죽을 수 있는 능력, 껍질을 벗고 자아를 변신에 영원히 내줄 수 있는 능력이 불멸의 길로 나아가는 길인 반면에, 자아에 절망적으로 집착하고 죽지 않으려 절망적으로 발버둥 치는 것이 영원한 죽음에 이르는 확실한 길이라는 점을 애써 인정하지 않으려 한다. 그렇지만 만약 그가 불멸의 존재 중에서도 예를 들어 모차르트 같은 가장 좋아하는 위인들을 숭배한다면, 그것은 그가 모차르트가 완성한 것을 여전히 학교 선생처럼 단순히 그의 특별한 재능 탓으로 돌리는 경향을 보이며 모차르트를 시민의 눈으로 바라보기 때문이다. 이로써 그는 모차르트가 헌신과 고통을 감수하는 위대성을 가졌다는 사실, 모차르트가 시민적 이상들에 대해 냉담했다는 사실, 또 모차르트가 저 극단적인 고독, 다시 말해 인간이 되는 길에서 고통을 당하는 사람들을 둘러싸고 있는 모든 시민적인 공기를 희석시켜 얼음장처럼 차가운 에테르로 변모시키는 그런 고독을 견뎌 냈다는 사실은 언급하지 않는다. 그런 고독은 바로 그리스도가 저 겟세마네 동산에서 감수한 고독이기도 하다.

그런데도 우리의 황야의 이리는 적어도 자신 속에 있는 파우스트적인 이중성을 발견했다. 그는 육체라는 통일체 속에 한 영혼의 통일체가 깃들어 있는 것이 아니라, 그 자신은 기껏해야 이런 이상적 조화를 향해 나아가는 긴 순례 여정에 있는 존재라는 것을 깨달았다. 그는 자기 안에 있는 이리를 극복하고 온전한 인간이 되든지, 아니면 반대로 적어도 이리로서 통일적이고 분열되지 않은 삶을 살기 위해 인간적인 측면을 포기하고자 할 것이다. 아마도 그는 진짜 이리를 한 번도 제대로 관찰해 본 적이 없을 것이다. 만약 제대로 관찰했더라면 그는 아마 짐승들도 결코 통일적인 영혼을 지니고 있지 않다는 것, 그들의 멋지고 팽팽한 형태의 육체 안에도 다양한 성향들과 상태들이 깃들어 있다는 것, 이리 역시 자신 안에 심연을 갖고 있다는 것, 이리 또한 고통을 겪고 있다는 것을 보았을 것이다. 아니, "자연으로 돌아가라!"라는 구호와 더불어 인간은 언제나 고통이 가득하고 희망은 없는 잘못된 길을 걸어가고 있다. 하리는 결코 다시 완전히 이리가 될 수는 없고, 설령 그렇게 된다고 하더라도 이리라는 것 역시 단순하고 원시적인 이리가 아니라 아주 다양하고 까다로운 존재라는 것을 깨닫게 될 것이다. 이리 역시 그의 가슴속에 두 개 이상의 영혼을 갖고 있다. 한 마리의 이리가 되고 싶어 하는 자는 실은 "어린아이로 지내는 것은 얼마나 복된가!"* 하고 노래하는 남자와 같은 건망증에 사로잡혀 있는 것이다. 행복한 유년 시절을 노래한 그 사람, 호감은 가지만 다분히 감상적인 그 인물 역시 자연으로, 순진무구한 상태로, 처음으로 돌아가고 싶어 한다. 하지만 그 사람도 어린아이들이 결코 행복하지 않다는 사실, 오히려 어린아이들도 많은 갈등, 엄청나게 모순적인 분열, 모든 종류의 고통을 겪을 수 있다는 사실을 완전히 망각했던 것이다.

되돌아갈 수 있는 길은 전혀 없다. 이리로 돌아가는 길도 없고 어린아이로 돌아가는 길도 없다. 사물들은 시작 단계라고 해서 순진무구하고 단순한 상태에 있지 않다. 모든 창조물, 심지어 가장 단순해 보이는 것도 벌써 죄과가 있고 벌써 분열되어 있으며 생성의 더러운 물결에 내던져진 상태여서 결코 그 물결을 거슬러 헤엄칠 수 없다. 순진무구한 상태, 창조 이전 상태로 나아가는 길, 신에게 나아가는 길은 뒤로 나 있는 것이 아니라 앞으로 나 있다. 다시 말해 그것은 이리나 어린아이의 방향으로 나아가는 것이 아니라 더욱 죄로 나아가는, 더욱 인간이 되는 방향으로 더 깊이 뻗어 있다. 그러니 불쌍한 황야의 이리, 그대가 자살한다고 해도 진정한 해결책이 되지 못할 것이다. 진정한 인간이 되려면 그대는 더욱 멀고 더욱 수고로우며 더욱 무거운 길을 걸어가야 할 것이다. 그대는 자주 그대 안의 이원성을 보다 다원성으로 확장해야 하고 그대의 복잡한 본성을 더욱 복잡하게 해야 할 것이다. 그대는 어쩌면 언젠가 종국에 이르고 평온한 상태에 이르기 위해 그대의 세계를 제한하고 그대의 영혼을 더욱 단순화하는 대신 고통스럽게 확장된 그대의 영혼 안에 더욱 많은 세계, 결국에는 세계 전체를 받아들여야 할 것이다. 그 길은 부처를 포함해 모든 위대한 인간이 걸어간 길이다. 어떤 이는 자각하면서, 어떤 이는 의식하지 못한 채, 하여튼 그런 시도가 성공을 거두는 동안은 그 길을 걸어갔다. 모든 탄생은 우주로부터의 분리를 의미하고, 제한에 갇히는 것, 신으로부터의 격리, 고통을 겪으면서 새로운 존재가 되는 것을 뜻한다. 우주로 복귀하는 것, 고통스러운 개성화를 극복하는 것, 신적인 존재가 된다는 것은 전체 우주를 자신 속에 다시 품을 정도로까지 자신의 영혼을 확장하는 것을 의미한다.

우리가 지금 여기에서 말하는 인간은 학교, 경제, 통계에서 다루는 인간이 아니고, 무리 지어 거리를 배회하는 수백만의 인간, 바닷가의 모래나 부서지는 파도의 물방울처럼 보잘것 없는 그런 존재들이 아니다. 수백만이라는 숫자는 별로 중요하지 않고, 그것들은 재료에 불과할 뿐 아무것도 아니다. 아니, 우리가 여기서 이야기하는 것은 더 차원 높은 인간에 관한 것, 인간 되기라는 긴 여정의 마지막 목표에 관한 것, 존엄한 인간에 관한 것, 불멸의 존재들에 관한 것이다. 천재는 문학사나 세계사 그리고 신문에서 말하는 것처럼 그렇게 흔하지 않지만 우리에게 종종 보이는 것처럼 그렇게 드문 현상도 아니다. 우리가 보기에 황야의 이리 하리는 어떤 어려운 상황에 봉착했을 때 심하게 자신을 동정하면서 이 모든 것이 자신 속에 있는 어리석은 황야의 이리 때문이라는 핑계를 대기보다는 인간 되기의 모험을 감행하기에 충분한 천재일 것이다.

이런 잠재력을 지닌 개인들이 황야의 이리라는 상상으로 후퇴하거나 '아, 두 개의 영혼'이라는 상투어에 만족할 수 있다는 사실은 그들이 시민적인 것들에 종종 저 비겁한 애정을 보인다는 사실만큼이나 놀랍고 우울한 것이다. 부처를 이해할 수 있는 사람, 인간성의 높은 경지와 심연들에 대해 예감을 갖고 있는 사람은 상식과 민주주의, 시민적 교양이 지배하는 세계 안에 머물러선 안 된다. 그는 단지 비겁하기 때문에 거기에 머물러 있고, 자신에게 가해지는 제한들이 억압적으로 느껴지며 시민의 좁은 방이 너무 장애가 되면 그것을 '이리' 탓이라고 비난하면서, 이리가 때로는 자신의 가장 좋은 부분이라는 점을 인정하려고 하지 않는다. 그는 자신 안에 있는 모든 야성적인 요소들에 '이리'라는 이름을 붙이고 그것을 사악한 것, 위험한 것, 시민을 경악케 하는 것으로 여기는 것이다. 그는 자신이 예술가이고 섬세한 감각을 갖고 있음을 믿으면서도 자기 안에 이리 외에 그리고 이리의 배후에 더 많은 존재가 살고 있음을 보지 못하고 있다. 날카로운 이빨을 가진 모든 것이 이리는 아니다. 그 속에는 또한 여우, 용, 호랑이, 원숭이, 극락조도 살고 있다. 그는 이리라는 동화를 고수함으로써 이 세계 전체, 귀여운 창조물들과 무서운 창조물들, 크고 작은 창조물들, 강하고 부드러운 창조물들이 가득한 이 에덴동산을 억압하고 가두어 버렸다는 사실을 깨닫지 못하고 있다. 이와 마찬가지로 그는 자신 속에 있는 진정한 인간이 가상의 인간에 의해, 시민에 의해 억압당하고 감금되어 있음을 깨닫지 못하고 있다.

수백 그루의 다양한 나무와 수천 가지의 다양한 꽃, 그리고 수백 종류의 다양한 과일과 약초로 가득한 정원을 상상해 보자. 이 정원을 가꾸는 정원사가 있는데 '식용'이냐 '잡초'냐 하는 것 외에는 어떤 식물학적 구분법도 알지 못한다면, 그는 정원의 10분의 9를 어떻게 해야 할지 모를 것이다. 그 정원사는 가장 매혹적인 꽃들을 뽑아낼 것이고, 가장 고상한 나무들을 베어 내거나 그것들을 싫어하고 경시할 것이다. 황야의 이리는 자기 영혼에 있는 수많은 꽃을 그렇게 대한다. 그는 '인간'

또는 '이리'의 범주에 맞지 않는 것을 완전히 무시한다. 그리고 그는 어떤 모든 것을 '인간'에 속하는 것으로 여기고 있는가! 모든 비겁한 것, 모든 원숭이다운 것, 모든 어리석고 사소한 것은 단지 이리답지 못하다는 이유에서 '인간'에 속하는 것으로 간주한다. 이와 마찬가지로 모든 강하고 고상한 것은 단지 자신이 아직 제압하지 못한다는 이유만으로 이리적인 것이라고 간주한다.

이제 우리는 하리와 작별하고, 그가 홀로 자신의 길을 걸어가게 해야 한다. 그가 벌써 불멸의 존재들이라는 영역에 이르렀고 고난의 길로 보이는 목표 지점에 벌써 도달해 있다고 상상해 보자. 그러면 그는 자신이 걸어온 여정이 이리저리 오간 행보, 어떤 길을 택해야 할지 우유부단해하면서 나아간 거친 지그재그 행보였다는 것을 놀라워하면서 바라볼 것이다. 아울러 그는 격려도 하고 책망도 하고 연민을 보이기도 하고 흥겨워하기도 하면서 황야의 이리를 향해 미소를 지을 것이다!

*

소논문을 다 읽었을 때 몇 주 전 어느 날 밤 내가 좀 특별한 시를 적었던 생각이 났다. 그 시 또한 황야의 이리를 소재로 한 거였다. 나는 책상 위에 난장판처럼 어지럽게 쌓여 있는 종이 더미를 뒤져 시를 찾아내 읽어 보았다.

나 황야의 이리는 달리고 또 달린다.
세상은 온통 눈 속에 파묻혀 있고,
자작나무에서 까마귀가 날갯짓을 하지만,
토끼와 노루는 그 어디에도 보이지 않는구나!
노루를 연모하는 나,
한 마리라도 보고 싶구나!
이빨로 물어뜯고 손아귀에 넣을 수 있다면,
그것은 가장 멋진 일이지.
나는 그 사랑스러운 녀석을 정말 잘 대해 주고,
그 부드러운 허벅지에 이빨을 깊이 박고,
연붉은 피를 실컷 마시고,
밤새 고독하게 울부짖고 싶다!
토끼라도 좋다.
밤에 그 따끈한 살코기는 얼마나 달콤한가—
아, 내 삶을 다소 즐겁게 해 주던 것은
모두 나를 떠났는가?
내 꼬리털은 어느덧 잿빛이 되었고,
두 눈 또한 희미해졌으며,
사랑하는 아내는 몇 년 전에 죽었다.
나는 이제 달리며 노루를 꿈꾸고,
달리며 때로는 토끼를 꿈꾸며,
겨울밤의 바람 소리를 듣고,
타는 목을 내린 눈으로 적시며,

내 불쌍한 영혼을 악마한테 가져가는구나.

이제 나는 두 손에 나를 묘사한 두 개의 초상을 갖고 있었다. 하나는 변칙적인 운율의 시행으로 되어 있는 자화상으로, 나 자신처럼 슬프고 불안에 차 있었다. 다른 하나는 외부의 높은 곳에 있는 어떤 인물이, 나에 대해 나보다 아는 것이 많거나 적을 수도 있는 어떤 인물이 묘사한 것으로 냉정하고 지극히 객관적인 외양을 지닌 것이었다. 그리고 이 두 개의 초상, 다시 말해 더듬거리면서 우울하게 내뱉은 한 편의 시와 필자를 알 수 없는 영리한 '소논문'은 모두 나를 비통하게 했다. 두 초상은 모두 나름 정당한 것이었고, 두 초상화 모두 나의 암담한 실존 상태를 솔직하게 묘사했으며 내가 처해 있는 견딜 수 없고 지속될 수 없는 상황을 선명하게 드러내 보였다. 이 황야의 이리는 죽어야 했고, 혐오스러운 자신의 실존을 자기 손으로 직접 끝장내야 했다. 그게 아니라면 그는 새롭게 자기성찰이라는 치명적인 불길에 용해되어 자신을 변화시켜야 했고, 가면을 찢어 버리고 새로운 단계의 자아 형성의 길을 가야 했다. 아, 그런 과정은 내게 새로운 것도 아니었고, 미지의 것도 아니었다. 나는 그런 과정을 알고 있었고 극도의 절망에 빠졌을 때 여러 번 그런 과정을 경험했다. 그런 처절한 경험을 할 때마다 내 자아는 산산조각 났고, 그때마다 심연의 힘들이 나의 자아를 뒤흔들고 파괴했다. 그럴 때면 각별한 애정을 쏟으며 돌봐 왔던 내 삶의 부분이 나를 배반하고는 사라져 갔다. 한 번은 세속적인 재산은 물론 나의 시민적인 명성을 잃어버렸고, 내 앞에서 모자를 벗으며 예의를 갖추던 사람들의 존경을 더는 받지 않고 사는 법을 배워야 했다. 또 한 번은 내 가정생활이 하룻밤 사이 파탄 났다. 아내가 정신병을 앓으면서 나를 가정과 그 안온함에서 몰아냈던 것이다. 사랑과 신뢰가 갑자기 증오와 지독한 다툼으로 변했고, 이웃들은 한편으로 동정심과 더불어 경멸감을 내비치며 나를 바라보았다. 나의 고독이 시작된 것도 그 무렵이었다. 이후 나는 혹독한 몇 년을 보내면서 엄격한 고독과 가혹한 자기 절제 속에서 살았고, 금욕적이고 정신적인 형태의 새로운 이상과 삶을 구축했으며, 추상적인 사고 훈련과 엄격한 규율을 따르는 명상에 몰두하면서 어느 정도 삶의 평온과 활력을 되찾기도 했다. 하지만 이렇게 구축한 삶의 형태도 다시 무너져 버렸고 그 고결한 의미를 단번에 상실했다. 삶은 내가 세상을 헤집고 다니는 거칠고 힘겨운 여정에 다시 나서게 했고, 새로운 고통과 죄악의 탑은 높아만 갔다. 그리고 하나의 가면이 벗겨지고 하나의 이상이 붕괴할 때마다 이에 앞서 소름 끼치는 공허감과 적막감, 이 끔찍한 옥죄기와 고독, 관계의 단절, 사랑과 소망이라고는 없는 황량한 지옥이 엄습해 왔는데, 나는 지금 이런 것을 다시 겪어야 했다.

나의 삶이 그렇게 뒤흔들릴 때마다 결국에는 무엇인가 얻었다는 사실도 부인할 수 없다. 그것은 자유, 정신, 깊이라고 할 만한 것이었고 고독, 몰이해, 냉담함 같은 것도 있었다. 시민적인 관점에서 보면 나의 삶은 그렇게 뒤흔들릴 때마다 지속적으로 하강곡선을 그렸고, 정상적인 것, 허용된 것, 건강한 것에서 더욱 멀어져 갔다. 세월이 흐르는 동안 나는 직업을 잃고, 가정을 잃고, 고향까지 잃고, 모든 사회 집단에서 국외자로서 혼자가 되었고, 그 누구의 사랑도 받지 못하고 많은 의혹의 눈길만 받으면서 일반 대중의 견해나 도덕과 언제나 혹독한 갈등을 빚었다. 그리고 여전히 시민적인 틀을 벗어나지 않았다고 하더라도 나는 이 세상 한가운데 있으면서 모든 감정과 사고에서는 이방인이었다. 종교나 조국, 가족, 국가는 내게서 가치를 상실했고 더 이상 내 관심사가 아니었다. 나는 학문 분야, 직업 분야 또는 예술 분야에서 잘난 체하는 행위에 대해서도 역겨워했다. 나의 견해, 나의 취향, 나의 사상은 한때 나를 재능과 매력을 겸비한 인물로 인정받게 해 주었으나, 지금은 황량하고 쇠락한 것, 사람들에게 수상쩍은 것이 되어 있었다. 나는 그토록 고통스러운 일련의 변화를 겪으며 무엇인가 비가시적인 것, 무엇인가 측량하기 어려운 것을 얻었을 수도 있다. 하지만 나는 그것을 위해 비싼 대가를 치러야 했고, 나의 삶은 더욱 가혹하고 더욱 고단해졌으며, 더욱 고독하고 더욱 위태로워졌다. 나로서는 정말 그 길을 계속 가고 싶은 이유가 없다. 그 길은 가을을 노래한 니체의 시*에 나오는 연기처럼 점점 희박해지는 대기 속으로 나를 이끌어 갔기 때문이다.

아, 나는 운명이 자신의 골칫거리 자식들, 가장 다루기 힘든 자식들에게 부여하는 이런 체험들, 이런 변화들을 너무나 잘 알고 있었다. 야심만만하지만 성공은 거두지 못하는 사냥꾼이 사냥의 단계를 잘 알고 있듯이, 또는 노련한 주식 투기꾼이 투기,

이윤 획득, 확신 상실, 동요, 파산의 단계를 잘 알고 있듯이, 나는 그것들을 잘 알았다. 나는 이제 정말 이 모든 과정을 한 번 더 맛봐야 한단 말인가? 그 모든 고통, 그 모든 엄청난 곤경, 자아의 저속함과 무가치함에 대한 그 모든 통찰, 실패에 대한 그 끔찍한 불안, 그 모든 죽음의 공포를? 그 많은 고통이 반복되는 것을 피하고 어딘가로 자취를 감추는 것이 더 현명하고 간단하지 않을까? 당연히 그렇게 하는 것이 더 간단하고 현명한 방법이었다. '황야의 이리'에 관한 소책자에서 '자살자'의 행동에 대해 어떤 주장을 하든 상관없이, 그 누구도 내가 석탄 가스나 면도칼 또는 권총의 도움으로 삶을 끝장내고 이렇게 함으로써 지금까지 정말 자주 그리고 심하게 맛보아야 했던 쓰라린 고통의 과정이 반복되지 않게 하는 기쁨을 막을 수는 없었다. 아니, 젠장, 이 세상의 어떤 권력도 나더러 죽음의 공포를 동반하는 자기 자신과의 만남을 도모해 보라고 강요할 수 없고, 그 목적과 종착점이 결코 평안과 휴식이 아니라 단지 새로운 자기 파괴, 새로운 자기 구성에 불과한 새로운 정체성 형성, 새로운 변신을 감행하라고 강요할 수 없다! 자살이라는 것은 어리석고 비겁하며 초라한 것일 수도 있고, 불명예스럽고 수치스러운 비상구에 불과할 수도 있다. 하지만 이런 고통의 굴레에서 벗어나는 출구가 있다면 가장 초라한 비상구라고 해도 간절히 바랄 것이다. 이 문제에서는 숭고한 심성이나 영웅주의가 더는 끼어들 여지가 없다. 나에게 부여된 과제는 작고 일시적인 아픔과 상상할 수 없을 정도로 쓰라린 끝없는 고통 사이에서 간단한 선택을 하는 것이었다. 그동안 그토록 힘겹고 그토록 제정신이 아닌 삶을 살아오면서 나는 안락함보다는 명예, 이성보다는 영웅적 행위를 선호하고 아주 빈번하게 저 고매한 돈키호테로서 살았다. 그 정도면 충분하고 더는 그렇게 할 수 없다!

내가 마침내 잠자리에 들었을 때는 벌써 아침이었다. 겨울비 내리는 날의 납덩이처럼 무거운, 빌어먹을 아침이 하품을 하면서 창틈으로 들어왔다. 나의 결심은 잠자리까지 나를 따라왔다. 그러나 마지막 순간, 의식이 막 잠들려는 마지막 한계점에 이르렀을 때, 「황야의 이리에 관한 소논문」에서 '불멸의 존재들'을 다룬 저 특이한 대목이 섬광처럼 번쩍 떠올랐다. 이와 더불어 최근의 경우를 포함해 여러 번 불멸의 존재들을 충분히 가까이에서 느낀 적이 있다는 생각이 뇌리를 스쳤는데, 고전 음악의 한 소절에서도 서늘하고 명랑하며 준엄한 미소가 담긴 불멸의 존재들의 지혜를 맛보았다. 이런 기억이 잠시 밝은 빛을 발하는가 싶더니 이내 사라졌고, 잠이 산처럼 무겁게 쏟아져 이마를 짓눌렀다.

정오 무렵 잠에서 깨면서 사태가 명백해진 것을 다시 깨달았다. 소책자는 침대 옆 작은 탁자 위에 내 시와 함께 놓여 있었다. 그리고 최근 삶의 혼란에서 생겨났고 밤새 잠을 자는 동안 더욱 확고해진 내 결심 역시 다정하면서도 냉정한 눈길로 나를 쳐다보았다. 서두를 필요는 없었다. 죽고자 하는 결심은 한순간의 기분이 아니라 잘 익어 있는 단단한 과일이었다. 그동안 서서히 자라나 이제 무거워진 그 과일은 운명의 바람에 살랑살랑 흔들렸고, 다음 운명의 돌풍이 불면 떨어질 수밖에 없었다.

나는 여행용 약 상자에 통증을 진정시키는 탁월한 약재, 특히 독한 아편을 갖고 다녔다. 하지만 그 약재를 아주 드물게만 사용했고 몇 달이나 사용하지 않을 때도 많았다. 나는 육체적인 통증이 견딜 수 없을 정도일 때만 이 강렬한 마취제를 복용했다. 유감스럽게도 이 약재는 자살하는 데는 적합하지 않았다. 몇 년 전 또다시 절망감에 사로잡혔을 때 이 약을 시험해 본 적이 있었다. 그때 여섯 명을 치사케 할 정도로 충분한 양을 삼켰으나, 그것은 내게 죽음을 선사하지 못했다. 나는 잠든 채 몇 시간을 완전한 마취 상태로 누워 있었으나, 정말 실망스럽게도 격렬한 위경련이 일어나 반쯤 깨어났다. 완전히 제정신으로 돌아오지 않은 상태에서 그 독성 물질을 전부 토하고 다시 잠들었다. 결국 다음 날 정오 무렵 깨어났을 때, 무서울 정도로 말짱하게 의식을 되찾았으나, 머릿속이 하얗게 타 버려 멍한 상태가 된 탓에 거의 아무것도 기억할 수 없었다. 얼마 동안 불면과 성가신 위통에 시달린 것 말고는 독성 물질로 인한 별다른 부작용은 없었다.

따라서 그 약재는 고려 대상이 될 수 없었다. 그런데 나는 이제 내 결심을 다음과 같이 공식화했다. 내가 또다시 아편에 손을 대지 않을 수 없을 정도로 나쁜 상황을 맞는다면 그 덧없는 구원을 얻으려고 아편을 흡입할 것이 아니라 죽음이라는 지속적인 구원, 그것도 총알이나 면도칼로 확실히 마무리되는 신뢰할 수 있는 죽음을 선택해야 할 것이다. 이로써 상황은 정리되었다. '황야의 이리'에 관한 소책자에서 제시한 이상한 처방대로 쉰 살이 되는 생일날까지 기다리는 것이 너무 길게 느껴졌다. 그 시간이 오려면 무려 2년이나 남아 있었다. 그런데 내 결행은 1년 후일 수도 있고 한 달 후 또는 내일일 수도 있다. 문들은 이제 열려 있다.

*

나는 그 '결심'이 내 삶을 크게 변화시켰다고 말할 수 없다. 그 결심은 나를 고통에 조금 더 무덤덤하게 만들었고, 조금 더 근심을 내려놓고 아편과 포도주를 즐기게 했으며, 내가 견딜 수 있는 한계가 어느 정도일지 조금 더 호기심을 갖게 했으나, 그것이 전부였다. 내게 더 강력한 영향을 미친 것은 그날 밤의 다른 체험들이었다. 나는 「황야의 이리에 관한 소논문」을 몇 번 더 통독했다. 때로는 눈에 보이지 않는 마법이 내 운명을 현명하게 인도해 줄 것을 알기라도 한다는 듯 몰두하면서 고마워하는 마음을 품고서, 때로는 내 삶의 독특한 분위기와 긴장을 전혀 이해하지 못하는 것처럼 보이는 그 소논문의 냉정함을 비웃고 경멸하면서 읽었다. 황야의 이리와 자살자들에 관한 내용은 아주 정확하고 영리한 것이었다. 그것은 일반적인 범주나 유형에 타당하게 적용될 수 있었고, 재기발랄한 추상의 사유를 보여 주었다. 하지만 내가 보기에 그렇게 엉성한 그물을 갖고는 나의 개성, 나의 고유한 영혼, 나의 유일무이한 개인적 운명을 포획할 수 없을 것 같았다.

그런데 다른 무엇보다 내 마음을 깊이 사로잡은 것은 교회 담벼락에서 본 그 환각 혹은 환상이었다. 춤추는 글자들이 드러낸 것은 「황야의 이리에 관한 소논문」의 암시들과 일치하는 것으로, 매혹적인 메시지였다. 나는 거기에서 상당히 많은 약속을 접했고, 저 낯선 세계의 목소리들은 내 호기심을 강렬하게 자극했다. 나는 종종 몇 시간이나 생각에 잠겨 숙고했다. 그러자 '평범한 사람은 입장 불가!' 그리고 '미친 사람만 입장 가능!'이라는 문구의 경고가 더욱 또렷하게 들려왔다. 그 목소리들이 내게 도달하고 저 다른 세계가 내게 말을 걸어 오는 것을 보면 나는 '평범한 사람'에서 멀리 벗어나 있는 미친 인간임이 틀림없었다. 맙소사, 나는 이미 오래전부터 평범한 사람의 삶, 정상적인 사람들의 실존과 사고에서 아주 동떨어진 삶을 살아온 것 아닐까? 나는 이미 오래전부터 충분히 고립된 상태, 미친 상태로 살았던 것 아닐까? 그런데도 나는 마음 깊은 곳에서 그 부름의 의미를 제대로 알고 있었다. 그것은 미친 실존이 되라는 요구, 이성과 억압과 시민성을 내던져 버리라는 요구, 범람하고 법칙이 통용되지 않는 영혼의 세계, 상상의 세계에 헌신하라는 요구였다.

그러다가 하루는 막대기에 플래카드를 매달고 다니던 남자를 찾으려고 온 거리와 광장을 헤집었다. 그러면서 눈에 잘 띄지 않는 문이 나 있는 그 돌담 주변도 몰래 염탐하고 아무 소득도 없이 몇 번이나 지나쳤다. 그러다가 시 외곽의 성 마틴 구역에서 어떤 장례 행렬과 마주쳤다. 무거운 발걸음으로 운구차 뒤를 따라가면서 애도하는 사람들의 얼굴을 바라보는데, 이런 생각이 뇌리를 스쳤다. 이 도시, 이 세상 어딘가에 죽음으로써 나에게 상실감을 안겨 줄 그런 사람이 살고 있을까? 내 죽음을 조금이라도 애도할 사람이 어딘가에 살고 있을까? 그렇다, 내가 사랑하는 여인, 에리카가 있었다. 하지만 우리 두 사람은 오래전부터 관계가 아주 느슨해져 버렸고, 서로 만나면 다투지 않는 경우가 거의 없었으며, 지금은 그녀가 어디 사는지도 모른다. 그녀가 가끔 나한테 오거나 내가 그녀를 찾아갈 뿐이다. 우리 두 사람 다 외롭고 까탈스러운 성격이며 영혼 혹은 영혼의 병에 있어, 어딘가 닮은 구석이 있었다. 그런데도 우리 사이에는 서로를 묶는 연대감이 있었다. 하지만 내가 죽었다는 소식을 접하면 그녀는 혹시 안도의 숨을 쉬며 더욱 편안해하지 않을까? 나로서는 알 수 없었다. 내 감정조차 얼마나 신뢰할 수 있을지 알 수 없었다. 그런 것에 대해 뭔가 알려면 모름지기 정상적이고 가능한 현실의 범주에서 살아야 할 것이다.

그러는 사이 나는 일시적 기분으로 장례 행렬에 합류했고 애도하는 유족들을 따라 공원묘지까지 갔다. 시멘트로 지어진 현대식 공원묘지는 화장터를 포함해 모든 편의시설을 갖추고 있었다. 그러나 내가 따라간 시신은 화장되지 않았다. 대신 망자의 관은 소박한 구덩이 앞에 내려졌다. 나는 목사와 자기 잇속을 챙기는 무리 그리고 상조 회사 직원들이 의식을 치르는 것을 지켜보았다. 그들은 아주 엄숙하고 애도를 자아내는 장례식 분위기를 끌어내기 위해 무던히 노력을 기울였다. 그러다 보니 호들갑스러운 연극과 당혹감, 가식을 보이지 않으려고 긴장한 탓에 아주 우스꽝스러운 상황이 연출되었다. 그들은 직업에 어울리는 유려한 검은 예복을 펄럭이면서 모든 조문객을 엄숙한 분위기로 유도해 죽음의 장엄함 앞에서 무릎을 꿇게 하려고 애썼다. 하지만 헛수고였다. 아무도 울지 않았고, 그 누구도 죽은 자를 떠나보내는 것을 애도하는 것 같지 않았다. 그리고 그 누구도 경건한 분위기로 넘어가려 하지 않았다. 목사는 여러 차례 청중을 '친애하는 성도들'이라고 불렀지만, 상인들과 빵 제조자들 그리고 그들의 부인들은 말 없는 사업가의 얼굴을 하고서 당혹감과 가식적인 모습을 보이며 안간힘을 다해 엄숙한 척하면서 고개를 숙였지만, 모두가 이 불편한 의식이 빨리 끝나기만을 바라는 것 같았다. 마침내 장례 절차가 끝났고, 가장 앞쪽에 있던 성도 두 사람이 설교자와 악수를 하고는 근처 잔디밭 가장자리에 서서 하관할 때 신발에 묻었던 진흙을 털어 냈다. 그들의 얼굴은 조금도 지체 없이 일상적이고 인간적인 모습으로 되돌아가 있었다. 두 사람 중 한 사람의 얼굴이 갑자기 낯익어 보였다. 막대기에 플래카드를 매달고 가면서 내게 소책자를 건네준 바로 그 남자 같았다.

내가 그를 알아보았다고 생각한 순간, 그 남자는 뒤돌아서서 허리를 굽히고는 신발 위로 번거롭게 접어 올렸던 검은 바짓자락을 정돈하느라 만지작거렸다. 그러더니 그는 옆구리에 우산을 끼고 황급히 그곳을 떠났다. 나는 쫓아가서 그를 따라잡고는 고개를 숙이며 인사를 건넸으나, 그는 나를 알아보지 못하는 듯했다.

"오늘은 밤의 환락이 없나요?" 나는 이렇게 물으면서 어떤 비밀을 공유하는 자들이 하듯 남자와 눈짓을 주고받으려 했다. 하지만 내가 그런 표정 연기를 능숙하게 하던 시절은 너무 오래전이었고, 지금 고독한 삶의 방식에서는 제대로 말하는 법을 거의 까먹은 상태였다. 그래서 나도 모르게 멍청하게 얼굴을 찡그리는 표정을 지었던 것 같다.

"밤의 환락이라고요?" 남자는 퉁명스럽게 대꾸하면서 생면부지의 사람인 양 내 얼굴을 쳐다보았다. "당신이 그런 걸 원한다면, 젠장, 술집 '검은 독수리'에 가보시오."

사실 그 사람이 내가 만났던 남자인지 더 이상 알 수 없었다. 나는 실망한 채 발걸음을 계속 옮겼지만, 어디로 가야 할지 몰랐다. 목적지도 없었고, 추구하는 무엇이나 의무 같은 것도 없었다. 삶은 지독하게 쓴맛이었다. 내 안에서 오래전부터 자라온 역겨움이 최고조에 달했다는 생각, 삶이 나를 마구 튕겨 내고 내던졌다는 생각이 들었다. 나는 분노에 휩싸인 채 회색 도시를 가로질러 걸어갔다. 사방에서 눅눅한 흙냄새와 매장하는 냄새가 나는 것 같았다. 아니, 내 무덤에는 그런 성스러운 예복을 입고 감상적이고 기독교적인 시답잖은 소리를 해 대면서 잿밥이나 노리는 인간이 하나도 얼씬거리지 말아야 할 것이다! 아, 사방으로 눈길을 돌려 보고 이곳저곳에 생각을 집중해 봐도 나를 기다리는 기쁨은 어디에도 없고 어디에서도 내 이름을 불러 주지 않았다. 그 어디에도 매혹적인 것이 없었고, 모든 것이 썩은 진부함의 냄새, 썩은 얼치기 만족감의 냄새를 풍겼다. 모든 것이 낡고, 시들고, 잿빛이고, 축 늘어져 있고, 지쳐 있었다. 맙소사, 어떻게 나라는 인간, 한때 영감이 풍부한 젊은이, 시인, 뮤즈 여신의 친구, 세계를 방랑한 여행자, 열정적인 이상주의자였던 사람이 이 지경에 이르렀단 말인가? 마비의 상태, 나 자신과 모든 사람에 대한 증오, 모든 감정의 변비 상태, 지독한 불쾌감, 공허감과 절망의 생지옥, 이런 것들이 어떻게 야금야금 기어 들어와 나를 덮친 것일까?

도서관 근처를 지나다 예전에 종종 대화를 나눈 적 있는 한 젊은 교수와 조우했다. 몇 해 전 이 도시에 마지막으로 머물렀을 때 당시 상당히 몰두해 있던 동양의 신화들에 대해 토론하고 싶어 몇 번이나 교수의 집을 방문했었다. 학자인 그는 내 맞은편에서 뻣뻣한 자세로 걸어오고 있었는데 약간 근시인 탓에 내가 막 그의 곁을 지나치려 할 때야 비로소 나를 알아보았다. 교수가 나를 보고 매우 다정하게 달려와 비참한 상태에 있던 나는 다소나마 고마움을 느꼈다. 그는 재회를 반가워하면서 활기를 띠었고, 지난날 나와 나누었던 대화를 하나하나 기억나게 했으며, 당시 내가 주었던 자극들을 매우 고맙게 여겨 종종 나를 생각한다고 했다. 그 시절 이후 그는 동료들과 그렇게 흥분되고 생산적인 토론을 해 본 적이 없다고 했다. 그는 내가 언제부터 이 도시에 와 있었는지 알고자 했고(나는 며칠 전부터라고 거짓말했다), 왜 자신을 방문하지 않았는지도 물었다. 나는 이 점잖은 동료의 선량한 학자풍 얼굴을 쳐다보면서 지금 장면이 참 우스꽝스럽다는 생각도 들었지만, 굶주린 개처럼 한 조각의 온정, 한 모금의 애정, 한 방울의 인정을 즐겼다. 황야의 이리 하리는 감격해서 슬쩍 미소를 지었고, 건조한 목구멍에는 침이 고였으며, 자신의 의지와 반대로 감상성에 굴복했다. 나는 연구차 잠시 이곳에 와 있는 것이고, 몸이 좀 불편한 상태이며, 그렇지 않았다면 당연히 한 번 방문했을 거라고 열심히 거짓말을 했다. 그가 오늘 저녁을 함께 보내자고 다정하게 초대했을 때, 초대를 고맙게 받아들였고 부인에게도 안부를 전했다. 그러면서 너무 열심히 떠들고 미소를 지은 탓에 이제는 이런 노력을 기울이는 일에 익숙하지 않은 턱 부위에서 통증을 느꼈다. 그리고 나 하리 할러가 길거리에서 불시에 기습을 당해 아부성의 정중하고도 기분 좋은 말을 들으면서 친절하고 근시인 남자의 선량한 얼굴을 향해 미소 짓는 동안, 바로 옆에서는 또 다른 하리가 히죽거리면서 내가 얼마나 별종이고 괴팍하며 거짓말을 일삼는 놈인가, 라고 생각했다. 나는 2분 전까지만 해도 이 저주스러운 세상을 향해 분노의 이빨을 드러냈으나, 지금은 존경할 만한 속물 하나가 이름을 한 번 불러 주고 악의 없는 인사를 건네자 금방 감동하고 들떠 그가 말하는 모든 것에 맞장구를 쳤고 새끼 돼지처럼 뒹굴면서 한 줌의 호의와 존경, 우정이라는 먹이를 즐기고 있었던 것이다. 두 명의 하리, 정말 호감을 주지 못하는 두 인물이 점잖은 교수 앞에서 이런 식으로 서로를 조롱하고 서로를 관찰하고 서로를 향해 침을 뱉었다. 이런 상황에서 늘 그렇듯이, 그들은 자신들의 행동이 단지 인간적인 어리석음과 연약함, 인간의 보편적인 본성을 보여 주는 것인지, 아니면 그런 감상적인 이기

주의, 그런 몰개성, 순수하지 못하고 분열된 감정이라는 것이 특별히 황야의 이리 같은 존재에게만 있는 개별적인 특성인지 궁금해했다. 이 수치스러운 행동이 인간의 보편적인 특성이라면 나의 세계 경멸은 이제 더욱 강력하게 나타날 것이다. 그것이 단지 나의 개인적인 약점이라고 한다면, 나는 그것을 계기로 삼아 자기경멸이라는 광란의 축제에 더욱 뛰어들 것이다.

두 명의 하리가 언쟁을 벌이는 사이 교수의 존재는 생각에서 사라졌다. 그러다가 나는 갑자기 교수의 존재가 부담스럽게 여겨져 서둘러 그에게서 벗어나려 했다. 나는 교수가 앙상한 가로수 길을 걸어가는 것을 한참이나 지켜보았다. 교수는 어떤 이상을 가진 사람, 어떤 신념을 가진 인간이 선량하면서도 어색하게 발걸음을 옮기듯 걸어갔다. 내 마음에서는 격렬한 싸움이 일어났다. 그리고 나는 뻣뻣해진 손가락을 기계적으로 구부렸다 폈다 하면서 은근하게 쑤셔 대는 관절염과 사투를 벌이는 동안, 나 자신을 기만했음을 인정하지 않을 수 없었다. 나는 일곱 시 반 저녁 식사에 초대받았으나, 정중하게 예의를 다하면서 학문적인 수다를 떨고 타인의 행복한 가정생활을 바라봐야 하는 의무감을 수반하는 교수의 저녁 초대가 성가신 부담으로 다가왔다. 짜증이 나서 집으로 돌아와 코냑을 섞은 물과 함께 관절염 약을 삼키고, 낮은 안락의자에 누워 독서를 좀 하려고 했다. 마침내 18세기에 출판된 매혹적인 오락소설 『메멜에서 작센까지 소피의 여행』을 한동안 읽을 수 있었다. 그러다가 갑자기 저녁 식사에 초대받았는데 아직 면도도 하지 않았고 옷도 갈아입어야 한다는 생각이 났다. 도대체 왜 그런 부담을 떠안은 것인가! 그래, 하리, 어서 자리에서 일어나 책을 치우고, 비누칠한 다음 턱에서 피가 배어날 정도로 말끔하게 면도를 해. 그리고 옷을 갈아입고 나가서 사람들을 즐겁게 만나는 거야! 면도를 하려고 얼굴에 비누칠하는 동안 오늘 오전에 한 망자의 관을 밧줄에 달아 내렸던 공원묘지의 더러운 진흙 구덩이와 지루해하는 성도들의 찡그린 얼굴이 생각났으나, 차마 그것을 웃어넘길 수 없었다. 더러운 진흙 구덩이, 설교자의 어리석고 어색한 말, 조문객들의 어리석고 당혹해하는 표정, 양철과 대리석으로 세워진 음울한 분위기의 십자가와 묘비들, 철사와 유리로 만들어진 가짜 꽃들이 있던 그곳에서 나는 어떤 낯선 인물의 죽음 이상의 것을 목격했던 것이다. 어쩌면 내일이나 모레쯤 나의 삶도 거기서 끝날 것이고, 장례식 참석자들의 당혹감과 가식에 둘러싸인 채 진창에 매장될 것이다. 아니, 모든 것이 그렇게 끝났다. 우리의 모든 추구, 우리의 모든 문화, 우리의 모든 신앙, 우리의 모든 삶의 기쁨과 쾌락도 벌써 병의 말기 상태에 접어들었고 곧 그것에 파묻히게 될 것이다. 우리의 문화는 이미 하나의 공동묘지이고, 이곳에는 예수 그리스도와 소크라테스, 모차르트와 하이든, 단테와 괴테가 단지 녹슬어 가는 양철 명판에 새겨진 희미한 이름으로만 남아 있다. 그들을 둘러싸고 있는 당황스러워하고 가식적인 조문객들은 한때 자신들에게 신성한 것이었던 그 양철 명판들을 여전히 믿을 수만 있다면, 그 대가로 많은 것을 기꺼이 내주었을 것이다. 그들은 저 몰락한 세계에 대해 단지 최소한의 솔직하고 진심 어린 애도의 말 한마디를 하기 위해서도 많은 노력을 기울였을 것이다. 그런데 그들은 그렇게 하는 대신 단지 당황해서 히죽거리며 무덤가를 서성거리는 것밖에 달리 도리가 없다. 나는 화가 난 상태에서 늘 상처가 났던 턱 부위를 또다시 면도칼로 긁었다. 잠시 상처를 소독하고 방금 새로 끼운 셔츠 칼라도 다시 바꾸어야 했다. 그러면서 저녁 식사에 초대받은 것이 조금도 기쁘지 않았기 때문에 도대체 왜 이 모든 일을 하고 있는지 알 수 없었다. 하지만 하리의 한쪽이 연극을 시작했다. 그는 교수를 심지어 호감이 가는 양반이라고 불렀고, 인간 냄새, 수다와 친교를 다소 그리워했으며, 교수의 매력적인 부인을 떠올렸고, 아울러 친절한 초대자의 집에서 함께 저녁을 보내는 것에 상당히 기분이 좋아져 있었다. 그는 내가 턱에 반창고를 붙이고 옷을 입고 넥타이를 매는 것을 도와주었고, 집에 머물고자 하는 본래의 소망을 단념하도록 나를 부드럽게 설득했다. 동시에 나는 이런 생각도 했다. 지금 내가 옷을 차려입고 집을 나서 교수 집을 방문해 다소 가식적인 덕담을 함께 나누는 등 본래 원치 않는 이 모든 일을 하듯, 대부분의 사람은 매일, 매시간 어쩔 수 없이 그렇게 살아간다. 그들 역시 정말 원치 않는데도 억지로 누군가를 방문해 담소를 나누고 관청과 사무실에서 근무 시간을 채우는데, 그 모든 것을 강요에 의해 기계적으로 마지못해서 하는 것이다. 그 모든 것은 기계에 맡겨도 잘 해낼 것이고, 전혀 하지 않아도 되는 일이다. 영원히 계속되는 그런 기계적인 운동은 사람들이 내가 하는 것처럼 자신의 삶을 비판하지 못하게 방해하고 자신들의 실존이 얼마나 어리석고 천박하며 끔찍하고 기괴할 정도로 의문의 여지가 있는지, 또 얼마나 한없이 슬프고 황폐한지 인식하지 못하게 만든다. 그런데 우울하게 만드는 저 기계적인 운동에 저항하고 절망적으로 공허를 응시하는 것은 궤도를 이탈한 나 같은 사람들이나 하는 것이고, 자신의 소꿉놀이를 하고 자신에게 중요해 보이는 일을 추구하면서 자기 방식대로 살아가는 저 사람들이 정당하고 절대적으로 옳다고 할 수 있다. 내가 이 수기에서 이따금 사람들을 경멸하고 조소하는 것처럼 보인다고 해도 그 누구도 내가 그들에게 책임을 전가하고 그들을 비난하며 내 개인적인 비참함을 다른 사람들 탓으로 돌리려 하는 것이라고 생각하지는 않았으면 한다! 하지만 나처럼 이미 갈 데까지 가서 벌써 암흑의 심연을 바라보는 인생의 막장에 있는 경우, 만약 나 같은 사람이 저 기계적인 운동이 내게도 여전히 계속되고 저 앙증맞고 유치한 영원한 유희의 세계에 나도 여전히 속해 있다는 인상을 나 자신과 다른 사람들에게 심어 주려 한다면, 그것은 잘못되고 기만적인 행동일 것이다!

따라서 그날 교수의 집에서 보낸 저녁도 그만큼 놀라운 시간이었다. 나는 지인의 집 앞에서 한순간 걸음을 멈추고 창문을 올려다보았다. 저 집에 사는 인물은 해마다 자신의 연구를 계속하고 텍스트를 읽고 주석을 달며, 고대 서남아시아의 신화와 인도 신화는 어떤 관계가 있는지 탐구하면서 만족해하고 있다. 자신이 하는 일의 가치를 믿고, 학술적 연구를 믿으며, 거기에 봉사하고 있기 때문이다. 저 사람은 또한 진보와 발전에 대한 믿음이 있어 지식을 갖는 것, 지식을 축적하는 일이 가치 있다고 여긴다. 저 사람은 전쟁에 참전하지 않았고 아인슈타인에 의해 전통적인 사고 기반이 흔들리는 것도 알지 못했으며(그런 것은 수학자들에게만 관계한다고 생각한다), 자기 주변에서 다음 전쟁이 준비되고 있는 것도 전혀 보지 못하고 유대인들과 공산주의자들은 증오받아 마땅하다고 여긴다. 한마디로 선량하나 아무 생각 없고 자족하며 자신을 중요하게 여기는 어린아이이고, 참으로 부러운 존재라고 할 수 있다. 나는 마음을 다잡고 집 안으로 들어가, 하얀 앞치마를 걸친 하녀의 영접을 받았다. 모종의 예감을 따라 하녀가 내 모자와 외투를 어디에 거는지 알아 두었고, 따뜻하고 밝은 방으로 안내받은 뒤 그곳에서 잠시 기다려 달라는 요청을 받았다. 나는 기도문을 중얼거리거나 잠시 눈을 붙이는 대신 장난기가 발동해 가장 가까운 곳에 있는 물건을 집어 들었다. 그것은 둥근 테이블 위 빳빳한 마분지 지지대에 비스듬히 세워져 있는 작은 액자였다. 액자에는 시인 괴테의 동판화가 들어 있었는데, 말끔하게 다듬어진 얼굴에 개성 넘치는 독창적인 헤어스타일을 한 노인으로 표현되어 있었다. 동판화의 얼굴에는 그 유명한 불타는 눈빛은 물론 궁정 인물의 허울 뒤에 숨어 있는 고독과 비극의 성향도 잘 드러나 있었다. 화가는 이를 표현하는 데 특별한 노력을 기울였던 것 같다. 화가는 이 마성적인 노작가의 심오함을 조금도 훼손시키지 않으면서 이 인물에게 학자 또는 배우가 갖는 자기 절제와 고결함을 최대한 부여하고자 했다. 전체적으로 보아 화가는 이 인물을 모든 시민 가정에서 장식품으로 손색이 없을 정도로 정말 멋진 노인으로 표현하는 데 성공했다. 문제의 초상화는 아마도 이런 종류의 다른 초상화, 다시 말해 숙련된 공예가가 성실하게 제작한 사랑스러운 구세주나 사도, 영웅, 사상가, 정치가의 초상화보다 더 멍청한 것은 아니었을 것이다. 아마도 그 초상화는 단지 어떤 노련한 기교 때문에 나를 상당히 자극했던 것 같다. 하여튼 노년의 괴테를 이렇게 허영심 많고 자부심 강한 인물로 묘사한 그림은 곧바로 나를 향해 치명적인 불협화음을 냈고, 진작부터 짜증나 있고 흥분해 있던 내게 이곳은 머물 곳이 못 된다는 점을 보여 주는 듯했다. 이곳은 아름답게 양식화된 원로들이나 민족적인 위대함을 지닌 인간들이 있을 곳이지 황야의 이리가 있을 곳이 아니었다.

이때 집주인이 들어왔더라면 나는 아마 적당한 핑계를 대고 집에서 나왔을 것이다. 하지만 방에 들어온 것은 교수의 부인이었다. 나는 불길한 예감에도 불구하고 운명에 따르기로 했다. 우리는 인사를 나누었고, 아니나 다를까 첫 불협화음에 이어 다시 일련의 불협화음이 나타났다. 부인은 내 외모가 여전히 훌륭하다고 칭찬했는데, 나는 부인을 마지막으로 본 이후 내가 얼마나 더 늙었는지 너무나 잘 알고 있었다. 그녀와 악수를 할 때는 관절염에 시달리는 내 손가락의 통증도 정말 당황스러울 정도로 그 사실을 바로 상기시켜 주었다. 이어 부인은 나의 사랑하는 아내는 어떻게 지내는지 물었고, 나는 아내가 나를 버리고 떠났으며 지금은 서로 갈라섰다고 말할 수밖에 없었다. 그때 고맙게도 교수가 방 안으로 들어왔다. 교수도 나를 진심으로 반겼다. 하지만 이미 비뚤어지고 우스꽝스러워진 상황은 이제 최고조에 달했다. 교수는 자신이 구독하는 신문 한 부를 들고 있었는데, 군국주의자들과 전쟁광들이 모인 정당에서 발간하는 신문이었다. 교수는 악수를 하고 나서 신문 지면을 가리키면서, 여기 나와 이름이 같은 할러라는 평론가에 관한 기사가 있는데 그 인물은 악한 녀석이고 매국노인 것이 틀림없다고 설명했다. 할러라는 인물은 황제를 농락했을 뿐 아니라 전쟁이 발발한 데는 적대 관계에 있는 나라들 못지않게 자기 조국도 책임이 있다는 식의 견해를 보였다는 것이다. 도대체 무슨 그따위 심술궂은 녀석이 있단 말인가! 하여튼 그 녀석은 응분의 대가를 받았다고 한다. 편집국에서는 그 해충을 제대로 처리했고 공개적으로 모욕을 주었다는 것이다. 교수는 내가 그 문제에 별로 관심 없다는 것을 알았고, 우리는 화제를 바꾸었다. 교수 부부는 문제의 괴물이 바로 자기들 앞에 앉아 있으리라고는 꿈에도 생각하지 못했겠지만, 그것은 사실이었고 내가 바로 그 문제의 괴물이었다. 하지만 굳이 그것을 밝히는 소동을 피워 사람을 놀라게 할 필요가 있겠는가! 나는 터져 나오는 웃음을 삼키면서 이날 저녁에 뭔가 유쾌한 체험을 하리라는 기대를 완전히 접었다. 나는 그 순간을 또렷하게 기억하고 있다. 내 안에서는 지난 장례식 장면 이후 끔찍한 우울감과 절망감이 차곡차곡 누적되어 있었는데 교수가 조국을 배신한 인물인 할러에 대해 말하던 그 순간 더욱 농도가 짙어져 최고조에 달했던 것이다. 그 감정은 점차 거친 압박, 신체적으로 (하복부에서) 느낄 수 있는 극심한 고통, 숨 막힐 정도로 불안한 숙명의 감정으로 바뀌었다. 무엇인가 나를 노리고 있고, 모종의 위험이 뒤에서 나를 덮쳐 오고 있다는 느낌이 들었다. 그때 다행히도 저녁 식사가 준비되었다는 전갈이 왔다. 우리는 식당으로 자리를 옮겼다. 거기서 결례가 되지 않을 이야기를 하거나 질문을 던지려고 애쓰면서 평소보다 과식을 했다. 순간순간 더욱 비참함을 느끼면서 속으로 생각했다. 맙소사, 우리가 왜 이렇게 노력을 기울여야 할까? 내가 너무 뻣뻣하게 굴어서인지 아니면 집 안의 어떤 다른 일 때문인지 초대한 주인 내외도 기분이 전혀 좋아 보이지 않았고, 애써 유쾌한 분위기를 만들려는 기색이 역력했다. 그들은 내가 솔직하게 대답할 수 없는 것들만 물었고, 나는 대범하게 거짓말로 응수하긴 했으나 말할 때마다 역겨움을 참아야 했다. 마침내 나는 분위기를 바꾸기 위해 그날 우연히 목격했던 장례식에 관한 이야기를 꺼냈다. 그러나 적절한 시도는 아니었다. 나름대로 유머까지 동원해 보았으나 분위기가 계속 어긋났고, 우리 관계는 더욱 벌어졌다. 내 안에서는 황야의 이리가 심술궂은 이빨을 드러내면서 웃고 있었고, 디저트를 먹는 동안 세 사람은 모두 말이 없었다.

우리는 커피와 화주(火酒)를 마시기 위해 처음 만났던 방으로 되돌아갔다. 어쩌면 그렇게 하는 것이 조금은 도움이 될 수도 있겠다는 생각이 들었다. 그런데 그곳에서 지금은 비록 서랍장 위로 옮겨져 있긴 했으나 시성(詩聖) 괴테의 초상화가 다시 눈에 들어왔다. 나는 그 초상화에서 벗어날 수가 없었고, 마음속에서 경고의 소리가 들려왔음에도 불구하고 초상화를 또 다시 집어 들고 그것과 대결을 시작했다. 나는 지금 상황이 도저히 견딜 수 없어 이런 상황에서 벗어나려면 이제 교수 부부를 흥분시키고 열광시켜 내 의견에 동조하게 만들든지 아니면 저들이 완전히 폭발하도록 하는 수밖에 없다는 감정에 사로잡혔다.

"내가 바라는 것은," 내가 입을 열었다. "괴테가 실제로는 이런 모습이 아니었으면 하는 거죠! 이 허영심과 고상한 자세, 함께 있는 존경하는 분들에게 추파를 던지는 이런 기품, 남성적인 겉모습 배후에 있는 이 부드러운 감상주의! 물론 우리가 괴테에 반대하는 것이 많을 수도 있고 저 자신도 이 잘난 체하는 노시인에 대해 반감을 가질 때도 많지만, 그래도 이런 식으로 그 인물을 묘사하는 것은 정말 너무 지나치죠."

여주인은 커피 잔을 채우고는 무척이나 괴로운 표정을 지으며 얼른 방에서 나갔다. 남편은 반쯤 당황한 듯하고 반쯤 책망하는 어조로 괴테의 초상화는 아내의 것이고 아내가 특별히 애지중지하는 소장품이라고 털어놓았다. "나로서는 당신의 견해에 동의하지 않지만, 설령 당신 말이 객관적으로 옳다고 해도 그처럼 심하게 의견을 표명해선 곤란하죠."

"옳은 말씀입니다." 나는 남편의 말에 수긍했다. "유감스럽게도 언제나 심한 표현을 선택하는 것은 저의 습관, 저의 악덕입니다. 괴테도 한창때는 이런 표현을 사용했지만요. 물론 응접실의 이 달콤하고 속물스러운 괴테는 이렇게 심한 표현, 솔직하면서도 직설적인 표현은 결코 사용하지 않았겠죠. 당신과 부인에게 진심으로 용서를 구합니다. 부인께는 제가 조현병 증상이 있다고 전해 주세요. 그리고 실례가 되지 않는다면 이만 돌아가야겠습니다."

당혹한 집주인은 몇 마디 이의를 제기했고, 예전에 우리가 나눴던 대화가 얼마나 유쾌하고 자극이 되었는지 말했다. 그는 당시 미트라스 신과 크리슈나 신에 대한 내 이론들에 깊은 인상을 받았는데, 오늘도 그와 같은 대화가 이어지기를 바란다는 등의 말을 했다. 나는 그에게 그렇게 호의적인 말을 해 주어 고맙기도 하지만, 유감스럽게도 크리슈나에 대한 관심이나 학문적 대화에 대한 흥미가 완전히 사라진 상태라고 말했다. 나는 오늘도 몇 차례 거짓말을 했다고 털어놓았다. 예를 들어 며칠 전 이 도시에 왔다는 것은 사실이 아니고, 몇 달 전에 와서 그동안 혼자 살고 있으며, 실은 상류층 사람들의 초대를 받고 교제할 형편이 아니라고 밝혔다. 일단 내가 늘 기분이 좋지 않은 데다 통풍까지 앓고 대부분은 술에 취해 있기 때문이라고 했다. 나아가 사태를 확실히 정리하고 적어도 거짓말쟁이로서 물러나지 않기 위해 나는 존경하는 주인 양반이 오늘 나한테 제대로 모욕을 가했다는 점도 털어놓지 않을 수 없었다. 교수는 할러의 견해를 비난하는 반동적인 신문의 논조에 그대로 동조했는데, 나는 그런 태도가 실직한 장교라면 모르겠지만 학자에게는 어울리지 않는 어리석고 고루한 판단임을 지적한 것이다. 그러면서 그 형편없는 놈, 조국에 대한 충성심이 전혀 없는 할리라는 녀석이 바로 나라고 밝혔고, 아울러 적어도 생각할 능력이 있는 몇 사람만이라도 무엇에 홀린 듯 맹목적으로 전쟁 준비에 달려드는 대신 이성과 평화 애호의 신념을 밝힌다면 우리의 조국과 세상이 더 나아질 것이라는 견해를 덧붙였다. 나로서는 다 털어놓았으니, 나머지는 신에게 맡기는 수밖에 없다.

나는 자리에서 일어나 초상화 속의 괴테와 교수에게 작별을 고하고 현관 옷걸이에서 내 물건들을 챙겨 들고 얼른 집에서 나왔다. 내 영혼 속에서는 심술궂은 이리가 기뻐하며 큰 소리로 울부짖었고, 두 하리 사이에 격렬한 연극이 벌어졌다. 왜냐하면 나는 저 즐겁지 않은 저녁 시간이 모욕을 당한 교수보다는 내게 더욱 중요한 의미가 있다는 사실을 금방 깨달았기 때문이다. 교수에게는 그것이 실망, 작은 불쾌감 정도를 의미하겠지만, 내게는 최종적인 실패와 도주, 시민적이고 도덕적이고 학문적인 세계와의 작별, 황야의 이리의 완승을 의미했다. 그리고 그것은 도망자, 패배한 자로서 작별을 한 것이고, 나 자신에 대한 파산 선고였으며, 어떤 위안이나 어떤 우월감, 어떤 유머도 없는 작별이었다. 마치 어떤 사람이 위궤양에 걸려 돼지 불고기와 작별하듯, 나는 나의 이전 세계와 고향, 시민성, 도덕 및 학문의 세계와 결별할 수밖에 없었다. 나는 울화가 치밀고 분노와 지독한 슬픔을 느끼면서 가로등 아래를 내달렸다. 아침부터 저녁까지, 공원묘지에서부터 교수 집에서의 사태까지 이 무슨 암담하고 모욕적이고 불쾌한 하루였던가! 무엇 때문에? 왜? 이런 날을 계속 맞닥뜨리고 이런 수프를 더 먹어 치우는 것이 도대체 의미가 있을까? 그렇지 않다! 그래, 나는 오늘 밤 이 어리석은 소극(笑劇)의 막을 내리리라. 하리, 집으로 돌아가서 목 부위를 절단하고 자결해라! 너는 충분히 오랫동안 기다린 거야.

나는 비참한 기분에 사로잡혀 거리를 이리저리 배회했다. 내가 선량한 사람들의 응접실 장식품에 침을 뱉은 것은 당연히 바보 같은 행동, 어리석고 무례한 행동이었다. 하지만 나로서는 정말 다른 도리가 없었고, 나로서는 그와 같이 온순하고 가식적이며 예의 바른 삶을 더 이상 참을 수 없었다. 그런데 나 자신만의 세계 또한 더없이 혐오스럽고 역겹게 느껴져 고독도 더 이상 견딜 수 없을 것 같았고, 지옥의 진공 속에서 질식하면서 사투를 벌이고 있었다. 이런 나에게 여전히 어떤 출구가 있을까? 어떤 출구도 없었다. 아, 아버지와 어머니, 아, 내 젊은 날 타올랐던 저 아련한 신성한 불꽃들, 아, 내 삶의 수많은 기쁨과 수고와 목적들이여! 지금은 그 모든 것에서 남은 것이 하나도 없었다. 후회조차 남아 있지 않았고, 남은 것은 다만 역겨움과 고통뿐이었다. 그저 삶을 계속 살아야 한다는 의무감이 이때만큼 고통스럽게 느껴진 적이 없었다.

나는 외곽에 있는 한 삭막한 술집에서 물과 코냑을 마시면서 잠깐 휴식을 취한 뒤 다시 바깥으로 나와 마치 악마에게 쫓기듯 구시가지의 가파르고 구불구불한 골목길을 오르내리며 달렸고, 가로수 길을 따라가다 어느새 기차역 광장을 가로질렀다. '그래, 떠나는 거야!' 이렇게 생각하면서 벽에 붙어 있는 열차 시간표를 확인하고는 포도주로 목을 축이며 생각을 가다듬으려

했다. 내가 두려워하는 유령이 점점 더 가까이, 더욱 또렷하게 보이기 시작했다. 그 유령의 정체는 바로 집으로 돌아가는 것, 나의 방으로 돌아가는 것, 나의 절망을 조용히 대면하고만 있어야 한다는 것이었다! 이곳 시내에서 더 많은 시간을 배회한다고 해도 내 거실의 문, 책들이 쌓여 있는 내 책상, 내가 사랑한 여인의 사진 아래 있는 안락의자로 돌아가는 일을 피할 수 없고, 면도칼을 꺼내 목을 베는 자결의 순간을 피할 수 없다. 이런 영상이 더욱 또렷이 떠오르고 심장이 마구 고동치면서 모든 불안 중에서 가장 무서운 불안, 즉 죽음에 대한 공포를 느꼈다! 그렇다, 나는 죽는 것을 몸서리치게 두려워했다. 내게는 사실 다른 출구가 없었고, 역겨움과 고통, 절망이 주위에 드높이 쌓여 있었으며, 나를 매혹시키거나 내게 기쁨과 희망을 줄 수 있는 것이 아무것도 없었다. 그런데도 나 자신을 처형하는 것, 내 육체를 냉담하게 베어 버릴 마지막 순간을 생각하면 말로 표현할 수 없는 공포가 엄습했다.

나로서는 두려운 것에서 벗어날 길이 보이지 않았다. 절망감과 비겁함 사이 전투에서 오늘은 어쩌면 비겁함이 승리할지 몰라도 내일 그리고 이후의 나날에는 또다시 절망감이 닥칠 것이고, 그것은 자기 경멸에 의해 더욱 고조될 것이다. 나는 면도칼을 손에 잡았다 내던지는 행위를 마침내 결행에 옮기는 순간까지 계속할 것이다. 그렇다면 차라리 오늘 결행하는 것이 낫지 않은가! 나는 겁에 질린 아이에게 하듯 나 자신을 설득해 보려 했으나 아이는 말을 들으려 하지 않고 달아났으며, 계속 살고자 했다. 나는 전율을 느끼면서 거리를 마구 내달렸다. 한편으로는 집으로 돌아가고 싶으면서도 다른 한편으로는 계속 망설여져 집 주위를 큰 곡선을 그리며 맴돌았다. 그리고 이곳저곳 술집에 들러 술을 한 잔 두 잔 마시며 미적거리다 다시 무언가에 내쫓겨 바깥으로 나와 나의 목적지, 면도칼, 죽음의 언저리를 배회했다. 완전히 지친 상태에서 때때로 벤치나 분수대의 가장자리 또는 연석(沿石)에 걸터앉아 심장이 고동치는 소리를 들으면서 이마에 흐르는 땀을 닦았다. 그러다가 치명적인 불안에 사로잡히고, 꺼질 듯 깜빡거리는 삶의 동경에 사로잡힌 채 다시 걷기 시작했다.

이윽고 밤늦은 시각에 잘 알지 못하는 외딴 교외에 있는 한 술집으로 이끌려 들어갔다. 술집 창문 너머에서 격렬한 댄스 음악이 흘러나왔다. 술집 안으로 들어서면서 출입문 위쪽에 붙어 있는 낡은 간판을 읽어 보았다. '검은 독수리'였다. 실내에서는 자유로운 밤이 펼쳐지고 있었다. 사람들이 시끌벅적하고 연기가 자욱했으며 포도주 냄새에 술꾼들의 아우성이 들렸다. 안쪽 홀에서는 춤을 추는 사람들이 보였고, 댄스 음악이 쩌렁쩌렁 울렸다. 나는 아주 소박해 보이고 상대적으로 행색이 초라한 사람들이 있는 홀의 앞쪽에 머물렀으나, 안쪽에는 우아한 차림의 멋쟁이들이 눈에 띄었다. 그러다가 인파에 떠밀려 주문대 근처 테이블에 앉았다. 얼굴이 창백한 예쁘장한 아가씨 하나가 벽에 붙어 있는 긴 의자에 앉아 있었다. 아가씨는 가슴 부위가 깊이 파인 얇은 무도회 옷을 입고 머리에 시든 꽃을 한 송이 달고 있었다.

내가 테이블로 다가가자, 아가씨는 다정하고 주의 깊은 눈길로 나를 쳐다보았고, 미소를 머금은 채 옆으로 살짝 비켜 앉으면서 내게 자리를 만들어 주었다.

"여기 앉아도 될까요?" 나는 이렇게 물으며 그녀 옆에 자리를 잡았다.

"물론이지." 그녀가 대답했다. "그런데 당신은 누구?"

"고맙군요." 내가 말했다. "지금은 도저히 집에 들어갈 수가 없어서요. 도저히 그럴 수가 없거든요. 괜찮다면 여기 당신 곁에 좀 머물고 싶습니다. 정말이지 집에 들어갈 수가 없습니다."

그녀는 나를 이해한다는 듯 고개를 끄덕였다. 나는 그녀가 고개를 끄덕이는 동안 그녀의 이마에서 귓가로 흘러내린 곱슬머리를 쳐다보았고, 머리에 꽂은 시든 꽃이 동백꽃임을 알아차렸다. 안쪽 홀에서는 음악이 요란하게 울려 나왔고, 서빙 바에서는 여종업원들이 서둘러 주문을 외쳐 댔다.

"그렇다면 여기 있어." 그녀는 달래는 목소리로 말했다. "그런데 당신은 도대체 왜 집에 들어갈 수 없다는 거야?"

"도저히 들어갈 수가 없어요. 무엇인가가 나를 기다리고 있어요. 아니, 도저히 그럴 수 없어요. 너무 끔찍해요."

"그렇다면 그것은 집에서 기다리라고 하고 당신은 여기 있어. 그리고 안경 좀 닦아. 아무것도 안 보이겠어. 손수건을 좀 줘. 술은 어떤 걸로 마실까? 부르고뉴산 포도주?"

그녀는 내 안경을 닦아 주었다. 그제야 나는 그녀의 얼굴을 똑똑히 볼 수 있었다. 창백하지만 윤곽이 또렷한 얼굴이었는데,

입술에는 빨간 립스틱을 바르고 밝은 회색 눈동자에 매끈하고 시원스러운 이마, 귀까지 내려오는 짧고 탄력 있는 곱슬머리를 지니고 있었다. 그녀는 상냥하면서도 약간 조소 섞인 태도로 나를 대하면서 포도주를 주문했고, 잔을 부딪치면서 내 신발을 내려다보았다.

"맙소사, 도대체 어디에서 오는 길이야? 마치 파리에서부터 걸어온 사람 같네. 이런 모습으로 춤을 출 수는 없지."

나는 미소를 지으면서 대답을 얼버무렸고, 그녀가 계속 말하도록 내버려 두었다. 무척이나 마음에 드는 아가씨였고, 나는 그 사실이 놀라웠다. 왜냐하면 그동안 나는 이렇게 젊은 아가씨를 피해 왔고 늘 불신을 갖고 보았기 때문이다. 그녀는 지금 이 순간 내 기분을 좋게 하는 데 꼭 필요한 방식으로 행동했다. 아, 실은 우리가 같은 테이블에 앉을 때부터 계속 그렇게 행동한 것 같았다. 그녀는 내게 정말 필요한 만큼 나를 배려해서 행동했고, 내게 정말 필요한 만큼 현명하게 나를 놀려 대기도 했다. 그녀는 샌드위치를 하나 주문해서 내게 먹으라고 명령했고, 포도주를 한 잔 따라 주고는 한 모금 마시라고 하면서 너무 급히 마시지는 말라고 했다. 내가 고분고분하게 따르자, 그녀는 나의 유순함을 칭찬했다.

"참 얌전한 분." 그녀가 격려하는 목소리로 말했다. "당신은 그렇게 하는 것이 그리 어려운 일이 아닐 거야. 장담하건대 당신은 다른 사람의 명령을 따른 지 아주 오래된 거 같아, 안 그래?"

"당신 말이 맞아요. 어떻게 알았죠?"

"별로 어려운 일도 아니지. 명령을 따른다는 건 무엇을 먹고 마시는 일과 같은 거야. 오랫동안 그렇게 하지 않은 사람은 그것이 가장 소중하다고 여기는 법이지. 당신은 지금 내 말에 고분고분 따르고 있잖아, 안 그래?"

"정말 그렇군요. 당신은 모든 걸 아는군요."

"당신 같은 경우는 그리 어렵지 않아. 당신 집에서 무엇이 당신을 기다리고 있는지도, 당신이 무엇에 대해 그토록 불안해하는지도 어쩌면 말할 수 있을 거 같아. 하지만 당신도 스스로 알고 있으니 굳이 말로 표현할 필요는 없을 것 같아, 안 그래? 허튼 소리야! 만약 어떤 사람이 목을 매려고 한다면 그렇게 하는 이유가 있겠지. 만약 그렇지 않다면 그 사람은 여전히 살아 있을 것이고, 그 경우는 그냥 살아갈 걱정만 하면 되지. 정말 간단한 문제야."

"아, 그렇게 간단한 문제라면 좋겠소!" 내가 소리쳤다. "나는 정말 살아가려고 많은 고민을 했지만 아무 소용 없었어요. 목을 매는 것이 쉬운 일은 아니겠죠, 잘 모르겠어요. 하지만 산다는 것은 정말 훨씬 더 어려운 일이라고요! 산다는 것이 얼마나 어려운지는 오직 신만이 아시겠죠!"

"당신은 이제 산다는 것이 지극히 쉬운 일임을 알게 될 거야. 우리는 벌써 첫걸음을 내디딘 거라고. 당신은 안경을 닦고, 무엇을 좀 먹고 마시기도 했어. 이제 바깥으로 나가 바지를 솔질하고 신발도 좀 닦는 거야, 그렇게 할 필요가 있어. 그런 다음 나와 함께 시미 춤을 한 번 추는 거지."

"그것 봐요." 나는 열을 내어 소리쳤다. "내 말이 결국 맞았어요! 지금은 당신의 명령을 따를 수 없는 것보다 더 안타까운 일이 없겠지만, 나는 그 명령만큼은 실행할 수가 없다고요. 나는 시미 춤을 출 줄 몰라요. 왈츠와 폴카 등 어떤 춤도 추지 못해요. 난 살면서 춤이라고는 배워 본 적이 없소. 모든 것이 아가씨 말처럼 그리 간단하지 않아요. 이제 아시겠소?"

아름다운 아가씨는 진홍빛 입가에 미소를 띠고는 소년처럼 손질한 윤곽이 또렷한 머리를 가로저었다. 그 모습을 보니 소년 시절 첫사랑이었던 로자 크라이슬러와 닮았다는 생각이 들었다. 물론 로자는 갈색 피부에 검은 머리칼의 소녀였다. 아니, 이 낯선 아가씨가 누구를 생각나게 하는지는 명확하지 않았으나, 오래전 청소년 시절, 내가 소년이었을 때의 누군가를 연상시키는 것은 분명했다.

"그렇게 서두르지 마!" 그녀가 소리쳤다. "천천히! 당신은 그러니까 춤을 출 줄 모른다는 거야? 전혀 못 추는 거야? 원스텝도? 그러면서 당신은 정말 많은 노력을 기울이며 살아왔다고 주장하는군! 그건 허풍이야, 이봐요, 지금 당신 나이에 그러면 안 되지. 그래, 당신은 춤을 추려고 해 보지도 않았으면서 어떻게 많은 노력을 기울이며 살아왔다고 하는 거지?"

"그래도 춤을 출 수 없다는 것이 사실이라면 어떻게 되는 거요! 나는 춤을 한 번도 배워 본 적이 없소."

그녀는 웃음을 터뜨렸다.

"하지만 당신은 읽고 쓰는 법은 배웠겠지. 그리고 산수도 배우고, 라틴어나 프랑스어 따위도 아마 배웠겠지, 안 그래? 장담하건대 당신은 10년 혹은 12년 정도 학교를 다녔을 것이고, 그러고 나서 대학에서 공부도 했을 것이며, 어쩌면 박사 학위도 받고 중국어와 스페인어도 할 수 있겠지. 안 그래요? 그런데 당신은 얼마간의 댄스 교습을 위해서는 시간과 돈을 전혀 투자하지 않았다고! 그렇다고!"

"부모님이 그렇게 했어요." 나는 변명을 했다. "부모님은 내가 라틴어와 그리스어, 그 밖의 여러 가지를 배우게 했어요. 하지만 춤을 배우게 한 적은 없다고요. 우리 집에서 그것이 유행한 것도 아니고 부모님도 춤을 춰 본 적이 없거든요."

그녀는 경멸감이 가득 담긴 시선으로 아주 차갑게 나를 바라보았다. 그녀의 얼굴에는 또다시 내 이른 청소년 시절을 생각나게 하는 무엇이 있었다.

"그러니까 당신은 결국 부모님을 탓하는 거네! 오늘 밤 이 '검은 독수리' 술집에 와도 되는지는 물어본 거야? 그런 거야? 부모님이 오래전에 돌아가셨다고 했지? 그래! 당신이 어린 시절 그저 부모님께 순종하느라고 춤을 배우려 하지 않았다면, 그렇다고 하자고! 당신이 당시 그렇게 모범생이었을 거라고 믿기지는 않지만. 하지만 그 후 말이야, 이후 긴 세월 동안 당신은 도대체 무엇을 한 거야?"

"아!" 나는 고백했다. "나도 잘 모르겠소. 대학에서 공부도 하고 음악을 연주했으며, 책들을 읽고 쓰기도 했어요. 그리고 여행도 하고……."

"당신의 삶에 대한 생각들이 정말 특이하네! 그러니까 당신은 늘 어렵고 복잡한 일을 해냈는데 단순한 일은 전혀 배우지 않았다는 거야? 그럴 시간이 없었던 거야? 흥미가 없었어? 뭐, 나야 아무래도 상관없지만 내가 당신 어머니가 아닌 것이 다행이야. 그러면서 당신은 마치 삶을 충분히 살아 보았으나 아무것도 발견하지 못한 것처럼 행동하는데, 그러면 곤란하지!"

"너무 나무라지 말아요." 나는 부탁하는 어조가 되었다. "내가 미친놈이라는 건 진작부터 알고 있어요."

"뭐라고? 농담하지 마! 당신은 절대 미친 것이 아니야, 교수 양반. 내가 보기에 당신은 전혀 미치광이가 아니라고! 가만히 보니까 당신은 진짜 교수들처럼 헛똑똑이라고 할 수 있어. 자, 샌드위치나 하나 더 먹자고! 그러고 나서 이야기를 계속해 보라고."

그녀는 내게 샌드위치를 하나 더 가져다주고, 소금을 조금 뿌리고 겨자를 바른 다음 자신을 위해 한 조각 따로 떼어 내고는 내게 먹으라고 했다. 나는 빵을 먹었다. 춤추는 것 말고는 그녀가 시키는 것이라면 무엇이든 했을 것이다. 누군가의 말에 순복하는 것, 이것저것 캐묻고 명령을 내리고 꾸짖는 사람 옆에 앉아 있는 것은 더할 나위 없이 유쾌하게 만들었다. 몇 시간 전에 방문한 집의 교수나 교수 부인이 그렇게 했더라면 많은 일을 겪지 않아도 되었을 것이다. 아니, 그들 부부가 그렇게 하지 않은 것이 다행이었다. 그들이 그렇게 했더라면 더 많은 것을 놓쳤을 것이다!

"그런데 당신 이름이 뭐야?" 그녀가 갑자기 물었다.

"하리."

"하리라고? 철부지 악동 이름 같아! 그러고 보니 당신은 악동이기도 해, 하리. 머리가 군데군데 희끗희끗하긴 하지만. 당신은 철부지 악동이니 보살펴 줄 사람이 필요한 거야. 춤에 대해서는 더 이상 뭐라고 하지 않겠어. 하지만 머리 꼬락서니는 그게 뭐야! 당신은 아내도 없고 애인도 없어?"

"지금은 아내가 없어요, 갈라섰거든요. 애인이 하나 있긴 하지만, 이곳에 살지 않고요. 서로 만나는 일도 드물고 사이도 별로 좋지 않아요."

그녀는 이빨 사이로 나지막하게 휘파람 소리를 냈다.

"어떤 여자도 당신 곁에 남아 있지 않은 걸 보니 꽤나 까탈스러운 인간인가 보네. 하지만 말해 봐, 오늘 밤에는 무슨 특별한 일이 있어서 이토록 얼 빠진 채 온 세상을 싸돌아다닌 거야? 누구와 다투기라도 했어? 아니면 도박을 하다 돈을 다 날린 거야?"

그것은 설명하기 어려운 일이었다.

"들어 봐요." 나는 털어놓기 시작했다. "실은 아주 사소한 일 때문이오. 어떤 교수 댁에 저녁 초대를 받았는데, 초대에 응하지 말아야 했어요. 물론 나는 교수가 아니에요. 나는 그렇게 사람들과 한자리에 앉아 수다를 떠는 것 따위에 이제 익숙하지 않고, 그런 교제를 어떻게 하는지 잊고 지낸 지 오래되었거든요. 게다가 교수 집에 들어서면서 벌써 뭔가 일이 꼬일 거라는 예감이 들었어요. 모자를 벗어 걸면서 이미 곧 다시 그것을 집어 들 거라는 생각이 들었거든요. 그래요, 교수 집 책상에 초상화가 하나 세워져 있었는데, 정말 짜증 나게 하는 멍청한 초상화였어요."

"어떤 초상화? 무엇 때문에 짜증이 난 거야?" 그녀가 끼어들었다.

"괴테를 묘사한 초상화였어요, 저 위대한 작가 괴테 말입니다. 그런데 실제 괴테의 모습과 다른 모습의 초상화였어요. 물론 괴테는 죽은 지 백 년이나 되었으니 그의 진짜 모습을 정확히 알고 있는 사람은 아무도 없지만요. 그런데 어떤 현대 화가가 자신의 상상대로 괴테를 근사하게 치장해 놓은 거예요. 그 초상화가 짜증 나게 하고 정말 역겹게 했어요. 당신이 이해하실지 모르겠지만."

"잘 이해할 수 있으니 그런 걱정은 하지 마. 이야기를 계속해 봐!"

"예전부터 그 교수와 의견이 맞지 않았어요. 대부분의 교수처럼 그 사람도 대단한 애국자이고 전쟁 중에는 국민을 기만하는데 충실하게 동참했죠. 당연히 확고한 신념에서 그렇게 했어요. 하지만 나는 반전주의자입니다. 초지일관 반전주의자였어요. 그건 그렇고 얘기를 계속하자면, 나는 차라리 그 초상화를 보지 말아야 했어요."

"물론 그편이 나았겠지."

"나는 우선 괴테가 정말 안됐다는 생각이 들었어요. 그 양반을 정말 무척이나 좋아하거든요. 그리고 이런 생각, 아니 이런 느낌이 들었어요. 지금 나와 같은 부류라고 생각되는 사람들, 나처럼 괴테를 사랑하고 괴테에 대해 나와 유사한 이미지를 떠올리는 그런 사람들의 집에 앉아 있는데, 저들은 이렇게 날조되고 분칠해서 꾸민 몰취미한 초상화를 내놓고 훌륭하다고 여기고 있구나. 이 초상화의 정신은 실은 괴테의 정신과 정반대인데도 그것을 전혀 알아차리지 못하는구나. 그 사람들은 자신들이 소장하고 있는 초상화를 대단한 것으로 여기는데, 뭐 그들 입장에서야 그럴 수도 있겠죠. 하지만 나로서는 그들에 대한 모든 신뢰, 그들을 향한 모든 우정, 모든 동류의식과 연대감을 한순간에 상실한 거죠. 하기야 우리가 뭐 대단한 우정을 나눈 사이도 아니었지만. 하여튼 나는 정말 화가 나고 슬픈 생각까지 들었으며, 나 자신이 철저히 혼자이고 누구에게서도 이해받지 못하고 있다는 것을 깨달은 거죠. 이해하겠어요?"

"쉽게 이해할 수 있어, 하리. 그래서 어떻게 되었어? 초상화로 그들의 머리를 내리치기라도 한 거야?"

"그렇지 않아요, 모욕적인 말을 좀 내뱉고는 그곳에서 얼른 빠져나왔어요. 집으로 들어가려고 했으나……."

"그런데 집에는 그런 철부지 아들을 위로해 주거나 꾸짖어 줄 엄마가 없었겠지. 그래, 하리, 당신에게 동정심 같은 것이 일어나려고 하네. 당신은 어쩔 수 없이 미숙한 바보야."

그렇다, 내 생각에도 그런 것 같았다. 그녀는 내게 포도주 한 잔을 따라 주었고, 그러면서 정말 어머니처럼 굴었다. 하지만 나는 때때로 그녀를 살짝 쳐다보면서 참 아름답고 젊은 아가씨라는 생각이 들었다.

"그러니까," 그녀가 다시 말을 이었다. "괴테는 백 년 전에 죽었는데, 하리는 그 인물을 정말 좋아하고 그 인물이 실제로 어떻게 생겼는가 하는 것과 상관없이 그 인물에 대해 멋진 이미지를 상상하고 있으며, 그렇게 할 권리가 있다는 거지, 안 그래? 그런데 괴테에 대해 마찬가지로 열광하고 그의 초상화를 그린 화가는 그럴 권리가 없다는 거고, 저들이 가진 이미지는 하리의 마음에 들지 않으니 그 교수는 물론 어떤 누구도 그럴 권리가 없으며, 하리는 그런 것을 도저히 참을 수 없고, 그래서 욕을 하고 나올 수밖에 없었다는 거군! 만약 하리가 현명한 사람이라면 화가나 교수에 대해 그저 웃고 말았겠지. 만약 하리가 미친 사람이라면 그들이 가진 괴테의 초상화를 그들 면전에 내던졌겠지. 하지만 하리는 아직 작은 악동에 불과해, 집으로 달려가 목을 매려는 거고……. 하리, 이 정도면 당신 이야기를 잘 이해한 셈이지. 정말 웃기는 이야기야. 나로서는 웃음이 나오는군. 잠깐, 그렇게 급히 마시지 마! 부르고뉴산 포도주는 천천히 마셔야 하는 거야, 그렇지 않으면 금방 취기가 올라온다고. 이런 것까지 하나하나 일러 줘야 하는군, 작은 악동.”

그녀의 눈빛은 예순 살 가정교사처럼 매서웠고 경고를 담고 있었다.

“아, 그렇군요.” 나는 만족해하면서 부탁했다. “무엇이든 말해 줘요.”

“무엇을 말하라는 거야?”

“당신이 하고 싶은 말, 무엇이든지.”

“좋아, 당신에게 말해 줄 것이 있어. 한 시간 전부터 나는 당신에게 반말을 하는데 당신은 내게 계속 존칭을 사용하고 있다는 거야. 라틴어나 그리스어를 말하듯 온통 복잡한 화법을 사용하고 있다고! 젊은 아가씨가 당신에게 반말을 하고 아가씨가 딱히 역겨운 존재가 아니라면 당신도 아가씨에게 당연히 반말을 해야지. 자, 당신은 벌써 무언가 배운 거야. 두 번째 하고 싶은 말은 이거야. 나는 당신 이름이 하리라는 것을 30분 전부터 알고 있어. 내가 당신에게 이름을 물어보았기 때문에 알게 되었지. 그런데 당신은 내 이름을 알려고도 하지 않아."

"아, 그렇지 않아요, 정말 알고 싶소."

"너무 늦었어, 애송이! 언젠가 다시 만나면 그때 물어봐. 오늘은 말해 주지 않겠어. 그리고 이제 나는 춤추러 갈 거야."

그녀가 자리에서 일어날 기색을 보이자, 나는 갑자기 기분이 축 가라앉았다. 그녀가 나만 남겨 두고 가 버리면 모든 것이 이전 상황으로 돌아가지 않을까 두려웠다. 잠깐 사라졌던 치통이 다시 찾아와 화끈거리기 시작한 것처럼 일순간 두려움과 전율이 엄습했다. 맙소사, 무엇이 나를 기다리고 있었는지 도대체 잊을 수 있었단 말인가? 도대체 상황이 달라지기라도 했단 말인가?

"잠깐만." 나는 애원하듯 소리쳤다. "가지 말아요. 아니, 제발 가지 마! 당신이 원하는 만큼 춤을 춰도 좋다고. 하지만 너무 오래 떠나 있진 마. 돌아와 줘, 다시 돌아와 달라고!"

그녀는 웃으면서 자리에서 일어났다. 나는 그녀가 일어서면 키가 더 클 거라고 생각했는데, 그녀는 날씬하긴 했지만 장신이라고는 할 수 없었다. 그녀는 또다시 누군가를 생각나게 했다. 누구일까? 여전히 생각이 나지 않았다.

"돌아올 거야?"

"돌아올 거야, 하지만 시간이 좀 걸릴 거야, 30분이나 한 시간 정도. 그리고 당신에게 해 줄 말이 있어. 그동안 당신은 눈감고 잠을 좀 자 두라고. 당신에게는 지금 그것이 필요한 것 같아."

나는 그녀가 지나갈 수 있도록 자리를 비켜 주었다. 그녀의 짧은 스커트가 내 무릎을 스쳤다. 그녀는 걸어가는 동안 작고 깜찍한 둥근 손거울을 보며 눈썹을 위로 말아 올렸고, 작은 분첩으로 턱 부위를 살짝 두드리더니 댄스홀로 사라졌다. 주위를 둘러보니 낯선 얼굴들, 담배를 피우는 남자들, 대리석 테이블 위에 쏟아져 있는 맥주가 눈에 들어왔고, 여기저기서 아우성과 괴성을 질러 댔으며 바로 옆에서는 댄스 음악이 울려 나왔다. 그녀는 나더러 잠을 좀 자야 할 거라고 말했다. 아, 순진한 꼬마 아가씨, 당신은 내가 잠자는 일에서 족제비보다 더 경계심이 많다는 것을 알고 있을까! 나더러 이 대목장 같은 곳의 테이블에 앉아 달그락거리는 맥주잔들 사이에서 잠을 자라는 거군. 나는 포도주를 홀짝홀짝 마시고는 주머니에서 담배 한 개비를 꺼내 물고는 성냥을 찾으려고 두리번거리다, 실은 굳이 피우고 싶은 생각도 없어서 테이블 위에 담배를 다시 내려놓았다. 그녀는 나더러 '눈을 감고' 있으라고 말했었다. 아가씨는 도대체 어디서 이런 목소리를 얻었는지 모르지만, 다소 그윽하면서도 선량한 목소리, 바로 어머니 같은 목소리였다. 이런 목소리를 따르는 것은 기분 좋은 일이라는 것을 나는 이미 경험한 바 있었다. 나는 그녀의 말에 순종해 눈을 감고 머리를 벽에 기댄 채 수백 가지 소음이 귓전에 울리는 것을 들으면서 이런 장소에서 잠을 청한다고 생각하니 미소가 일었다. 나의 아름다운 아가씨가 춤추는 모습을 놓칠 수 없어 결국 댄스홀 문 쪽으로 가서 안쪽을 한번 들여다보기로 했으나 의자 아래서 발을 움직여 보고는 비로소 몇 시간 동안 거리를 헤매고 다닌 탓에 얼마나 지쳐 있는지 깨닫고 자리에 앉아 있기로 했다. 그리고 어머니 같은 존재가 내린 명령을 충실히 따르면서 벌써 잠이 들었다. 나는 더 이상 바랄 수 없을 정도로 흡족하게 잠을 잤고 꿈까지 꾸었다. 지금까지 꾸었던 그 어떤 꿈보다 선명하고 근사한 꿈이었다. 꿈은 이런 내용이었다.

나는 고풍스러운 응접실에 앉아 접견을 기다리고 있었다. 처음에는 내가 어떤 고귀한 신분의 인사와 만나기로 했다는 것만 알고 있었는데, 잠시 후 만나게 될 사람이 바로 괴테라는 사실이 생각났다. 유감스럽게도 나는 전적으로 개인적인 신분으로 그곳에 온 것이 아니라 어떤 잡지 기자로 와 있었다. 그 때문에 기분이 아주 불쾌했고 어떤 악마가 나를 이런 상황으로 몰아넣었는지 이해할 수 없었다. 게다가 전갈 한 마리가 나를 불안하게 만들었는데, 조금 전 눈에 띄었던 그 녀석이 내 다리를 타고 기어오르려 했다. 나는 그 작고 검은 파충류를 세차게 흔들어 떼어 놓긴 했으나, 녀석이 어디로 숨었는지 알지 못했고 어느 쪽으로도 손을 내뻗을 엄두가 나지 않았다.

혹시 실수로 괴테의 집이 아니라 마티손*의 집에 와 있는 것 아닌가 하는 생각도 들었다. 그런데 꿈속에서 마티손을 뷔르거*

와 혼동하기도 했다. 뷔르거가 쓴 「몰리를 위한 헌시」를 마티손의 작품으로 착각했던 것이다. 게다가 나는 평소에 몰리를 만나길 무척 고대하고 있었다. 몰리는 놀라운 성품에다 부드럽고, 음악적이고, 저녁의 정취를 느끼게 하는 여자라는 생각이 들었다. 여하튼 내가 저 빌어먹을 잡지사 편집부의 과제를 받아 여기 온 것이 아니라면 얼마나 좋을까! 이에 대한 불만은 점점 고조되어 점차 괴테에게까지 옮겨 갔고, 갑자기 나는 그를 향해 온갖 우려와 비난을 가하고 있었다. 그러니 정말 멋진 알현이라고 해야 할 것이다! 어딘가 가까이 숨어서 위협하고 있을 전갈도 그렇게 고약하지는 않았다. 전갈은 어쩌면 무엇인가 친근한 것을 의미할 수도 있었다. 나는 전갈이 몰리와 모종의 관계가 있을 것 같다는 생각이 들었다. 몰리의 어떤 전령 혹은 문장(紋章)의 동물, 다시 말해 여성성과 죄를 상징하는 아름답고도 위험한 문장의 동물일 가능성도 있었다. 그 전갈의 이름이 혹시 불피우스* 아닐까? 그러나 바로 그때 하인이 문을 열었고, 나는 자리에서 일어나 안으로 들어갔다.

거기에는 늙은 괴테가 작은 체구에 아주 뻣뻣한 자세로 서 있었다. 고전주의 대가의 가슴에는 두툼한 별 모양의 훈장 하나가 반듯하게 달려 있었다. 그는 여전히 통치 권력을 행사하고 있었고 방문객의 알현을 받았으며 여전히 자신의 바이마르 박물관에서 세계를 통제하고 있는 것으로 보였다. 그는 나를 보자마자 늙은 까마귀처럼 고개를 발작적으로 끄덕이면서 근엄한 목소리로 이렇게 말했던 것이다. "그래, 그대 젊은이들이여, 그대들은 우리에 대해 또 우리가 성취하려고 수고한 것에 대해 별로 공감하지 못한다는 건가?"

"그렇습니다." 나는 재상의 눈초리에 바싹 얼어붙은 목소리로 말했다. "우리 젊은 사람들은 실제로 당신에게 공감하기 어렵습니다. 고귀하신 분, 우리가 보기에 당신은 너무 격식을 중시하고, 너무 허영에 차 있고 점잖은 체하며, 너무 솔직하지 않아 보입니다. 가장 핵심적인 것은 아마도 너무 솔직하지 않다는 거겠죠."

작은 체구의 노인은 엄격한 얼굴을 약간 앞쪽으로 내밀었다. 그의 진지하고 근엄하게 다물어진 입이 미소를 띠고 매력적인 활기를 발산했다. 그러자 갑자기 가슴이 두근거리기 시작했다. 「어스름이 위로부터 내렸다」*라는 시가 단번에 떠올랐고, 그 시의 단어 하나하나가 모두 저 사람, 바로 저 입에서 나왔다는 사실이 생각났던 것이다. 그 순간 나는 완전히 무장해제되고 압도되어 그의 면전에 무릎이라도 꿇고 싶었다. 그러나 나는 자세를 흩트리지 않고, 미소를 머금은 그의 입술에서 흘러나오는 다음 말을 들었다. "허허, 그러니까 자네는 지금 내가 정직하지 않다고 질책하는 건가? 그게 도대체 무슨 소린가! 좀 더 자세히 설명해 주지 않겠나?"

나는 기꺼이, 아주 기꺼이 그렇게 하고 싶었다.

"괴테 선생님, 당신은 모든 위대한 사상가가 그렇듯이 인간의 삶이 참으로 의문의 여지가 많고 가망 없다는 것을 또렷하게 인식하고 예감했습니다. 일순간의 영화가 어떻게 비참하게 쇠락하는지, 감옥 같은 일상이라는 대가를 치르지 않고는 감정의 아름다운 고양을 경험하는 것이 어떻게 불가능한 것인지, 정신의 제국을 향한 불타오르는 동경이 잃어버린 자연의 순수성을 향한 강렬하고 성스러운 사랑과 어떻게 사투를 벌이는지, 어떻게 모든 것이 이렇게 몸서리쳐질 정도로 공허하고 불확실한 부유 상태에 있는지, 어떻게 모든 것이 덧없다는 선고를 받고는 결코 완전히 피어나지 못하고 영원히 실험과 딜레탕트 상태에 머무는지, 간단히 말해 정말 전망 없고 터무니없으며 격렬한 절망 가운데 있는 인간의 실존, 당신은 이 모든 것을 잘 알았고 때때로 이를 고백하기도 했습니다. 그런데도 당신은 전 생애에 걸쳐 그 반대의 것을 설교했고 신념과 낙관주의를 표명했으며, 우리의 정신적인 노력이 영속적인 가치가 있고 의미 있는 것이라고 믿도록 자신과 다른 사람들을 현혹했습니다. 당신은 심연을 고백하는 사람들, 절망적인 진리의 목소리들을 거부하고 억압했습니다. 당신 자신 속의 목소리뿐 아니라 클라이스트와 베토벤* 의 목소리까지 말입니다. 당신은 수십 년 동안 지식의 축적, 소장품 수집, 편지를 쓰고 수집하는 일, 바이마르에서 보내는 노년의 삶 전체가 정말로 순간을 영원으로 만드는 길인 것처럼, 자연에 정신적인 의미를 부여하는 길인 것처럼 행동했습니다. 하지만 당신은 실은 순간을 미라로 만들었던 것이고, 단지 자연에 정형화된 가면을 씌운 것에 지나지 않습니다. 바로 이 때문에 우리는 당신의 부정직함을 비난하는 것입니다."

늙은 추밀고문관은 깊이 생각에 잠겨 입가에는 여전히 미소를 머금은 채 내 눈을 쳐다보았다.

그러다가 그는 놀랍게도 내게 이렇게 물었다. "그렇다면 자네는 모차르트의 〈마술피리〉도 아주 역겹게 느끼는가?"

내가 미처 이의를 제기하기도 전에 그가 말을 이었다.

"〈마술피리〉는 삶을 감미로운 노래로 묘사하고, 결국 덧없는 것에 불과한 우리의 감정을 어떤 영원한 것, 신적인 것으로 찬미하지. 이 작품은 클라이스트 같은 분이나 베토벤 같은 분에게서 공감을 얻으려는 것이 아니라 낙천주의와 신념을 설교하고 있지."

"나도 알아요, 잘 안다고요!" 나는 화가 나서 소리쳤다. "어떻게 내가 세상에서 가장 좋아하는 〈마술피리〉에 선생님의 생각이 미쳤는지 모르겠습니다! 그런데 모차르트는 여든두 살까지 살지도 않았고 개인적인 삶에서도 당신처럼 영속성이나 질서, 거드름 피우는 위엄 같은 것을 요구하지도 않았습니다. 그는 잘난 체하지 않았다고요! 그는 신적인 선율을 노래했고 가난한 삶을 살았으며 요절했어요, 불우한 상태에서 진가도 인정받지 못한 채……."

나는 숨이 막힐 것 같았다. 가능하면 수천 가지 일을 이제 열 단어 정도로 압축해서 말해야 했고 이마에서는 땀이 나기 시작했다.

하지만 괴테는 아주 다정하게 말했다. "내가 여든두 살까지 산 것은 어쨌든 용서받기 어려운 일이겠지. 나는 오래 산 것에 대해 자네가 생각하듯 그리 만족스러워하지 않아. 나의 내면이 늘 영속성에 대한 거대한 갈망으로 채워져 있었다는 자네 말은 맞아. 언제나 죽음을 두려워했고, 그것에 대항해 싸웠거든. 죽음에 맞서는 싸움, 삶에 대한 무조건적이고 고집스러운 의지야말로 모든 탁월한 인간의 행동과 삶에 추동력이 된다고 나는 믿네. 다른 한편으로 사랑하는 젊은이, 사람이 결국 죽을 수밖에 없다는 사실을 나는 여든두 살 나이를 먹으면서 결정적으로 입증해 보였어. 내가 소년의 나이에 죽었다고 해도 마찬가지로 입증한 셈이겠지만. 나 자신을 정당화하는 데 도움이 된다면 한마디 덧붙이고 싶네. 나는 천성적으로 어린아이 같은 면이 많았다네. 호기심도 많았고 유희 충동도 많았으며, 시간을 허비하는 것에 많은 즐거움을 느꼈지. 그리고 상당히 오랜 시간이 지나고서야 유희라는 것도 언젠가 충분한 정도를 넘어서면 멈춰야 한다는 사실을 깨달았다네."

이렇게 말하면서 노시인은 익살스럽고 장난기 가득한 미소를 지었다. 그의 몸집은 좀 더 커져 있었고, 얼굴에 있던 뻣뻣한 태도와 경직된 위엄은 사라지고 없었다. 우리를 둘러싼 대기는 이제 온통 멜로디로, 괴테의 시들에 가락을 붙인 노래들로 가득 차 있었다. 무엇보다 나는 모차르트의 〈제비꽃〉과 슈베르트의 〈너 또다시 숲과 골짜기를 채우고〉를 또렷이 알아들을 수 있었다. 괴테의 얼굴은 이제 장밋빛으로 젊어져 있었고 웃는 모습은 때로는 모차르트, 때로는 슈베르트와 닮아 마치 그들의 형제처럼 보였다. 가슴에 달려 있는 별 모양의 훈장은 모두 야생화로 만들어진 것이었고, 그 한가운데 노란 앵초 꽃이 기쁜 듯 방실방실 피어나고 있었다.

노년의 괴테가 내 질문과 책망을 이렇게 농담하듯이 회피하려고 하는 것이 마음에 들지 않아, 나는 비난이 담긴 눈초리로 그를 쳐다보았다. 그러자 그는 몸을 앞으로 숙이고 완전히 어린아이 입으로 변한 자신의 입을 내 귀에 대고는 나직하게 속삭였다. "젊은이, 자네는 늙은 괴테를 너무 진지하게 받아들이고 있어. 이미 세상을 떠난 늙은이들을 그렇게 진지하게 받아들여선 안 돼, 그렇게 하는 것은 그 사람들을 부당하게 대하는 거야. 우리 불멸의 존재들은 너무 진지하게 받아들이는 것을 좋아하지 않아, 우리는 즐거움을 좋아한다고. 진지함이란, 젊은이, 시간과 관련된 사안에 불과한 걸세. 자네에게 한 가지 폭로할 것이 있는데, 진지함이라는 것은 시간을 과대평가한 데서 나온다는 거야. 나도 한때는 시간의 가치를 과대평가했고, 그래서 백 살까지 살려고 했지. 그러나 자네도 알다시피 영원의 관점에서 보면 시간이라는 것은 없는 거야. 영원이라는 것은 한순간에 불과하고, 단지 즐길 정도로만 충분한 시간인 거야."

정말이지 이 양반과는 어떤 진지한 대화도 더는 나눌 수 없었다. 그는 흥겨워 춤을 추듯 몸을 유연하게 위아래로 이리저리 움직였고, 별 모양의 훈장 중앙에 있는 노란 앵초 꽃을 한순간 로켓처럼 쏘아 올리는가 하면 이어 그것을 점차 작게 만들어 사라지게 했다. 나는 그가 댄스 스텝과 유연한 동작을 수반하는 기량을 선보이는 것을 보면서 이 양반은 적어도 춤을 배우는 일만큼은 소홀히 하지 않았다는 생각이 들었다. 그는 멋지게 춤을 출 줄 알았다. 그때 나는 전갈, 아니 몰리가 다시 생각나 괴테에게 소리쳤다. "말씀해 주세요, 이곳에 혹시 몰리는 없나요?"

괴테는 큰 소리를 내며 웃었다. 그는 책상으로 가서 서랍을 열더니 고급 가죽 내지 벨벳 천으로 만든 것으로 보이는 값비싼 상자 하나를 꺼내, 뚜껑을 연 채 내 눈앞에 내밀었다. 검은색 벨벳 천에 귀여운 여자의 다리가 작지만 온전한 상태로 빛을 내며 놓여 있었다. 무릎 부분을 약간 구부리고 발은 아래로 쭉 뻗었으며 더 없이 앙증맞은 발가락까지 다 드러낸 아주 매혹적인 다리였다.

나는 손을 뻗어 나를 완전히 매혹시킨 그 작은 다리를 잡으려고 했다. 그러나 내가 두 손가락으로 장난감 다리를 잡으려는 순간 다리가 약간 움찔하는 것 같아, 갑자기 그것이 전갈일 수도 있다는 의심이 들었다. 괴테는 내 반응을 이해하고 있었던 것 같고, 내가 느끼는 이 깊은 당혹감, 욕망과 공포 사이를 오락가락하는 이 발작적인 분열을 미리 알고 그것을 의도하면서 이 장난감을 내놓은 것 같았다. 그는 그 매력적인 작은 전갈을 내 얼굴에 바싹 들이대고는 그것을 갈망하기도 하고 그것에 겁먹어 뒷걸음치는 나를 바라보았으며, 나의 그런 모습을 아주 즐기는 것 같았다. 그 귀엽고 위험한 물건을 갖고 나를 놀려 대는 동안 그는 다시 완전히 노인으로 돌아가 있었다. 그는 이제 정말로 오래된, 천 년은 된 노인이 되어 있었고 머리에는 백발이 성성했으며 시들어 버린 늙은 얼굴은 조용히 웃기만 했다. 그는 아무 소리도 내지 않았으나 노인들에게 전형적인 어둡고 불가해한 유머를 가지고 속으로 격렬하게 웃음을 삼켰다.

*

잠에서 막 깨어났을 때 나는 방금 전에 꾼 꿈을 잊어버렸다. 시간이 좀 지나고 나서야 내용이 다시 생각났다. 나는 음악이 흐르고 소란스러운 분위기의 술집 테이블에 앉은 채 한 시간 정도 잠을 잔 것 같았다. 도저히 불가능할 거라고 생각했던 일이 일어난 것이다. 사랑스러운 아가씨는 한 손을 내 어깨에 올리고 내 앞에 서 있었다.

"2마르크나 3마르크만 줘." 그녀가 말했다. "저쪽에서 뭘 좀 먹었거든."

나는 지갑을 건네주었고, 그녀는 지갑을 가지고 갔다가 금방 돌아왔다.

"이제 당신 곁에 잠시 앉아 있을 수 있겠어. 그러고 나서 다시 가 봐야 해. 약속이 하나 있거든."

나는 깜짝 놀라 황급히 물었다. "누구하고?"

"어떤 신사분과 만나기로 했어, 귀여운 하리. 그가 나를 술집 '오데온'으로 초대했거든."

"아, 나는 당신이 나를 홀로 남겨 두지 않을 거라고 생각했어."

"그렇다면 당신이 진작 나를 초대했어야지. 누군가가 당신보다 한발 빨랐던 거야. 덕분에 당신은 얼마간 돈을 아낀 셈이지. 당신 혹시 술집 오데온 알아? 자정 이후에는 샴페인만 파는 곳이야. 고급 소파에 흑인 악단, 아주 고급스러운 곳이지."

모든 상황이 내가 미처 생각하지 못한 것이었다.

"아, 내가 당신을 초대하고 싶다고!" 나는 애원조로 말했다. "나야 당연히 그렇게 될 거라고 생각했지, 우리는 이제 친구가 됐잖아. 어디든 당신이 원하는 곳으로 초대할 수 있게 해 줘, 부탁이야."

"정말 고마워, 하지만 약속은 약속이고, 나는 이미 초대를 수락했으니 갈 거야. 더는 애쓰지 마! 자, 한 잔 더 마셔, 병에 포도주가 아직 남아 있어. 당신은 마저 들이키고 조용히 집에 가서 잠을 좀 자도록 해. 그렇게 하겠다고 약속해."

"아니, 난 집으로 돌아갈 수 없다니까."

"아, 또 그 얘기! 아직도 괴테라는 인물을 정리하지 못한 거야? (그 순간 괴테가 등장한 꿈이 다시 떠올랐다) 정말 집에 들어갈 수 없다면 오늘 밤에는 여기 머물도록 해, 이곳에는 손님들을 위한 방이 있거든. 내가 하나 알아볼까?"

나는 그 제안에 만족했고, 어디서 그녀를 다시 만날 수 있을지도 물어보았다. 그리고 그녀가 어디 살고 있는지도. 그녀는 대답해 주지 않았고, 조금만 노력하면 쉽게 찾을 수 있을 거라고 했다.

"내가 당신을 초대하면 안 될까?"

"어디로?"

"어디든 좋아, 당신이 원하는 때."

"좋아. 그럼 화요일 저녁에 술집 '알텐 프란치스카너' 2층에서 만나도록 해. 안녕!"

그녀는 내게 손을 내밀었다. 그때야 나는 그녀의 목소리와 완벽하게 어울리는 예쁘고 포동포동하고 지혜와 선함이 엿보이는 그녀의 손이 눈에 들어왔다. 내가 손에 입을 맞추자, 그녀는 조롱하듯 웃었다.

마지막 순간에 그녀는 나를 향해 다시 한번 몸을 돌리고는 말했다.

"당신이 말한 괴테와 관련해 당신에게 해 주고 싶은 말이 하나 있어. 당신은 괴테의 초상화에 대해 도저히 참을 수 없다고 했는데, 괴테에 대해 당신이 느끼는 그런 감정을 나는 종종 성인(聖人)들에게서 느꼈어."

"성인들에 대해? 당신이 그렇게 경건한 사람이야?"

"아니, 난 유감스럽게도 경건하지 않아. 하지만 나도 한때는 매우 경건했고, 언젠가는 다시 그렇게 될 거야. 요즘은 경건을 위한 시간이 충분하지 않거든."

"시간이 충분하지 않다고? 경건에도 시간이 필요한 거야?"

"그럼, 경건을 위해서는 시간이 필요한 법이지. 그런데 그것보다 더 필요한 것은 시간에서 자유롭게 되는 거야! 당신은 이 세상의 현실에서 사는 동안, 그것도 시간이든 돈이든 오데온 술집이든 세상의 그 모든 것을 여전히 진지하게 받아들이면서 살면 결코 진정으로 경건할 수가 없어."

"그건 알겠어. 하지만 그게 성인들하고 무슨 상관이야?"

"내가 특별히 좋아하는 성인들이 있어. 성 스테파노, 성 프란체스코 같은 분들이야. 그분들을 그린 초상화를 본 적도 있고 구세주 예수와 성모 마리아의 초상화 중에서 가끔 가식적이고 날

조된 저급한 그림을 본 적도 있지. 당신이 괴테의 초상화를 참을 수 없어 하듯 나도 그런 것들은 도저히 참을 수가 없어. 우리 주님이나 성 프란체스코를 그런 식으로 달콤하고 멍청하게 그려 놓은 초상화를 보고 있노라면, 그리고 사람들이 그런 초상화를 아름답고 교화적이라고 여기는 것을 보면, 진짜 구세주를 모독한다고 여겨지거든. 사람들이 그런 멍청한 초상화에 만족한다면, 구세주 그분은 왜 그런 삶을 살면서 끔찍한 고통을 당했을까, 하는 생각이 들거든! 그런데 구세주나 성 프란체스코에 대해 내가 갖고 있는 이미지 역시 인간이 생각한 이미지이고 본래 모습에는 못 미친다는 것도 알아. 구세주의 눈으로 보면 내 마음속에 있는 그분의 이미지 역시 내가 저 감상적인 복제물을 보며 느끼는 것처럼 그렇게 터무니없고 부족해 보일 거야. 괴테의 초상화에 대해 당신이 느끼는 불쾌감과 분노에 정당성을 부여하려고 이런 말을 하는 건 아니야. 아니, 당신은 틀렸어. 나는 다만 내가 당신을 이해할 수 있다는 것을 말해 주려는 거야. 당신 같은 학자나 예술가들은 온갖 별난 것을 머릿속에 떠올리지만, 당신들도 우리와 같은 인간에 불과해. 그리고 우리도 머릿속에는 저마다 꿈과 유희를 갖고 있어. 학자 양반, 나는 당신이 당신의 괴테 이야기를 내게 들려주려 하면서 좀 당혹스러워한다는 것을 알아차렸어. 당신은 나처럼 단순한 아가씨에게 당신의 이상적인 주제를 어떻게든 이해시키려고 분명 애를 많이 썼겠지. 이제 그렇게 애쓸 필요 없다는 걸 알려 주고 싶어. 나는 당신을 벌써 이해했어. 자, 이제 그만하자고! 당신은 잠을 자러 가야 해."

그녀가 자리를 뜨자 나이 든 종업원 하나가 나를 3층으로 안내했다. 그런데 종업원은 앞서 내게 짐이 있느냐고 물었고, 짐이 없다고 하자 '숙박비'를 선불로 내도록 했다. 그런 다음 낡고 침침한 계단실을 지나 작은 방으로 데려가서는 혼자 남겨 두고 가 버렸다. 방에는 아주 작고 딱딱한 볼품없는 나무 침대가 하나 있었다. 실내 벽에는 휘어진 군도(軍刀) 하나와 천연색 가리발디 초상화 그리고 어떤 단체가 모임을 위해 사용한 것으로 보이는 시든 꽃다발 하나가 걸려 있었다. 나는 잠옷을 구할 수만 있다면 상당한 돈을 지불했을 것이다. 그나마 물과 작은 수건이 있어 씻을 수는 있었다. 불을 켜 놓은 채 옷을 그대로 입고 침대에 누워 생각에 잠겼다. 괴테와의 문제는 이제 정리된 셈이었다. 그가 꿈에서 나를 찾아온 것은 경이로운 일이었다! 그리고 그 근사한 아가씨, 이름이라도 알아 두었으면 좋았을걸! 갑자기 한 인간, 살아 있는 한 인간이 송장같이 죽어 있는 내 실존의 흐릿한 유리 종을 깨뜨리고 나를 향해 착하고 예쁘고 따스한 손을 내밀었던 것이다! 갑자기 나하고 관계된 일들, 내가 기쁨과 염려, 긴장감을 갖고 관심을 기울일 수 있는 일들이 다시 나타난 것이다! 갑자기 문이 하나 열리고, 그 문을 통해 삶이 내 속으로 들어온 것이다! 나는 어쩌면 삶을 다시 시작할 수 있을 것이고, 어쩌면 다시 인간이 될 수 있을 것이다. 동면 상태에서 거의 얼어 죽게 되었던 내 영혼이 다시 호흡을 시작하고, 아직은 졸린 듯 작고 허약한 날갯짓을 시작했다. 괴테가 나를 찾아와 주었다. 아가씨 하나는 나더러 먹고 마시고 잠을 자라고 명령하고 친절을 베풀었으며, 나를 철부지 소년이라고 부르며 비웃었다. 그리고 이 근사한 여자 친구는 성인들에 관한 이야기를 해 주었고, 내가 아무리 유별나게 기이한 상태에 있다고 해도 결코 혼자이거나 이해받지 못하는 존재, 병적인 예외의 존재가 아니라는 점, 나에게도 형제자매가 있고 나를 이해해 주는 사람이 있음을 다시 환기시켜 주었다. 그녀를 다시 보게 될 것인가? 당연히 그럴 것이다. 그녀는 믿을 만한 사람이었다. '약속은 약속인 것이다.'

그러다가 이내 다시 잠이 들었고 네다섯 시간 내리 잤다. 10시 지나서야 깨어났는데, 옷은 구겨진 상태 그대로이고 기진맥진할 정도로 피곤했으며, 머릿속에는 전날의 어떤 끔찍한 일에 대한 기억이 남아 있었다. 그러나 다른 한편으로 활기를 되찾았고 희망이 넘쳤으며 온통 좋은 생각이 떠올랐다. 나는 셋집으로 돌아가면서 전날 귀가를 생각할 때 느꼈던 공포를 더 이상 느끼지 않았다.

아라우카리아 화분 위쪽에 있는 계단을 오르던 중 주인집 아주머니와 마주쳤다. 아주머니의 얼굴을 직접 보는 일은 보통 드물었지만, 아주머니의 다정한 성품이 늘 마음에 들었다. 그런데 지금은 아주머니를 만나는 것이 편안하지 않았다. 몰골도 다소 초췌했고 밤을 새운 탓에 수척해진 얼굴에 면도도 하지 않고 머리는 빗질도 하지 않은 상태였다. 나는 얼른 인사만 하고 지나치려고 했다. 아주머니는 평소 내가 혼자 있고 싶어 하고 주목받기 싫어하는 것을 늘 존중해 주었는데, 이날은 정말 나와 주변 세계 사이에 있던 베일이 찢어지고 장벽이 무너지기라도 한 모양이었다. 아주머니가 웃으면서 걸음을 멈추었다.

"여기저기 쏘다니셨나 봐요, 할러 씨. 어젯밤에는 전혀 잠자리에 드시지 않으셨고요. 많이 피곤하시겠어요!"

"그렇습니다." 나는 이렇게 말하면서 웃지 않을 수 없었다. "어젯밤에 모처럼 생기 넘치는 일이 좀 있었고, 이 집의 명성에 폐가 되지 않으려고 호텔에서 잤습니다. 저는 아주머니 집의 평온함과 품위를 매우 존중하는데, 때로는 나 자신이 정말 이물질 같은 존재로 느껴집니다."

"놀리지 마세요, 할러 씨!"

"아, 저는 다만 자신을 놀리고 있는걸요."

"그러시면 안 되죠. 선생님은 우리 집에서 자신을 '이물질'로 느끼지 않으셨으면 해요. 선생님 마음이 편하신 대로 지내시고 맘대로 하셔도 돼요. 그동안 우리 집에는 아주 존경할 만한 세입자들, 정말 존경받아 마땅한 분이 많았지만, 선생님만큼 조용하고 폐를 끼치지 않은 분은 없었어요. 그건 그렇고, 차 한잔하실래요?"

나는 거절하지 않았다. 나는 이전 조상 세대의 멋진 그림들과 가구들이 들어서 있는 그녀의 응접실에서 차를 대접받았다. 우리는 수다도 좀 떨었는데, 다정한 심성을 지닌 아주머니는 따로 질문을 하지 않고도 내 삶과 사고방식에 대해 이것저것 알게 되었다. 그러면서 아주머니는 상대를 존중해 주는 동시에 어머니가 어린아이를 대할 때처럼 대충 진지하게 들어 주는 태도를 보이며 내 말에 귀를 기울였다. 그것은 영특한 여성들이 괴팍한 남자들을 대할 때 보이는 태도였다. 아주머니 조카에 대한 이야기도 나왔다. 아주머니는 나를 옆방으로 데려가 조카가 얼마 전부터 여가 시간을 활용해 짬짬이 작업하고 있는 라디오도 보여주었다. 그 부지런한 젊은이는 무선통신이라는 아이디어에 사로잡혀 저녁마다 그곳에 앉아 경건하게 무릎을 꿇고 기술의 신을 경배하면서 무선 장치를 만들고 있었던 것이다. 그런데 기술의 신 역시 모든 사상가가 이미 알고 있었고 보다 현명하게 사용해 온 것들을 수천 년이 지난 시점에 다시 발견하고 아주 불완전하게 재현했을 따름이다. 우리는 이것을 화제로 이야기를 나누었는데, 아주머니는 경건한 성향이 좀 있고 종교적인 문제를 두고 토론하는 것을 싫어하지 않았기 때문이다. 나는 아주머니에게 다음과 같은 이야기를 들려주었다. 저 고대 인도인들은 우주에는 모든 힘과 행위가 두루 편재(遍在)한다는 것을 잘 알고 있었던 것 같다. 저 라디오라는 기술은 이런 사실의 한 조각을 일반 대중이 의식하도록 해 주었을 뿐이다. 라디오 기술은 다시 말해 이렇게 편재하는 에너지의 하나인 음파를 포착하기 위해 아직은 지독하게 불완전한 수신기와 송신기를 고안해 낸 것이다. 그런데 저 고대인들이 터득한 가장 중요한 통찰의 하나는 시간이 실제로 존재하는 것이 아니라는 것인데, 시간의 비실재성이라는 이 중요한 통찰은 아직 기술자들의 주목을 제대로 받지 못했다. 그러나 이것 역시 결국에는 당연히 '발견'될 것이고, 부지런한 기술자들의 손에 넘어갈 것이다. 우리는 벌써 파리나 베를린에서 송출하는 음악을 프랑크푸르트나 취리히에서 듣는 것이 가능해졌다. 이와 마찬가지로 우리는 아주 가까운 장래에는 현재 순간의 영상들과 사건들이 사방에서 밀려드는 상황을 맞을 것이고, 나아가 일어난 모든 일을 기록하고 저장할 수 있을 것이다. 그래서 언젠가 우리는 유선 또는 무선으로, 잡음을 수반하거나 잡음 없이, 솔로몬 왕이나 발터 폰데어포겔바이데*가 말하는 것을 듣게 될 것이다. 그런데 오늘날 초기 형태의 라디오에서 벌써 볼 수 있는 것처럼, 이 모든 것은 단지 사람들이 진정한 자신과 자신의 목표들에서 도망하도록 할 것이고, 주의 산만과 무의미한 일로 직조된 더욱 조밀한 그물망에 갇히게 할 것이다. 그러나 나는 이런 친숙한 주제들에 대해 우리 시대와 기술에 대해 적의를 품고 조롱하는 어투가 아니라 농담조로 가볍게 이야기했다. 아주머니는 미소를 지으며 내 이야기를 들어 주었고, 우리는 한 시간 정도 함께 차를 마시면서 만족스러운 시간을 보냈다.

술집 '검은 독수리'에서 만난 그 아름답고 특이한 아가씨를 초대해 다시 만나기로 한 날은 화요일 저녁이었고, 그때까지 시간을 보내는 것이 내게는 상당히 힘든 일이었다. 마침내 화요일이 되었을 때, 나는 그 미지의 아가씨와의 관계가 내게 얼마나 중요한지 경악스러울 정도로 분명히 알게 되었다. 나는 그녀와 전혀 사랑에 빠진 것도 아니었는데 그녀만을 생각했고 그녀에게서 모든 것을 기대했으며 그녀를 위해 모든 것을 희생하고 바칠 준비가 되어 있었다. 나는 그녀가 혹시 약속을 어기거나 잊어버릴 가능성을 생각만 해도 내게 어떤 일이 일어날지 분명히 알았다. 세상은 다시 공허해질 것이고 하루하루 우울하고 무가치한 날들이 이어질 것이다. 무시무시한 적막감과 무감각의 세계가 또다시 내 주위를 뒤덮어 면도칼 없이는 그 적막한 지옥에서 벗어날 수 없을 것이다. 면도칼은 요즘 며칠 동안 내게 가장 정나미 떨어지는 물건이 되었다. 면도칼이 주는 공포감은 조금도 줄어들지 않았던 것이다. 그것은 가장 추한 것이었다. 나는 칼로 목을 베는 것에 대해 가슴이 짓눌리는 심한 공포를 느꼈고, 마치 내가 가장 건강한 사람이고 내 삶이 낙원이기라도 한 것처럼 거칠고 끈질기게 거역하고 반항하면서 죽음을 두려워했다. 나는 내 상태를 아주 속속들이 잘 알고 있었고, 술집 '검은 독수리'에서 만난 그 작고 사랑스러운 미지의 댄서 아가씨가 내게 이토록 소중한 존재가 된 것은 바로 살 수도 없고 죽을 수도 없는 상황에서 생겨나는 견디기 힘든 긴장 때문이라는 사실도 깨닫고 있었다. 그녀는 나의 어두운 불안의 동굴에 나 있는 작은 창문, 밝은 빛이 새어 드는 작은 틈이었다. 그녀는 구원이자 자유로운 바깥으로 나가는 출구였다. 그녀는 내게 사는 법이든 죽는 법이든 가르쳐야 했고, 단단하고 예쁜 손으로 얼어붙은 내 심장을 어루만져 내 심장이 생명과 접촉하고 소생하게 하든지, 아니면 한 줌의 재로 사라지게 해야 했다. 그녀가 어디서 이런 힘을 얻었는지, 어디서 그런 마법이 생겨났는지, 어떤 비밀스러운 이유에서 그녀가 내게 그처럼 절실하게 소중한 존재가 되었는지, 나로서는 헤아리기 어려웠다. 아무래도 상관없고, 나로선 그것을 아는 것이 중요하지 않았다. 나는 이제 지식이나 통찰 따위에는 조금도 관심이 없었다. 지식과 통찰은 내가 그동안 과식했던 것이고, 나의 경우에는 오히려 자신의 상태를 너무 분명하게 알고 그것을 너무 의식한 것이 가장 혹독하고 모욕적인 고통과 수치를 안겨 주었다. 나는 황야의 이리라는 짐승, 이 녀석이 거미줄에 걸린 파리 신세가 되어 있는 것을 두 눈으로 똑똑히 보았다. 내가 보았을 때, 그 녀석의 운명은 결정의 순간으로 내몰린 상태였고, 그 녀석은 거미줄에 걸려 옴짝달싹 못 하고 매달려 있었으며, 거미가 그를 물어뜯으려는 태세를 갖춘 순간 구원의 손길 하나가 다가와 있었다. 나의 고통, 내 영혼의 병, 나의 저주받은 상태와 신경증의 연관성과 원인에 대해 나는 가장 지적이고 통찰력 있는 견해를 제시할 수 있었을 것이다. 그것들이 어떤 원리로 작동하는가도 어느 정도 통찰하고 있었다. 그러나 나에게 필요한 것, 내가 절망적으로 열망한 것은 지식이나 이해가 아니었고, 체험하고 결단하고 돌진하고 도약하는 것이었다.

나는 비록 만나기로 한 날까지 며칠 기다리면서 내 여자 친구가 약속을 지킬 것이라는 점을 조금도 의심하지 않았지만, 막상 그날이 닥치자 매우 흥분되고 불안해졌다. 살아오면서 다가오는 저녁 시간을 그렇게 초조한 마음으로 기다린 적이 없었다. 거의 참을 수 없을 정도로 긴장되고 초조했지만, 그것은 동시에 기분 좋은 일이기도 했다. 오랫동안 어떤 것도 기다리지 않고 어떤 기뻐할 만한 것도 기대하지 않은, 냉철한 상태의 나 같은 인간에게는 그것이 상상할 수 없을 정도로 기분 좋은 새로운 경험이었다. 하루 종일 불안과 염려, 벅찬 기대감으로 가득 차 이리저리 돌아다니는 일, 저녁에 만나 대화를 나누고 어떤 결과가 있을지 미리 상상하는 것, 이를 위해 면도를 하고 (속옷은 물론 넥타이와 구두끈까지 새것으로 각별히 신경 써서) 옷을 입는 것 등 모든 것이 놀라운 경험이었다. 그 영특하고 신비스러운 작은 아가씨의 정체가 무엇인지, 그녀가 어떻게 나와 인연을 맺게 되었는지는 중요하지 않았다. 그녀가 거기 있었고, 내게는 다시 한 사람을 발견하고 삶에 대해 새로운 흥미를 갖게 되는 기적이 일어난 것이다! 중요한 것은 이런 상황이 지속되는 것, 그 매력에 나를 내맡기고 그 운명의 별을 따르는 것이었다.

나는 그녀를 다시 본 순간을 잊을 수 없다! 굳이 그럴 필요가 없었지만 미리 전화로 자리까지 예약해 둔 고풍스럽고 안락한 레스토랑의 작은 테이블에 앉아 메뉴판을 꼼꼼히 살펴보았다. 테이블 위 물병에는 그녀를 위해 산 예쁜 난초 두 송이를 꽂아 두었다. 그녀를 한참이나 기다려야 했지만, 그녀가 약속에 나올 것을 확신했으므로 더는 흥분하지 않았다. 마침내 그녀가 모습을 드러냈다. 그녀는 외투걸이 앞에 서서 옅은 회색 눈동자로 나를 향해 주의 깊게, 무엇인가 살피는 눈길을 던지며 인사했다. 나는 종업원이 그녀에게 어떤 태도를 취하는지 의구심을 갖고 주의 깊게 바라보았다. 아니, 감사하게도 종업원은 어떤 친밀함도 드러내지 않았고 적절한 거리를 유지하면서 더할 나위 없이 정중한 태도를 보였다. 그런데 그들은 아는 사이였고, 그녀는 그를 에밀이라고 불렀다.

내가 그녀에게 난초 송이를 내밀자, 그녀는 기뻐하면서 웃음을 터뜨렸다. "정말 고마워, 하리. 당신은 내게 선물을 주고 싶었구나, 안 그래? 그런데 무슨 선물을 골라야 할지 몰랐을 거고, 당신이 내게 선물할 입장은 되는지, 내가 혹시 모욕감을 느끼지는 않을지 고민하고 또 고민하다 결국 난초를 샀겠지. 난초는 꽃에 불과하지만 가격은 만만치 않아. 정말 고마워. 한 가지 해 주고 싶은 말이 있는데, 나는 당신이 내게 선물해 주기를 바라지 않아. 나는 남자들에게 의존해서 살아가지만, 당신한테 의존하고 싶지는 않거든. 어쨌든 당신은 정말 변했어! 미처 알아보지 못할 정도야. 얼마 전엔 올가미에서 막 벗어난 것 같았는데, 지금은 인간이 다 되었어. 그건 그렇고 내 명령은 따른 거야?"

"무슨 명령?"

"벌써 잊었어? 당신이 이제는 폭스트롯을 출 수 있느냐고 묻는 거야. 나한테서 명령을 받는 것보다 더 바라는 것은 없고, 내 명령에 따르는 것보다 더 좋은 일은 없다고 당신이 말했잖아. 기억하고 있어?"

"그럼, 당연히 그래야지! 진심이었어."

"그런데도 아직 춤을 배우지 않은 거야?"

"그렇게 빨리, 단 며칠 만에 배우는 것이 도대체 가능해?"

"물론이지. 폭스트롯은 한 시간, 보스턴 댄스는 두 시간이면 배울 수 있어. 탱고는 좀 더 걸리지만, 그건 당신에게 필요 없고."

"그건 그렇고 이제 당신 이름을 좀 알아야겠어!"

그녀는 잠시 말없이 나를 쳐다보았다.

"어쩌면 당신은 내 이름을 알아맞힐 수도 있을 거야. 그리고 당신이 알아맞힌다면 나는 매우 기쁠 거야. 정신을 집중해서 나를 잘 살펴보라고! 당신은 내가 가끔 소년의 얼굴을 하고 있다는 걸 아직 알아차리지 못한 거야? 바로 지금처럼 말이야?"

그렇다, 그녀의 얼굴을 자세히 관찰하면서 나는 그녀의 말이 옳았음을 인정하지 않을 수 없었다. 그것은 소년의 얼굴이었다. 1분 정도 얼굴을 바라보고 있는데, 눈앞의 얼굴이 내게 말을 걸기 시작했고 나의 소년 시절과 당시 헤르만이라는 이름의 친구를 생각나게 했다. 한순간 그녀는 완전히 소년 헤르만이 된 것처럼 보였다.

"당신이 만일 소년이라면," 나는 놀라서 말했다. "분명 헤르만일 거야."

"누가 알겠어? 어쩌면 내가 소년이고 단지 변장을 하고 있을 수도 있지." 그녀가 농담조로 말했다.

"당신 이름이 혹시 헤르미네야?"

그녀는 얼굴에 화색을 띠면서 고개를 끄덕이고는 내가 이름 맞힌 것을 기뻐했다. 그때 막 수프가 나와 우리는 식사를 시작했고, 그녀는 어린아이처럼 흡족해했다. 그녀에 대해 내가 좋아하고 매력적으로 여긴 것 중에서도 가장 사랑스럽고 독특한 매력은 그녀가 더없는 진지함과 익살스러운 명랑함 사이를 급작스럽게 오갈 수 있다는 것이었다. 그러면서도 그녀는 자신의 본래 모습을 바꾸거나 왜곡시키지 않았는데, 그런 모습은 재능 있는 어린아이에게서나 가능했다. 그녀는 한동안 기분이 유쾌해져서 폭스트롯을 갖고 나를 놀려 댔고 테이블 아래서는 발로 나를 툭툭 건드리기도 했다. 그녀는 열성껏 음식을 칭찬했고 내가 옷차림에도 나름 신경 썼다고 인정하면서도, 내 겉모습에 대해서는 비판할 부분이 상당히 많다고 했다.

그러는 사이 내가 그녀에게 물었다. "당신은 어떻게 갑자기 소년의 모습을 하고 나더러 이름까지 맞히게 한 거야?"

"아, 그것은 모두 당신 스스로 한 거야. 학자 친구, 그걸 이해하지 못하겠어? 내가 당신 마음에 들고 당신에게 소중한 존재인 것은 당신에게 내가 일종의 거울과 같은 존재이고 내 안에 무엇인가가 당신에게 응답하고 당신을 이해하고 있기 때문 아닐까? 본래 모든 사람은 서로에게 그런 거울 같은 존재여야 하고 서로 그렇게 응답하고 호응해야 하지만, 당신 같은 괴짜들은 유별난 존재지. 당신 같은 괴짜들은 쉽게 길을 잃어버리고 현혹되어 다른 사람의 눈에서는 더 이상 아무것도 보지 못하고 읽어 내지 못하며 그 어떤 것에도 도통 관심이 없지. 하지만 그런 기인도 갑자기 자신을 진심으로 바라보는 얼굴, 자신에게 뭔가 호응해 주고 친화성을 느끼게 해 주는 얼굴을 만나면 당연히 기뻐하는 법이야."

"당신은 모든 것을 알고 있군, 헤르미네." 나는 감탄하며 소리쳤다. "당신이 말한 그대로야. 그런데 당신은 나하고 완전히 다른 존재라고! 나하고 정반대인 셈이지. 당신은 내게 부족한 모든 것을 갖고 있어."

"그렇게 생각하는 거야." 그녀는 간결하게 말했다. "그럼 됐어."

그리고 내게는 정말 마법의 거울과도 같은 그녀의 얼굴에 진지함의 무거운 먹구름이 드리우기 시작했다. 갑자기 그녀는 이제 얼굴 전체에서 공허한 가면의 눈에서 나오는 것 같은, 심연을 알 수 없는 진지함과 비극성만을 보이기 시작했다. 그녀는 단어 하나하나를 마지못해 내뱉듯 천천히 이렇게 말했다.

"당신이 나에게 한 말을 잊지 말라고! 당신은 나더러 명령을 내려야 한다고 했고, 내 모든 명령을 따르는 것이 당신의 기쁨이라고 했어. 그것을 잊지 말라고! 당신은 알아야 해, 소년 하리, 당신은 나를 보고서 내 얼굴이 당신에게 응답하고 내 안에 있는 무엇인가가 당신에게 호응하고 신뢰감을 준다고 느꼈는데, 나도 당신에게서 정확히 같은 것을 느끼고 있다고. 당신이 얼마 전 너무나 지치고 넋이 나간 상태, 벌써 이 세상 사람이 아닌 모습으로 '검은 독수리'에 들어오는 것을 보고 순간적으로 직감했지. 당신이 내 말을 따를 것이고 내가 명령 내리는 것을 열망하고 있다고! 그리고 나는 그렇게 할 생각이야. 그래서 당신에게 말을 걸었던 거고, 마침내 우리는 친구가 된 거야."

그녀는 영혼의 깊은 곳에서부터 너무나 진지하게 이 말을 해서 나는 그 의미를 완전히 따라잡을 수 없었고, 그녀를 진정시키고 화제를 바꾸려 했다. 그러자 그녀는 다만 눈썹을 씰룩거리면서 머리를 가로저었고, 완강한 표정으로 나를 쏘아보며 아주 냉정한 어조로 말했다. "다시 한번 말하지만, 소년, 당신이 한 약속을 지켜야 할 거야, 그렇지 않으면 후회하게 될 거야. 당신은 나한테서 많은 명령을 받고, 그 명령에 따르게 될 거야. 내 명령들은 매력적이고 기분 좋은 것이어서, 따르면 당신에게 기쁨을 줄 거야. 그리고 당신은 결국 내 마지막 명령도 실행하게 될 거야, 하리."

"그렇게 하겠어." 나는 자의 반 타의 반으로 대답했다. "나한테 내리는 당신의 마지막 명령은 뭐야?" 그런데 이유는 알 수 없었지만 나는 마지막 명령이 무엇인지 예감하고 있었다.

그녀는 가볍게 오한이 나는 듯 몸을 한 차례 떨었고, 깊은 침잠 상태에서 서서히 깨어나는 것 같았다. 그녀의 시선이 내게 고정되어 있었다. 그러더니 갑자기 더욱 침울한 기색을 띠었다.

"나로서는 당신에게 그것을 말하지 않는 것이 현명할 것 같아. 하지만 나는 현명해지고 싶지 않아, 하리. 적어도 이번만은 현명해지고 싶지 않고, 무엇인가 전혀 다른 것을 원해. 주의를 집중해서 잘 들어 두라고! 당신은 그것이 무엇인지 듣고 다시 잊어버릴 거고, 그것 때문에 웃기도 하고 울기도 할 거야. 명심하라고, 소년! 나는 당신과 생사를 건 도박을 할 거야, 작은 형제여, 그리고 나는 게임을 시작하기 전에 내가 가진 카드를 당신에게 보여 줄 거야."

이 말을 하는 동안 그녀의 얼굴은 정말 아름답고 천상의 얼굴 같았다! 두 눈동자에는 무엇인가 알고 있는 슬픔이 싸늘하면서도 밝은 빛을 내며 감돌았다. 그녀의 두 눈은 이미 온갖 종류의 고통을 겪고 그것을 묵묵히 따른 그런 눈길이었다. 그녀의 입에서 마치 추위로 안면이 얼어붙은 사람이 말할 때처럼 힘겹게 간신히 말이 흘러나왔다. 그러나 이런 표정과 목소리와 대조적으로 그녀의 입술 사이, 그녀의 입가, 그리고 매우 드물게 보이는 혀끝의 움직임에서는 말할 수 없이 달콤한 유희적인 감각성, 은밀한 쾌락의 욕구가 흘렀다. 차분하고 매끈한 이마에는 짧은 고수머리 한 가닥이 흘러내렸고, 이마 가장자리에서부터 이따금 저 소년다움의 물결, 저 양성적인 매력의 물결이 살아 숨 쉬는 것처럼 넘실거렸다. 나는 불안에 사로잡혀 반쯤 마비되고 반쯤 넋을 잃은 상태로 그녀의 말을 경청했다.

"당신은 나를 좋아하고 있어." 그녀가 말을 계속했다. "그 이유에 대해서는 내가 이미 이야기했지. 내가 당신의 고독을 깨뜨렸고 당신을 바로 지옥 문턱에서 붙잡아 삶으로 다시 깨어나게 했기 때문이지. 하지만 나는 당신에게 더 많은 것, 훨씬 더 많은 것을 원하고 있어. 당신이 나와 사랑에 빠지기를 원해. 아니, 이의 같은 것은 제기하지 말고 내 말을 끝까지 들어 봐! 내가 느끼기에 당신은 나를 무척 좋아하고 내게 고마워하는 마음도 갖고 있어, 하지만 나와 사랑에 빠진 것은 아니야. 당신이 나를 사랑하는 존재로 만들고 싶은 거야. 그것은 내 직업이기도 해. 나는 남자들이 나를 사랑하게 만듦으로써 먹고살거든. 하지만 잘 들어, 내가 이렇게 하는 것은 당신이 그 누구보다 특별히 매력적이어서가 아니야. 당신이 나한테 빠지지 않은 것과 마찬가지로, 하리, 나 역시 당신한테 빠지지 않았어. 하지만 당신한테 내가 필요하듯 나도 당신이 필요하다고. 당신한테는 지금 내가 필요한데, 당장은 절망적인 상태에 있는 당신을 물속에 내던지고 다시 살아나게 할 어떤 충격이 필요하기 때문이지. 당신은 춤추는 법을 배우기 위해, 웃는 법을 배우기 위해, 사는 법을 배우기 위해 내가 필요한 거야. 하지만 나는 지금이 아니라 나중을 위해, 그리고 매우 소중하고 아름다운 어떤 것을 위해 당신이 필요한 거야. 당신이 나와 사랑에 빠지면 나는 당신에게 마지막 명령을 내릴 거고, 당신은 그것을 따르게 될 거야. 그렇게 하는 것은 당신에게도 내게도 좋은 일이 될 거야."

그녀는 물병에 있는 녹색 줄무늬의 연한 자주색 난초를 한 송이 살짝 집어 들고 잠시 고개를 숙여 꽃을 응시했다.

"물론 그렇게 하는 것이 쉬운 일은 아니겠지만, 당신은 그렇게 하게 될 거야. 당신은 내 명령을 실행하고 나를 죽이게 될 거야. 그게 바로 내가 생각하는 거야. 더는 묻지 마!"

그녀는 여전히 난초를 응시하면서 입을 다물었다. 그녀의 얼굴이 다시 누그러졌고 마치 피어나는 꽃봉오리처럼 모든 압박과 긴장에서 풀려났다. 갑자기 그녀의 입술에서 매력적인 미소가 번졌다. 반면 그녀의 눈길은 마법에 걸린 듯 한동안 굳은 상태 그대로였다. 그녀는 소년의 고수머리가 달려 있는 머리를 흔들고 물을 한 모금 마시고는 갑자기 우리가 식사 중이었다는 사실이 생각난 듯 다시 유쾌하게 음식에 덤벼들었다.

나는 그녀의 섬뜩한 연설을 한마디도 놓치지 않고 또렷하게 들었고, 그녀가 알려 주기도 전에 심지어 그녀의 '마지막 명령'을 짐작하고 있었으므로 "당신은 나를 죽이게 될 거야"라는 말에 놀라지 않았다. 그녀의 말은 모두 설득력 있었고, 운명적으로 들렸으며, 나는 어떤 저항도 하지 않고 그것을 받아들였다. 그런데 그녀가 말할 때 섬뜩할 정도로 진지한 모습을 보이기는 했으나, 내게는 그 어떤 것도 그렇게 완전히 현실적인 것이나 심각한 것으로 들리지 않았다. 내 영혼의 한 부분은 그녀의 말을 흡수하고 그대로 믿고자 했으나, 다른 부분은 저 영특하고 온전하고 확신에 차 있는 헤르미네조차 나름의 거친 환상과 몽롱한 의식의 순간을 갖고 있다는 사실을 안도하면서 인지하고 있었다. 그녀가 마지막 말을 끝냈을 때 곧바로 비현실성과 비실효성이라는 외피가 그 모든 장면을 뒤덮었던 것이다.

그렇지만 나로서는 헤르미네가 하는 것처럼 줄 타는 광대와 같은 경쾌한 움직임으로 다시 개연성의 세계, 현실의 세계로 건너갈 수 없었다.

"내가 언젠가 당신을 죽이게 된다고?" 나는 꿈을 꾸듯 나직한 목소리로 물었고, 그러는 동안 그녀는 벌써 다시 웃음을 터뜨리며 열심히 오리고기를 썰었다.

"물론이야." 그녀는 대충 고개를 끄덕이며 말했다. "그 이야기는 그 정도면 충분해, 지금은 식사 시간이야. 하리, 미안하지만 나를 위해 샐러드를 조금만 더 주문해 줘! 당신은 도대체 입맛이 없어? 내 생각에, 당신은 다른 사람들이 당연하게 여기는 모든 것, 예를 들어 즐겁게 식사하는 것부터 배워야 할 거 같아. 잘 봐, 소년, 여기 이것은 오리 다리야, 이 먹음직스러운 밝은색 살점을 뼈에서 발라내는 것은 하나의 축제라고 할 수 있지. 마치 사랑에 빠진 남자가 처음으로 여자 친구 옷 벗는 것을 도와줄 때처럼 그렇게 흥분되고 긴장감을 느끼며 감사하는 마음으로 해야 하는 거야. 이해하겠어? 이해를 못 하겠다고? 당신은 참 바보아. 잘 봐, 내가 당신에게 이 멋진 오리 다리의 살점을 한 조각 떼어 줄게. 자, 입을 벌리라고! 아, 당신은 정말 한심한 친구야! 내 포크에서 한 입 받아먹으면서 혹시 다른 사람들이 보지 않을까 흘낏흘낏 곁눈질하고 있으니 말이야! 그런 걱정은 접어 둬, 탕자여, 당신을 수치스럽게 하는 일은 하지 않을 테니까. 하지만 만약 즐거워하는 일을 하기 전에 먼저 다른 사람의 동의가 필요하다면, 당신은 정말 불쌍한 바보야.”

조금 전 장면이 더욱 비현실적으로 느껴졌고, 몇 분 전만 해도 그녀의 두 눈이 그토록 심각하고 섬뜩한 눈빛을 하고 있었다는 것이 더욱 믿기 어려웠다. 아, 이런 점에서 헤르미네는 삶 자체와 같았다. 언제나 순간만 있을 뿐, 결코 예측할 수 없었다. 지금은 그녀가 음식을 먹고 있고, 지금의 그녀에게는 오리 다리와 샐러드, 케이크와 독주가 진지한 것, 그녀가 기뻐하고 평가를 내릴 대상, 그녀가 대화를 나누고 상상의 나래를 펴는 대상이 되어 있었다. 접시가 치워질 때마다 새로운 장(章)이 시작되었다. 나를 그토록 완벽하게 꿰뚫어 보고 세상의 모든 현인보다 삶에 대해 더 많은 것을 알고 있는 것 같은 이 아가씨는 어린아이처럼 굴었고, 삶의 매 순간을 작은 유희로 만들면서 나를 간단히 자신의 제자로 삼는 기교를 발휘했다. 그것이 높은 경지의 지혜인가 아니면 더없이 소박한 것인가는 중요하지 않았다. 이처럼 순간을 사는 법을 아는 사람, 그녀처럼 현재에 충실하고 길가에 핀 작은 꽃들에도 다정하고 세심하게 대하며 모든 유희적인 순간의 가치를 소중하게 여길 줄 아는 사람에게는 삶이 어떤 피해도 끼칠 수 없었다. 이렇게 훌륭한 식욕, 유연하고도 섬세한 미각을 가진 어린아이 같은 사람이 동시에 죽음을 동경하는 몽상가이자 신경증 환자일 수 있을까? 이런 사람이 의도적으로 그리고 냉철한 마음을 갖고 내가 자신을 사랑하도록 하고 나를 자신의 노예로 삼으려는 주도면밀한 타산가일 수 있단 말인가? 불가능한 일이었다. 아니, 그녀는 다만 순간에 완전히 자신을 내맡겼고, 모든 즐거운 착상에 대해서뿐만 아니라 영혼의 저 깊은 곳에서 흘러나오는 순간적인 암울한 공포에도 자신을 열어 두고 그 모든 것을 오롯이 향유했던 것이다.

그날로 두 번째 만나는 이 헤르미네라는 여자는 나에 대해 모든 것을 알고 있어, 그녀에게 어떤 비밀을 감추는 것이 불가능해 보였다. 물론 그녀가 내 정신적인 삶을 온전하게 이해하지는 못했을 수도 있다. 이를테면 그녀는 아마 음악이나 괴테, 노발리스 또는 보들레르에 대해 내가 어떤 관계를 갖고 있는지는 추적할 수 없을 것이다. 하지만 그것 역시 장담할 수 없는 일이다. 어쩌면 그녀로서는 이런 것들을 알아내는 것이 별로 어렵지 않을 것이다. 설령 그렇지 않다고 해도, 나의 '정신적인 삶'에서 무엇이 여전히 남아 있단 말인가? 모든 것이 산산조각 나고 그 의미를 잃어버리지 않았던가? 하지만 그녀는 나의 다른 문제, 다시 말해 내 개인적인 문제와 관심사에 대해서는 모든 것을 이해할 것이고, 그것은 의심의 여지가 없었다. 나는 황야의 이리에 대해, 문제의 소논문에 대해, 그동안 홀로 간직하고 그 누구에게도 털어놓지 않은 모든 것에 대해 그녀와 곧 이야기를 나눌 것이다. 나는 당장 이야기를 시작하고 싶은 유혹을 뿌리칠 수 없었다.

"헤르미네." 나는 입을 열었다. "얼마 전에 아주 기이한 일을 겪었어. 어떤 낯선 사람이 나한테 인쇄된 소책자, 그러니까 명절 대목장 같은 곳에서 볼 수 있는 팸플릿 형태의 책자 하나를 건네주었는데, 거기에 나의 모든 이야기, 나에 관한 모든 중요한 것이 정확하게 기록되어 있었어. 정말 이상하지 않아?"

"소책자 제목이 뭐야?" 그녀는 대수롭지 않은 듯 물었다.

"'황야의 이리에 관한 소논문'이었어."

"아, '황야의 이리'라니 근사하게 들리는데! 그러니까 당신이 황야의 이리라는 거야? 당신이 그렇다고?"

"그래, 내가 황야의 이리야. 절반은 인간이고 절반은 이리인 존재, 혹은 그럴 거라고 상상하는 사람인 거지."

그녀는 아무런 대꾸도 하지 않았다. 그러면서 탐문하는 눈길로 주의 깊게 내 눈을 들여다보고 내 손을 살펴보았는데, 한순간 그녀의 시선과 얼굴에 조금 전의 그 깊은 진지함과 어두운 열정이 다시 흘렀다. 나는 그녀의 생각을 짐작할 수 있을 것 같았다. 그녀는 내가 그녀의 '마지막 명령'을 실행하기에 충분한 이리인지 가늠해 보는 것 같았다.

"그건 당연히 당신의 상상이야." 그녀는 얼굴에 다시 화색을 띠면서 말했다. "아니면 한 편의 시라고 해도 좋겠어. 그러나 거기에는 무엇인가가 있어. 당신이 오늘은 전혀 이리가 아니지만, 얼마 전 마치 달에서 떨어진 몰골로 술집에 들어섰을 때는 야수 같은 부분이 있었어. 바로 그 부분이 내 마음에 들었던 거고.”

그녀는 갑자기 무슨 생각이 났는지 잠시 침묵하더니, 당황한 기색으로 말을 이었다. “‘야수’나 ‘맹수’라는 말이 좀 바보스럽게 들려! 동물들에 대해 그런 식으로 말해서는 안 되지. 동물은 때로 끔찍스럽기도 하지만 인간보다 훨씬 진실한 편이거든.”

“‘진실’하다고? 무슨 뜻으로 말한 거야?”

“동물을 잘 관찰해 봐, 고양이나 개, 새 또는 동물원에 있는 표범이나 기린같이 아름답고 덩치 큰 동물들까지 말이야! 당신은 그들 모두가 진실하다는 것, 어떤 동물도 당황해하지 않고 무엇을 해야 하는지, 어떻게 행동해야 하는지 잘 알고 있다는 걸 보게 될 거야. 저들은 당신에게 아부하지도 않고 감탄을 자아내려 하지도 않아. 어떤 연극도 하지 않는다고. 저들은 돌이나 꽃, 하늘의 별들처럼 있는 모습 그대로를 보여 주고 있어. 이해하겠어?”

나는 이해했다.

“동물은 대개 슬픈 존재야.” 그녀는 말을 이었다. “그리고 인간도 매우 슬픈 경우, 물론 치통이 있거나 돈을 잃어버려서가 아니라 모든 것, 삶 전체가 도대체 무엇인가 하는 생각이 들면 정말 슬퍼지고, 그럴 때는 동물과 다소 비슷해지지. 그런 경우 인간은 슬퍼 보이기도 하지만 평소보다 더 진실하고 아름다운 모습으로 보이거든. 그래, 황야의 이리, 내가 당신을 처음 보았을 때 당신은 바로 그런 모습이었어.”

“그렇군, 헤르미네, 그런데 나를 묘사한 그 소책자에 대해 당신은 어떻게 생각해?”

"이봐, 나는 생각하는 것을 언제나 좋아하는 그런 사람이 아니야. 그 이야기는 다음번에 하도록 하자고. 내가 소책자를 읽어 보도록 당신이 그걸 빌려주면 되지. 아니, 언젠가 내가 다시 무엇을 읽어야 한다면 차라리 당신이 직접 쓴 책을 하나 가져다줘."

그녀는 커피를 달라고 하고는 한동안 별생각 없이 넋을 놓고 있는 듯했다. 그러더니 골똘하게 생각한 끝에 무엇인가 떠올린 듯 갑자기 얼굴에 화색을 띠었다.

"이봐." 그녀가 기뻐서 소리쳤다. "그래, 이제 생각났어."

"도대체 뭐가 생각났다는 거야?"

"폭스트롯 말이야, 나는 내내 그 생각에서 벗어날 수 없었어. 혹시 당신 집에 우리 둘이 가끔 만나 한 시간 정도 춤을 출 수 있는 방이 있어? 작아도 상관없어, 아래층 사람이 조금 쿵쾅거린다고 당장 올라와서 난리만 치지 않는다면 말이야. 그 정도면 충분해, 아주 좋다고! 그럼 당신은 집에서 춤을 배울 수 있어."

"그래." 나는 수줍어하면서 말했다. "그러면 더욱 좋겠어. 그런데 나는 춤을 추려면 음악도 필요하지 않을까 생각했거든."

"물론 그것도 필요하지. 그럼 음악은 당신이 구입하도록 해. 기껏해야 댄스 코스 한 번 다니는 값 정도면 될 거야. 춤 선생한테 들어가는 비용을 절약하는 셈이지. 그거야 내가 하면 되니까. 그렇게 되면 우리가 원할 때마다 음악을 들을 수 있고, 게다가 축음기도 우리 것이 될 수 있지."

"축음기라고?"

"당연하지. 소형 축음기를 하나 장만하고, 댄스 음악 음반도 몇 장 구입하는 거야."

"멋진 생각이군." 내가 소리쳤다. "당신이 정말 내게 춤추는 법을 가르쳐 준다면 그 사례로 축음기를 선사하지. 동의하는 거야?"

나는 짐짓 힘차게 말했지만, 진심에서 우러나온 말은 아니었다. 책들로 가득한 작은 서재에 내가 별로 호감을 갖고 있지도 않은 그런 음향장치를 들인다는 것은 상상도 할 수 없는 일이었고, 춤을 배우는 것도 상당히 마뜩잖았다. 나는 나이도 너무 많고 몸도 굳은 상태여서 춤을 배우는 것은 더 이상 가능하지 않으리라 확신하면서도 혹시 기회가 되면 한번 시도해 볼 수 있겠다는 생각은 했었다. 하지만 이처럼 연속적으로 거기에 몰두하는 것은 나로선 너무 성급하고 격렬한 일이 될 것이다. 내 속에서 까다로운 성미의 늙은 음악 전문가 입장에서 축음기나 재즈, 현대 음악 같은 것에 품고 있던 모든 반감이 일어나 저항하는 것을 느꼈다. 만약 어떤 인간이 이제 내 사유의 소굴이자 피난처인 작은 다락방에서, 노발리스와 장 파울 옆에서 미국식 댄스 음악이 울려 퍼지고 거기에 맞춰 춤을 추라고 요구한다면, 내가 감당할 수 있는 한도를 넘어서는 것이었다. 그러나 그것을 요구한 것은 '어떤 인간'이 아니라 헤르미네였으며, 명령을 내리는 것은 그녀의 몫이었다. 나는 명령에 따랐다. 그렇게 하는 것이 당연했다.

우리는 다음 날 오후 한 카페에서 만났다. 내가 카페에 들어섰을 때 헤르미네는 먼저 자리를 잡고 앉아 차를 마시고 있었고,

미소를 지으면서 내 이름이 실려 있는 신문을 내밀었다. 기회가 날 때마다 나에 대해 신랄한 비방 기사를 실어 온 내 조국의 반동적이고 선동적인 신문 중 하나였다. 나는 전쟁 중에는 반전주의자였고 종전 이후에도 때때로 평화와 인내, 인간성, 자기비판을 환기시켰으며, 나날이 더 혹독해지고 더 멍청해지고 더 거칠어지는 국수주의적 선동 캠페인에 저항했다. 그 신문에는 나를 공격하는 조잡한 기사가 또다시 실려 있었는데, 절반은 편집장이 직접 쓴 것이고 절반은 편집장과 유사한 성향을 지닌 다른 신문의 여러 비슷한 기사를 표절해 편집한 것이었다. 잘 알다시피 그 누구도 시대에 뒤떨어진 낡은 이념을 옹호하는 자들만큼 형편없게 글을 쓰지는 않으며, 그 누구도 자신의 일을 하면서 저들보다 깔끔하게 처리하지도 않고 노력조차 기울이지 않는 경우는 없다. 헤르미네는 그런 내용의 기사를 읽었고, 그 기사에서 할러는 해충 같은 존재, 조국도 모르는 비열한 놈이라는 주장, 이런 인간과 이런 사상을 용인하고 나아가 자라나는 젊은 세대를 대상으로 불구대천의 적에게 전쟁을 통해 보복할 것을 가르치는 대신 감상주의적 인도주의를 가르친다면 조국은 말할 것도 없이 고약한 상황을 맞을 것이라는 주장을 접한 것이다.

"이 사람이 바로 당신이야?" 헤르미네가 내 이름을 가리키면서 물었다. "그렇다면 당신은 적을 제대로 만들었겠어. 그래서 화가 난 거야?"

나는 몇 줄 읽어 보았다. 내게는 익숙한 것이었고 그따위 상투적인 험담은 몇 년 전부터 정말 지겹도록 들어 왔다.

"아니야." 내가 말했다. "화가 나는 것은 아니야, 오래전부터 익숙한 일이거든. 몇 차례 내 의견을 개진한 적도 있어. 어떤 민족, 심지어 어떤 개인도 '책임 문제'와 관련해 잘못된 정치적 질문을 던지면서 선잠에 빠져들어서는 안 되고, 자기 자신들을 성찰하면서 자신의 실수와 태만, 나쁜 습성이 전쟁과 세계의 나머지 모든 불행에 얼마나 책임 있는지 곰곰이 따져 봐야 하며, 그렇게 하는 것만이 아마도 다음 전쟁을 막을 수 있는 유일한 길이라고 말이야. 저들은 내 견해를 용서하지 않고 있어, 자신들은 당연히 잘못한 것이 전혀 없다고 믿기 때문이지. 황제, 장군들, 거대 산업 자본가들, 정치인들, 신문들 모두 자신들은 조금도 비난받을 것이 있다고 여기지 않고, 그 누구도 일말의 죄책감을 느끼지 않는다고! 천만 명 조금 넘는 사람이 살육되어 땅에 묻혔다는 사실만 제외한다면 저들은 세상만사가 잘 돌아간다고 여길 수도 있거든. 헤르미네, 이런 비방 기사들은 나를 더는 화나게 하지 않지만, 가끔은 나를 슬프게 만들어. 내 나라 사람 셋 중 둘은 이런 논조의 신문을 읽고, 아침저녁마다 이런 논조의 기사들을 접하면서 설득당하고, 훈계를 받고, 선동되고, 불만과 악감정을 품게 되지. 이 모든 것의 종착점은 또다시 전쟁이야. 그런데 다음번에 맞을 전쟁은 지난 전쟁보다 훨씬 더 끔찍할 거야. 이 모든 것은 단순명료해서 누구나 이해할 수 있고, 한 시간만 곰곰이 생각해 보면 누구나 같은 결론에 이르게 되지. 하지만 누구도 그런 생각을 하려고 하지 않고, 어떤 사람도 전쟁을 막으려 하지 않아. 어쩌면 가장 저렴한 대가만 치르면 되는데 그 누구도 자신과 후손들을 위해 수백만의 피비린내 나는 살육이 재현되는 것을 예방하려 하지 않아. 한 시간만 숙고하고 자신을 성찰하며 세상의 무질서와 악에 대해 나 자신이 얼마만큼 관여되어 있고 얼마만큼 책임 있는지 물어보면 되거든. 그런데 그 누구도 그렇게 하려고 하지 않는다고! 그러니까 상황은 계속 지금처럼 흘러갈 거야. 수많은 사람이 다음 전쟁을 위해 하루하루 열심히 준비하고 있어. 그것을 깨닫고 나는 심신이 마비되고 절망에 빠졌던 거야. 내겐 '조국'이나 이상 따위가 더는 존재하지 않아, 그 모든 것은 다음 살육을 준비하는 자들을 위한 장식품일 뿐이야. 어떤 인간적인 것에 대해 생각하고 말하고 쓰는 것은 이제 의미가 없고, 머릿속에서 훌륭한 생각을 하는 것도 무의미해졌어. 그렇게 하는 사람은 두서넛에 불과한 반면, 천여 개의 신문과 잡지, 연설들, 공개적인 회의 및 비밀회의들은 이와 정반대의 것을 추구하고 그것을 성취해 내고 있어."

헤르미네는 공감을 표시하면서 내 말을 경청했다.

"그래," 그녀가 입을 열었다. "당신 말이 맞아. 전쟁은 분명 다시 일어날 거고, 그것은 굳이 신문을 읽지 않아도 알 수 있어. 그런 일이 일어나면 우리는 당연히 슬프겠지만, 그럴 만한 가치가 없어. 그것은 아무리 발버둥 치고 모든 노력을 기울인다고 해도 언젠가 불가피하게 죽을 수밖에 없는 사실을 슬퍼하는 것과 같은 거야. 죽음에 맞서는 투쟁은, 사랑하는 하리, 언제나 아름답고 숭고하고 경이롭고 영예로운 일이고, 전쟁에 반대하는 투쟁도 마찬가지야. 하지만 그것은 돈키호테의 모험처럼 언제나 가망 없는 일이기도 하지."

"그럴지도 모르지." 나는 격정적인 목소리로 토로했다. "하지만 우리 모두는 조만간 죽을 수밖에 없고, 따라서 모든 것이 어떻게 되든 상관없다는 식의 진실을 내세우는 것은 우리의 삶 전체를 천박하고 어리석은 것으로 만드는 거야. 그렇다면 우리는 모든 것을 내팽개쳐야 하고 모든 정신, 모든 추구, 모든 인간적인 것을 포기해야 하며, 야심과 돈이 마음껏 지배하도록 내버려두고 그저 맥주나 한잔 들이키면서 다음 동원령이 떨어지기만 기다려야 할까?"

나를 쳐다보는 헤르미네의 눈길이 예사롭지 않았다. 그것은 흥미와 조롱, 장난기, 이해심 많은 동료애가 가득하면서도 동시에 진중함과 지혜, 깊은 진지함이 담긴 눈길이었다!

"그렇게 생각해선 안 되지." 그녀는 어머니 같은 어조로 말했다. "당신의 투쟁이 성공하지 못한다는 걸 당신이 안다고 해서 당신의 삶이 천박하고 어리석은 것이 되지는 않아. 그런데 만약 당신이 어떤 선한 것이나 이상적인 것을 위해 싸우면서 그것을 반드시 쟁취해야만 한다고 생각한다면, 당신의 삶은 더욱 천박해질 거야. 이상이라는 것은 반드시 성취되어야만 하는 걸까? 우리 인간은 과연 죽음을 폐기하기 위해서만 사는 걸까? 아니야, 우리가 사는 것은 우선 죽음을 두려워하고, 그러고 나서 죽음을 다시 사랑하기 위해서야. 그리고 바로 죽음이라는 것 때문에 짧은 양초 같은 우리의 삶도 때로는 한순간 그렇게 아름답게 불타는 거야. 당신은 어린아이야, 하리. 이제 내 말에 고분고분하고, 나와 함께 가자고. 오늘 우리는 할 일이 많거든. 오늘만큼은 더 이상 전쟁과 신문 따위에 신경 쓰지 않을 거야. 당신은 어때?"

아니, 나도 그렇게 할 준비가 되어 있었다.

우리는 함께(우리의 첫 시내 나들이였다) 한 축음기 가게로 들어갔다. 거기서 우리는 축음기들을 구경하면서 뚜껑을 열었다 닫기도 하고 가게 주인에게 음악을 한번 틀어 달라고 하기도 했다. 소리가 괜찮고 가격도 저렴한 적당한 기기를 하나 발견해 그것을 사려고 했으나 헤르미네는 그렇게 성급하게 처리하려 하지 않았다. 그녀가 일단 만류하는 바람에 두 번째 가게를 함께 둘러보면서 가장 비싼 것부터 가장 싼 것까지 모든 시스템과 크기를 따져 가며 음악을 들어 봐야 했다. 그러고 나서야 그녀는 다시 첫 번째 가게로 가서 조금 전에 보아 둔 축음기를 사는 데 동의했다.

"그것 봐." 내가 말했다. "좀 더 간단하게 살 수 있었을 텐데."

"그렇게 생각해? 내일쯤이면 똑같은 축음기가 다른 가게에서 20프랑 정도 싼 가격에 진열될 수도 있어. 게다가 쇼핑하는 것은 그 자체로 즐거운 일이고, 즐거운 일은 충분히 즐겨야지. 당신은 아직도 배울 게 많아."

우리는 가게 종업원의 도움을 받아 구매한 물품을 집으로 옮겼다.

헤르미네는 내 거실을 자세히 살펴보고는 난로와 안락의자를 칭찬했으며 의자마다 한 번씩 앉아 보기도 하고 책을 몇 권 집어

보다가 내가 사랑한 연인의 사진 앞에서 한참 서 있기도 했다. 축음기는 서랍장 위 책 무더기 사이에 올려놓았다. 그러고 나서 수업이 시작되었다. 그녀는 폭스트롯 댄스곡을 하나 틀어 놓고 나를 위해 몇 스텝을 시범 삼아 보여 준 다음, 내 손을 잡고 이끌기 시작했다. 나는 그녀가 시키는 대로 고분고분 발을 옮겼으나 계속 의자에 부딪혔고, 그녀의 지시에 귀를 기울였으나 잘 이해하지 못했다. 배움의 열정에도 불구하고 미숙함은 어쩔 수 없어 그녀의 발을 밟기도 했다. 두 번째 춤이 끝났을 때 그녀는 안락의자에 몸을 던지고서 어린아이처럼 깔깔 웃었다.

"맙소사, 어쩜 이렇게 뻣뻣할 수가 있지! 산책할 때처럼 자연스럽게 앞으로 몇 걸음 내딛기만 하라고! 전혀 긴장할 필요 없단 말이야. 당신은 벌써 몸이 달아오른 거야? 자, 5분만 쉬도록 하지! 춤이라는 것은 일단 출 수 있게 되면 생각하는 행위만큼이나 간단한 거야. 춤을 배우는 일은 훨씬 쉽다고 할 수 있지. 이제 사람들이 생각하는 법을 배우려 하지 않고 할러 씨를 매국노로 몰아세우면서 다음 전쟁이 일어나는 것을 조용히 방관한다고 해도 그것 때문에 당신이 참을성을 잃지는 않겠지."

한 시간 정도 지나 그녀는 다음번에는 좀 더 나아질 거라고 장담한 뒤 떠나갔다. 그러나 내 생각은 달랐다. 나는 나 자신의 어리석음과 굼뜬 동작에 매우 실망했고, 한 시간 정도 수업을 받았지만 배운 것이 하나도 없는 것 같았으며, 다음번에 더 나아질 거라는 것도 믿을 수 없었다. 아니, 춤을 추기 위해서는 나한테 아예 없는 자질들, 다시 말해 명랑함, 순수함, 경쾌함, 활기 같은 것이 필요했다. 그것은 내가 이미 오래전부터 알고 있는 사실이었다.

그런데 어찌 된 일인지 두 번째 시간에는 정말로 댄스 실력이 늘었고, 심지어 즐기기 시작했다. 연습이 끝날 무렵 헤르미네는 이제 내가 폭스트롯을 출 수 있을 거라고 주장했다. 그런데 그녀가 이 정도 출 수 있으면 다음 날 그녀와 함께 레스토랑에 춤추러 가야 한다고 말했을 때, 나는 화들짝 놀라 격렬하게 저항했다. 그러자 그녀는 다소 냉담한 태도로 그녀의 말에 따르겠다고 한 맹세를 상기시키면서 다음 날 발랑스 호텔로 차를 마시러 나오라고 통고했다.

그날 저녁 나는 집에서 죽치고 앉아 책을 읽으며 지내려고 했으나 그럴 수 없었다. 다음 날 일이 벌써 걱정되었다. 나처럼 늙고 소심하며 예민하기 짝이 없는 유별난 인간이 재즈 음악이 흘러나오는 그 황량한 현대식 찻집 겸 댄스홀에 들어가 낯선 사람들 사이에 섞여 아직 제대로 추지도 못하는 춤을 보여 줘야 한다니, 생각만으로도 끔찍한 일이었다. 아울러 혼자 적막한 서재에서 축음기를 틀어 놓고 양말을 신은 채 조용히 스텝을 밟으며 폭스트롯을 반복하는 동안 나 자신이 얼마나 우습고 부끄러웠는지 고백하지 않을 수 없다.

다음 날 발랑스 호텔에서는 작은 악단이 음악을 연주하고 있었고 차와 위스키가 나왔다. 나는 헤르미네를 매수하려고 시도하면서 케이크도 권하고 고급 포도주도 한 병 마시자고 초대했지만, 그녀는 전혀 흔들리지 않았다.

"당신은 오늘 이곳에 그냥 즐기러 온 게 아니야. 댄스 수업을 받으러 온 거라고."

나는 그녀와 함께 두 번, 세 번 춤을 춰야 했고, 중간에 그녀는 색소폰을 연주하는 남자를 소개시켜 주었다. 가무잡잡하고 잘생긴 그 젊은이는 스페인이나 남미 출신으로 보였고, 헤르미네의 말에 따르면 모든 악기를 다룰 줄 알고 세상의 모든 언어를 말할 수 있다고 했다. 그 남자는 헤르미네와 잘 알고 서로 친한 사이인 듯했다. 그는 크기가 다른 색소폰 두 개를 앞에 세워 놓고 번갈아 가며 불어 댔고, 연주하는 동안 검은 눈동자를 이글거리면서 사람들이 춤추는 모습을 주의 깊게 그리고 만족스러운 눈길로 바라보았다. 놀랍게도 나는 그 선량하고 잘생긴 악사에게 질투심 같은 것을 느꼈다. 물론 나와 헤르미네는 아직 서로 사랑하는 사이라고 할 수 없었으니 연인으로서의 질투는 아니었고, 일종의 우정에서 비롯된 정신적인 질투 같은 것이었다. 그 남자는 내가 보기에 헤르미네가 보이는 관심, 두드러진 찬사나 숭배 같은 것을 받아 마땅할 정도로 대단한 사람은 아니었기 때문이다. 나는 정말 내가 참 이상한 사람들과 사귀고 있다고 생각하면서 기분이 언짢아졌다.

헤르미네는 다른 사람들에게서 춤 파트너가 되어 달라는 요청을 여러 차례 받았다. 나는 혼자 앉아 차를 마시며 지금까지 참을 수 없어 했던 그런 음악을 듣고 있었다. 그러면서 이런 생각이 들었다. 하느님 맙소사, 내게는 그렇게나 낯설고 역겹게 느껴지던 세계, 그동안 내가 세심하게 피하고자 했고 마음속 깊이 경멸해 왔던 이 한량들과 향락주의자들의 세계, 대리석 테이블, 재즈 음악, 고급 매춘부들과 세일즈맨들의 이 매끈하고 상투적인 세계, 이런 세계 속으로 이제는 내가 들어가 친숙해져야 한단 말인가! 나는 울적해진 기분으로 차를 마셨고, 멋을 내긴 했지만 별로 우아하지 않은 무리를 바라보았다. 아름다운 아가씨 두 명이 눈길을 끌었다. 춤 솜씨가 뛰어난 그 아가씨들이 유연하고 아름답게, 경쾌하고 안정된 자세로 춤을 추며 돌아다니는 것을 감탄과 부러움이 담긴 눈길로 지켜보았다.

그때 헤르미네가 다시 모습을 드러냈다. 그녀는 나에게 불만이었다. 그녀는 나더러 그렇게 얼굴 찌푸리고 우두커니 앉아 차나 마시려고 여기 온 것은 아닐 거라고 타박하면서, 이제 제발 스스로 마음을 다잡고 춤을 춰 봐야 할 것 아니냐고 했다. 아는 사람도 하나 없는데 나보고 어떻게 하라는 거야? 그녀는 그런 걱정 할 필요 없다고 했다. 그러면서 혹시 마음에 드는 아가씨가 없는지 물었다.

나는 두 아가씨 중 마침 우리와 가까운 곳에 서 있는 더 예쁜 아가씨를 지목했다. 멋진 벨벳 스커트를 입고 건강미 넘치는 짧은 금발에 여성미가 물씬한 포동포동한 팔을 가진 매력적인 아가씨였다. 헤르미네는 내게 즉시 아가씨에게로 가서 춤을 청하라고 요구했다. 나는 필사적으로 저항했다.

"도저히 못 하겠어!" 나는 의기소침해져서 말했다. "내가 멋진 젊은 남자라면 모를까! 나는 춤도 제대로 못 추는 늙은이라고. 저 아가씨는 분명 비웃을 거야."

헤르미네는 경멸하는 눈길로 나를 쳐다보았다.

"내가 당신을 비웃는 건 상관없다는 거군. 당신은 정말 비겁한 인간이야! 젊은 여자에게 접근하는 남자라면 비웃음을 사는 것쯤은 감수해야지. 그것은 노름할 때 거는 판돈과 같은 거야. 그러니 위험을 감수해 보라고, 하리. 최악의 사태가 벌어진다고 해도 웃어 버리면 그만이야. 당신이 나서지 않으면 내 명령을 무조건 따르겠다는 당신의 말을 더는 믿지 않을 거야."

그녀는 절대 양보하려는 기색을 보이지 않았다. 나는 우울한 마음으로 자리에서 일어나 아름다운 아가씨에게로 다가갔고, 때마침 음악이 다시 울렸다.

"나는 실은 자유로운 상태가 아닌걸요." 아가씨는 호기심이 가득한 크고 맑은 눈으로 나를 쳐다보면서 이렇게 말했다. "하지만 내 파트너는 저쪽 바에 죽치고 있는 것 같아요. 그래요, 같이 춰요!"

나는 팔로 그녀를 감싸 안고 처음 몇 스텝을 밟으면서 그녀가 나를 밀쳐 내지 않는 것이 놀라울 따름이었다. 그녀는 벌써 내가 얼마나 형편없는 초보인지 파악하고 춤을 주도해 나가기 시작했다. 그녀는 감탄을 자아낼 정도로 잘 추었고, 그렇게 하면서 나를 춤에 끌어들였다. 한순간 나는 춤에 대한 예법이나 규칙 따위는 잊어버리고 그저 그녀가 이끄는 대로 따라갔다. 그러면서 춤 상대의 팽팽한 엉덩이, 민첩하고 나긋나긋한 무릎을 느꼈다. 그러고는 그녀의 젊고 빛나는 얼굴을 쳐다보면서 오늘 생전 처음 춤을 추는 거라고 고백했다. 그녀는 미소를 지으며 나를 격려했고, 나의 들뜬 시선과 비위를 맞추는 칭찬의 말에 어떤 대답을 하는 대신 조용하고도 매혹적인 몸동작을 보이면서 놀랍도록 부드럽게 응답해 주었다. 그녀의 몸동작은 우리를 더욱 가깝게 만들고 더욱 자극적으로 결합시켰다. 나는 오른손으로 그녀의 허리 위쪽을 단단히 잡고 행복에 젖어 그녀의 다리, 그녀의 팔, 그녀의 어깨 움직임을 열심히 따라갔다. 놀랍게도 나는 그녀의 발을 한 번도 밟지 않았다. 음악이 끝난 뒤 우리 두 사람은 다음 춤곡이 시작될 때까지 그 자리에 서서 박수를 쳤다. 다음 춤곡이 시작되자, 나는 사랑의 감정에 사로잡힌 채 열정적으로 헌신을 다해 그 의식을 다시 한번 치러 냈다.

춤은 아쉽게도 너무 빨리 끝났고, 벨벳 스커트를 입은 아름다운 아가씨는 물러갔다. 그리고 우리 두 사람을 줄곧 지켜보고 있던 헤르미네가 갑자기 내 곁에 다가섰다.

"뭔가 좀 알아차렸어?" 그녀가 칭찬과 더불어 웃으면서 말했다. "당신은 여자의 다리가 책상에 달린 다리가 아니라는 걸 알게 되었겠지? 자, 훌륭해! 다행히도 이제 당신은 폭스트롯을 출 수 있게 되었어. 내일부터는 보스턴 춤을 연습하는 거야. 3주 뒤 '글로부스 홀'에서 가장무도회가 열리거든."

휴식 시간이 되어 우리는 다시 테이블에 가서 앉았다. 젊고 잘생긴 색소폰 연주자 파블로가 우리에게 와서 목례를 하고는 헤르미네 옆에 앉았다. 그는 헤르미네와 아주 가까운 친구 사이인 것 같았다. 그러나 나는 이 남자가 첫 만남에서는 전혀 마음에 들지 않았다고 고백하지 않을 수 없다. 그는 체격이나 얼굴로 보면 잘생겼다는 점을 부인할 수 없지만, 그 밖에는 이렇다 할

장점을 찾기가 어려웠다. 여러 언어를 할 줄 안다는 것도 대단하다고 할 수 없었다. 그는 도무지 말을 하지 않았고, 그가 여러 언어로 말할 수 있다는 것은 고작 '제발', '고맙습니다', '정말요', '그럼요', '여보세요' 등과 같은 단어에 불과했다. 아니, 파블로라는 이 남자는 어떤 말도 하지 않았고, 이 잘생긴 신사분은 또한 깊이 생각하는 유형도 아닌 듯했다. 그가 하는 일은 재즈 악단에서 색소폰을 부는 것이었고, 그는 이 직업적인 의무만큼은 애정과 열정을 갖고 수행하는 듯했다. 그는 연주 중간에 느닷없이 박수를 치는가 하면 "오, 오, 오, 오, 하, 하, 할로!" 같은 음절을 큰 소리로 집어넣는 등 돌발적으로 흥을 폭발시키기도 했다. 그러나 그것 말고는 다만 멋지게 보이고 여자들의 환심을 사는 일, 최신 유행하는 칼라와 넥타이를 매는 일, 손가락에 반지를 여러 개 끼는 것에만 관심 있어 보였다. 그가 즐겨 하는 일은 우리 곁에 앉아 가끔 미소 짓는 일, 손목시계를 쳐다보는 일, 또는 능숙한 솜씨로 담배를 마는 일이었다. 혼혈족 크레올처럼 검고 아름다운 그의 두 눈, 검은 곱슬머리에는 어떤 비밀스러운 낭만성이나 어떤 문제의식, 어떤 사색도 담겨 있지 않았다. 가까이서 자세히 살펴보니 이 아름답고 이국적인 반신(半神)은 단지 세련된 매너를 가진 낙천적인 응석받이 젊은이에 불과할 뿐, 그 이상은 아니었다. 나는 그의 악기와 재즈 음악의 음색에 대해 그와 이야기를 나누었다. 그는 음악 분야에서는 내가 나이 든 애호가이자 전문가라는 사실을 알아차렸을 것이다. 하지만 그는 별 반응을 보이지 않았다. 내가 그에 대해 예의를 차리느라,

아니 실은 헤르미네에 대해 예의를 차리느라, 음악 이론적인 측면에서 재즈 음악을 정당화하고자 시도했을 때도 그저 순진한 미소를 띠면서 내 노력에 별 감흥을 보이지 않았다. 추측건대 그는 재즈 이전에도 그리고 재즈 이외에도 여러 장르의 음악이 있다는 것을 전혀 모르는 듯했다. 그는 상냥하고 점잖았으며 크고 공허한 눈으로 매력적인 미소를 지었으나, 그와 나 사이에는 어떤 공통점도 없는 것 같았다. 그가 중요하고 신성하게 여기는 그 어떤 것도 내게는 그렇게 여겨지지 않을 것이다. 우리는 각각 지구 정반대 쪽에서 왔고 우리가 사용하는 언어는 하나도 공통된 단어가 없었다. (하지만 헤르미네는 나중에 내게 범상치 않은 이야기를 들려주었다. 파블로가 나하고 그런 대화를 나눈 뒤 나에 대해 이야기하면서, '그 녀석'은 아주 불행한 사람이니 아주 조심해서 사귀라고 했다는 것이다. 헤르미네가 무슨 근거로 그렇게 말하느냐고 묻자, 그는 "정말 불쌍한 녀석이야. 그의 눈을 바라보라고! 웃을 줄 모르잖아!"라고 대답했다는 것이다.)

검은 눈의 파블로가 자리를 떠나고 음악이 다시 울리자, 헤르미네가 자리에서 일어서면서 말했다. "이제 당신은 나와 다시 한번 춤을 출 수 있겠지, 하리. 아니면 이제 더 이상 추고 싶지 않은 거야?"

나는 이제 헤르미네하고도 보다 경쾌하게, 보다 자유롭게, 보다 흥겹게 춤을 추었다. 물론 조금 전 파트너와 춤을 출 때처럼 아무 근심도 없는 몰아의 경지에 이른 것은 아니었다. 헤르미네는 나더러 춤을 리드하게 하고는 꽃잎처럼 부드럽고 가벼운 동작으로 내 동작에 보조를 맞춰 주었다. 이제 나는 그녀의 몸이 금방 가까이 다가왔다 금방 멀어져 갈 때마다 그 모든 아름다운 감각을 발견하고 음미했다. 그녀에게서도 여인의 향기, 사랑의 향기가 풍겼고, 그녀의 춤에서도 사랑스러운 유혹을 암시하는 에로스의 노래가 섬세하고도 내밀하게 흘러나왔다. 그런데도 나는 이 모든 것에 자유롭고 유쾌하게 호응할 수 없었을 뿐 아니라 나 자신을 완전히 잊고 몰입할 수도 없었다. 헤르미네가 내게 너무 가까이 다가와 있었던 것이다. 그녀는 동료이자 여동생 같은 존재, 나와 같은 부류의 인간이었다. 그녀는 나 자신과 닮았고, 몽상가이자 시인이며 정신적 수련과 방황까지 함께 열정적으로 나눈 어린 시절 친구 헤르만과도 닮아 있었다.

"나도 알아." 내가 나중에 그 얘기를 꺼냈을 때 그녀가 말했다. "나도 잘 알고 있어. 나는 당신이 언젠가 나와 사랑에 빠지도록 만들겠지만 그렇게 급할 것은 없어. 우리는 우선 동료인 셈이고, 이제 서로를 알게 되었으니 친구가 되고 싶어 하는 사이인 거야. 지금은 서로서로 배우고 함께 어울려 놀도록 하자고. 나는 당신에게 내 작은 세계를 보여 주고, 춤추는 법과 향락도 다소 즐기며 멍청하게 지내는 법을 가르치겠어. 그리고 당신은 내게 당신의 생각들 그리고 당신의 지식을 조금 보여 주는 거야."

"아, 헤르미네, 나는 당신에게 보여 줄 게 많지 않아. 당신이 나보다 아는 것이 더 많거든. 당신은 정말 특이한 인간이야, 아가씨! 당신은 나에 대해 모든 것을 이해하고 모든 면에서 나보다 앞서 있다고. 그런데도 내가 당신에게 어떤 의미 있는 존재일 수 있을까? 내가 당신에겐 너무 지루한 존재 아닐까?"

그녀는 어두운 눈길로 바닥을 내려다보며 말했다.

"당신이 그런 식으로 말하는 것은 듣고 싶지 않아. 당신이 나를 우연히 만났던 그날 저녁, 당신이 삶의 고통과 고립 속에서 만신창이가 되고 절망적이 되어 뛰쳐나왔고 나를 만나 동료가 되었던 저녁을 생각해 보란 말이야! 그때 내가 어떻게 당신을 알아보고 당신을 이해할 수 있었을 것 같아?"

"어떻게 그럴 수 있었지, 헤르미네? 말해 보라고!"

"나도 당신과 같은 존재이기 때문이지. 나도 당신처럼 철저히 혼자이고, 나도 당신처럼 나의 삶이나 다른 사람들, 또는 나 자신을 사랑하고 진지하게 대할 수 없기 때문이야. 소수이긴 하지만 삶에서 최고의 것을 요구하면서 삶의 어리석음과 조야함에 대해서는 전혀 어찌할 줄 모르는 사람들은 늘 있는 법이야."

"당신이 그렇다고!" 나는 너무 놀라서 소리쳤다. "그렇다면 나는 당신을 이해할 수 있어, 친구, 그 누구도 나만큼 당신을 이해하지는 못할 거야. 그런데도 당신은 내게 여전히 수수께끼 같은 존재야. 당신은 삶을 그렇게 유희적으로 잘 다루고, 사소한 것들과 작은 즐거움도 경탄할 정도로 존중할 줄 알아. 당신은 정말 삶의 예술가라고 할 수 있어. 그런 당신이 어떻게 삶의 고통을 알겠어? 어떻게 절망할 수 있다는 거야?"

"나는 절망하지 않아, 하리. 하지만 삶의 고통은 알고 있다고. 그래, 그런 것에는 나도 유경험자라고 할 수 있지. 내가 춤도 잘 추고 삶의 피상성에 정통하면서도 행복해하지 못하는 것이 당신에게는 놀랍겠지. 그런데 친구, 나로서는 당신이 가장 아름답고 심오한 것들, 이를테면 정신과 예술, 사상 등에 정통하면서도 삶에 그렇게 환멸을 느끼는 것이 놀랍기만 하다고! 그래서 우리는 서로에게 끌렸던 거고, 그래서 형제자매가 된 거야. 나는 당신에게 춤을 추고, 유희를 즐기고, 미소 짓는 법을 가르치겠지만 만족하는 법은 가르치지 않을 거야. 그리고 나는 당신한테서 사유하는 법과 지식을 배우겠지만, 만족하는 법은 배우지 못할 거야. 당신은 우리 두 사람이 악마의 자식이라는 걸 모르겠어?"

"그래, 우리는 악마의 자식이야. 악마는 정신이고, 우리는 그의 불행한 자식이야. 우리는 자연에서 떨어져 나와 공허한 상태에 매달려 있는 거야. 그러고 보니 뭔가 떠오르는 게 있어. 내가 지난번에 이야기했던 「황야의 이리에 관한 소논문」에는 하리가 하나 혹은 두 개의 영혼을 갖고 있고, 하나 혹은 두 개의 인격으로 되어 있다고 믿는다면 그것은 단지 하리의 상상에 불과하다는 설명이 있었거든. 그 소책자는 모든 인간이 열 개, 백 개, 천 개의 영혼으로 이루어져 있다고 했어."

"내 마음에 쏙 드는 말이야." 헤르미네가 소리쳤다. "예컨대 당신은 정신적인 능력은 고도로 발달한 반면 사는 데 필요한 모든 소소한 기술은 매우 뒤떨어져 있어. 사상가 하리는 백 살이나 되었지만, 춤꾼 하리는 태어난 지 미처 한나절도 지나지 않은 거야. 우리는 지금 그 갓난아기를 계속 양육하려 하고, 그와 더불어 모든 어리석고 성장이 부진한 작은 동생들까지 키워 주려고 하는 거야."

그녀는 미소를 지으며 나를 쳐다보았고, 목소리를 바꿔 나지막하게 물었다.

"그런데 마리아는 마음에 들었어?"

"마리아? 누구를 말하는 거야?"

"당신하고 춤추었던 여자 말이야. 그 아름다운 아가씨, 정말 아름답지. 내가 보기엔 당신이 그 아가씨한테 반한 것 같은데."

"당신이 아는 사람?"

"그럼, 우리는 서로 상당히 잘 알지. 그녀에게 관심 있어?"

"마음에 들었어. 그녀가 내 춤을 정말 관대하게 받아 줘 기뻤거든."

"뭐, 그게 전부라는 거야? 그녀의 환심을 얻도록 조금 노력해 보라고, 하리. 정말 아름다울 뿐 아니라 춤도 잘 추는 아가씨이고, 벌써 그녀한테 마음을 빼앗겼잖아. 나는 당신이 성공할 거라고 믿어."

"아, 나는 그런 야심 없어."

"당신은 이제 거짓말도 조금 하네. 나는 당신 애인이라는 사람이 이 세상 어딘가에 살고 있다는 것을 알고 있어. 당신은 그녀를 반년에 한 번 정도 만나고, 만나면 서로 다투게 되지. 당신이 그 유별난 여자 친구한테 신실한 태도를 보이려는 것은 아주 사랑스러운 일이지만, 나는 그것을 그렇게 진지하게 받아들일 수 없다고! 하여튼 나는 당신이 사랑을 너무 끔찍할 정도로 진지하게 받아들인다는 의혹을 갖고 있어. 당신은 그렇게 할 수도 있고, 당신이 원하는 만큼 이상적인 방식으로 사랑할 수도 있어.

그거야 당신 문제니까 내가 염려할 바 아니지. 내가 당신을 위해서 해 주고 싶은 것은 당신이 삶에서 소소하고 가벼운 기술과 유희를 더욱 터득했으면 하는 거야. 그 분야에서는 내가 당신의 선생인 셈이고 적어도 당신의 이상적인 애인보다는 훌륭한 선생이 될 테니, 한번 믿어 보라고! 당신에게 정말 필요한 것은 매력적인 아가씨와 잠자리를 한 번 갖는 거야, 황야의 이리."

"헤르미네." 나는 괴로운 심정이 되어 소리쳤다. "나를 좀 보라고, 나는 늙은 남자에 불과해!"

"아니, 당신은 어린 소년이야. 당신은 거의 너무 늦었다고 할 정도로 이제까지 춤 배우는 일에 게을렀던 것처럼, 사랑하는 법을 배우는 데도 그동안 너무 안일했어. 당신은 분명히 이상적이고 비극적인 사랑을 훌륭하게 해낼 수 있을 거야, 친구, 그것은 나도 믿어 의심치 않고 정말 존중한다고! 하지만 이제 당신은 다소 평범하고 인간적인 사랑을 하는 법도 배워야 하는 거야. 시작은 이미 한 셈이고, 지금 당장 무도회에 데려간다고 해도 손색이 없을 정도야. 그런데 보스턴 춤은 아직 좀 배워야 하니, 내일부터 당장 시작하는 거야. 내가 3시에 당신 집으로 갈게. 그건 그렇고, 이곳 음악은 마음에 들었어?"

"훌륭했어."

"그것 봐, 그것 또한 하나의 진전이고, 당신은 하나를 더 터득한 거야. 지금까지 당신은 이 모든 댄스 음악과 재즈 음악을 견딜 수 없다고 했어. 당신이 보기에 진지함이나 깊이가 너무 부족했던 거지. 그런데 이제 당신은 그런 음악을 전혀 진지하게 받아들일 필요 없다는 것, 그렇지만 그런 음악도 아주 멋지고 매력적일 수 있다는 것을 알게 된 거야. 게다가 파블로가 없으면 전체 악단이 아무것도 아니라고 할 수 있어. 파블로가 악단을 이끌고 악단에 활기를 불어넣거든."

*

축음기가 내 서재에 있는 금욕적이고 지적인 공기를 변질시킨 것과 같은 방식으로, 그리고 미국의 낯선 댄스곡들이 장애, 아니 파괴를 초래하면서 잘 가꾸어진 나의 음악 세계로 침투해온 것과 같은 방식으로, 이제 사방에서 새로운 것, 두려워하던 것, 해체적인 속성을 지닌 것 들이 그동안 윤곽이 뚜렷하고 엄격하게 격리되어 있던 나의 삶 속으로 진입해 왔다.「황야의 이리에 관한 소논문」에 상술되어 있고 헤르미네가 동의했던 이른바 인간이 천 개의 영혼을 가졌다는 이론은 옳은 주장이었다. 그 모든 오래된 영혼들 외에도 내 안에서는 날마다 새로운 영혼이 몇 개씩 생겨나 자기주장을 내세우고 소란을 피웠다. 이제 나는 지금까지 내 개성이라고 생각했던 것이 하나의 망상이었음을 아주 명확하게 볼 수 있었다. 나는 우연히 자질이 있었던 몇 가지 기술과 활동들에 대해서만 그 가치를 인정하면서 하리라는 인물의 이미지를 그렸고, 단지 문학과 음악, 철학에 대해 섬세하게 교육받은 전문가로서만 하리의 삶을 살아왔다. 그러면서 내 인격의 나머지 모든 것, 나머지 모든 능력과 충동과 열망의 카오스를 부담스럽게 여기고 '황야의 이리'라는 이름을 붙였던 것이다.

그런데 이런 망상에서 돌이키는 것, 내 개성을 이렇게 해체하는 일은 결코 유쾌하고 즐거운 모험만이 아니었다. 이와 반대로 그것은 자주 참기 어려울 정도의 쓰라린 고통이 따랐다. 모든 것이 다른 음색으로 조율되어 있는 내 방과 같은 환경에서 축음기는 빈번하게 정말 고약한 소리를 냈다. 그리고 나는 가끔 현대식 레스토랑에서 모든 우아한 한량들과 사기꾼들 무리에 섞여 원스텝을 밟을 때면 그동안 내 삶에서 영예롭고 성스럽게 여겼던 모든 것에 대해 배반자가 된 기분이었다. 만약 헤르미네가 나를 여드레만 혼자 내버려 두었더라면 나는 이 괴롭고 우스꽝스러운 방탕아의 삶에서 재빨리 벗어났을 것이다. 하지만 헤르미네는 늘 나와 함께했다. 그녀를 매일 만난 것은 아니지만, 그녀는 항상 나를 관찰하고 지도하고 감독하고 평가했다. 심지어 그녀는 내 얼굴 표정에서 분노가 치밀어 저항하고 도주하려는 생각까지 미소를 지으면서 읽어 냈다.

이전에 개성이라고 불렀던 것이 점차 파괴되면서, 나는 예전에는 온갖 절망감에도 불구하고 죽음을 왜 그토록 끔찍하게 두려워할 수밖에 없었는지도 이해하기 시작했다. 이 소름 끼치고 수치스러운 죽음의 공포 역시 낡고 시민적이고 가식적인 내 실존의 일부였음을 깨닫기 시작한 것이다. 이제까지의 하리 할러, 다시 말해 재능 있는 작가이자 모차르트와 괴테의 전문가, 예술의 형이상학, 천재와 비극성 그리고 인간성에 대해 읽을 가치가 있는 성찰들을 집필한 저자, 책들로 가득한 작은 서재에 은거하는 우울한 은둔자는 이제 자기비판에 서서히 노출되었고 모든 점에서 자신의 부족함을 발견했다. 이 재능 있고 흥미로운 하리 할러는 이성과 인간애를 호소하고 전쟁의 야만성에 대해 저항했지만, 그의 사상에 합당한 결과, 다시 말해 전쟁 중에 벽에 세워지고 총살당하는 결과를 맛본 것은 아니었다. 그는 오히려 어떻게든 적응하는 법을 발견했는데, 그것은 물론 매우 존중받을 만하고 고상한 적응이긴 하지만 어디까지나 하나의 타협이었다. 더욱이 그는 권력과 착취에 반대하는 인물이면서도 산업체의 유가증권을 은행에 상당히 예치해 두고 아무런 양심의 가책도 느끼지 않고 그 이자를 받아 먹었다. 모든 것이 그런 식이었다. 하리 할러는 자신을 이상주의자요 세상을 경멸하는 자, 비애로 가득 찬 은둔자, 불평을 일삼는 예언자로 훌륭하게 위장했으나, 근본적으로는 한 명의 부르주아에 불과했다. 그는 헤르미네와 같은 삶은 당연히 비난받아야 한다고 여겼고, 레스토랑에서 허비한 밤이나 거기서 탕진한 돈을 생각할 때면 화가 나고 양심의 가책을 느끼기도 했다. 그는 자신이 해방되거나 완성되는 것을 결코 동경하지 않았고, 오히려 정신적인 유희를 통해 삶의 재미와 명성을 동시에 맛보았던 저 안온한 시절로 돌아가기를 열렬히 갈구했다. 이와 마찬가지로 그가 경멸하고 비웃었던 신문의 독자들 역시 전쟁 이전의 이상적인 시대를 동경하며 돌아가고 싶어 했는데, 그들로서는 자신들이 견뎌 낸 모든 고통스러운 체험에서 혹독한 교훈을 얻기보다는 그렇게 하는 것이 더 편했기 때문이다. 제기랄, 이 하리 할러는 정말 구역질 나는 인물이다! 그런데도 나는 이 인물 내지는 이미 흘러내리고 있는 그의 가면, 정신적인 것을 내세우는 그의 학자연하는 태도, 모든 무질서와 우연적인 것(죽음도 여기에 속했다)에 대한 그의 소시민적 공포에 매달렸다. 그러면서 나는 새로 발전하고 있는 하리 할러, 다소 소심하고 우스꽝스러운 저 댄스홀의 얼치기에 대해 조롱과 질투심을 느끼면서 예전의 기만적이고 이상주의적인 하리의 모습과 비교해 보았다. 그런데 지금 보니 과거 하리의 모습에도 지난번 교수의 집에 있는 괴테의 동판화에서 그의 마음을 매우 언짢게 했던 모든 치명적인 특성이 들어 있었다. 예전의 하리 할러 역시 시민적으로 이상화되어 있는 괴테와 매우 닮아 있었던 것이다. 그것은 너무나 고매한 눈빛을 가졌고 숭고함과 정신, 인간애가 마치 머리에 바른 기름처럼 빛났으며 자기 영혼의 고귀함에 감동하던 정신적인 영웅의 모습이었다! 젠장, 그 고상한 모습에 이제는 물론 사악한 구멍들이 생겨났고, 이상적인 하리 할러는 처참하게 해체된 상태였다! 마치 고귀한 인물이 노상강도에게 약탈당해 갈기갈기 찢어진 누더기를 걸치고 있는 것 같았다. 그렇게 되면 이제 비참한 노숙자 역할이라도 제대로 배우는 것이 현명할 터이지만, 그는 무슨 훈장이라도 매달려 있다는 듯 그 누더기를 그대로 걸치고 울먹이면서 잃어버린 위엄을 계속 주장하고 있었다.

나는 악사 파블로를 계속해서 만났고, 단지 헤르미네가 그를 좋아하고 그와 같이 있기를 열망한다는 이유만으로도 그에 대한 내 판단은 수정되어야 했다. 내 기억 속에서 파블로는 잘생긴 외모의 하찮은 존재, 미미하고 허영심 많은 멋쟁이, 명절 대목장에서 얻은 자신의 장난감 트럼펫을 신나게 불며 칭찬과 초콜릿에 쉽게 넘어가는 아무 염려 없는 행복한 어린아이로 남아 있었다. 하지만 파블로는 내 판단 같은 것은 묻지도 않았고, 내 음악 이론만큼이나 내 판단 같은 것에 무관심했다. 그는 정중하고 우호적인 태도로 내 말을 경청했고 듣는 내내 미소를 지었지만, 제대로 대답한 적은 없었다. 그런데도 나라는 존재는 그의 관심을 불러일으킨 것 같았다. 그는 어떻게든 내 마음에 들고자 했고 내게 호의를 보이려는 기색이 역력했다. 한번은 내가 그와 무익한 대화를 나누다 흥분해서 다소 무례한 태도를 보이자, 그는 당혹스럽고 슬픈 표정으로 내 얼굴을 쳐다보았고 내 왼손을 부여잡고 쓰다듬으면서 작은 금빛 상자에서 분말을 꺼내 코로 들이마셔 보라고 했다. 그렇게 하면 기분이 좋아질 거라면서 말이다. 내가 헤르미네에게 조언을 구하는 눈짓을 보내자 그녀는 고개를 끄덕였고, 나는 가루를 조금 받아 코로 들이마셨다. 정말로 금방 기분이 좋아지고 상쾌해졌다. 분말에는 아마 코카인이 함유되어 있었던 것 같다. 헤르미네의 설명에 따르면 파블로는 비밀 경로로 그런 약재를 많이 구입해 때때로 친구들에게 나누어 주기도 한다. 아울러 그는 통증을 완화시키는 약제라든지 수면제, 아름다운 꿈을 약속하는 약, 유쾌한 기분에 젖게 하는 약, 사랑에 빠지게 하는 약 등을 조제하는 일에서도 대가라고 했다.

한번은 강변 부둣가 도로를 따라 걷다가 그와 마주친 적이 있다. 그는 스스럼없이 다가왔고, 나는 그가 제대로 입을 열게 하는 데 성공했다.

"파블로 씨." 나는 작고 가느다란 흑단나무 은제 지팡이를 만지작거리고 있는 그에게 말을 건넸다. "당신은 헤르미네의 친구이고, 내가 당신에게 관심을 갖는 이유도 그 때문이오. 하지만 솔직히 말해 나로서는 당신과 대화를 나누기가 쉽지 않군요. 몇 번이나 당신과 음악에 대해 이야기해 보려 시도했어요. 당신의 의견, 반론, 비평 등을 듣고 싶었거든요. 그런데 당신은 어떤 대답도 거부했어요."

그는 내게 진심으로 웃어 보이더니 이번에는 대답을 피하지 않고 덤덤하게 말했다. "이봐요, 나는 음악에 대해 이야기 나누는 것은 아무런 가치도 없다고 생각합니다. 그래서 음악 얘기는 절대로 하지 않아요. 아주 현명하고 정당한 당신의 견해에 도대체 내가 무슨 대답을 할 수 있겠습니까? 당신이 말한 것은 모두 전적으로 옳습니다. 하지만 나는 연주하는 사람이지 학자가 아니며, 아울러 음악에서는 정당한 주장이라고 해서 반드시 무슨 가치가 있다고 여기지는 않습니다. 음악에서는 옳은 판단이라는 것, 미적 감각이나 교양 따위가 중요하지 않거든요."

"그렇군요. 그렇다면 뭐가 중요하죠?"

"음악을 연주하는 것이 중요합니다, 할러 씨. 가능한 한 훌륭하게, 가능한 한 많이, 가능한 한 집중해서 음악을 연주하는 것이 중요하죠! 그게 핵심이라고 생각합니다. 내가 바흐와 하이든의 전체 작품을 머릿속에 갖고 있고 그 작품들에 대해 대단히 영리한 이야기를 할 수 있다고 하더라도, 그것만으로는 그 누구에게도 도움이 되지 못하죠. 하지만 내가 관악기를 꺼내 들고 경쾌한 시미 댄스곡을 연주한다면 그 연주곡은 좋고 나쁘고를 떠나 사람들을 즐겁게 해 주고 그들의 다리를 들썩이게 하며 혈관 속으로 흘러갑니다. 중요한 것은 바로 그겁니다. 댄스홀에서 긴 휴식 시간이 끝나고 음악이 다시 시작될 때 사람들의 표정이 어떻게 변하는지 한번 살펴보세요. 사람들의 눈에서 얼마나 불꽃이 튀고 다리를 들썩거리며 표정이 얼마나 환하게 빛나는지! 그것이 바로 음악을 연주하는 이유인 거죠."

"아주 좋아요, 파블로 씨. 그러나 감각적인 음악만 있는 것은 아니고 정신적인 것을 추구하는 음악도 있어요. 그러니까 지금 이 순간 연주되는 음악만 있는 것이 아니라, 불멸의 음악, 지금 연주되지 않지만 계속 살아 있는 불후의 음악도 있어요. 누군가는 혼자 침대에 누워 머릿속으로 〈마술피리〉나 〈마태 수난곡〉의 악곡을 떠올릴 수도 있잖아요. 그런 경우 플루트를 불거나 바이올린을 연주하는 사람이 전혀 없어도 음악이 있다고 할 수 있는 거죠."

"물론입니다, 할러 씨. 〈여닝〉이나 〈발렌시아〉* 같은 댄스 음악도 매일 밤 고독하고 몽상적인 수많은 사람에 의해 말없이 재생되고 있습니다. 매일 사무실에서 타자기와 씨름하는 불쌍한 아가씨도 머릿속으로는 최근에 나온 원스텝을 생각하며 그 박자에 맞춰 자판을 두들길 수 있고요. 당신 말이 맞아요. 나도 이 모든 고독한 사람이 〈여닝〉이든 〈마술피리〉든 〈발렌시아〉든 상관없이 자신들의 소리 없는 음악을 즐기는 것을 진심으로 바란다고요! 하지만 그 사람들은 어디서 그들의 고독하고 소리 없는 음악을 알게 되었을까요? 바로 우리 같은 악사들에게서 알게 된 거죠. 누군가 자신의 방에서 음악을 생각하고 음악을 꿈꾸기 위해선 먼저 그 음악이 연주되어야 하고 청취되고 혈관 속으로 흘러가야 하는 거죠."

"동의합니다." 나는 냉담하게 말했다. "그렇지만 모차르트와 최근에 나온 폭스트롯을 같은 수준에 놓을 수는 없죠. 당신이 사람들에게 신적이고 영원한 음악을 연주하는가, 아니면 값싼 하루살이 음악을 연주하는가는 분명 차이가 있죠."

파블로는 내 목소리가 다소 흥분해 있는 것을 눈치채고는 이내 더없이 온화한 표정을 짓고 내 팔을 정답게 쓰다듬으면서 놀랄 만큼 부드러운 목소리로 말했다.

"그래요, 수준과 관련해서는 당신 말이 옳을 수 있어요. 나는 모차르트와 하이든, 그리고 〈발렌시아〉를 당신이 각각 어떤 수준으로 구분하든 하등의 이의가 없다고요! 그것은 나와 상관없는 문제고, 내게는 그 수준을 결정할 권리도 없거니와 나한테 그런 질문을 하는 사람도 없거든요. 모차르트는 아마 백 년 후에도 연주되는 반면, 〈발렌시아〉는 어쩌면 두 해만 지나면 그만 연주될 수도 있겠죠. 그런 문제는 그냥 사랑하는 신께서 결정하도록 맡겨 둬야 할 것 같아요. 신은 공명정대하고 우리의 모든 수명, 모든 왈츠와 폭스트롯의 수명까지 주관하는 분이니 분명 정당한 결정을 내리실 겁니다. 하지만 우리 악사들은 우리의 몫, 우리에게 부여된 의무와 과제를 감당해야 하는 거죠. 우리는 지금 이 순간 사람들이 갈망하는 것을 연주해야 하고, 가능한 한 훌륭하고 아름답고 감동적으로 연주해야 하는 거죠.”

나는 한숨을 지으면서 단념했다. 이 사람을 더는 어떻게 해 볼 도리가 없었다.

*

이제 낡은 것과 새로운 것, 고통과 쾌락, 두려움과 기쁨이 아주 기이하게 뒤섞여 있는 순간들을 자주 경험했다. 한순간 천국에 머물다 다음 순간에는 지옥에 머물렀고, 대부분은 양쪽에 동시에 머물렀다. 늙은 하리와 새로운 하리는 때로는 지독하게 싸우며 지냈고 때로는 서로 평화롭게 공존했다. 늙은 하리는 때로는 완전히 죽어 매장된 것처럼 보일 때도 있었지만 어느새 갑자기 다시 살아나 명령을 내리고 폭정을 일삼았고, 모든 것을 더 잘 아는 것처럼 행동했다. 그러면 작고 새로운 젊은 하리는 수치스러워하고 아무런 항변도 하지 못한 채 침묵하고 궁지로 내몰렸다. 어떤 때는 젊은 하리가 늙은 하리의 목덜미를 잡고 호되게 누르기도 했다. 그럴 때면 상당한 신음 소리가 흘러나왔고 많은 사투가 벌어졌으며 면도칼이 많이 생각났다.

그러나 고통과 행복이 하나의 물결을 이루어 내 위로 덮치는 것을 자주 느꼈다. 처음 사람들 앞에서 춤을 추고 나서 며칠 지난 어느 날 저녁 내 침실에 들어갔다 그런 순간을 경험했다. 침대에 아름다운 마리아가 누워 있어, 순간 형언할 수 없는 놀라움, 당혹, 경악, 황홀감에 휩싸였다.

헤르미네가 그동안 나를 놀라게 했던 일 중에서 가장 놀라운 것이었다. 이 극락조를 나에게 보낸 사람이 그녀라는 것은 한순간도 의심할 여지가 없었다. 그날 저녁에는 평소와 달리 헤르미네와 함께 보내지 않고 대성당에서 초창기 교회 음악의 훌륭한 연주를 들었다. 그것은 지나간 삶, 청춘 시절의 영토, 이상적인 하리의 영역으로 들어가는 아름답고도 애상적인 소풍 같았다. 고딕 양식의 교회는 아름다운 그물 형태의 높고 둥근 천장이 은근하게 들어온 빛을 받아 마치 유령처럼 살아 움직이는 것 같았는데, 그곳에서 북스테후데, 파헬벨, 바흐, 하이든의 곡들을 들었다. 과거 내가 그토록 좋아했던 옛길을 다시 걸어갔고 바흐 음악 전문 여성 성악가의 장엄한 목소리도 다시 들을 수 있었다. 이 성악가는 한때 내 친구였고, 그녀와 함께 아주 훌륭한 공연을 여러 차례 즐긴 적도 있었다. 옛날 음악에 담겨 있는 목소리, 그것이 지닌 무한한 위엄과 신성함은 청춘 시절에 맛보았던 모든 정신적 고양, 환희, 감동을 다시 일깨워 주었다. 나는 교회의 높은 성가대석에서 슬픔을 느끼고 상념에 젖은 채 한 시간 정도 한때 내 고향이었던 그 고결하고 성스러운 세계에 초대받은 손님 자격으로 앉아 있었다. 하이든의 이중주곡을 들을 때는 갑자기 눈물이 나서 결국 연주회가 끝날 때까지 기다리지 못했고 여가수와의 재회도 단념했다. (아, 연주회가 끝나고 예술가들과 어울려 함께 빛나는 밤을 보낸 적이 얼마나 많았던가!) 나는 대성당에서 빠져나와 지친 몸을 이끌고 밤거리를 걸었다. 여기저기 레스토랑에서는 창문 너머로 재즈 악단이 현재 내 삶의 악곡들을 연주하고 있었다. 아, 나의 삶은 어째서 이렇게 암울한 방황이 되어 버렸을까!

그렇게 오랫동안 밤길을 걸으면서 음악에 대한 나의 특이한 관계에 대해 생각해 보았다. 음악에 대한 이런 감동적이면서도 숙명적인 관계는 바로 독일의 지식 계급 전체가 공유하는 운명이라는 것을 다시금 깨달았다. 독일인들의 정신에는 다른 어떤 민족에서도 찾아볼 수 없는 것으로 모권(母權), 다시 말해 자연과의 유대가 음악이라는 형식을 통해 주도권을 행사하고 있다. 정신적인 성향의 독일인들은 모두 그런 모권에 남자답게 저항하고 정신, 로고스, 말에 복종하거나 귀 기울이려 하지 않으며 오히려 모두 무언의 언어, 말로 표현할 수 없는 것을 표현하는 언어, 형태가 주어질 수 없는 것을 재현하는 언어를 꿈꾸고 있다. 자신에게 주어진 도구를 가능한 한 충실하고 정직하게 연주하는 대신, 정신적인 성향의 독일인은 언제나 말과 이성에 반대하면서 음악에 추파를 던져 왔다. 그리고 독일적인 정신은 음악에 탐닉하고, 경탄을 자아내고 더없이 행복한 음의 구조, 결코 현실로 전이될 필요가 없는 놀랍도록 고결한 감정과 분위기에 탐닉하면서 정작 현실의 많은 과제를 소홀히 해 왔다. 우리 독일의 지성인들은 모두 현실에서 편안함을 느끼지 못하고, 현실을 낯설고 적대적인 것으로 여겼다. 우리의 독일적 현실 속에서, 우리의 역사와 정치 및 우리의 여론 속에서 정신이 행한 역할이 그토록 형편없었던 이유도 바로 여기에 있었다. 나로 말하자면 이전에 자주 이와 같은 일련의 생각을 했었고, 때로는 현실을 형성하는 데 일정한 역할을 해야겠다는 갈망, 미학과 정신적인 공예에만 머물지 않고 언젠가는 진지하고 책임감 있게 행동하겠다는 갈망을 강하게 품기도 했었다. 하지만 그런 의지는 늘 체념과 숙명에 굴복하는 것으로 끝났다. 우리 같은 '관념의 인간들'은 별로 쓸모없다는 장군들과 산업 자본가들의 말이 전적으로 옳았던 것이다. 우리 같은 인간들은 사회에 꼭 필요한 존재도 아니고 현실에서 동떨어져 있으며 책임감도 없는, 재기발랄한 수다쟁이 집단에 불과하다는 것이다. 제기랄! 면도칼!

머릿속은 이런 생각들과 음악의 여운으로 가득 차고 마음은 슬픔과 삶에 대한 절망적인 동경, 현실에 대한 동경, 의미에 대한 동경, 되찾을 수 없는 상실한 것에 대한 동경으로 무거워진 상태에서 나는 마침내 집으로 돌아왔다. 계단을 올라와 거실의 불을 켜고 무언가 좀 읽어 보려고 했으나 잘되지 않았다. 다음 날 저녁 술집 '세실'에 가서 위스키를 마시고 춤을 추기로 한 약속이 떠올랐던 것이다. 그러면서 나뿐 아니라 헤르미네에 대해서도 원망과 씁쓸한 마음이 일어났다. 그래, 그녀는 진심으로 선한 마음에서 그렇게 했을 수 있고, 그녀는 정말 매우 경이로운 존재일 수도 있다. 하지만 그녀는 그때 이 혼란스럽고 낯설고 불안정한 유희의 세계, 내가 영원히 이방인으로 머물게 되는 세계, 나의 가장 좋은 자질까지 쇠퇴하고 곤경에 처하게 되는 이 세계로 나를 끌어들이지 말아야 했다. 차라리 내가 자멸하도록 내버려 둬야 했다!

그래서 나는 슬픈 심정이 되어 거실의 불을 끄고, 슬픈 심정으로 침실로 건너가, 슬픈 심정으로 옷을 벗기 시작했다. 그때 친숙하지 않은 향기가 나를 멈칫하게 했다. 향수 냄새가 은은히 퍼졌던 것이다. 주위를 둘러보니 아름다운 마리아가 크고 푸른 두 눈에 미소를 띠고 다소 불안해하면서 내 침대에 누워 있었다.

"마리아!" 나는 소리쳤다. 그러면서 가장 먼저 든 생각은 혹시라도 집주인이 이 사실을 알면 방 계약을 취소할 거라는 예감이었다.

"나예요." 그녀가 나지막한 목소리로 말했다. "나 때문에 화났어요?"

"그렇지 않아요. 헤르미네가 당신에게 집 열쇠를 준 모양이네."

"아, 그것 때문에 화났군요. 그럼 갈게요."

"아니, 머물러 있어요, 아름다운 마리아! 하필이면 오늘 저녁 내가 몹시 우울해서 그래요. 오늘은 유쾌한 기분이 될 수 없을 것 같아요. 내일이면 기분이 다시 좋아질 수도 있지만요."

나는 그녀를 향해 몸을 조금 숙였고, 그녀는 크고 단단한 두 손으로 내 머리를 잡아 끌어당기고 한참 동안 키스를 했다. 그녀가 누워 있는 침대에 앉아 그녀의 손을 잡고서 다른 사람이 들으면 곤란하니 조용히 말하라고 부탁했다. 그러면서 화려한 한 송이 꽃처럼 다소 생경하고도 아름답게 내 베개에 얹혀 있는 그녀의 예쁘고 포동포동한 얼굴을 내려다보았다. 그녀는 내 손을 천천히 자기 입술로 가져가더니 다시 그 손을 이불 속으로 끌어당겨 따스하고 은근한 숨결이 느껴지는 자신의 가슴에 올려놓았다.

"당신 기분이 유쾌하지 않아도 괜찮아." 그녀가 말했다. "당신이 수심 많은 사람이라는 것은 헤르미네한테서 이미 들었어. 그런 거야 누구나 이해할 수 있지. 그런데 당신은 여전히 내가 마음에 들어? 일전에 함께 춤출 때 당신은 나한테 완전 빠져 있었잖아."

나는 그녀의 눈과 입, 목과 젖가슴에 키스를 했다. 방금 전까지만 해도 속으로 짜증을 내며 헤르미네를 심하게 비난했다. 그런데 이제는 그녀가 보내 준 선물을 손에 잡고서 고마워하고 있었다. 마리아가 하는 애무는 내가 저녁에 들었던 저 장엄한 음악을 조금도 훼손하지 않았고 오히려 그 음악에 어울리는 것, 그 음악을 완성시키는 것이었다. 나는 그녀의 몸을 덮고 있던 이불을 천천히 벗기고 키스를 하며 그녀의 발끝까지 이르렀다. 내가 그녀 곁에 눕자, 꽃 같은 그녀의 얼굴이 마치 모든 것을 알고 있다는 듯 온화한 미소를 지었다.

이날 밤 나는 마리아 곁에 누워 오랜 시간 잠든 것은 아니지만 어린아이처럼 깊이 단잠을 잤다. 그리고 잠을 자는 틈새마다 그녀의 아름답고도 발랄한 젊음을 들이마셨고, 도란도란 담소를 나누면서 그녀와 헤르미네의 삶에 대해 알아 둘 가치가 있는 여러 사실을 알게 되었다. 나는 그런 부류의 사람들과 그들의 삶에 대해 아는 것이 매우 적었다. 예전에 이따금 연극 세계에서나 이와 비슷한 존재, 즉 남자나 여자 중에서 반쯤은 예인(藝人)이고 반쯤은 향락주의자인 사람들을 만나 본 것이 고작이었다. 이제야 나는 신기할 정도로 순수하고 동시에 신기할 정도로 타락한 이 특이한 삶을 조금 들여다볼 수 있게 되었다. 이런 아가씨들은 대개 가난한 집안에서 자랐고, 보수도 형편없고 별다른 즐거움도 없는 밥벌이만을 위해 자신의 모든 삶을 보내기에는 너무 영리하고 외모가 너무 뛰어난 존재들이어서, 모두 부분적으로는 임시직 일을 하며 살아가고 부분적으로는 자신들의 매력과 사랑스러움을 동원해 생계를 유지했다. 때로 몇 달 동안 타자기 앞에 앉아 일하고, 정기적으로 유복한 한량들의 애인이 되어 그에 대한 보상으로 용돈과 선물을 얻었다. 또한 어떤 때는 모피 코트를 걸치고 자동차를 굴리며 고급 호텔에서 지내기도 하지만, 어떤 때는 다락방에서 살기도 했다. 이들은 충분히 조건이 좋은 경우 청혼을 받아들이기도 하지만, 전체적으로는 결혼 같은 것을 결코 염두에 두지 않았다. 이들 중에서는 성적인 욕망이 결여된 사랑을 지속하는 친구들, 마음이 내키지 않으면서도 가능한 한 많은 이득을 보상받고 호의를 베푸는 친구들도 있었다. 하지만 마리아처럼 사랑하는 데 비상한 재능이 있고 사랑에 목말라하는 친구가 있는가 하면, 대부분은 사랑에서도 이성뿐 아니라 동성과의 경험이 있었다. 이런 친구들은 오직 사랑만을 위해 살고, 돈을 지불하는 공식적인 관계의 친구들 외에도 부단히 다른 연애 관계를 꽃피웠다. 이 나비 같은 존재들은 부지런하면서도 분주하게, 염려가 많으면서도 경솔하게, 영리하면서도 분별력 없이 자신들의 천진하면서도 세련된 삶을 살았다. 이들은 어떤 면에서는 독립적이었고 아무에게나 몸을 팔지는 않았으며, 행운과 좋은 시절을 기대하면서 살았다. 이들은 삶을 사랑하긴 하지만 보통 시민들보다는 삶에 덜 집착하는 편이고, 언제나 동화 속 왕자를 만나 그의 성으로 따라 들어갈 용의가 있으면서도 결국에는 힘겹고 슬픈 종말을 늘 예감하고 있었다.

마리아는 우리가 처음 보낸 그 기이한 밤과 이후 며칠 동안 내게 많은 것을 가르쳐 주었다. 그녀는 부드럽고 새로운 관능의 유희나 감각의 즐거움은 물론이고 새로운 이해, 새로운 통찰, 새로운 사랑까지 가르쳐 주었다. 댄스홀과 유흥업소, 영화관, 술집, 호텔의 찻집과 같은 세계는 은둔자이자 유미주의자인 내게 여전히 어떤 저급한 것, 금지된 것, 품격을 떨어뜨리는 것이었지만, 마리아와 헤르미네 그리고 동료들에게는 유일한 세계였고, 그 세계는 좋거나 나쁜 것도 아니고 갈망이나 혐오의 대상도 아니었다. 이들은 동경으로 가득한 자신들의 짧은 삶을 그 세계에서 꽃피울 수 있었고, 그 세계에서 편안함을 느끼며 그 세계에 정통했다. 우리 같은 사람들이 어떤 작곡가나 시인을 좋아하듯 이들은 샴페인이나 전문 요리식당에서 나오는 특별 요리를 좋아했고, 우리 같은 사람들이 니체나 함순*에게 감동하고 흥분하듯이 이들은 새로운 댄스 음악이나 좋아하는 재즈 가수의 감상적이고 끈적끈적한 노래에 감동하고 흥분했다. 마리아는 내게 그 잘생긴 색소폰 연주자 파블로에 대해 수다를 떨면서 파블로가 가끔 그들에게 불러 준 미국 노래 하나를 언급했다. 마리아는 이런 것들을 넋을 잃고 찬탄과 애정을 보이면서 이야기해 주었기 때문에 교양 있는 어떤 인사가 매우 고상한 미적 경험에 도취되어 열변을 토하는 것보다 훨씬 감동적으로 내 마음을 사로잡았다. 나는 이제 마리아가 좋아하는 노래면 어떤 것이든 함께 열광할 준비가 되어 있었다. 마리아의 사랑스러운 말들과 얼굴에 피어나는 동경의 시선은 나의 심미적 장벽에 커다란 균열이 나게 했다. 물론 내게는 몇몇 아름다운 것, 모차르트를 필두로 모든 논쟁이나 비판을 넘어서는 몇몇 엄선된 예술 작품이 있었다. 하지만 어떻게 그 경계를 설정해야 하나? 우리 같은 전문가와 비평가들도 모두 애송이 시절에는 지금 보면 미심쩍고 졸렬해 보이는 예술 작품과 예술가들을 열렬히 사랑하지 않았던가? 이것은 리스트와 바그너, 심지어 베토벤에 대해서도 우리가 경험한 것이 아니던가? 어떤 나이 든 교사가 〈트리스탄과 이졸데〉에서 감동을 느끼거나 어떤 지휘자가 베토벤의 〈9번 교향곡〉에 열광하는 것과 마찬가지로 미국 노래에 대한 마리아의 어린아이 같은 생기발랄한 감동 역시 순수하고 아름다운 것이자 의심할 여지 없이 숭고한 예술 체험 아니던가? 그리고 이것은 신기하게도 파블로의 견해와 일치하고, 그의 견해가 정당함을 말해 주는 것 아닐까?

마리아도 미남 파블로를 무척 좋아하는 것 같았다!

"아주 멋진 사람이야." 내가 말했다. "나도 그 사람이 무척 마음에 들어. 하지만 마리아, 당신은 그런 남자를 좋아하면서 어떻게 미남도 아니고 벌써 머리가 희끗희끗하며 색소폰도 불 줄 모르고 영어로 된 사랑 노래도 하나 부를 줄 모르는 나 같은 따분한 늙은이를 좋아할 수 있지?"

"그렇게 불손하게 말하지 마!" 그녀는 꾸짖는 어조가 되었다.

"그것은 아주 자연스러운 일이잖아? 나는 당신도 마음에 든다고. 당신에게도 나름 매력적이고 사랑스러우며 특별한 것이 있어. 그러니 당신 모습을 그대로 유지해야지, 다른 사람처럼 되려고 해선 안 돼. 이런 문제들을 두고 이런저런 말을 하면서 다른 사람의 해명을 요구하는 것은 옳지 않아. 당신이 내 목이나 귀에 키스할 때, 당신이 나를 좋아하고 매력적으로 여긴다는 것을 알고 있어. 당신이 당신 방식대로 약간 수줍어하면서 키스를 하면, 그 키스는 내게 저 사람은 너를 좋아하는 거야, 네가 예쁜 것에 감사하고 있어, 라고 말해 주거든. 나는 그런 방식의 키스를 정말 좋아한다고. 하지만 다른 남자에게선 반대의 것을 좋아하기도 하지. 나를 대수롭지 않게 여기면서 마치 호의를 베풀듯이 해 주는 키스 말이야."

우리는 다시 잠이 들었다. 그러다가 다시 깼는데, 내 두 팔은 여전히 나의 아름다운 꽃을 꼭 끌어안고 있었다.

그런데도 기이한 점은 이 아름다운 꽃이 어디까지나 헤르미네가 내게 준 선물로서 계속 남아 있었다는 것이다! 마리아 뒤에는 언제나 헤르미네가 가면을 쓰고 모습을 감춘 채 서 있었다! 그러다가 가끔 지금은 사이가 멀어진 나의 심술궂은 애인, 나의 불쌍한 여자 친구 에리카가 갑자기 생각났다. 에리카는 마리아처럼 그렇게 만발한 자유로운 꽃은 아니었고 소소하고 능란한 사랑의 기술에서도 그렇게 풍부한 것은 아니었지만, 마리아만큼이나 예뻤다. 나와 사랑을 나누었고 내 운명에 깊이 얽혀 있던 에리카의 모습이 눈앞에 또렷이 고통스럽게 잠시 떠올랐다 이내 잠 속으로, 망각 속으로 사라지면서 저 멀리서 상실로 인한 애도의 감정을 살짝 불러일으켰다.

내 삶의 많은 영상, 오랫동안 사라지고 빈곤해졌으며 잘 남아 있지도 않은 영상들이 그 아름답고 다정한 밤에 이렇게 다시 눈앞에 떠올랐다. 이제 에로스의 마법에 힘입어 그 영상들은 저 깊은 곳에서 풍부하게 샘솟았고, 나는 내 삶의 갤러리가 얼마나 부요하고 가엾은 황야의 이리의 영혼이 고상하고 영원한 별들과 성좌들로 얼마나 가득한지 깨닫고는 한편으로 매혹되고 다른 한편으로 슬픔에 젖어 한순간 심장이 멎을 것 같았다. 내 유년 시절과 어머니가 저 멀리 끝없이 파랗게 솟아 있는 산처럼 부드럽고 빛나는 얼굴을 하고 내 쪽을 바라보았다. 헤르미네의 영혼의 형제라고 할 수 있는 저 전설적인 헤르만과의 우정을 필두로 내가 맺었던 우정들이 합창 형태로 청아하게 울렸다. 그리고 한때 내 사랑과 갈망과 찬미의 대상이 되었던 여인들의 초상이 물기를 머금고 피어나는 호수의 꽃들처럼 향기를 풍기며 초지상적인 모습으로 눈앞에 밀려왔다. 내가 마음을 얻고 내 여자로 삼고자 했던 여인은 몇 명 되지 않았다. 여러 해 동안 같이 살면서 동료 의식, 갈등, 체념을 가르쳐 주었던 아내도 나타났다. 우리의 결혼 생활은 이런저런 불만도 있었지만, 아내가 정신 착란을 겪고 아픈 상태에서 거칠게 반항하면서 갑작스럽게 나를 떠나가기 전까지, 내 마음에는 아내에 대한 깊은 신뢰가 생생하게 남아 있었다. 그리고 그녀의 신뢰 파기가 나를 그토록 힘들게 하고 내 삶에 큰 충격을 준 것을 보면서, 내가 그녀를 얼마나 사랑하고 깊이 신뢰했는지 깨달았다.

어떤 것은 이름이 있고 어떤 것은 이름을 알 수 없는 수백 개에 이르는 이와 같은 영상이 사랑을 나누었던 그날 밤의 샘물에서 전부 새롭게 솟아나 눈앞에 나타났다. 나는 삶의 비참함 속에서 내가 오랫동안 무엇을 잊고 지냈는지 새삼 깨달았다. 그 영상들은 내 삶의 소유물이자 가치였고, 내가 잊을 수 있을지 몰라도 없앨 수는 없는, 파괴할 수 없는 영원한 별들과 같은 체험들이었다. 그 영상들은 하나하나 내 삶의 단계를 보여 주었고, 별처럼 빛나는 영상들의 광채는 내 실존이 지닌 불멸의 가치였다. 내 삶은 고단했고 방황의 연속이었으며 불행했다. 내 삶은 포기와 부정의 방향으로 나아갔고 모든 인간이 맛보는 운명으로 인해 혹독했다. 하지만 내 삶은 부요했고, 자랑스럽고 풍성했으며, 비참함 속에서도 왕처럼 고귀한 삶이었다. 내 삶의 남은 여정이 비참하게 소진되어 몰락을 향해 치닫는다 할지라도 내 삶의 핵심은 고결했고, 훌륭한 용모와 혈통을 갖춘 삶이었다. 그것은 몇 푼의 보상에 만족하지 않고 별들을 추구하는 삶이었다.

그런데 이것 또한 벌써 얼마 전 일이고, 그날 밤 이후 많은 일이 일어나고 많은 변화가 있었고, 그날 밤 일 중 내가 자세히 기억하고 있는 것은 얼마 되지 않았다. 두 사람이 나누었던 몇 가지 이야기, 깊고 부드러운 애정 표현을 위한 몇 가지 몸짓과 행동, 사랑을 나누고 지쳐 깊이 잠들었다 깨어났을 때 별빛처럼 환했던 순간들 정도가 기억날 뿐이다. 하지만 내 몰락의 세월이 시작된 이래 내 삶이 엄숙하게 빛나는 눈길로 다시 나를 바라본 것은 그날 밤이 처음이었다. 나는 또한 그날 밤에 우연을 운명으로, 내 실존의 폐허를 어떤 신적인 작품의 일부로 다시금 인식했다. 내 영혼이 다시 숨을 쉬고 내 눈이 다시금 볼 수 있게 되었다. 나는 스스로 그 영상들의 세계에 들어가 불멸의 존재가 되려면 흩어져 있는 삶의 영상들을 하나로 모으기만 하면 된다는 사실, 하리 할러식 '황야의 이리'의 삶을 수집해 하나의 완성된 모습으로 통합하기만 하면 된다는 사실을 순간적으로나마 뜨겁게 감지했다. 그것은 바로 모든 인간의 삶이 추구하고 시도하는 목표 아니겠는가?

다음 날 아침, 나는 마리아와 아침 식사를 하고 나서 그녀를 몰래 집 밖으로 내보내야 했는데, 그렇게 하는 데 성공했다. 그리고 바로 그날 내가 사는 집 가까운 구역에 마리아와 밀회를 나눌 작은 방 하나를 빌렸다.

나의 춤 선생인 헤르미네는 성실하게 의무를 다해 나를 찾아왔고, 나는 보스턴 춤을 익혀야 했다. 헤르미네는 엄격하고 인정사정없는 태도를 보였고, 다음번 가장무도회에는 나와 함께 참석하기로 되어 있어 내가 수업을 한 시간이라도 빼먹는 것을 허용하지 않았다. 그녀는 내게 자신의 무도회 의상을 마련할 돈을 좀 달라고 하면서도 정작 어떤 의상인지는 전혀 알려 주지 않았다. 그녀의 집을 방문하는 것은 물론 그녀가 어디 사는지 아는 것도 내게는 아직 금지된 일이었다.

가장무도회가 시작되기 전 약 3주 동안은 더없이 아름다운 시간이었다. 마리아는 내가 사랑한 진정한 의미에서의 첫 애인 아닐까 여겨질 정도였다. 나는 그동안 사랑했던 여자들에게서 늘 정신과 교양을 요구했고, 아무리 지적이고 상대적으로 교양 있는 여자라고 해도 결코 내 안에 있는 로고스에 화답할 수 없을 뿐 아니라 오히려 그것과 충돌했다는 사실을 제대로 깨닫지 못했다. 나는 여자를 만날 때 언제나 내 문제와 생각들을 안고 나갔고, 책을 거의 읽지 않고 독서가 무엇인지 모르며 차이콥스키와 베토벤을 구분할 줄 모르는 여자는 한 시간 이상 사랑하는 것이 불가능해 보였다. 마리아는 교양을 갖춘 여자가 아니었고, 그런 우회로나 대용물이 필요하지도 않았으며, 그녀의 모든 문제는 감각에서 직접 생겨나는 것이었다. 자신에게 부여된 감각, 훌륭한 몸매, 자신의 색깔, 머리카락, 목소리, 피부, 기질을 동원해 가능하면 많은 감각의 행복, 많은 사랑의 행복을 얻어 내는 것, 그리고 사랑하는 상대에게서 그녀 자신의 모든 능력, 나긋하고 호리호리한 몸매, 부드러운 신체 움직임에 대한 화답과 이해, 활력과 행복을 주는 반응을 찾아내고 이끌어 내는 것, 그것이 그녀의 기술이었고 임무였다. 나는 그녀와 처음 만나 수줍게 춤을 추던 때 벌써 그것을 감지했다. 그때 벌써 그녀에게서 천재적이고 황홀감을 선사할 정도로 고도로 세련된 관능의 향기를 알아차리고 그녀에게 매료되었던 것이다. 그리고 모든 것을 아는 헤르미네가 이 마리아라는 여자를 내게 보낸 것도 분명 우연이 아니었다. 그녀의 향기, 그녀의 전체적인 특징은 여름날 같았고 장미 같았다.

나는 마리아의 유일한 애인이 되거나 그녀가 선호하는 애인이 되는 행운은 없었고 여러 명의 애인 중 한 명에 지나지 않았다. 그녀는 나를 위해 시간을 내지 못하는 때가 많았고 때로는 오후에 고작 한 시간 정도 함께 지내기도 했으며 밤을 함께 보내는 경우는 드물었다. 그녀는 나한테서 돈을 받는 것도 거부했는데, 배후에는 아마 헤르미네의 의도가 작용했던 것 같다. 그러나 선물은 흔쾌히 받았다. 이를테면 내가 빨간색 작은 가죽 지갑을 선물하면서 지갑 속에 금화 두세 개 넣어 주는 것 정도는 넘어가 주었다. 덧붙이자면 그 빨간 지갑을 선물한 뒤 나는 그녀의 비웃음을 톡톡히 샀다! 아주 매혹적인 지갑이긴 하지만 유행이 지나 더는 잘 팔리지 않는 모델이었던 것이다. 지금까지는 에스키모 언어만큼이나 잘 알지 못하고 이해하지 못하는 것들에 대해 마리아에게 많은 것을 배웠다. 나는 무엇보다 이 작은 장난감, 유행하는 물품이나 사치품이 단지 돈벌이를 추구하는 제조업자들과 상인들이 발명해 낸 시시하고 진부한 물건들이 아니라 아주 정당한 가치를 지닌 것, 아름답고 다채로운 물건임을 배웠다. 이 물건들은 작은 세계, 아니 큰 세계를 구성하는 것들로서 모두 에로스에 봉사하는 것이고, 감각을 세련되게 하는 것이며, 생기 잃은 주변 세계에 활력을 불어넣고 마법처럼 새로운 사랑의 매체들을 제공하는 것이 그 유일한 목적이라는 것이다. 파우더와 향수에서 무도화에 이르기까지, 반지에서 담배 케이스에 이르기까지, 벨트 버클에서 핸드백에 이르기까지 모든 물건이 그러했다. 이 핸드백은 그냥 가방이 아니고 이 지갑은 그냥 지갑이 아니며 꽃들도 단순히 꽃이 아니고 부채들도 단순히 부채가 아니라는 것이었다. 그 모든 것은 에로스, 마법, 매혹을 위한 구체적인 물질, 말하자면 전령, 밀수꾼, 무기, 돌격의 함성 같은 것이었다.

나는 마리아가 정말 사랑한 사람이 누구였는지 종종 곰곰이 생각해 보았다. 그녀가 가장 사랑한 사람은 몽상적인 검은 눈, 고상하면서도 우울한 분위기를 자아내는 길고 창백한 손을 가진 색소폰 연주자 파블로일 거라는 생각이 들었다. 내가 보기에 파블로는 사랑에 별 의욕도 없고 응석받이이며 수동적인 인물일 것 같았다. 하지만 마리아는 그가 비록 시간이 걸리기는 하지만 일단 달아오르면 어떤 권투 선수나 경마장 기수보다 더 긴박하고 야성적이며 남자답고 저돌적이라고 힘주어 말했다. 이런 식으로 나는 이 사람 저 사람, 다시 말해 우리 주변에 있는 재즈 음악가, 배우, 부인들, 아가씨들, 남자들에 대한 은밀한 이야기를 들었고 온갖 비밀을 공유하게 되었다. 아울러 표면 아래 있는 친분 관계와 적대 관계까지 보면서 (이 세계에서 어떤 관계성도 갖지 못한 이물질이었던 나는) 점차 이 세계에 익숙해지고 인사이더가 되었다. 헤르미네에 대해서도 많은 것을 알게 되었다. 하지만 이제는 무엇보다 마리아가 무척 사랑하는 파블로와 자주 접촉했다. 마리아는 때때로 파블로가 만든 비밀 약을 사용했고, 내게도 가끔 이런 환락을 조달했다. 그런 경우 파블로는 특별한 열정을 갖고 내게 봉사했다. 한번은 그가 내게 단도직입적으로 말했다. "당신은 과도하게 불행한 상태로 지내는

데, 그것은 좋지 않습니다. 그래선 안 되죠. 정말 안타깝군요. 가벼운 아편을 좀 피워 보세요." 쾌활하고 영리하며, 순진해 보이지만 속을 다 알 수 없는 이 인물에 대한 나의 평가는 지속적으로 바뀌었다. 우리는 친구가 되었고, 드물지 않게 그의 약을 얻기도 했다. 그는 마리아에 대한 나의 연정을 다소 재미있어하며 바라보았다. 한번은 그가 교외에 있는 자신의 숙소인 작은 호텔 다락방에서 '파티'를 열었다. 방에는 의자가 하나밖에 없어 마리아와 나는 침대에 걸터앉아야 했다. 그는 우리에게 마실 것을 내주었는데, 각각 세 개의 작은 병에 들어 있는 것을 섞어서 만든 비밀스럽고 진기한 리큐어였다. 그러다가 내가 기분이 아주 좋아졌을 때쯤, 그는 두 눈을 반짝이며 셋이 같이하는 사랑의 향연을 제안했다. 나로서는 도저히 받아들일 수 없어서 그 제안을 매몰차게 거절했다. 그러면서 마리아가 어떤 태도를 보이는지 보려고 한순간 그녀를 곁눈질했다. 거부적인 내 태도에 즉각 동조하긴 했으나, 그녀의 눈에서 미광이 일어나는 걸 보면서 내가 이렇게 단념한 것에 유감스러워한다는 느낌을 받았다. 파블로는 내가 거절한 것에 실망한 모습이었지만, 상처를 받은 정도는 아니었다. "유감이군요." 그가 말했다. "하리 당신은 너무 도덕적으로 숙고하는 것 같아요. 어쩔 수 없죠. 아주 멋진, 정말 멋진 경험이 되었을 텐데! 하지만 대용품도 있어요." 우리는 각자 파블로의 파이프에 채워진 아편을 몇 모금씩 피웠다. 그리고 가만히 앉아 모두가 두 눈을 뜬 채 파블로가 암시한 장면들을 체험했다. 마리아는 황홀감에 몸을 떨기까지 했다. 조금 뒤 나는 몸 상태가 다소 좋지 않을 것을 느꼈다. 그러자 파블로는 나를 침대에 눕히고 약물을 몇 방울 투약했다. 몇 분 정도 눈을 감고 있었는데 양쪽 눈꺼풀에서 순간적으로 가벼운 키스의 감촉이 느껴졌다. 그것이 마리아의 키스라고 여기는 체하면서 받아들였지만, 실은 파블로의 키스라는 것을 잘 알고 있었다.

어느 날 저녁에는 그가 나를 더욱 놀라게 했다. 그는 내가 사는 곳으로 찾아와 20프랑이 필요하다면서 좀 내달라고 부탁했다. 대신 이날 밤 마리아를 맘대로 즐겨도 좋다고 했다.

"파블로." 나는 깜짝 놀라서 말했다. "당신이 지금 무슨 말을 하는지 알기나 해요? 우리 같은 사람은 돈을 받고 자기 애인을 다른 사람한테 양도하는 것을 가장 치욕적으로 여긴답니다. 당신의 제안을 못 들은 걸로 하겠소, 파블로."

그는 동정의 눈길로 나를 쳐다보면서 말했다. "당신은 그걸 원치 않는다는 거죠, 하리. 좋습니다. 당신은 언제나 자신을 힘들게 하는군요. 그렇게 해야 마음이 편하시다면, 오늘 밤을 마리아와 보내지는 마세요. 하지만 돈은 좀 빌려주세요, 곧 돌려드리겠습니다. 지금 급하게 돈이 좀 필요하거든요."

"도대체 무엇 때문이죠?"

"아고스티노 때문입니다. 당신도 아시겠지만 제2바이올린을 연주하는 어린 친구입니다. 벌써 일주일 넘게 아파서 누워 있는데, 돌봐 주는 사람이 아무도 없거든요. 그 녀석은 수중에 돈 한 푼 없고, 지금은 나도 돈이 바닥났어요."

무엇보다 호기심도 생기고 일말의 자책감도 있어 파블로와 함께 우유와 약을 사 들고 아고스티노가 사는 다락방에 가 보았다. 정말 형편없는 다락방이었다. 파블로는 침대를 깨끗이 정리하고 방을 환기시키고 나서, 깨끗한 물수건으로 열이 올라 있는 그의 머리를 감싸 주었다. 파블로의 모든 동작은 능숙한 간호사처럼 민첩하고 부드러우며 전문적이었다. 그날 밤 나는 파블로가 술집 '시티'에서 동이 틀 때까지 연주하는 것을 지켜보았다.

나는 헤르미네와 함께 종종 마리아에 대해 오랫동안 있는 그대로의 이야기를 나누었다. 우리는 마리아의 손과 어깨, 그녀의 허리에서부터 그녀의 웃는 모습, 키스하는 방식, 춤추는 모습에 이르기까지 이런저런 이야기를 했다.

"마리아가 혹시 당신에게 벌써 이런 것을 보여 주었어?" 한번은 헤르미네가 이렇게 물으면서 마리아가 키스할 때 혀를 놀리는 특별한 움직임에 대해 묘사했다. 헤르미네에게 나한테 직접 시범을 보여 달라고 부탁했으나, 그녀는 진지하게 거절했다. "나중에 보여 줄게. 아직은 내가 당신이 사랑하는 애인은 아니거든."

나는 헤르미네가 어떻게 마리아의 키스 기술을 포함해 그녀와 사랑을 나눈 남자만이 알 수 있는 비밀스러운 삶의 부분들까지 알게 되었는지 물었다.

"아, 마리아와 나는 친구 사이잖아." 그녀가 소리쳤다. "우리가 서로에 대해 비밀 같은 게 있을 것 같아? 자주 그 애와 같이 잠도 잤고, 같이 놀기도 했거든. 하여튼 당신은 아름다운 아가씨를 얻은 거야, 누구보다 재주가 뛰어난 아가씨지."

"하지만 헤르미네, 나는 너희 두 사람 사이에도 비밀이 있을 거라고 믿어. 아니면 나에 대해 알고 있는 것도 마리아한테 다 이야기해 준 거야?"

"아니, 그런 것들은 마리아가 이해하지 못하는 다른 문제라고 할 수 있지. 마리아는 멋진 아가씨이고, 당신은 행운을 잡았다고 할 수 있지만 당신과 나 사이에는 그녀가 전혀 짐작하지 못하는 것들도 있어. 물론 마리아에게 당신에 관해 많은 이야기를 했고, 어쩌면 당신이 그때 원했던 정도를 넘어섰을 수도 있어. 나로서는 그녀가 당신에게 호감을 갖도록 유혹해야 했거든! 하지만 친구, 내가 당신을 이해하는 것처럼 마리아가 그렇게 당신을 이해한다고는 결코 말할 수 없어, 그것은 다른 어떤 여자라도 마찬가지야. 나도 마리아한테서 당신에 대해 새로 들은 것이 몇 가지 있지. 적어도 마리아가 당신에 대해 알고 있는 것은 나도 다 알고 있어. 그러니까 나는 당신에 대해 자주 잠자리를 함께한 사이만큼 잘 아는 셈이야."

얼마 후 다시 마리아와 함께 있을 때 그녀가 나한테 한 것처럼 헤르미네도 따스하게 품었을 것이고 나한테 한 것처럼 헤르미네의 팔다리와 머리, 피부를 쓰다듬고 키스하고 맛보고 점검해 보았을 거라는 생각이 들자, 기이하고 불가사의한 기분이 들었다. 새롭고 간접적이며 복잡한 관계 및 결합들에 대한 비전들, 말하자면 새로운 사랑의 가능성, 새로운 삶의 가능성이 눈앞에 떠올랐고, 「황야의 이리에 관한 소논문」에 나오는 천 개의 영혼이 생각났다.

*

마리아를 알게 된 뒤부터 대형 가장무도회가 열리기까지 그 짧은 기간 동안 나는 더없이 행복했다. 그렇지만 마침내 구원의 상태, 지복(至福)에 이르렀다는 느낌은 들지 않았다. 오히려 이 모든 것이 서곡이나 준비에 불과하고 모든 것이 격렬하게 전진하고 있으며, 본질적인 것은 이제 곧 나타날 거라는 점을 매우 분명하게 직감하고 있었다.

이제 하루가 멀다 하고 점점 더 화제에 오르는 가장무도회에 참석할 정도로 춤을 충분히 배운 상태였다. 헤르미네는 여전히 비밀을 하나 갖고 있었는데, 가장무도회에 어떤 의상을 입고 참석할지 내게 알려 주지 않겠다는 입장을 고수했다. 하여튼 내가 그녀를 금방 알아볼 것이고, 혹시 못 알아볼 경우 도움을 주겠지만 미리 알아선 안 된다고 했다. 그녀는 내가 입을 의상에 대해서도 전혀 호기심을 보이지 않아, 나는 가장 의상을 입지 않기로 결심했다. 마리아를 무도회에 초청하려고 했으나, 마리아는 이미 선약한 신사분이 있다고 했다. 정말 벌써 입장권까지 갖고 있었다. 무도회에 혼자 가야 한다는 것을 알고는 다소 실망스러웠다. 예술가 단체가 매년 '글로부스 홀'에서 개최하는 이 무도회는 이 도시에서 열리는 가장 훌륭한 가장무도회였다.

그 며칠 동안 헤르미네를 거의 보지 못했으나, 무도회 전날 그녀는 내가 구입해 둔 입장권을 가지러 잠깐 내 방에 들러 평화롭게 내 곁에 앉았다. 그러고는 이야기를 나누었는데, 내게 좀 이상하고 특별한 인상을 남긴 대화였다.

"당신은 이제 정말 잘 지내고 있네." 그녀가 말했다. "춤이 당신에게 효과가 좋은가 봐. 지난 4주 동안 당신을 보지 못한 사람이 있다면 당신을 알아보기 힘들 정도야."

"맞아." 나는 수긍했다. "지난 몇 년 동안 이렇게 잘 지낸 적이 없어. 이 모든 것이 당신 덕분이야, 헤르미네."

"정말? 당신의 그 아름다운 마리아 덕분 아니고?"

"아니야, 마리아도 당신이 내게 보낸 선물이잖아. 마리아는 정말 멋진 아가씨야."

"당신에게 꼭 필요했던 애인이지, 황야의 이리. 귀엽고 젊고 쾌활한 성격에다 사랑에서는 매우 지혜로운, 매일 만날 수 있는 아가씨가 아니야. 당신이 그녀를 다른 사람들과 공유하지 않는다면, 당신에게 그녀가 잠시 머물다 가는 손님 같은 존재가 아니라면, 그녀를 만나는 일이 그리 순조롭지 않을 거야."

사실이었다. 나는 그녀의 이 말에도 수긍할 수밖에 없었다.

"당신은 이제 필요한 것을 모두 가진 건가?"

"아니야, 헤르미네, 그렇지 않아. 나는 정말 매우 아름답고 매혹적인 것, 내게 큰 기쁨과 위안을 가져다주는 무엇인가를 가지긴 했지. 나는 정말 행복한데……."

"그럼 됐지! 뭘 더 바라는 거야?"

"더 바라는 것이 있어. 행복한 상태로는 만족하지 못해. 나는 그렇게 만들어진 존재가 아니고, 그건 내 운명이 아니야. 내가 타고난 운명은 그 반대야."

"불행해야만 하는 운명이라고? 그런 건 당신이 면도칼 때문에 집으로 돌아갈 수 없었던 때 벌써 충분히 경험한 셈이잖아."

"그렇지 않아, 헤르미네. 내가 말한 것은 다른 경우야. 당시 내가 매우 불행했다는 것은 인정해. 하지만 그것은 어리석은 불행이었어, 아무런 열매가 없는 불행."

"어째서?"

"만약 그렇지 않았다면 그토록 원하던 죽음 앞에서 나는 그렇게 공포를 느끼지 않아도 되었을 거야! 나한테 정말 필요하고 내가 갈망하는 불행은 다른 거야. 나를 고통에 굶주리게 하고 죽는 것에 쾌감을 느끼게 만드는 그런 유형의 불행이야. 바로 그것이 내가 고대하는 불행 혹은 행복이지."

"당신을 이해할 수 있어. 그런 점에서 우리는 형제자매라고 할 수 있지. 그런데 지금 마리아에게서 찾은 행복이 뭐가 잘못된 거야? 당신은 왜 만족하지 못하는 거야?"

"그 행복에 대해 무슨 이의가 있는 것은 아니야. 아니, 오히려 나는 그 행복을 사랑하고 고마운 마음을 갖고 있어. 여름 장마철에 해가 나온 날을 만난 것처럼 좋아. 하지만 이 행복이 오래 지속되지 못할 거라는 예감이 들어, 이 행복도 열매를 맺는 행복이 아니거든. 이 행복이 만족감을 주긴 하지만, 이런 만족이 나를 위한 양식은 아니라고. 황야의 이리를 잠재우고 그의 배를 채우긴 하겠지만, 죽음까지 불사하면서 얻고자 하는 그런 행복은 아니거든."

"그러니까 황야의 이리, 꼭 죽어야만 한다는 거야?"

"내 생각은 그래! 지금은 내 행복에 아주 만족하고 있어. 한동안은 내가 이 행복을 감당할 수 있을 거야. 하지만 이 행복은 가끔 내가 잠에서 깨어나게 하고 다시 무엇인가 동경하게 하면서 한 시간 정도 나를 내버려 둘 때가 있어. 그럴 때면 나의 모든 동경은 이 행복이 언제나 지속되었으면 하는 게 아니라 오히려 다시 고통을 경험하길 갈망하는데, 이번에는 다만 이전보다 더 우아하고 보다 덜 옹색한 방식으로 경험하고 싶어. 내가 동경하는 고통은 내게 죽을 각오와 의지를 심어 주는 그런 고통이라고."

헤르미네는 부드러운 눈길로 내 눈을 쳐다보았다. 하지만 그녀의 눈빛이 느닷없이 심하게 음울한 기색을 띠었다. 아름다우면서 섬뜩함을 자아내는 눈빛이었다! 그녀는 적절한 단어를 하나하나 찾아 배열하듯 천천히 이야기를 꺼냈다. 목소리가 너무 나지막해서 나는 그녀의 말을 알아듣기 위해 무던히 애써야 했다.

"오늘은 당신에게 말하고 싶은 게 있어. 나는 오래전부터 알고 있었고, 당신도 이미 알고 있겠지만 아마 당신 자신한테도 터놓고 얘기해 보지 않았을 거야. 지금 나와 당신에 대해, 그리고 우리의 운명에 대해 내가 알고 있는 것을 말해 주려고 해. 하리, 당신은 예술가이고 사상가로 살아왔어. 기쁨과 신념이 가득하고 언제나 위대하고 영원한 것을 추구하는 반면 아기자기하고 소소한 것에는 결코 만족하지 못하는 인간이지. 하지만 삶이 당신을 일깨우고 자신에 대한 성찰로 이끌어 가면 갈수록, 당신은 더욱 큰 곤경에 처했고 고통과 불안과 절망 속으로 더욱 깊이 빠져들어 거의 한계 상황에 이르렀던 거야. 그러자 당신이 한때 아름답고 신성한 것으로 여겨 사랑하고 존경했던 그 모든 것, 인간과 인간의 고귀한 운명에 대해 당신이 가졌던 모든 믿음이 당신에게 아무 쓸모 없고 무가치한 것이 되고 산산조각 나 버린 거야. 당신의 믿음은 호흡곤란 상황을 맞은 거지. 그리고 숨이 막혀 죽는 질식사는 가혹한 죽음이라고 할 수 있어. 내 말이 맞아, 하리? 이것이 당신의 운명이야?"

나는 고개를 끄덕이고 또 끄덕였다.

"당신은 마음속에 삶에 대한 그림을 하나 갖고 있었고, 하나의 믿음, 하나의 요구를 갖고 있었어. 당신은 위대한 행동을 하고 고통을 감수하며 희생할 준비를 하고 있었어. 하지만 점차 세상이 당신한테서 어떤 위대한 행동이나 어떤 희생 같은 걸 요구하지 않는다는 것을 깨달았지. 당신은 삶이라는 것이 영웅들의 역할이 필요한 서사시가 아니라 먹고 마시는 것, 커피, 뜨개질, 카드 게임, 라디오 음악에 완전히 만족해하는 사람들이 살고 있는 시민들의 쾌적한 거실이라는 걸 깨달은 거지. 이와 다른 걸 바라고 내면에 품고 있는 사람, 다시 말해 영웅적이고 아름다운 것, 위대한 시인들에 대한 존경 또는 성인들에 대한 존경을 바라고 내면에 품고 있는 사람, 그런 사람은 바보이고 기사 돈키호테와 같은 인물이라고 할 수 있지. 그래, 내 삶도 그렇게 흘러왔어, 친구! 나는 뛰어난 재능을 가진 소녀였고, 고상한 이상을 따라 살고 나 자신에게 고귀한 것을 요구하며 고귀한 사명을 수행할 운명을 타고났었지. 나는 왕비가 되거나 혁명가의 애인, 천재의 누이, 순교자의 어머니가 되는 위대한 운명을 떠맡을 수도 있었어. 그런데 삶이 내게 허락한 것은 그럭저럭 괜찮은 취향을 가진 고급 화류계 여자가 되는 것이었다고. 아니, 그것도 간신히 그렇게 된 거야! 나의 삶은 그렇게 흘러왔어. 한동안 절망적이었고, 오랫동안 나 자신을 탓하며 살았어. 삶이란 언제나 결과적으로는 정당할 수밖에 없다고 생각했거든. 만약 삶이 나의 아름다운 꿈들을 조롱한다면 내 꿈이 어리석고 틀렸다고 생각했던 거야. 그러나 그런 생각은 전혀 도움이 되지 않았어. 그런데 나는 좋은 눈과 귀를 가졌고 탐구심도 좀 있는 편이어서 이른바 삶이라는 것을 제대로 들여다보기 시작했어. 지인들과 이웃을 포함해 쉰 명 넘는 사람과 그들의 운명을 한번 살펴봤어. 그러면서 알게 되었지, 하리. 내 꿈들은 정당했다는 거야. 당신이 가졌던 꿈들과 마찬가지로 내 꿈들은 골백번이나 정당했어. 반면에 삶이라는 것, 현실이라는 것은 부당했어. 나 같은 여자가 재산가에게 고용되어 아무 의미도 없는 일을 하면서 타자기 앞에 앉아 비참하게 늙어 가거나, 아니면 돈을 바라고 그런 재산가와 결혼하거나, 아니면 일종의 매춘부가 되는 것 외에 다른 대안이 없다고 한다면, 그것은 온당하다고 할 수 없지. 그런 상황은 당신 같은 사람이 고독하고 소심하며 절망에 빠진 상태에서 면도칼을 잡을 수밖에 없는 것만큼이나 온당하지 않은 거야. 내가 경험한 비참함이 더 물질적이고 도덕적인 것이었고, 당신이 겪은 비참함은 더 정신적인 것이었어. 하지만 우리가 걸어온 길은 같은 거야. 폭스트롯에 대한 당신의 두려움, 술집과 댄스 주점들에 대한 당신의 반감, 재즈 음악과 기타 잡동사니 같은 것에 대한 당신의 저항을 내가 이해하지 못할 거라고 생각해? 나는 아주 잘 이해하고 있어. 그뿐만 아니라 정치에 대한 혐오감, 정당과 언론이 헛소리하고 무책임하게 행동하는 것에 대한 비통함, 이미 있었던 전쟁 또 앞으로 닥칠 전쟁에 대해 그리고 요즘 사람들이 사고하고 독서하고 건축하고 음악을 만들고 축제를 벌이고 교양을 쌓는 방식에 대해 당신이 느끼는 절망감에 대해서도 아주 잘 이해한다고! 당신이 옳아, 황야의 이리, 골백번 옳아, 그러나 당신은 몰락할 수밖에 없어. 당신은 소박하고 안온하며 아주 소소한 것에 만족하는 오늘날의 세계에 살기에는 너무 까탈스럽고 배고픈 상태에 있어. 세계는 당신을 내뱉어 버릴 거야, 당신은 이 세계에 비해 한 차원 더 있는 존재거든. 오늘날 세계에서 살아가고 자신의 삶을 즐기려는 사람은 당신이나 나 같은 존재가 되어선 안 되지. 엉터리 소음이 아니라 음악, 향락이 아니라 진정한 기쁨, 돈이 아니라 영혼, 사업이 아니라 진정한 노동, 천박한 유희가 아니라 진정한 열정을 요구하는 사람들, 그런 사람들에게 이 아름다운 세상은 결코 고향이 될 수 없다고…….”

그녀는 바닥을 내려다보면서 깊이 생각에 잠겼다.

“헤르미네!” 나는 다정한 목소리로 소리쳤다. “나의 자매, 당신은 정말 좋은 혜안을 가졌어! 그리고 당신은 내게 폭스트롯까지 가르쳐 주었어! 그런데 우리처럼 한 차원이 더 있는 사람들은 이곳에서 살 수 없다니, 그게 무슨 뜻이야? 무엇 때문에 그런 걸까? 그것은 우리 시대에만 해당하는 거야, 아니면 늘 그렇다는 거야?"

"모르겠어. 세상의 명예를 감안해서 말한다면, 나는 그것이 우리 시대에만 해당하는 것, 단지 하나의 질병, 하나의 일시적인 불행이라고 여기고 싶어. 오늘날 지도자들은 단호하게 그리고 성공적으로 다음 전쟁을 준비하고 있는데, 우리 같은 사람들은 폭스트롯을 추고 돈을 벌고 고급 초콜릿이나 먹지. 이런 시대에는 세상이라는 것이 참 보잘것없어 보여. 지나간 다른 시대나 앞으로 다가올 시대는 더 나을 것이고 더 풍요로울 것이며 더 넓고 더 깊어질 거라는 소망을 가져 보자고. 그렇다고 해서 우리에게 별 도움이 되지는 않을 거야. 아니, 세상은 어쩌면 언제나 이 모양이었을 거야."

"어느 시대나 오늘날과 같을까? 정치가들, 사기꾼들, 술집 종업원들, 한량들을 위한 세상은 있지만, 인간들이 호흡하기에 적합한 대기는 없는 걸까?"

"글쎄, 모르겠어, 그 누구도 알지 못할 거야. 어쨌든 별 차이도 없어. 그런데 친구, 지금은 당신이 가장 좋아하는 인물, 당신이 때때로 내게 이야기해 주고 그의 편지까지 읽어 주었던 모차르트라는 인물이 생각나네. 그 사람은 어떠했을까? 그가 살던 시대에는 누가 세상을 지배하고 최상의 것을 차지했으며, 누가 시대를 주도하고 인정받았을까? 모차르트, 아니면 이익을 추구한 사업가들? 모차르트, 아니면 평범한 보통 사람들? 모차르트는 어떻게 죽고 어떻게 묻혔을까? 어쩌면 세상은 언제나 그 모양이었고 언제나 그럴 거라는 생각이 들어. 학교에서 이른바 '세계사'라고 불리는 과목, 거기에 등장하는 모든 영웅, 천재, 모든 위대한 행위와 감정 등 당신이 교양을 위해 암기해야 하는 그런 것은 교육이라는 미명하에, 학생들이 규정에 따라 수업을 받아야 할 시기에 무엇인가에 몰두하도록 선생들이 만들어 낸 사기극에 불과한 거야. 늘 그래 왔듯이 앞으로도 시간과 세계, 돈과 권력은 하찮고 천박한 자들의 소유가 될 것이고, 나머지 진정한 인간이라고 할 수 있는 사람들에게는 아무것도 주어지지 않을 거야. 죽음 말고는 아무것도."

"그것 말고는 정말 아무것도?"

"그렇지는 않아, 영원이라는 것이 있어."

"후대에 남겨질 이름이나 명성을 말하는 거야?"

"그건 아니야, 황야의 이리, 내가 말하는 것은 명성이 아니야. 명성이라는 것이 도대체 무슨 가치가 있겠어? 당신은 정말 참되고 완전한 인간이라고 해서 모두 유명해지고 후대에까지 알려졌다고 생각해?"

"아니, 물론 그렇지는 않아."

"그래, 그러니까 명성을 말하는 건 아니야. 명성이란 단지 교양을 위해서만 존재하는 것, 학교 선생들이나 관심을 가지는 문제야. 명성을 말하는 게 아니야, 그건 아니라고! 내가 영원한 것이라고 부르는 것을 말하는 거야. 신앙이 독실한 사람들은 그것을 '하느님 나라'라고 부르기도 하지. 만약 이 세상의 공기 외에 다른 호흡할 공기가 없다면, 또 시간을 뛰어넘는 어떤 영원한 것, 진정한 삶의 나라 같은 것이 없다면, 우리 같은 인간들, 우리 같이 보다 까탈스러운 인간, 우리같이 동경하는 것이 많고 차원도 많은 인간은 도저히 살아갈 수 없을 거라는 생각이 들어. 모차르트의 음악이나 당신이 말하는 위대한 시인들의 시들이 영원의 세계에 속한다고 할 수 있어. 기적을 행하고 순교자의 죽음을 맛보며 사람들에게 위대한 본보기가 되었던 성인들도 그 나라에 속하지. 그리고 모든 진실한 행위나 모든 진실한 감정의 힘이라는 것도 그 세계에 속한다고 할 수 있어. 비록 아무도 그것을 알아주지 않고 그것을 증언하고 기록해 후대를 위해 보존하지 않았다고 하더라도 말이야. 사실 영원의 관점에서 보면 후세라는 것은 없어, 언제나 동시대만 있을 뿐이지."

"당신 말이 맞아." 내가 말했다.

"경건한 사람들 말이야," 그녀가 생각에 깊이 잠긴 채 말을 이었다. "그 사람들은 물론 그 영원의 세계를 가장 잘 알고 있지. 그래서 그들은 성인들을 추대하고 이른바 '모든 성인의 통공(通功)'이라는 교리를 만들었어. 성인들이야말로 진정한 인간이고 구세주를 맏형으로 따르는 형제라고 할 수 있지. 우리는 일생 동안 모든 선행, 모든 용감한 생각, 모든 사랑을 다해 성인들을 향해 가는 도정에 있어. 과거에 화가들이 밝게 빛나고 아름다우며 평화가 넘치는 황금 하늘을 배경으로 묘사했던 성인들의 공동체, 그것은 내가 앞서 '영원'이라고 부른 것과 다르지 않아. 그것은 시간과 가상의 저편에 있는 나라야. 우리는 그 나라에 속한 자들이고 우리의 본향은 그곳이며, 우리의 심장은 그곳을 향해 나아가고 있어, 황야의 이리. 그래서 우리는 죽음을 동경하는 거야. 그곳에서 당신은 당신의 괴테, 당신의 노발리스, 당신의 모차르트를 다시 만날 것이고, 나는 나의 성인들, 크리스토퍼 성인과 필리포 네리 성인을 포함해 모든 성인을 만나게 될 거야. 성인 중에는 처음에 사악한 죄인이었던 경우도 많아, 죄라고 하는 것도 신성에 이르는 길일 수 있어, 죄와 악덕 말이야. 당신은 웃을지 모르지만, 내 친구 파블로도 숨겨져 있는 성인일지 모른다는 생각을 자주 하거든. 아, 하리, 우리는 본향에 이르려면 많은 더럽고 불합리한 것을 통과해 뚜벅뚜벅 걸어가야 한다고! 그 누구도 우리를 인도해 줄 수 없어. 우리의 유일한 길잡이는 본향을 사모하는 향수뿐이야."

마지막 몇 마디는 그녀가 목소리를 다시 낮춰 아주 조용하게 말했고, 방에는 이제 평화로운 정적이 흘렀다. 마침 해가 지고 있어 내 서재에 꽂혀 있는 많은 책의 책등에 새겨진 금색 글자들이 석양빛을 받아 어슴푸레 빛났다. 나는 두 손으로 헤르미네의 얼굴을 감싸고 그녀의 이마에 키스를 했다. 그러고 나서 그녀의 얼굴을 끌어당겨 형제자매처럼 서로의 뺨을 맞대고 한동안 그대로 있었다. 오늘만큼은 이렇게 그녀 가까이 있고 싶을 뿐, 밖으로 나가고 싶지 않았다. 하지만 가장무도회가 열리기 바로 전날인 그날 밤, 나는 마리아와 만나기로 약속했다.

그런데 마리아를 만나러 가는 길에서도 마리아를 생각한 것이 아니라 오로지 헤르미네가 했던 말을 생각했다. 그 모든 것은 헤르미네의 생각이라기보다 내 생각이었고, 어쩌면 혜안을 가진 그녀가 내 생각을 읽고 흡입한 뒤 다시 제시함으로써 그것이 형체를 갖추고 내게 새롭게 나타났다는 생각이 들었다. 그녀가 영원에 대한 생각을 말해 준 것이 무엇보다 고마웠다. 나는 영원에 대한 생각이 꼭 필요했고, 그것 없이는 살 수도 없고 죽을 수도 없었다. 친구이자 춤 선생이 오늘 성스러운 피안의 세계, 무시간성의 세계, 영원한 가치와 신적인 실체를 가진 세계를 내게 다시 선물한 것이다. 괴테에 관한 나의 꿈, 그렇게 비인간적인 웃음을 터뜨리고 내게 불멸의 농담을 던지던 그 늙은 현자의 모습을 떠올리지 않을 수 없었다. 이제야 처음으로 괴테의 웃음, 불멸의 존재들의 웃음을 이해할 수 있었다. 그들의 웃음, 그것은 대상이 없는 웃음이었다. 그것은 오로지 빛, 오로지 밝음이었고, 어떤 진정한 인간이 고통, 악덕, 실수, 정열, 사람들의 오해를 다 겪고 나서 영원의 세계, 우주의 공간으로 뚫고 들어설 때 남아 있는 것이었다. '영원'이라는 것은 다름 아닌 시간에서 해방되는 것을 의미한다. 말하자면 그것은 순수로의 회귀, 우주 공간으로의 복귀라고 할 수 있다.

우리가 함께 저녁을 먹던 곳으로 가서 마리아를 찾았으나 그녀는 아직 오지 않았다. 교외의 한 선술집에서 식사를 가져올 준비가 되어 있는 테이블에 앉아 마리아를 기다리는 동안 내 생각은 여전히 헤르미네와 나눈 대화를 맴돌고 있었다. 헤르미네와 대화를 하며 나눈 모든 생각은 내게 그토록 친숙한 내용이었고 내가 오래전부터 알고 있던 것, 마치 나 자신의 신화와 상상의 세계에서 나온 것 같았다! 무시간적인 공간에 살면서 지금은 하나의 성상(聖像)이 되어 있고 에테르와 같은 투명한 영원에 잠겨 있는 저 불멸의 존재들, 그리고 하늘의 별처럼 반짝거리는, 지상 너머에 있는 초월적인 세계의 차가운 명랑성, 그 모든 것이 친숙한 것으로 여겨지는 것은 어찌 된 까닭일까? 나는 생각에 잠겼고, 그 순간 모차르트의 〈카사치온〉과 바흐의 〈평균율〉에서 몇 곡조가 떠올랐다. 그 음악에는 서늘하고 별빛처럼 빛나는 명랑성이 곳곳에서 빛을 발하고, 에테르의 투명함이 흐르는 것 같았다. 그렇다, 그 음악이야말로 시간이 얼어붙은 공간과 같은 것이었고, 바로 그 음악에는 초인간적인 명랑성, 영원한 신적인 웃음이 끝없이 진동하고 있었다. 아, 내 꿈에 나타났던 늙은 괴테도 여기에 완벽하게 들어맞았다! 그때 갑자기 주변에서 깊이를 측량하기 어려운 웃음소리가 들렸고, 불멸의 존재들이 웃는 소리가 들렸다. 나는 마법에 걸린 듯 앉아 있었다. 마법에 걸린 듯 조끼 주머니에서 연필을 꺼내 들고 종이를 찾아 두리번거리다 마침 앞에 와인 메뉴판이 놓여 있는 것을 보고는 메뉴판을 뒤집어 뒷면에 시행들을 써 내려가기 시작했다. 다음 날 주머니에서 그것을 다시 찾아냈는데, 시의 내용은 다음과 같았다.

불멸의 존재들

지상의 골짜기마다 끊임없이
삶의 충동이 우리를 향해 피어오른다.

비참한 곤궁, 도취된 충만,
사형수를 위한 수많은 성찬에서 나오는 핏빛 연기,
쾌락의 경련, 끝없는 욕망,
살인자의 손들, 고리대금업자의 손들, 기도자의 손들,
공포와 쾌락의 채찍을 맞은 인간의 무리,
후덥지근하고 썩은 냄새, 날것의 따뜻한 냄새를 풍기고,
행복과 거친 욕정을 숨쉬고,
제 살을 뜯어 먹고 또 뱉어 내고,
전쟁과 고상한 예술을 부화시키고,
불타는 유곽을 망상으로 장식하고,
어린 시절 명절 대목장의 현란한 기쁨을 안고서
서로 휘감고 갉아먹고 더럽히며,
각자 파도에서 다시 솟아오른다,
하지만 언젠가는 모두 부서져 오물이 되리라.

그러나 우리는 별처럼 빛나는 에테르의 얼음 속에서
우리 자신을 발견했다.
날들도 모르고 시간도 모르며,
남자도 여자도 아니고, 젊지도 않고 늙지도 않았다.
너희의 죄악과 너희의 공포,
너희의 살육과 너희의 음탕한 희열,
그것들은 우리에게 선회하는 태양 같은 구경거리다.
모든 하루하루가 우리에게는 길고 긴 날.

너희의 경련하는 삶에 조용히 머리를 끄덕이고
고요히 떠도는 별들을 조용히 바라보며
우리는 우주의 겨울을 들이마시고
하늘의 용과 친구가 된다.
우리 영원한 존재는 차갑고 변치 않으며
우리의 영원한 웃음은 차갑고 별처럼 밝다.

그러고 나서 마리아가 왔고, 나는 기분 좋게 저녁을 먹은 뒤 그녀와 함께 우리의 작은 방으로 갔다. 그녀는 이날 저녁 유독 더 아름답고 더 따스하고 더 친근하게 굴었고 온갖 애무와 유희를 제공했는데, 마치 그녀가 내게 베푸는 마지막 헌신처럼 느껴졌다.

"마리아." 내가 입을 열었다. "오늘 밤 너는 여신처럼 선심을 베푸는구나. 우리 둘 다 완전히 나가떨어져선 안 돼. 내일은 가장무도회가 있는 날이야. 내일 너는 어떤 신사분을 만나는 거야? 네가 동화 속 왕자님을 만나 유혹당하고, 나의 작은 꽃, 네가 다시는 내게 돌아오지 않을까 봐 두려워. 오늘 너는 사랑하는 연인들이 작별할 때 마지막 사랑을 쏟는 것처럼 행동하고 있어."

그녀는 내 귀에 입술을 대고 속삭였다.

"그런 말 하지 마, 하리! 어느 순간이든 마지막 순간이 될 수 있어. 헤르미네가 당신을 갖게 되면 당신은 나한테 더는 돌아오지 않을 거야. 어쩌면 그녀가 내일 당신을 취할 수도 있어."

당시의 그 독특한 감정, 기이하게도 고통스럽고 달콤한 그런 양가적 분위기를 무도회 바로 전날보다 더 강렬하게 느껴 본 적이 없었다. 내가 발견한 것은 행복감이었다. 마리아의 아름다움과 헌신, 중늙은이가 되어서야 비로소 알게 된 섬세하고 고상한 수천 가지 관능의 감각을 향유하고 만지고 호흡하는 기회, 그리고 부드럽게 찰랑대는 쾌락의 물결에서 첨벙거리게 된 것이 그것이다. 하지만 그것은 단지 껍데기에 불과했다. 내면에서는 모든 것이 의미와 긴장, 운명으로 충만해 있었다. 한편으로는 다정하고도 정겨운 태도로 달콤하고 감동적인 소소한 사랑의 행위에 몰두하면서 아주 기분 좋은 행복감에 빠져 있었지만, 마음 깊은 곳에서는 내 운명이 마치 겁먹은 준마처럼 마구 날뛰면서, 두려움과 동경에 사로잡히고 죽음에 자신을 내던진 채 심연을 향해, 몰락을 향해 내달리는 것을 느꼈다. 조금 전까지 오로지 관능적인 사랑의 편안한 가벼움에 맞서 수줍어하고 두려워하며 저항했고 웃으면서 자신을 기꺼이 헌신하는 마리아의 아름다움 앞에서 불안을 느꼈다면, 이제는 죽음 앞에서 불안을 느꼈다. 하지만 나는 내가 경험하는 그 불안이 곧 헌신과 구원으로 바뀔 것임을 알고 있었다.

우리가 말없이 분주하게 사랑의 유희에 몰두하고 그 어느 때보다 서로에게 더욱 친밀하게 접촉하는 동안 내 영혼은 마리아와, 그리고 그녀가 내게 의미했던 모든 것과 작별을 고하고 있었다. 마리아를 통해 나는 마지막 장막이 내리기 전에 다시 한 번 어린아이처럼 피상적인 유희에 친숙해지고 가장 무상한 기뻠을 찾으면서 성의 순수함 속에서 어린아이가 되고 동물이 되는 법을 배웠다. 그것은 내 과거 삶에서 단지 아주 드물게 예외로만 알고 있었던 상태였다. 왜냐하면 감각적인 삶과 성은 내게 언제나 죄책감이라는 씁쓸한 뒷맛을 남겼고, 정신적인 인간이라면 경계해야 할, 달콤하지만 두려운 금단의 열매와 같은 것이었기 때문이다. 헤르미네와 마리아는 이제 내게 이 정원을 순수한 모습 그대로 보여 주었고, 나는 감사한 마음으로 그들의 손님이 되어 있었다. 하지만 나로서는 너무나 아름답고 너무나 따뜻한 그 정원을 떠나야 할 시간이 다가오고 있었다. 삶의 왕관을 계속 추구하는 것, 삶의 끝없는 죄를 계속 참회하는 것이 내게 주어진 운명이었다. 가벼운 삶, 가벼운 사랑, 가벼운 죽음, 그것은 전혀 나를 위한 것이 아니었다.

두 아가씨의 암시를 통해 나는 다음 날 무도회에서, 또는 무도회에 이어 아주 특별한 향락과 방탕한 일이 계획되어 있음을 눈치채고 있었다. 아마도 이것이 마지막일 것이고, 마리아가 예감한 것이 맞을 수도 있었다. 우리는 오늘 밤 어쩌면 마지막으로 함께 누워 있는 것이고, 내일은 아마도 새로운 운명의 여정이 시작되는 것 아닐까? 나는 불타는 동경과 숨 막히는 불안에 사로잡힌 채 마리아에게 거칠게 매달렸다. 다시 한번 불타오르면서 탐욕적으로 그녀의 정원에 있는 모든 오솔길과 덤불을 뛰어다녔고, 다시 한번 낙원의 나무에 달린 달콤한 열매들을 깨물었다.

*

나는 이날 밤 자지 못한 잠을 다음 날 낮에 보충했다. 아침에 공중목욕탕에 갔다가 지칠 대로 지친 상태로 집에 돌아왔고, 침실을 어둡게 하고는 옷을 벗다가 주머니 속에 넣어 두었던 시를 발견했다. 하지만 시도 다시 잊고 곧바로 잠자리에 들었고, 마리아도 잊고 헤르미네도 잊고 무도회도 잊어버린 채 온종일 잤다. 저녁이 되어 일어나 면도를 하면서 비로소 이제 한 시간 뒤 가장무도회가 시작될 것이니 연미복용 셔츠를 찾아 둬야 한다는 생각이 떠올랐다. 나는 들뜬 기분으로 준비를 마치고 나서 요기부터 하려고 집을 나섰다.

이번 무도회는 처음 참석하는 가장무도회였다. 예전에도 그런 축제에 가 본 적이 있고 간혹 근사한 축제라는 생각도 했지만, 직접 춤을 춘 적은 없었고 단지 구경꾼으로 머물렀을 뿐이다. 다른 사람들이 가장무도회에 대해 흥분해서 이야기하고 들뜬 마음으로 기뻐하는 모습이 언제나 우스꽝스럽게 여겨졌다. 그런데 오늘의 무도회는 나한테도 하나의 사건이었고, 긴장감도 느끼고 불안도 얼마간 느끼면서 행사를 기대했다. 나는 따로 데려갈 여자 파트너가 없어 조금 늦게 참석하기로 작정했고, 헤르미네도 그렇게 하라고 권했다.

한때 내 피난처였던 술집 '슈탈헬름'은 세상에 실망한 남자들이 저녁마다 죽치고 앉아 포도주를 마시면서 독신자처럼 즐기는 곳이었다. 최근에는 그 술집을 매우 드물게 찾았는데, 현재 삶의 스타일에 더는 맞지 않았던 것이다. 하지만 이날 저녁에는 발길이 나도 모르게 그곳으로 향했다. 내 삶이 거쳐 왔던 모든 경유지와 장소들이 현재 나를 지배하는 운명과 이별이라는 불안하면서도 행복한 분위기 속에서 다시 한번 고통스러울 정도로 아름다웠던 과거의 광채를 얻었던 것이다. 담배 연기 자욱한 이 작은 술집도 그런 곳이었다. 나는 얼마 전까지만 해도 그곳 단골손님이었고, 얼마 전까지만 해도 그곳에서 지방산 포도주를 한 병 마시고 나면 원시적인 마취제처럼 다시 하룻밤 고독한 침대에 들고 하루의 삶을 견딜 수 있게 해 주었다. 그때 이후 나는 다른 물질, 더 강력한 자극도 맛보고 더 달콤한 독을 들이마셨다. 내가 얼굴에 미소를 띠고 이 오래된 장소로 들어서자 여주인이 반갑다는 인사를 건넸고 단골들도 말없이 고개를 끄덕이며 맞아 주었다. 여주인이 추천한 통닭구이가 나왔고 투박하게 생긴 두꺼운 잔에 최근 생산된 알자스산 포도주가 밝게 채워졌다. 깔끔한 흰색 나무 식탁들과 오래된 누런 벽판이 다정하게 나를 바라보았다. 먹고 마시는 동안 내 속에서는 시들어 가고 있다는 감정과 고별을 위한 축제라는 감정이 더욱 강하게 일어났다. 이전 삶이 거쳐 온 모든 장소 및 사물들과 결합되어 있었는데, 그것이 이제는 결코 완전히 분리된 것은 아니지만 금방 분리될 정도로 자라났다는 감정, 그것은 달콤하면서도 고통스러운 내적 감정이었다. '현대인'은 그것을 감상성이라고 부른다. 현대인은 더는 사물들을 사랑하지 않는다. 자신에게 가장 신성한 것, 자신의 자동차조차 가능하면 더 나은 모델로 빨리 바꾸고 싶어 한다. 이런 현대인은 단호하고 유능하며 건강하고 냉정하며 엄격하고 탁월한 유형의 인간으로, 다음 전쟁에서도 자신의 존재를 환상적으로 입증해 보일 것이다. 나로서는 그런 것이 중요하지 않았다. 나는 현대적인 인간도 아니고 그렇다고 구식 인간도 아니며, 시간으로부터 떨어져 나와 죽음을 향한 의지를 갖고 죽음 가까이 나아가고 있었다. 나는 그런 감상성에 전혀 불만이 없고, 이 타버린 심장에 어떤 감정 같은 것을 느낄 수 있다는 것이 기쁘고 감사했다. 그래서 그 오래된 술집에 대한 추억에 탐닉하고 그 허름하고 투박한 의자들에 애착을 느꼈으며, 담배 연기와 포도주 내음 그리고 그 모든 것이 내게 안겨주었던 친숙함, 온기, 고향 같은 분위기에 몸을 맡겼다. 작별은 아름다운 것이고 마음을 부드럽게 한다. 내가 앉은 딱딱한 의자, 투박한 술잔이 사랑스러웠고, 시원한 햇과일 맛이 나는 알자스산 포도주가 사랑스러웠으며, 이 친숙한 공간의 모든 것과 모든 사람, 몽상하듯 웅크리고 있는 술꾼들, 오랫동안 형제 같았던 실의에 빠진 술꾼들의 얼굴이 사랑스러워 보였다. 내가 이곳에서 경험한 것은 시민적인 감상성이었고, 거기에는 술집, 포도주, 담배 따위를 금기의 것, 낯선 것, 대단한 것으로 여겼던 소년 시절 구식 술집의 낭만이 살짝 배어 있었다. 하지만 이날 저녁에는 어떤 황야의 이리도 이빨을 드러내며 내 감상성을 갈기갈기 찢으려고 몸을 일으키지 않았다. 나는 과거의 열기에 달아오른 채, 그사이 저물어 버린 천체의 희미한 잔광을 받으면서 평화롭게 그곳에 앉아 있었다.

한 행상인이 군밤을 팔러 술집으로 들어와 그에게서 군밤을 한 줌 샀다. 꽃을 파는 노파가 들어왔을 때는 카네이션 몇 송이를 사서 술집 여주인에게 선물했다. 그러고 나서 계산하려고 평소처럼 상의 주머니에 손을 넣다가 비로소 연미복을 입고 있다는 사실을 깨달았다. 가장무도회! 헤르미네!

그러나 아직 충분히 이른 시간이었고, 벌써 '글로부스 홀'로 가야 할지 마음을 정할 수 없었다. 아울러 최근 이런 향락을 즐길 때마다 그랬던 것처럼 마음에서 저항과 압박감도 느꼈다. 이렇게 규모가 크고 사람들로 가득하며 시끄러운 공간에 들어서는 것에 혐오감이 일었고, 낯선 분위기, 한량들의 세계, 그리고 춤을 춰야 하는 상황 앞에서 수줍은 소년처럼 미리 주눅이 들었다.

어슬렁거리며 광고등과 천연색 대형 포스터가 붙어 있는 영화관 앞을 지나갔다. 몇 걸음 더 옮기다 돌아서서 영화관으로 들어갔다. 그곳이라면 11시경까지 어둠 속에 편안하게 조용히 앉아서 시간을 보낼 수 있을 것 같았다. 손전등을 든 소년의 안내를 받고, 서툰 걸음으로 커튼을 통과해 어두운 상영관 안으로 들어가서 자리를 하나 발견했다. 그리고 나는 갑자기 구약성서 한복판에 들어와 있었다. 그 영화는 이른바 돈벌이를 위해서가 아니라 고상하고 성스러운 목적을 위해 많은 비용을 투입하고 정성을 들여 만들었다는 영화였고, 이날 오후에는 심지어 학생들까지 종교수업 담당 교사들의 손에 이끌려 관람하러 와 있었다. 이집트에서의 모세와 이스라엘 민족의 이야기를 담은 영화였는데, 엄청나게 많은 사람, 말과 낙타, 궁전, 파라오의 영광 그리고 뜨거운 사막에서 이스라엘 민족이 겪는 역경이 등장했다. 시인 월트 휘트먼의 헤어스타일을 하고 화려하게 모세로 분장한 연기자가 긴 지팡이를 짚고 유대인들 앞에 서서 정열에 불타오르고 우수에 젖은 채 오딘 신의 걸음걸이로 사막을 가로지르는 모습이 펼쳐졌다. 이어 그가 홍해에서 신을 향해 기도드리자 홍해가 갈라졌고 병풍처럼 세워진 산더미 같은 바닷물 사이로 협곡 형태의 길이 열렸다(목사의 인솔하에 이 종교 영화를 보러 온 견진성사를 받은 학생들은 영화인들이 그 장면을 어떤 방식으로 재현했을지를 두고 오랫동안 논쟁을 벌일 수도 있었다). 선지자 모세와 겁에 질린 이스라엘 백성이 열린 통로로 지나가고 그들 뒤로 파라오의 전차들이 나타났다. 이집트인들은 바닷가에 이르렀을 때 깜짝 놀라 주춤거리다 다시 용기를 내어 바닷물 사이 길로 뛰어들었다. 그러자 황금빛 갑옷을 입은 화려한 파라오와 그의 모든 전차 그리고 병사들 위로 산더미 같은 거대한 바닷물이 쏟아져 내렸다. 이 대목에서 나는 이 홍해의 기적을 장엄하게 노래한 작품으로 헨델이 작곡한 두 명의 베이스를 위한 경이로운 이중창*을 떠올리지 않을 수 없었다. 계속해서 모세가 황량한 바위산에 서 있는 음울한 영웅의 모습을 하고 시나이산을 오르는 것을 보았다. 시나이산에서 여호와 신은 모세에게 폭풍과 뇌우와 번개를 동원해 십계명을 전해 주었다. 그동안 아래 산기슭에서는 그의 비천한 백성들이 금송아지 우상을 만들어 세워 놓고 상당히 격렬한 환락에 빠져 있었다. 그곳에 앉아 이 모든 것을 목격하고 있노라니 신기하고 믿기 어려울 정도였다. 옛날 한때 어린 시절에 인간적인 것을 넘어서는 다른 세계에 대한 예감을 어렴풋이 불러일으켰던 그 성스러운 이야기들, 영웅들과 기적들을 포함한 그 이야기들이 각자 가져온 샌드위치를 조용히 먹으면서 소정의 입장료만 내고 고맙게 관람하는 관객들 앞에서 상영되고 있었다! 이 모든 것은 이 시대의 대량 재고 떨이 내지 문화의 염가 판매로 생겨난 하나의 앙증맞은 삽화였다. 맙소사, 이런 추잡한 짓거리를 예방하기 위해서는 당시 이집트인은 물론이고 유대인과 다른 모든 인간도 차라리 다 멸망하는 것이 나았을 것이다. 차라리 그렇게 강제로 품위 있게 죽는 것이 오늘날 우리처럼 끔찍한 가사(假死) 상태, 절반은 죽고 절반은 살아 있는 어중간한 죽음을 맛보는 것보다는 나았을 것이다. 하여튼 그렇다!

가장무도회에 대해 내가 느꼈던 은밀한 압박감과 차마 드러내지 못한 소심한 생각은 영화 관람과 영화관에서의 흥분을 통해서도 줄어들지 않았고 오히려 곤혹스러울 정도로 심해졌다. 나는 헤르미네를 생각해서라도 다시 한번 마음을 다잡아야 했고, 마침내 차를 타고 '글로부스 홀'로 가서 안으로 들어갔다. 시간이 늦은 탓에 무도회는 이미 오래전부터 분위기가 한껏 고조되어 있었다. 나는 코트를 벗어 맡기기도 전에 냉정하면서도 수줍은 태도를 보이며 가장무도회의 격렬한 혼잡 속으로 빠져들었다. 사람들이 친근하게 몸을 툭툭 치며 지나갔고, 아가씨들은 샴페인을 마시는 방으로 오라고 권하는가 하면, 광대들도 다정하게 어깨를 두드리며 반말로 말을 걸어 왔다. 나는 개의치 않고 사람들로 가득한 방들을 간신히 통과해 외투 보관소가 있는 곳에 이르렀고, 옷 보관증 번호표를 받고는 이 난장판에 싫증이 날 경우 곧바로 필요할 수도 있다고 생각해 번호표를 조심스럽게 주머니에 집어넣었다.

거대한 건물의 모든 공간이 축제로 떠들썩했다. 모든 홀에서 춤의 향연이 벌어졌고, 지하층과 모든 통로, 층계에 이르기까지 가면, 춤, 음악, 웃음소리, 서로 쫓고 쫓기는 무리로 넘쳐났다. 나는 울적한 기분으로 그 혼잡 속을 비집고 다녔다. 흑인 악단을 구경하다 농부들의 음악이 연주되는 곳으로 자리를 옮겼고, 휘황찬란한 대형 홀에 있다가 통로와 층계, 바, 뷔페, 샴페인 방을 돌아다녔다. 벽에는 대체로 신세대 아티스트들이 그린 거칠고도 재미있는 그림들이 걸려 있었다. 예술가, 저널리스트, 학자, 사업가를 비롯해 당연히 이 도시 온갖 부류의 남녀 한량들이 와 있었다. 한 악단에서는 우리의 파블로가 자리에 앉아 굽은 형태의 관악기를 흥겹게 불어 댔다. 나를 알아본 그는 더 큰 소리로 연주하며 인사했다. 나는 인파에 떠밀려 이 방 저 방 옮겨 다녔고 층계도 숱하게 오르내렸다. 지하에 있는 한 통로는 예술가들에 의해 '지옥'으로 꾸며져 있었는데, 그곳에서는 '악마의 악단'이 팀파니를 미친 듯이 두들겨 대고 있었다. 서서히 헤르미네, 마리아를 찾아 여러 번 큰 홀로 들어가려고 했으나, 그때마다 길을 잘못 들거나 반대로 움직이는 인파에 막혔다. 한밤중이 될 때까지 나는 한 명도 찾지 못했다. 아직 춤을 한 번도 추지 않았으나 벌써 몸이 후끈 달아오르고 현기증까지 일어 가까이 있는 의자로 가서 주저앉았다. 양쪽 옆에서 생판 모르는 사람들이 떠들었다. 포도주를 한 잔 주문하면서 이렇게 시끌벅적한 축제는 나 같은 늙은이에게 맞지 않는다는 생각이 들었다. 의기소침해져서 포도주만 들이키며 여자들의 노출된 팔과 등을 물끄러미 쳐다보았고, 그로테스크한 가면을 쓴 여러 인물이 내 곁을 지나쳐 가는 것을 바라보았다. 지나가는 사람들이 툭툭 건드려도 개의치 않았고, 내 무릎에 앉으려 하거나 나와 춤추려는 아가씨 몇 명을 말없이 돌려보내기도 했다. 한 아가씨가 '늙은 불평꾼'이라고 소리쳤는데, 틀린 말도 아니었다. 용기를 내어 기분 좋게 취해 보려고 했으나, 포도주조차 별로 맛이 없어 두 번째 잔은 거의 비우지 않았다. 점차 황야의 이리가 내 뒤에서서 혀를 쑥 내밀고 있다는 느낌이 들었다. 이곳에서는 내게 아무 일도 일어나지 않고, 이곳은 내가 있을 곳이 아니었다. 의심할 여지 없이 좋은 의도로 이곳에 왔지만 유쾌하게 파티 분위기를 즐길 수 없었다. 귀가 멍멍할 정도의 환호성, 웃음소리 그리고 주변에서 벌어지는 모든 야단법석이 우스꽝스럽고 억지스럽게 보였다.

결국 밤 1시가 되자 실망하고 시무룩한 기분이 되어 외투를 찾아 입고 무도회장을 떠나려고 외투보관소를 향해 살금살금 다가갔다. 이런 행동은 패배를 인정하는 것이자 황야의 이리로 되돌아가는 행위였다. 헤르미네는 이런 나를 용서하지 않겠지만, 나로선 도리가 없었다. 사람들을 헤집고 힘겹게 외투보관소로 다가가면서 혹시 여자 친구를 한 명이라도 만날 수 있을까 하여 세심하게 주변을 둘러보았다. 소용없는 일이었다. 접수대 앞에 서자, 접수대에 있는 예의 바른 남자는 옷 보관증 번호표를 보여 달라고 손을 내밀었다. 나는 조끼 주머니에 손을 넣어 보았다. 그런데 번호표가 없었다! 제기랄, 되는 일이 하나도 없었다. 방들을 돌아다니며 슬픈 방랑을 하는 동안, 또 맛없는 포도주를 마시면서 앉아 있는 동안, 이대로 그냥 나가 버릴까 하는 생각과 싸우면서 몇 번이나 주머니에 손을 넣었고 그럴 때마다 납작하고 둥근 형태의 번호표가 만져졌다. 그런데 지금은 그 번호표가 사라진 것이다. 모든 것이 내게 등을 돌린 것이다.

"번호표를 잃어버린 거야?" 내 옆에서 붉은색, 노란색 옷을 입은 자그마한 체구의 악마 녀석이 찢어지는 목소리로 물었다. "그렇다면 친구, 내 것을 가져." 이렇게 말하면서 그는 벌써 손을 뻗어 자신의 번호표를 내밀었다. 내가 기계적으로 번호표를 받아 손가락으로 뒤집어 보며 확인하는 사이 그 작고 민첩한 녀석은 벌써 시야에서 사라졌다.

그런데 마분지 재질의 그 작고 둥근 번호표의 숫자를 보려고 눈 가까이 가져가니, 숫자는 없고 서투르게 끄적거린 작은 글씨체만 눈에 들어왔다. 나는 외투보관실 안내인에게 잠깐만 기다려 달라고 부탁하고는 가까운 전등 아래로 가서 번호표에 쓰인 글을 읽어 보았다. 해독하기 힘들 정도로 갈겨쓴 그 작은 글씨는 이런 내용이었다.

오늘 밤 4시부터 마술 극장 오픈

— 미친 자들만 입장 가능 —

입장료로는 이성을 지불할 것.

평범한 사람은 입장 불가. 헤르미네는 지옥에 있음.

인형극에 등장하는 인형은 공연하는 사람이 한순간 손에서 줄을 놓치면 잠시 뻣뻣하게 죽어 둔감한 상태로 있다가 곧 다시 살아나 인형극의 일부가 되어 춤을 추고 움직인다. 이와 마찬가지로 나도 마법의 줄에 이끌려 조금 전 지치고 아무런 의욕도 없는 늙은이로서 도망쳐 나왔던 그 난장판 속으로 이제 생기발랄하고 열정적인 젊은이가 되어 되돌아갔다. 어떤 죄인도 '지옥'을 향해 그렇게 서둘러 달려가지는 않았을 것이다. 방금 전까지 에나멜 구두가 아프게 죄어 왔고, 짙은 향수 냄새 때문에 구역질을 했으며, 실내의 열기 때문에 녹초 상태에 있었으나 지금은 탄력 있는 발걸음으로 민첩하게 원스텝을 밟으면서 모든 홀을 거쳐 '지옥'으로 달려갔다. 나는 마법으로 가득한 공기를 들이마셨고, 실내의 온기, 요란한 음악 소리, 황홀한 색채, 여자들의 어깨에서 나는 향기, 수백 명의 열광, 웃음소리, 춤의 박자, 불타는 눈빛들의 광채에 경쾌하게 실려 옮겨졌다. 스페인 댄서 복장의 여자 하나가 내 팔로 뛰어들었다. "나와 같이 춤춰요!" "안 돼." 내가 말했다. "난 지금 지옥으로 가야 해. 그러나 당신의 키스 정도는 기꺼이 받아 줄게." 가면 아래의 붉은 입술이 가까이 다가왔고, 키스를 하는 순간 비로소 그녀가 마리아라는 것을 알아챘다. 나는 그녀를 힘껏 껴안았다. 그녀의 풍만한 입술은 난숙한 한 송이 여름 장미처럼 피어나 있었다. 우리는 이제 입술을 포갠 채 춤을 추면서 파블로 곁을 지나갔다. 파블로는 정겹게 울부짖는 관악기 소리에 빠져 있었고 광채를 내며 반쯤 취해 있는 아름다운 짐승의 눈길로 우리를 바라보았다. 그러나 우리가 스무 스텝도 채 밟기 전에 음악이 끝났고, 나는 껴안고 있던 팔에서 마리아를 마지못해 놓아주었다.

"당신과 한 번 더 춤추고 싶어." 나는 그녀의 온기에 도취되어 말했다. "몇 스텝만 더 밟고 싶다고, 마리아. 나는 너의 아름다운 팔에 푹 빠져 버렸어, 너의 팔을 잠시만 더 붙잡고 싶어! 아 참, 그런데 헤르미네가 나를 소환했어, 그녀는 지금 '지옥'에 있거든."

"그럴 거라고 짐작했어. 안녕, 하리. 나는 당신을 마음에 계속 간직할 거야." 마리아는 내게 작별 인사를 했다. 여름 장미가 흐드러지게 피어나 진한 향기를 풍기면서 환기시킨 것은 바로 작별이었고, 가을이었고, 운명이었다.

나는 발걸음을 재촉해 연인들로 가득한 긴 복도를 지나고 층계를 내려가 '지옥'으로 들어섰다. 그곳에는 칠흑같이 어두운 벽면마다 현란하면서 음산한 분위기를 자아내는 불빛이 켜져 있었고 '악마의 악단'이 열정적으로 연주하고 있었다. 술집용 높은 의자에는 가면을 쓰지 않은 연미복 차림의 잘생긴 청년이 하나 앉아 조롱이 담긴 눈길로 잠시 나를 유심히 쳐다보았다. 나는 춤의 소용돌이에 휩쓸려 벽으로 밀려났는데, 그 좁은 공간에 어림잡아 스무 커플이 춤을 추고 있었다. 나는 욕정과 함께 불안도 느끼면서 여자들을 하나하나 살펴보았다. 대부분은 여전히 가면을 쓰고 있었고 몇몇은 나를 향해 웃음을 보였으나, 어떤 여자도 헤르미네는 아니었다. 그 잘생긴 청년은 술집용 의자에서 계속 조롱이 담긴 눈길로 내 쪽을 쳐다보았다. 다음 휴식 시간이 시작되면 헤르미네가 다가와서 나를 불러 줄 거라는 생각이 들었다. 하지만 춤이 끝났는데 아무도 다가오지 않았다.

나는 천장이 낮은 이 작은 방의 한쪽 구석에 마련되어 있는 주문대로 갔다. 그리고 청년이 앉은 의자 옆에 서서 위스키를 주문해 들이키면서 청년의 옆모습을 쳐다보았다. 아주 오래전부터 간직해 온 얼굴, 베일처럼 뿌연 세월의 먼지에 덮여 더욱 소중한 사진 속 얼굴처럼 어쩐지 낯익고 매력적이었다. 아, 그때 불현듯 생각났다. 그것은 바로 헤르만, 나의 젊은 날의 친구였다!

"헤르만!" 나는 주저하는 목소리로 이름을 불러 보았다.

그가 미소를 지었다. "하리? 나를 드디어 찾아낸 거야?"

헤르미네였다. 그녀는 머리 모양을 살짝 바꾸고 가볍게 화장을 했을 뿐이었는데, 총명한 얼굴이 요즘 유행하는 깃을 세운 칼라에서 솟아난 듯 독특하고 창백한 매력을 풍겼다. 자그마한 손이 넓고 검은 연미복 소매와 하얀 소맷부리 밖으로 삐져나와 있었고, 검은색 긴 바지 끝에서는 검은색과 흰색이 섞인 남성용 실크 양말을 신은 발이 너무나 귀엽게 모습을 드러냈다.

"헤르미네, 나를 반하게 만들겠다는 그 의상이야?"

그녀가 고개를 끄덕이며 말했다. "우선 몇몇 부인을 반하게 만들었지. 이제 당신 차례야. 우선 샴페인을 한 잔 마실까?"

우리는 술집용 높은 의자에 웅크리고 앉아 샴페인을 마셨다. 옆에서는 뜨겁고 격렬한 현악곡이 울리는 가운데 사람들이 계속 춤을 추었다. 그리고 헤르미네가 별로 노력을 기울인 것 같지도 않은데 나는 그녀에게 금방 빠져들었다. 그녀가 남자 복장을 하고 있어서 그녀와 춤을 즐길 수는 없었고 애무나 대담한 행동은 더더욱 할 수 없었다. 남장 차림의 그녀는 다소 거리감이 느껴지고 중성적인 인상을 주었으나, 눈길과 말투, 몸짓에서는 온통 여성적인 매력을 발산하며 나를 감쌌다. 나는 별로 접촉하지 않았는데도 벌써 그녀의 마법에 굴복했다. 그리고 그 마법은 그녀의 역할에서 발산되는, 양성(陽性)적인 것이었다. 나는 그녀와 헤르만에 대해, 나의 어린 시절과 그녀의 어린 시절에 대해, 성적 성숙기에 접어들던 예전 시절에 대해 이야기를 나누었다. 그 시기 청소년의 사랑은 남녀라는 두 개의 성을 포용하는 것은 물론 감각적인 것이든 정신적인 것이든 모든 것을 포용하는 능력이 있었고, 모든 것에 사랑의 마법을 던지며, 나아가 모든 것에 동화 같은 변신의 능력을 부여할 능력이 있었다. 이런 자질은 보통 정말 소수의 선택된 자들이나 시인들의 경우에나 나이 들어서도 이따금 발휘된다. 헤르미네는 철두철미한 청년의 역할을 하면서, 담배도 피우고 가볍고 재기 넘치는 수다도 떨었으며 때로는 다소 조롱이 담긴 농담도 즐겼다. 하지만 그 모든 것은 에로스로 충만했고, 그 모든 것은 내 감각에 이르는 동안 사랑스러운 유혹으로 바뀌었다.

그동안 나는 헤르미네에 대해 제대로 잘 알고 있다고 생각했으나, 그날 밤 그녀는 완전히 새로운 모습을 보여 주었다! 그녀는 나를 포획하는 욕망의 그물을 더없이 부드럽고 은밀하게 던져 놓고 능란하게 물의 요정처럼 행동하면서 내가 달콤한 독을 들이키도록 했던 것이다!

우리는 앉아 수다를 떨면서 샴페인을 마셨다. 그러다가 자리에서 일어나 모험적인 탐험가처럼 무도회 방들을 이리저리 어슬렁거리면서 관찰했고, 사랑의 유희를 벌이는 커플들을 찾아내 그들의 유희를 엿보기도 했다. 헤르미네는 나더러 몇몇 여자를 지목하면서 그들과 춤을 추라고 요구했고, 파트너에 따라 선별적으로 써먹을 수 있는 유혹 기술도 조언해 주었다. 우리는 여자를 두고 경쟁하는 연적인 양 행동하면서 한동안 같은 여자에게 달라붙어 번갈아 가며 그녀와 춤을 추고 서로 그녀를 차지하려고 했다. 하지만 그 모든 것은 단지 가면극, 우리 두 사람의 유희에 불과했고, 우리는 더욱 긴밀하게 결합되고 서로를 향한 정열은 더욱 타올랐다. 그 모든 것이 동화였고, 한 차원 더 풍성하고 더 의미 깊은 것이었으며, 유희였고 상징이었다. 우리는 다소 고뇌도 있고 불만도 있어 보이는 매우 아름다운 아가씨에게 눈길이 갔다. '헤르만'은 그녀와 함께 춤을 추었고 그녀를 좀 생기 있게 해 주는가 싶더니, 이내 그녀와 함께 샴페인이 제공되는 통로로 사라졌다. 나중에 들은 설명에 따르면 헤르미네는 그때 그 여인을 남자로서가 아니라 여자로서, 다시 말해 레즈비언의 마법으로 정복했다고 한다. 한편 내게도 이제 홀마다 시끌벅적한 춤의 열기로 가득한 이 시끄러운 건물 전체 그리고 가면을 쓴 도취 상태의 사람들 모두가 서서히 근사한 꿈의 낙원으로 보이기 시작했다. 꽃마다 서로 향기를 풍기며 유혹했고, 나는 과일마다 잘 익었는지 확인하려고 손가락으로 이것저것 찔러 보았다. 초록빛 나무 그늘에서는 뱀들이 유혹의 눈빛으로 나를 쳐다보았고, 검은 늪에는 연꽃이 이리저리 떠다녔으며, 나뭇가지에서는 마법의 새들이 나를 유인했다. 그런데 그 모든 것은 나를 하나의 갈망하던 목표물로 이끌었고, 모든 것은 나를 하나뿐인 여인을 향한 동경으로 새롭게 채웠다. 한번은 낯선 아가씨와 춤을 추게 되었는데, 몸이 달아올라 구애를 하면서 그녀를 흥분과 도취로 몰아넣었다. 비현실적인 세계에 빠져들어 있는데, 그녀가 갑자기 웃음을 터뜨리며 말했다. "당신은 못 알아볼 정도로 변했네. 아까 저녁때는 그렇게 멍청하고 무뚝뚝하게 굴더니." 나는 그제야 그녀를 알아보았다. 몇 시간 전 나더러 '늙은 불평꾼'이라고 말한 그 아가씨였다. 그녀는 이제 나를 손에 넣었다고 생각했겠지만, 다음 춤이 시작되자 나는 벌써 다른 아가씨에게 달라붙어 열을 냈다. 그러면서 두 시간 남짓 계속해서 춤을 추었는데, 배운 적 없는 춤까지도 추었다. 곁에는 늘 미소를 띤 청년 헤르만이 따라다니면서 고개를 끄덕이고 혼잡한 무리 가운데로 사라지곤 했다.

애송이 처녀나 보통 학생도 다 아는 것이지만 나로서는 오십 평생 제대로 맛보지 못했던 것을 이날 무도회 밤에 체험할 수 있었다. 그것은 축제의 체험, 축제 공동체의 도취 상태, 군중 속에서 개인의 소멸이라는 비밀, 환희의 신비적 합일이었다. 그것에 관한 이야기는 나도 자주 들었고 심지어 모든 하녀가 아는 것이었다. 사람들은 종종 그런 이야기를 할 때면 눈을 반짝였고, 그럴 때면 나는 반쯤은 우월감에서 반쯤은 부러운 마음에 미소를 지어 보였다. 나는 살아오면서 무아지경에 빠진 자의 도취한 눈에서 나오는 광채, 자신에게서 해방된 자의 눈에서 나오는 광채, 공동체에 도취된 자의 미소와 반쯤 광기 어린 몰입 상태를 고상한 경우든 천박한 경우든 가리지 않고 수없이 목격했다. 그런 광채는 술 취한 신병들과 선원들뿐만 아니라 이를테면 성대한 공연의 열광에 사로잡힌 위대한 예술가들과 전쟁에 나서는 젊은 군인들에게서도 이에 못지않게 볼 수 있었다. 최근에도 행복에 겨워 황홀경을 경험하는 자가 보이는 저 광채와 미소를 감탄과 애정, 조롱과 부러움으로 바라본 적이 있다. 바로 나의 친구 파블로가 악단에서 행복하게 연주에 도취해 색소폰을 불어대거나 넋을 잃고 지휘자, 드럼 연주자, 밴조 연주자를 쳐다볼 때면 그런 광채와 미소가 보였다. 가끔 나는 그런 광채, 어린아이 같은 미소는 아주 젊은 사람들이나 개인의 강한 개성화 혹은 세분화를 허용하지 않는 민족들에서나 가능하다고 생각했다. 하지만 그 축복의 밤에는 '황야의 이리'인 하리 역시 그와 같은 환한 미소를 띠었다. 바로 나 자신이 깊고 천진난만하며 동화 같은 그 행복 속에서 헤엄치고 있었다. 그동안 어떤 학생이 무도회에 대한 이야기를 하면서 그 모든 것을 찬미할 때면 조롱하는 마음과 알량한 우월감을 갖고 들었던 내가 지금은 축제 공동체, 음악, 리듬, 포도주, 성적 쾌락으로 이루어진 그 달콤한 꿈과 도취 상태를 흡입하고 있었다. 나는 더 이상 내가 아니었고, 나의 개성은 축제의 도취 속에서 물속의 소금처럼 용해되었다. 나는 이 여자 저 여자와 춤을 추었다. 그러나 내가 팔에 안고 머릿결이 찰랑대는 소리를 들으며 그 향내를 맡고 있는 여자는 이들뿐만이 아니었다. 나와 같은 공간에서 같은 춤을 추고 같은 음악을 들으며 흐느적거린 모든 여자, 환상적인 꽃처럼 환하게 빛나는 얼굴을 하고 내 곁을 스쳐 간 모든 여자가 내게 속했다. 나도 그 모든 여자에게 속했고, 우리는 모두 서로를 공유했다. 그리고 남자들도 거기에 속했다. 나는 그들의 일부였고, 그들 역시 내게 낯선 존재가 아니었다. 그들의 미소는 나의 미소였고, 그들의 구애는 나의 구애였으며, 나의 미소와 구애 역시 그들의 것이었다.

그해 겨울에는 〈여닝〉이라는 새로운 폭스트롯 댄스곡이 세상을 정복하고 있었다. 이 댄스곡이 거듭 연주되었고 사람들은 번번이 이 댄스곡을 요청했다. 모두가 이 곡에 흠뻑 취했고, 너나없이 넋을 잃고 멜로디를 흥얼거렸다. 나는 여자를 만날 때마다 쉬지 않고 같이 춤을 추었다. 어린 소녀, 막 피어나는 젊은 아가씨, 여름 과일처럼 농익은 여자, 애처롭게도 쓸쓸하게 시들어 가는 여자 등 가리지 않았다. 모든 여자에게 매료되었고, 웃고, 행복해하며, 환한 미소를 지었다. 나를 늘 아주 불쌍하고 가엾은 녀석으로 여겼던 파블로는 내가 그토록 환하게 빛나는 모습을 보고는 눈빛을 반짝이며 기쁜 표정으로 쳐다보았다. 그러더니 감격해 오케스트라 석에서 벌떡 일어나 의자 위로 올라서서

볼이 불룩해질 정도로 격렬하게 호른을 불어 댔고, 댄스곡 〈여닝〉의 박자에 맞춰 몸과 악기를 행복에 겨워 마구 흔들어 댔다. 나와 내 댄스 파트너는 그에게 손 키스를 보내며 큰 소리로 노래를 따라 불렀다. 그러면서 나는 생각했다. 아, 내게 무슨 일이 일어난다 하더라도 한 번은 이렇게 행복했노라고. 나도 한 번은 이렇게 환하게 빛났고 나 자신에게서 해방되었으며 파블로의 형제가 되고 어린아이가 되었노라고.

나는 시간 감각을 잃어버렸다. 내가 경험하는 무아지경의 행복이 몇 시간 또는 얼마 동안이나 지속되었는지 알 수 없었다. 축제가 더욱 열기를 띠면서 건물 내 점점 더 좁은 공간으로 집중되고 있다는 사실도 알아차리지 못하고 있었다. 대부분의 사람은 벌써 가 버렸고 복도도 조용해진 상태였으며 전등도 대부분 꺼져 있었다. 위층으로 올라가는 층계에도 아무런 인기척이 없었고, 위층 방들에서 연주하던 소규모 밴드들도 한 팀 한 팀 연주를 끝내고 가 버린 상태였다. 중앙 댄스홀과 지하의 '지옥'에서만 열기가 서서히 고조되었고, 다채로운 축제의 도취 상태가 떠들썩하게 계속되었다. 나는 청년 복장을 한 헤르미네하고는 춤을 출 수 없었으므로 단지 쉬는 시간에만 잠시 만나 인사를 나누었다. 그러다가 나중에는 내 시야에서뿐만 아니라 내 생각에서도 완전히 사라졌다. 내게는 더 이상 생각이라는 것이 없었다. 나라는 존재는 완전히 해체되어 몽롱한 춤의 광란 속에서 허우적대고 있었다. 향기와 소리, 한숨, 말소리에 감동하기도 하고 낯선 사람들이 눈으로 하는 인사에 고무되기도 하며 낯선 얼굴들, 입술들, 뺨들, 팔들, 가슴들, 무릎들에 둘러싸이기도 하고 음악의 박자에 따라 물결처럼 이리저리 흔들거리기도 했다.

그러다가 순간적으로 의식이 반쯤 깨어났다. 그때 음악이 여전히 흐르는 작은 홀 하나를 가득 채운 마지막 남은 손님들 가운데서 새하얗게 화장한 얼굴, 검은 머리카락의 피에로가 갑자기 눈에 들어왔다. 아름답고 청순한 인상의 그 아가씨는 혼자 얼굴에 가면을 쓰고 있었는데, 이날 밤 내가 만나 본 적 없는 매혹적인 인물이었다. 다른 사람들은 모두 벌겋게 달아오른 얼굴, 구겨진 의상, 축 처진 옷깃과 주름들에서 늦은 시간까지 즐긴 기색이 역력했으나, 검은 머리카락의 피에로는 가면 아래 새하얀 얼굴에다 주름 하나 없는 의상, 말끔한 깃 장식과 온전한 커프스, 새로 손질한 머리를 하고 산뜻한 모습으로 등장했다. 나는 그녀에게 구미가 당겨 두 팔로 끌어안고 춤을 추었다. 그녀의 주름장식 옷깃이 향기를 내며 내 턱을 간질였고 그녀의 머릿결이 내 뺨을 스쳤다. 그녀의 팽팽하고 젊음 넘치는 육체는 그날 밤 만난 어떤 파트너보다 더 섬세하고 은근하게 나의 움직임에 호응했다. 매번 내 동작에 따라 살짝 물러났다 능숙하게 다가오면서 언제나 새로운 접촉을 유도했다. 그러다가 내가 고개를 숙여 그녀에게 입을 맞추려고 하자, 갑자기 그 입이 우월감에 넘치고 친숙한 미소를 지었다. 나는 마침내 그 야무진 턱을 알아보았고, 어깨와 팔꿈치, 손까지도 알아보면서 행복해했다. 헤르미네였다. 그녀는 더 이상 헤르만이 아니었고, 지금은 옷을 갈아입고 가볍게 향수도 뿌리고 얼굴에 파우더도 발라 신선한 모습이었다. 우리는 열정적으로 입맞춤을 나누었고, 그녀는 순간적으로 욕망에 사로잡힌 듯 온몸을 아래쪽 무르팍에 이르기까지 내 몸에 바싹 붙이기도 했다. 그러다가 그녀는 입술을 떼고 소극적인 자세로 약간 물러서서 춤을 추었다. 음악이 멈추었을 때도 우리는 여전히 부둥켜안은 상태였다. 주변의 한껏 달아오른 커플들은 박수를 치고 발을 구르고 소리를 지르면서 지친 상태의 밴드를 향해 〈여닝〉을 한 번 더 연주해 달라고 부추겼다. 이제 우리는 갑자기 아침이 밝아 오는 것을 느꼈고 커튼 뒤에서 희미한 빛이 새어 드는 것을 보았다. 우리는 향락이 거의 끝나가고 있음을 감지하고 피로가 엄습하는 것을 느꼈지만, 웃음을 터뜨리기도 하고 절망스러워하면서 다시 한번 춤과 음악, 빛의 향연 속에 맹목적으로 뛰어들었다. 우리는 커플끼리 서로 몸을 밀착한 채 박자에 맞춰 미친 듯 스텝을 밟았고, 환희의 파도가 다시 한번 행복하게 우리를 덮치는 것을 느꼈다. 이 마지막 춤을 출 때 헤르미네는 우월감도 조롱도 냉정함도 내버렸다. 이제 나의 사랑을 얻기 위해 더는 아무것도 할 필요가 없음을 알았던 것이다. 이미 나는 그녀의 것이었다. 그리고 그녀는 춤, 시선, 키스, 미소에 몰입해 있었다. 그 흥분된 밤의 모든 여자, 나하고 춤을 춘 모든 여자, 내가 타오르게 한 모든 여자, 나를 타오르게 한 모든 여자, 내가 구애하면서 접근한 모든 여자, 내가 사랑의 동경을 품고 바라본 모든 여자, 그들 모두가 지금은 녹아내려 한 여자가 되었고, 나의 품에 안겨 피어나고 있었다.

결혼과도 같은 그 짝짓기 춤은 오랫동안 계속되었다. 음악은 두 번, 세 번 반복되면서 느슨해졌다. 관악기 연주자들은 악기를 내려놓았고 피아노 연주자는 자리에서 일어났으며 제1바이올린 연주자는 거절의 의미로 고개를 가로저었다. 하지만 마지막까지 남아 춤추는 자들의 간절한 아우성에 못 이겨 밴드는 힘을 내어 한 번 더 연주를 시작했고, 연주는 전보다 빠르고 거칠어졌다. 모두가 다시 서로를 얼싸안고 최후의 열광적인 춤을 추고 나서 거칠게 숨을 몰아쉬고 있을 때, 마침내 피아노 뚜껑이 쾅 소리를 내며 닫혔고, 춤추던 사람들의 팔도 관악기 연주자와 바이올린 연주자의 팔처럼 아래로 축 늘어졌다. 플루트 연주자는 눈을 깜빡이며 플루트를 케이스에 집어넣었다. 홀의 문들이 열리고 차가운 공기가 실내로 들어왔다. 종업원들이 손님들의 외투를 챙겨 왔고, 바텐더는 불을 껐다. 모두가 유령처럼 몸서리를 치면서 흩어졌다. 방금 전까지 뜨겁게 달아올라 춤추던 사람들은 몸을 부르르 떨면서 얼른 외투를 걸치고 옷깃을 세웠다. 그런데 헤르미네는 창백한 얼굴에 미소를 머금고 서 있었다. 그녀가 천천히 팔을 들어 머리를 뒤로 쓸어 넘기는 동안 그녀의 겨드랑이가 불빛을 받아 빛났고 더없이 부드럽고 옅은 그림자 선이 옷에 감추어진 가슴에 이르기까지 드리워졌다. 내가 보기에 그녀의 모든 매력, 그녀의 아름다운 육체가 만들어 내는 모든 유희와 가능성이 살포시 움직이는 그 작은 그림자 선에 집약되어 미소를 띠며 머물고 있는 듯했다.

그 공간, 아니 건물 전체에서 마지막으로 남은 우리는 서서 서로를 바라보았다. 아래층 어딘가에서 문이 닫히는 소리, 유리잔

이 깨지는 소리, 점점 멀어지는 키득거리는 소리가 났고, 거기에 섞여 자동차의 날카로운 시동 소리도 들려왔다. 거리나 높이를 가늠하기 힘든 어디선가 웃음소리도 들려왔는데, 무척 밝고 명랑하면서도 소름 돋게 하는 낯선 웃음소리였다. 그 웃음소리는 수정이나 얼음장처럼 밝게 빛나면서도 차갑고 냉담했다. 그런데 그 기이한 웃음소리가 어째서 친숙하게 들렸을까? 나는 그 이유를 알 수 없었다.

우리 두 사람은 여전히 선 자세로 서로를 쳐다보았다. 그러다가 나는 한순간 깨어나 정신을 차렸다. 갑자기 뒤쪽에서부터 엄청난 피로가 엄습하는 것을 느꼈다. 온통 땀에 젖은 옷이 축축하고 미지근하게 몸에 달라붙어 불쾌감이 일었고, 구겨지고 땀이 밴 소맷부리 아래에서는 핏줄이 빨갛게 솟아오른 두 손이 삐죽 나와 있었다. 하지만 헤르미네가 눈길을 한 번 주자 이런 상태는 말끔하게 사라졌다. 내 영혼의 거울 같은 그녀의 시선 앞에서 모든 현실, 그녀를 향한 나의 감각적인 욕망까지 포함한 모든 현실이 무너져 내렸던 것이다. 우리는 마법에 걸린 듯 서로를 바라보았고, 불쌍한 나의 작은 영혼이 나를 쳐다보았다.

"당신은 준비되었어?" 헤르미네가 물었다. 그녀의 젖가슴 위에 드리워졌던 그림자가 사라졌고, 그녀의 미소 역시 사라졌다. 저 멀고 높은 곳, 미지의 공간에서 들려오던 그 낯선 웃음소리도 더는 들리지 않았다.

나는 고개를 끄덕였다. 그렇다, 나는 준비가 되어 있었다.

그 순간 악사 파블로가 문가에 모습을 드러냈고 기쁨 가득한 두 눈을 반짝이면서 우리를 쳐다보았다. 그의 눈은 근본적으로 짐승의 두 눈이었다. 그런데 짐승의 눈은 언제나 진지한 반면, 파블로의 두 눈은 언제나 웃음을 띠고, 이런 웃음이 그의 두 눈을 사람의 눈으로 바꾸어 놓았다. 그는 온 진심을 담아 다정하게 우리에게 따라오라는 신호를 보냈다. 그는 화려한 색상의 실크 재킷을 걸치고 있었는데, 빨간 옷깃 위로 드러난 셔츠의 칼라는 축 늘어져 있고 피로에 지친 창백한 얼굴은 시들고 힘이 빠진 듯했으나 반짝거리는 검은 두 눈이 이 모든 인상을 지워 버렸다. 그의 검은 두 눈 역시 현실을 소멸시키고 마법을 불러왔다.

우리는 그의 눈짓을 따라 다가갔고, 문 아래에서 그는 내게 이렇게 속삭였다. "하리 형제, 당신을 작은 유흥에 초대하고 싶어요. 미친 자들만 입장할 수 있고, 입장료로 이성을 지불해야 합니다. 당신은 준비되었나요?" 나는 또다시 고개를 끄덕였다.

사랑스러운 녀석! 그는 다정하면서도 조심스럽게 오른손으로는 헤르미네의 팔을, 왼손으로는 내 팔을 잡았다. 이어 그는 계단을 지나 작고 둥근 방으로 우리를 안내했다. 그 방은 위에서 푸른색 조명이 비치는 거의 텅 빈 공간이었고, 안에는 작고 둥근 테이블 하나와 안락의자 세 개만 덩그러니 놓여 있었다. 우리는 의자에 가서 앉았다.

우리는 어디에 와 있는 것일까? 나는 잠이 든 것일까? 집에 도착한 것일까? 아니면 자동차를 타고 달리고 있는 것일까? 아니, 나는 푸른 불빛이 비치는 둥근 공간에, 희박해진 공기 속에, 그리고 매우 조밀하지 않은 현실의 층위에 있었다. 그런데 헤르미네는 도대체 왜 저렇게 창백한 얼굴일까? 파블로는 왜 저토록 말이 많은 걸까? 어쩌면 내가 저 친구에게 많은 말을 하도록 한 것 아닐까? 헤르미네의 회색 눈동자와 마찬가지로 저 친구의 검은 눈동자에서도 나를 바라보고 있는 것은 나 자신의 영혼, 길을 잃고 두려움에 떠는 새가 아닐까?

우리의 친구 파블로는 선하면서도 다소 의례적인 다정함을 보이며 우리를 쳐다보았고 오랫동안 상당히 많은 말을 했다. 나는 그동안 이 친구가 앞뒤 맥락이 맞는 이야기를 하는 걸 들어본 적이 없고, 이 친구는 어떤 사안에 대해 토론하거나 견해를 표명하는 데 관심이 없고 도대체 생각이라는 것을 할 줄 모른다고 여겨 왔다. 그런 친구가 지금은 말을 하고 있었다. 특유의 선량하고 따뜻한 목소리로 유창하고 완벽하게 한바탕 연설을 하고 있었다.

"친구들, 그대들을 하리가 오래전부터 바라고 꿈꾸었던 유흥으로 초대하고자 합니다. 좀 늦은 시간이고, 우리는 모두 어쩌면 좀 피곤한 상태겠죠. 그러니 우선 여기서 잠시 휴식을 취하면서 원기를 돋웁시다."

그는 움푹 들어간 벽감에서 작은 유리 잔 세 개, 진기한 형태의 작은 병 하나, 알록달록한 나무 재질의 작은 이국풍 상자 하나를 꺼냈다. 그러고 나서 병에 든 액체를 잔에 따르고 이어 작은 상자에서 가늘고 긴 노란색 담배 세 개비를 꺼낸 다음, 실크 재킷에서 라이터를 꺼내 우리에게 불을 붙여 주었다. 우리는 모두 안락의자에 편안하게 기대고 앉아 유황만큼이나 짙은 연기를 내는 담배를 천천히 피웠고, 떫고 달콤하고 야릇한 맛이 나는 낯설고 수상쩍은 액체를 한 모금씩 천천히 마셨다. 그러자 몸 안이 마치 가스로 채워지고 중력을 잃어버린 듯 정말 새로운 활력과 무한한 행복감이 밀려왔다. 그렇게 몇 모금씩 담배를 피우고 편안하게 휴식을 취하며 잔에 들어 있는 액체를 홀짝거리다 보니, 모두 기분이 가벼워지고 유쾌해졌다. 그러자 파블로가 따뜻한 목소리로 하는 말이 둔중하게 들려왔다.

"친애하는 하리, 오늘 당신을 조금이나마 접대할 수 있어 기쁩니다. 당신은 종종 삶에 염증을 내고 이곳에서 벗어나려 했어요, 안 그런가요? 당신은 이 시대, 이 세계, 이 현실을 떠나 당신에게 더 잘 맞는 다른 현실, 시간을 초월한 세계로 들어가기를 동경했어요. 이제 그렇게 하세요, 사랑하는 친구, 내가 그 세계로 당신을 초대했거든요. 물론 당신은 이 다른 세계가 어디에 숨겨져 있는지 알게 되었어요. 당신이 찾고 있는 세계는 바로 당신 영혼의 세계라는 것을 알게 된 거죠. 당신이 동경하는 저 다른 현실은 오직 당신 자신의 내면에만 살아 있습니다. 나는 당신 안에 이미 존재하지 않는 것은 그 어떤 것도 보여 줄 수 없어요. 당신 영혼의 갤러리가 아닌 다른 어떤 갤러리의 문도 열어 보일 수 없고요. 당신에게 기회, 자극, 열쇠 외에는 아무것도 줄 수 없어요. 당신에게 당신의 세계를 열어 보이는 것밖에는 아무것도 할 수 없어요. 내가 할 수 있는 것은 그게 전부입니다."

그는 화려한 색상의 재킷 주머니에 다시 손을 넣더니 둥근 손거울 하나를 꺼냈다.

"보세요. 지금까지 당신은 이렇게 당신 자신의 모습을 보아 왔어요!"

그러면서 그는 그 작은 거울을 내 눈앞에 갖다 댔다. (〈거울, 내 손의 작은 거울아〉라는 어릴 때 들었던 구절이 떠올랐다.) 거울 속에서 나는 다소 흐릿하고 희미하지만 섬뜩한 형상, 내적으로 동요하고 급격하게 활동하면서 부글부글 들끓는 형상을 하나 보았다. 그것은 바로 나 자신, 하리 할러였다. 그리고 하리 할러의 내부에는 황야의 이리, 소심하고 잘생겼지만 길을 잃고 잔뜩 겁먹은 이리가 때로는 음흉하게 때로는 우수에 젖은 눈을 번득이고 있었다. 하리를 통해 그 이리의 형상이 끊임없이 움직이면서 흘러나오고 있었다. 마치 강물에 다른 색깔의 지류가 흘러들어 강물을 휘젓고 탁하게 만드는 것 같았다. 둘은 서로 고통스럽게 싸우고 서로 잠식하면서 완전한 형태를 이루길 동경하지만, 그런 동경은 실현되지 않았다. 반쯤 형태를 이루어 흘러가는 이리는 아름답고 수줍은 눈으로 슬프게 나를 쳐다보았다.

"당신은 이렇게 당신 자신의 모습을 보아 왔어요." 파블로는 부드러운 목소리로 자신이 한 말을 반복하고 거울을 주머니에 다시 집어넣었다. 나는 고마움을 표시한 뒤 두 눈을 감고 그 신비의 영약(靈藥)을 한 모금 더 마셨다.

"우리는 이제 충분히 휴식을 취했습니다." 파블로가 말했다. "원기도 돋우고 수다도 좀 떨었죠. 그러니 피곤하지 않다면 이제 당신들을 나의 요지경 상자로 안내해 나의 작은 극장을 보여 드리고자 합니다. 그렇게 할까요?"

우리는 자리에서 일어났고, 파블로는 미소를 지으며 앞장서 길을 안내했다. 그가 문을 하나 열고 커튼을 젖혔다. 우리는 어떤 극장의 복도, 둥근 말굽 모양의 복도 한가운데 서 있었다. 곡선 형태의 복도 양쪽 면을 따라 칸막이 특별석으로 들어가는 정말 많은 좁은 출입문이 연결되어 있었다.

"이곳이 우리의 극장입니다." 파블로가 설명했다. "즐거움을 선사하는 극장이죠. 당신은 이곳에서 웃음을 선사하는 온갖 다양한 것을 발견할 수 있을 겁니다." 그는 이렇게 말하면서 큰 소리로 웃었다. 그의 웃음은 단 몇 음절에 불과할 정도로 짧았으나 내게 격렬한 반응을 일으켰다. 조금 전 홀 위쪽에서 울렸던 명랑하면서도 낯선 바로 그 웃음소리였던 것이다.

"나의 작은 극장에는 칸막이 특별석으로 통하는 문이 많습니다. 열이든 백이든 천이든 여러분이 원하는 만큼 있고, 어떤 문이든 들어서면 여러분이 찾는 것이 기다리고 있어요. 진기한 것들이 들어 있는 예쁜 진열장이라고 할 수 있지요, 사랑하는 친구. 하지만 당신이 현재 그대로의 모습으로 이곳을 돌아다니는 건 당신에게 전혀 도움이 안 될 것입니다. 당신은 보통 개성이라고 불러 왔던 것에 방해를 받고 현혹될 테니까요. 내 생각에 당신은 '시간의 극복'이라고 부르든 '현실로부터의 구원'이라고 부르든 당신이 동경하는 바는 이른바 당신의 개성에서 벗어나는 것임을 분명히 오래전부터 짐작했을 겁니다. 당신의 개성이라는 것은 당신이 갇혀 있는 감옥이니까요. 따라서 만약 당신이 현재 그대로의 모습으로 극장에 들어간다면 하리의 눈을 통해,

황야의 이리가 쓴 낡은 안경을 통해 모든 것을 보게 될 겁니다. 그 안경을 벗고 당신의 그 존경스러운 개성을 기꺼이 이곳 외투 보관소에 맡기도록 당신을 이곳에 초청한 것입니다. 당신은 원할 때 언제든지 다시 찾을 수 있어요. 당신이 즐겼던 멋진 무도회의 밤, 「황야의 이리에 관한 소논문」, 마지막으로 우리가 조금 전에 들이켰던 작은 흥분제를 통해 당신은 충분히 준비되었을 겁니다. 그 소중한 개성만 벗어던진다면, 하리, 당신은 극장 왼쪽으로 어디든지 자유롭게 갈 수 있고 헤르미네는 오른쪽으로 갈 수 있으며, 안에서 두 사람은 원하는 때 마음대로 만날 수도 있습니다. 헤르미네, 당신은 잠시만 커튼 뒤로 가 있어, 나는 먼저 하리를 안내해 드리고 싶어."

헤르미네는 바닥에서 궁륭 천장까지 뒷벽 전체를 차지하고 있는 거울을 지나 오른쪽으로 사라졌다.

"자, 하리, 이제 따라오세요, 그리고 좋은 기분을 유지하세요. 당신의 기분을 좋게 하고 당신에게 웃는 법을 가르쳐 주는 것이 이 모든 행사의 목적입니다. 그러니 내 일이 순조롭게 이루어지도록 협조해 주었으면 해요. 지금 당신 기분이 좋은 거죠? 맞죠? 혹시 불안하진 않나요? 그렇다면 좋아요, 아주 좋습니다. 당신은 이제 아무 두려움 없이, 진심으로 즐거워하며 우리의 가상 세계로 입장할 텐데, 우선 이곳 관습에 따라 작은 가상의 자살을 하도록 인도받습니다."

그는 작은 손거울을 다시 꺼내 내 얼굴 앞에 내밀었다. 몸부림치는 이리의 이미지가 뒤섞인 흐릿하고 혼란스러운 모습의 하리가 나를 쳐다보았다. 사실 이 친숙한 형상은 내게 정말 기분 좋은 것은 아니어서 없애 버린다고 크게 염려할 필요 없을 것 같았다.

"사랑하는 친구, 이제 당신은 더 이상 필요하지 않은 이 형상을 지우게 될 것이고, 그게 전부입니다. 당신은 기분이 허락하는 대로 이 형상을 솔직하게 웃으면서 바라보기만 하면 됩니다. 당신은 유머의 학교에 와 있는 것이고, 당신은 웃는 법을 배워야 합니다. 자, 모든 차원 높은 유머는 우선 자기 자신을 더는 심각하게 받아들이지 않는 데서부터 시작합니다."

나는 손에 든 작은 거울을 응시했다. 거기에서는 '하리 이리'가 경련을 일으키고 있었다. 한순간 마음속 깊은 곳에서 추억, 향수, 후회 같은 것이 잔잔하면서도 고통스럽게 경련하는 것을 느꼈다. 그러고 나서 그 가벼운 압박감은 사라지고 대신 새로운 느낌이 들어섰다. 나는 마치 코카인으로 턱을 마취시킨 상태에서 아픈 치아를 뽑아냈을 때처럼 안도하면서 심호흡하는 느낌이었고, 전혀 아프지 않은 것에 대해서도 탄복했다. 이런 느낌과 함께 기분이 상쾌해지고 웃고 싶은 충동까지 일어나서 결국 큰 구원을 선사하는 폭소를 터뜨리지 않을 수 없었다.

거울 속 흐릿한 형상은 한순간 번쩍하더니 이내 꺼져 버렸고, 작고 둥근 거울의 표면은 마치 불에 그슬린 듯 갑자기 잿빛으로 우둘투둘해지고 혼탁해졌다. 그러자 파블로는 웃으면서 거울 조각을 내던졌고, 거울 조각은 끝이 안 보이는 긴 복도 바닥을 굴러가다 시야에서 사라졌다.

"잘 웃었어, 하리." 파블로가 소리쳤다. "이제부터 당신은 불멸의 존재처럼 웃는 법을 배울 거야. 당신은 드디어 황야의 이리를 살해했어. 면도칼로는 불가능한 일이지. 그 녀석이 다시 살아나지 않도록 주의해야 할 거야! 이제 곧 당신은 그 어리석은 현실과 작별할 거야. 우리는 다음번에 형제의 잔을 나눌 만큼 벌써 막역한 사이가 되었어, 친애하는 하리, 오늘만큼 당신이 내 마음에 들었던 적이 없거든. 당신이 여전히 중요하게 여긴다면, 우리는 함께 철학을 말하고 음악에 대해, 모차르트와 글루크에 대해, 플라톤과 괴테에 대해 당신 마음이 흡족할 만큼 토론도 하고 이야기를 나눌 수 있을 거야. 예전에는 왜 그것이 가능하지 않았는지 이제 당신도 이해할 거야. 이제는 당신이 그렇게 할 수 있고, 오늘만큼은 황야의 이리에서 벗어날 수 있을 거야. 물론 당신의 자살은 최종적인 것이 아니기 때문에 이렇게 말할 수 있는 거야. 우리는 지금 마술 극장에 와 있는데, 이곳에는 현실은 없고 이미지들만 있어. 아름답고 유쾌한 형상들을 찾아보고, 그렇게 해서 당신이 그 의심스러운 개성에 더는 미련 없음을 보여 주라고! 혹시라도 그 개성을 회복하길 원한다면 지금 내가 보여 주는 거울을 쳐다보기만 하면 되는 거야. 하지만 당신은 '내 손에 있는 거울 하나가 벽에 있는 거울 두 개보다 낫다'는 옛 격언을 잘 알고 있겠지. 하하! (파블로는 또다시 근사하면서도 섬뜩한 웃음을 웃었다.) 자, 당신은 이제 작고 재미있는 의식 하나만 더 치르면 돼. 당신은 개성이라는 안경을 벗어 던졌으니 이제 이쪽으로 와서 제대로 된 거울을 한번 들여다보라고! 당신에게 즐거움을 선사할 거야."

파블로는 웃음을 터뜨리고 기묘하게 쓰다듬으면서 나를 돌려세웠고, 나는 거대한 벽거울과 마주 섰다. 거울 속에서 나는 나 자신을 보았다.

아주 짧은 순간 내게 익숙한 하리의 모습이 보였는데, 다만 매우 기분 좋고 밝고 웃는 얼굴을 하고 있었다. 하지만 내가 그를 알아차리자마자 그의 형상은 해체되었고 그에게서 두 번째 형상이 떨어져 나오는가 싶더니 세 번째, 열 번째, 스무 번째 형상이 떨어져 나왔다. 그래서 결국 거대한 거울 전체가 수많은 하리의 형상이나 하리의 조각들로 가득 채워졌고, 나는 조각들을 아주 잠깐만 보고도 하나하나 알아차릴 수 있었다. 그 많은 하리 중 몇몇은 나 정도 나이였고 몇몇은 좀 더 나이가 많아 보였으며, 몇몇은 아주 고령이었다. 그런가 하면 청년, 소년, 초등학생, 개구쟁이, 어린아이 등 아주 젊은 하리도 있었다. 쉰 살의 하리와 스무 살의 하리가 달려 나와 서로 뒤엉켜 달음박질을 했다. 서른 살 하리와 다섯 살 하리도 있었고, 진지한 하리와 쾌활한 하리, 위엄 있는 하리와 익살스러운 하리, 옷을 잘 차려입은 하리와 누더기를 걸친 하리, 그리고 아주 벌거벗은 하리도 보였다. 어떤 하리는 머리털이 하나도 없고 어떤 하리는 긴 곱슬머리였다. 그러나 그 모든 하리가 나였고, 그들 하나하나가 섬광처럼 내 눈앞에 나타났다 사라졌다. 그들은 이내 온 사방으로 흩어졌는데, 왼쪽과 오른쪽 가리지 않았고 거울 속 깊이 들어갔다 다시 거울 밖으로 튀어나오기도 했다. 그중 젊고 우아한 한 녀석은 웃으면서 파블로의 품에 뛰어들더니 그를 끌어안고는 함께 달아나 버렸다. 그리고 내 마음에 쏙 드는, 열여섯이나 열일곱 살 정도 되어 보이는 귀엽고 매력적인 녀석은 번개처럼 복도로 뛰어가더니 모든 문에 붙어 있는 글귀를 탐독했다. 나는 그의 뒤를 따라갔고, 그가 멈춰 선 문 앞에 서서 다음 글귀를 읽었다.

모든 소녀가 너의 것!
1마르크를 넣으시오

그 사랑스러운 소년은 좋아서 펄쩍 뛰더니 머리를 쑥 내밀고는 동전 투입구 쪽으로 달려갔고 이어 문 뒤로 사라졌다.

이제는 파블로도 사라졌고, 거울 또한 사라졌으며, 거울과 함께 수많은 하리의 형상도 다 사라진 듯했다. 이제 나는 나 자신과 극장에 홀로 내맡겨져 있음을 감지하고 호기심에 차서 문에서 문으로 옮겨 다녔다. 그리고 각 게시문의 글귀를 읽어 보았다. 그것은 유혹의 메시지이자 약속을 담고 있었다.

즐거운 사냥을 위해!
자동차 대사냥

이 글귀가 나를 유혹했고, 나는 좁은 문을 열고 안으로 들어갔다.

나는 곧바로 시끌벅적하고 흥분한 세계로 빠져들었다. 도로 위에서 자동차들이 일부는 장갑차 형태의 무장을 하고 질주하면서 보행자들을 사냥하고 있었다. 자동차들은 보행자들을 치고 지나가 곤죽으로 만드는가 하면 주택들 담장으로 밀어붙여 박살 내고 있었다. 나는 이 상황이 바로 인간과 기계 사이의 전쟁임을 알아차렸다. 이 전쟁은 오래전부터 준비되고 오래전부터 예상되었으며, 오래전부터 우려의 대상이 되었다가 마침내 발발한 것이었다. 시체와 갈기갈기 찢긴 육신들이 사방에 나뒹굴고, 박살 나고 찌그러지고 반쯤 타 버린 자동차의 잔해도 여기저기 널려 있었다. 그 황량한 아수라장 위로 항공기들이 선회하고 있었는데, 많은 지붕과 창문에서는 사람들이 항공기들을 향해 산탄총과 기관총 사격을 가했다. 벽면에는 화려하면서도 선동적인 내용의 플래카드들이 마구 내걸려 있었다. 횃불 모양으로 불타는 형태의 대형 글자들에는 기계에 대항해서 싸우는 인간들을 위해 이제 나서야 한다는 민족에 대한 요구가 담겨 있었다. 이제는 기계의 힘을 빌려 다른 사람들의 고혈을 짜내고 저 살찌고 번드르르한 옷차림에 향수 냄새를 풍기는 부자들을 처단해야 한다는 요구도 있었다. 아울러 부릉거리며 악마 같은 괴성을 뿜는 저들의 거대한 자동차들도 이제는 끝장내야 한다는 것이다. 마침내 공장에 불을 지르고 더럽혀진 땅을 어느 정도 정돈하고 인구를 줄여 풀이 다시 자라나게 하고 먼지투성이 시멘트 세상이 다시 숲과 초원과 들판과 시내와 늪지 같은 것으로 바뀌게 해야 한다는 요구도 있었다. 이에 반해 더 부드럽고 세련된 색깔로 멋지게 작성한 화려한 글씨체의 다른 플래카드들에는 아주 영리하고 위트 있는 내용이 가득했는데, 거기에서는 모든 유산자와 분별력 있는 사람들을 향해 닥치고 있는 무정부주의적 혼란에 대해 생생하게 경고하는 내용이 담겨 있었다. 또 질서, 노동, 소유, 문화, 권리의 축복을 실로 감동적으로 묘사하면서, 기계라는 것은 인간을 신으로 만들어 줄 인간의 최고 발명품이자 최종적인 발명품이라고 찬양했다. 나는 잠시 생각에 잠기기도 하고 감탄도 하면서 붉은 플래카드와 녹색 플래카드들을 읽어 내려갔다. 거기에 적힌 불꽃같이 뜨거운 웅변과 정연한 논리는 매우 강렬한 인상을 주었다. 플래카드의 주장들은 모두 나름대로 정당한 내용이었고, 나는 깊이 공감하면서 한 플래카드 앞에 섰다가 다른 플래카드로 옮겨 갔다. 다만 여전히 주변에서 들려오는 격렬한 총소리가 상당히 방해되었다. 이 시점에서 중요한 것이 무엇인지 분명해졌다. 그것은 전쟁이었다. 격렬하고 맹렬하며 매우 공감이 가는 전쟁이었다. 이 전쟁에서 중요한 것은 황제나 공화국, 국경, 깃발이나 색깔 등 어떤 장식적이고 연극적인 사안들, 근본적으로 쓸데없는 짓거리들이 아니었다. 중요한 것은 대기가 너무 희박하다는 것을 느끼고 삶의 즐거움을 잃어버린 사람들이 모두 자신의 권태를 격렬하게 표출하면서 양철조각 같은 문명 세계를 대거 파괴시키는 일에 나서고 있다는 점이었다. 나는 모든 사람의 눈에서 파괴 욕망과 살인 욕망이 너무나 밝고 솔직한 모습으로 웃는 것을 보았다. 내 안에서도 이처럼 붉고 투박한 꽃들이 탐스럽게 피어나 활짝 웃고 있었다. 나는 기쁜 마음으로 전투에 합류했다.

그런데 그 모든 것 중에서도 가장 좋았던 것은 지난 수십 년간 연락하지 않고 지낸 학창 시절 친구 구스타프가 갑자기 내 옆에 나타난 것이었다. 내 어린 시절 친구 중에서 가장 거칠고 가장 힘이 센, 그리고 삶에 대한 갈망이 남달랐던 친구다. 그의 담청색 두 눈이 옛날처럼 나를 향해 눈짓했을 때, 내 마음에도 웃음이 일었다. 그가 내게 신호를 보내자, 나는 기쁜 마음으로 즉시 그를 따라갔다.

"하느님 맙소사, 구스타프." 나는 행복에 겨워 소리쳤다. "자네를 다시 보다니! 그동안 어떻게 지냈어?"

그는 어린 시절에 그랬던 것처럼 기분 나쁘게 웃음을 터뜨렸다.

"멍청한 친구야, 만나자마자 그런 거나 묻고 지껄여야겠어? 나는 신학 교수가 되었지. 하지만 자네도 알다시피 지금은 다행히 신학 강좌 같은 것이 개설되지 않는다고, 녀석아, 지금은 전쟁이야. 자, 가 보세!"

바로 그때 작은 화물차 하나가 우리를 향해 덜커덩거리며 다가왔다. 구스타프는 트럭 운전사를 총으로 쏘아 떨어뜨리고는 원숭이처럼 잽싸게 차에 뛰어올라 차를 세우고 나를 차에 태웠다. 우리는 빗발치는 총탄과 뒤집어진 자동차들 사이를 악마처럼 민첩하게 헤치고 나가 시내로, 그리고 교외로 난 길을 마구 달렸다.

"자네는 공장주들 편에 선 거야?" 나는 친구에게 물었다.

"뭐 그런 걸 따지나, 그건 취향의 문제야. 도시 바깥으로 나가서 천천히 생각해 보자고. 아니, 잠깐만, 어느 쪽을 택하든 기본적으로 똑같겠지만, 오히려 우리가 다른 진영을 선택하는 게 좋겠다는 생각이 들어. 나는 신학자고, 내 선조인 루터는 당시 농민들 반대편에 서서 영주들과 부자들을 도왔는데, 우리는 지금 그걸 조금 수정하려고 해. 이 자동차는 형편없군, 몇 킬로미터만 더 버텨 주면 좋겠는데!"

우리는 하늘의 자식인 바람처럼 재빨리 차를 몰면서 조용한 녹색 풍경 속으로 들어가 몇 킬로미터를 달렸고, 이어 거대한 평원을 지나 험준한 산속으로 서서히 올라갔다. 우리는 그곳의 평평하고 희미하게 빛나는 도로에 차를 세웠다. 도로는 가파른 암벽과 야트막한 방벽 사이로 나 있는 위험한 커브 길을 지나 파란빛을 띠고 있는 호수 위쪽으로 이어졌다.

"아름다운 곳이야." 내가 말했다.

"아주 멋진 곳이야. 이곳은 '차축 도로'라고 부를 수도 있겠어. 이런 도로에서는 다양한 형태의 차축이 망가져 버릴 테니까. 꼬마 하리, 잘 지켜보라고!"

도로변에 거대한 소나무 한 그루가 서 있었고 소나무 위에 판자로 만든 오두막 같은 것이 하나 보였는데 망루였다. 구스타프는 나를 향해 파란 눈을 교활하게 깜빡이면서 밝게 웃었다. 우리는 얼른 차에서 내려 나무줄기를 타고 올라가 심호흡을 하면서 우리 마음에 쏙 드는 망루 안에 몸을 숨겼다. 망루 안에는 산탄총과 권총들, 탄약 상자가 있었다. 흥분을 좀 가라앉히고 막 사냥 자세를 취하고 있는데, 가장 가까운 커브 길에서 대형 리무진 한 대가 거칠고 위압적으로 경적을 울리면서 평평한 산길을 빠른 속도로 올라왔다. 우리는 벌써 손에 산탄총을 잡고 있었다. 매우 흥분되는 순간이었다.

"운전사를 조준해!" 구스타프가 재빨리 명령을 내렸다. 그 육중한 자동차가 우리 바로 아래를 지나고 있었다. 나는 벌써 운전사의 파란 모자를 겨냥하고 있었고, 바로 방아쇠를 당겼다. 운전사가 고꾸라졌고, 자동차는 부르릉거리며 얼마 더 달려가다 암벽에 부딪혀 반동으로 튕겨 나왔다. 이어 자동차는 덩치 큰 성난 벌처럼 나지막한 방벽에 다시 한번 강하게 부딪히더니 짧고 나지막한 폭음을 내며 방벽 너머 낭떠러지로 떨어졌다.

"해치웠군!" 구스타프가 웃으며 말했다. "다음 차량은 내가 맡겠어."

그러고 나서 바로 자동차 한 대가 달려왔다. 서너 명의 탑승자가 차량의 쿠션에 파묻히듯 앉아 있었고, 한 여자 탑승자가 머리에 쓰고 있는 담청색 베일이 뒤쪽으로 빳빳하게 수평으로 나부끼고 있었다. 나는 그것을 보면서 사실 마음이 무거웠다. 베일 너머에 더없이 아름다운 여자가 미소를 짓고 있을지 누가 알겠는가. 맙소사, 우리가 강도 역할을 한다고 해도 과거 무법자들의 위대한 모범을 따라 우리의 용감한 살인 욕구를 아름다운 숙녀들에게까지는 확대하지 않는 것이 아마 더 옳고 멋질 것이다. 그런데 구스타프는 벌써 방아쇠를 당겼다. 운전사는 그 자리에서 경련을 일으키며 고꾸라졌고, 자동차는 수직 암벽에 부딪혀 튀어 오르더니 바퀴를 위로 한 채 뒤집어져 쿵 소리를 내며 도로 위로 떨어졌다. 우리는 잠자코 기다렸으나 어떤 움직임도 감지되지 않았고, 탑승자들은 마치 덫에 걸린 듯 말없이 자동차 아래 깔려 있었다. 자동차는 여전히 그르렁거렸고 네 개의 바퀴가 허공에서 우스꽝스럽게 헛돌았다. 그러더니 갑자기 무서운 폭발이 일어나 자동차는 불길에 휩싸였다.

"포드 자동차야." 구스타프가 말했다. "우리가 내려가서 길을 치워야겠어."

우리는 나무에서 내려가 불타는 차량 더미를 잠시 지켜보았다. 차량은 빠른 속도로 타 버렸다. 우리는 싱싱한 나무로 지렛대를 만들어 차를 길가로 몰아 낭떠러지 아래로 떨어뜨렸다. 자동차가 아래로 떨어지면서 덤불에 부딪히는 소리가 한참이나 들려왔다. 죽은 사람 중 두 명은 차가 전복될 때 밖으로 튕겨 나와 바닥에 떨어져 있었는데, 입고 있는 옷 일부는 불에 탄 상태였다. 그런데 한 남자가 입고 있는 코트는 상당히 말짱한 상태여서 나는 그가 혹시 누군지 알 수 있을까 싶어 주머니를 뒤졌다. 가죽 지갑이 나왔고, 지갑 안에 명함이 있어 하나 뽑아서 읽어 보았다. "타트 트밤 아시."*

"아주 웃기는 이름이군." 구스타프가 말했다. "하지만 사실 우리가 죽인 사람의 이름이 무엇이든 상관없어. 그들도 우리처럼 불쌍한 자들이고, 이름 따위는 중요하지 않거든. 이 세상은 멸망해야 하고 우리도 함께 멸망하는 거야. 가장 고통이 적은 해결책은 세상을 10분만 물속에 가라앉히는 거겠지. 자, 작업을 계속하자고!"

우리는 자동차에 이어 죽은 사람들도 낭떠러지로 내던졌다.

벌써 새로운 자동차 한 대가 경적을 울리며 다가오고 있었다. 우리는 도로에 서서 자동차를 향해 동시에 사격을 가했다. 자동차는 만취한 사람처럼 빙글빙글 돌면서 얼마간 앞으로 미끄러지더니 덜커덩 소리를 내며 멈춰 섰다. 탑승자 한 사람은 차량 안에 그대로 조용히 앉아 있었으나, 예쁜 아가씨 하나가 창백한 얼굴을 하고 몹시 떨긴 했지만 다친 곳 하나 없이 차량에서 빠져나왔다. 우리는 다정하게 인사하고는 도와주겠다고 했다. 아가씨는 너무 놀라 아무 말도 하지 못하고 한동안 넋이 나간 사람처럼 멍하니 우리를 쳐다보기만 했다.

"자, 우리는 우선 저 노인 양반을 좀 살펴봐야겠어." 구스타프는 이렇게 말하면서 죽은 운전사 뒷좌석에 여전히 매달려 있는 탑승자에게 몸을 돌렸다. 머리가 짧고 희끗희끗한 신사였는데, 총명해 보이는 연한 회색 눈은 뜨고 있었으나 입에서는 피가 흘러나왔고 목이 아주 비스듬하게 꺾여 뻣뻣해진 것으로 보아 호되게 부상을 입은 것 같았다.

"미안합니다만, 노인장, 나는 구스타프라고 합니다. 우리가 당신의 운전사를 사살하는 일을 저질렀습니다. 실례지만 성함이 어떻게 되는지 물어봐도 될까요?"

노인은 슬픔에 젖은 자그마한 회색 눈으로 냉담하게 우리를 바라보았다.

"나는 뢰링 검사장이다." 그가 천천히 말했다. "자네들은 내 가엾은 운전사를 죽였을 뿐 아니라 나도 죽인 셈이야. 나는 이제 끝장이라고 느끼고 있거든. 자네들은 도대체 왜 우리에게 총격을 가한 건가?"

"너무 과속으로 달렸기 때문입니다."

"우리는 정상 속도로 달렸어."

"어제는 정상이었던 것이, 검사장님, 오늘은 더 이상 정상이 아닙니다. 우리는 오늘날 자동차가 내는 모든 속도가 너무 빠르다고 생각합니다. 그래서 지금 모든 자동차를 박살 내고 있고, 나머지 다른 기계들도 마찬가지로 박살 내려고 합니다."

"자네들의 산탄총까지?"

"그럴 시간이 주어지면 산탄총도 그렇게 할 겁니다. 아마 내일이나 모레까지는 모든 일을 마칠 겁니다. 당신도 알다시피 우리가 살고 있는 대륙은 인구가 너무 과밀한 상태입니다. 그러니 이제 숨 쉴 공간이 필요한 상황인 거죠."

"그래서 당신들은 누구든 아랑곳하지 않고 무차별적으로 총질을 하는 건가?"

"물론입니다. 어떤 사람들의 경우는 분명 유감스러운 일이죠. 예를 들어 저 젊고 예쁜 아가씨는 나로서도 유감입니다. 혹시 따님인가요?"

"아니, 내 속기사일세."

"그럼 더 좋군요. 이제 차에서 내리시죠, 아니면 우리가 당신을 끌어내 드릴까요? 차는 이제 곧 폐기 처분될 테니까요."

"차라리 나도 함께 폐기 처분되는 게 좋겠어."

"원하시면 그렇게 해 드리죠. 그런데 괜찮다면 질문을 하나만 더 하겠습니다. 당신은 검사입니다. 나로선 어떻게 인간이 검

사라는 직업을 선택할 수 있는지 언제나 이해할 수 없었거든요. 당신은 다른 사람들, 대부분은 불쌍한 녀석들을 기소하고 구형하는 일로 먹고사는 거죠. 아닌가요?"

"그렇다네. 나는 내 의무를 수행한 것뿐이야. 그건 내 임무였어. 내가 구형한 자들을 처형하는 것이 사형 집행인의 임무인 것처럼 말이야. 당신들도 동일한 임무를 떠맡은 것 같군. 당신들도 지금 사람 죽이는 일을 하고 있으니."

"맞습니다. 다만 우리는 의무감 때문에 사람을 죽이지는 않고, 만족감 때문에, 아니 오히려 세상에 대한 불만과 절망 때문에 사람을 죽이는 거죠. 그래서 살인은 우리에게 어느 정도 즐거움을 선사합니다. 당신은 사람 죽이는 일이 즐거웠던 적이 없나요?"

"자네들은 나를 따분하게 하는군. 제발 자네들의 일을 어서 완수하게. 만약 자네들에게 의무라는 개념이 익숙하지 않다면……."

그는 말을 멈추고 침을 뱉으려는 듯 입술을 오므렸다. 그러나 입에서는 피만 조금 흘러나와 턱 언저리에서 달라붙었다.

"잠깐만요!" 구스타프가 공손하게 말했다. "물론 의무 같은 건 이제 더는 잘 알지 못합니다. 예전에는 나도 직무상 그 개념을 많이 사용했었죠, 신학 교수였으니까요. 게다가 군인이었고 전쟁에도 참여했습니다. 하지만 내가 의무라고 여겼던 것, 권위적인 인물들과 상관들이 내게 내린 명령들은 정말 하나같이 좋지 않은 것이었고, 나는 차라리 반대로 행동하고 싶었습니다. 그런데 의무의 개념은 더 이상 알지 못해도 책임감은 알고 있습니다. 어쩌면 두 개념은 같은 것일 수도 있겠죠. 어머니가 나를 출산하면서부터 나는 책임을 타고났고, 살아야 한다는 선고를 받은 것이며, 한 국가에 속하고, 군인이 되어 사람을 죽여야 하며, 군비 확충을 위한 세금을 내야 하는 의무를 부여받은 거죠. 그리고 한때 전쟁에서 그랬던 것처럼 지금 이 순간은 삶에 대한 책임감이 다시 나에게 살인을 하도록 만들고 있습니다. 그런데 이번에는 억지로 살인하는 것이 아니고, 나 자신을 완전히 책임감에 내맡겼습니다. 나로선 이 우스꽝스럽고 꽉 막혀 있는 세상이 산산조각 나는 것에 반대할 이유가 없고, 기꺼이 그렇게 되도록 도울 것이며 그 과정에서 나 자신도 기꺼이 몰락하고자 합니다."

검사는 피가 달라붙은 입술로 조금이나마 미소를 지으려고 무던히 애썼다. 그는 제대로 미소를 짓지는 못했으나, 그의 선의만큼은 분명하게 드러났다.

"잘 알겠네." 그가 말했다. "그렇다면 우리는 동지인 셈이군. 그럼 이제 제발 자네들의 의무를 다해 주게, 동지."

그러는 사이 귀여운 아가씨는 의식을 잃고 길가에 널브러져 있었다.

바로 그때 자동차 한 대가 경적을 울리며 전속력으로 달려왔다. 우리는 아가씨를 도로변으로 조금 옮겨 놓고, 바위에 몸을 바싹 붙이고는 달려오는 차가 다른 자동차의 잔해 속으로 돌진하도록 내버려 두었다. 자동차는 급히 브레이크를 밟았고 위로 우뚝 솟아오르긴 했으나, 아무런 손상도 없이 멈춰 섰다. 우리는 재빨리 총을 집어 들고 새로 나타난 사람들을 겨냥했다.

"차에서 내리시오!" 구스타프가 명령했다. "모두 손 들어요!"

남자 세 명이 차에서 내렸고, 순순히 두 손을 높이 들었다.

"당신들 중 혹시 의사가 있소?" 구스타프가 물었다.

그들은 없다고 대답했다.

"그렇다면 저 신사분을 조심스럽게 좌석에서 좀 풀어 주시오. 중상을 입었거든요. 그런 다음 저 사람을 당신들 차에 태우고 가까운 도시로 가 주시오. 자, 어서요!"

노인은 곧 다른 차로 옮겨졌고, 구스타프가 명령을 내리자 모두가 바로 출발했다.

그사이 속기사 아가씨는 의식을 되찾고 이 광경을 지켜보았다. 나는 이 아름다운 전리품을 얻게 되어 기분이 좋아졌다.

"아가씨," 구스타프가 말했다. "당신은 고용주를 잃었어요. 노신사분이 단지 고용주로서만 당신과 가까운 사이였기를 바랍니다. 이제 당신은 내게 고용되었으니, 우리의 좋은 동료가 되어 주시오! 자, 조금 서둘러야겠어요. 이제 이곳은 사태가 다시 험악해질 거요. 나무에 기어오를 줄 아시오, 아가씨? 자, 당신을 우리 사이에 두어 오르는 것을 도와주겠소."

우리 세 사람은 가능한 한 잽싸게 나무 위 망대로 기어올랐다. 아가씨는 나무 위로 올라가자 상태가 다시 나빠졌다. 그러나 코냑을 한 잔 마시고 나자 곧 기운을 충분히 되찾고 호수와 산악지대가 내려다보이는 빼어난 경관을 감상할 정도가 되었으며, 도라라고 이름을 밝히기도 했다.

그러는 사이 아래쪽에서 자동차 한 대가 또다시 모습을 드러냈다. 자동차는 멈추지 않고 조심스럽게 전복된 차량을 우회해서 지난 뒤 바로 속도를 높이기 시작했다.

"비겁한 도망자!" 구스타프는 웃음을 터뜨리며 운전사를 향해 총격을 가했다. 자동차는 잠시 비틀거리더니 방벽을 향해 튀어 올랐고, 방벽을 찌그러뜨리고는 낭떠러지에 비스듬히 걸렸다.

"도라," 내가 말했다. "산탄총을 다룰 줄 알아요?"

그녀는 다룰 줄 몰랐으나, 곧 우리한테서 장전하는 법을 배웠다. 처음에는 서툴러서 손가락 하나가 찢어져 피가 났고, 아가씨는 울먹이면서 피가 나지 않도록 소형 반창고를 붙여 달라고 했다. 그러나 지금은 전쟁 중이니 용감하고 씩씩한 여자라는 것을 보여 주었으면 좋겠다는 구스타프의 말에 그녀는 잠잠해졌다.

"그런데 우리는 앞으로 어떻게 되는 거죠?" 그녀가 물었다.

"나도 모르겠소." 구스타프가 말했다. "나의 친구 하리는 예쁜 여자들을 좋아하니까 당신의 친구가 되어 줄 거요."

"하지만 아까 그 사람들이 경찰과 군인들을 데려와서 우리를 죽일 거예요."

"경찰 따위는 더 이상 존재하지 않아요. 선택권은 우리에게 있어요, 도라. 우리는 조용히 이 나무 위에서 도로를 지나가는 자동차를 모조리 쏘든지, 아니면 우리가 직접 자동차를 몰고 가다 다른 사람들의 표적이 되든지, 선택할 수 있어요. 어느 편을 선택하더라도 결과는 마찬가지요. 나는 여기 머무는 쪽을 선택한 거요."

아래쪽에서 또다시 자동차 한 대가 경쾌하게 경적을 울리며 올라왔다. 우리는 그 자동차도 금방 해치웠고, 자동차는 바퀴를 공중으로 향한 채 멈춰 섰다.

"우습군." 내가 입을 열었다. "사격을 하는 것이 이렇게 재미있다니! 그런데 나는 한때 반전주의자였거든!"

구스타프가 빙그레 웃었다. "그래, 지금 세상에는 정말 사람이 너무 많아. 예전에는 사람들이 그것을 제대로 알아차리지 못했거든. 그러나 지금은 누구나 공기를 들이마시고 싶어 할 뿐 아니라 자동차도 갖고 싶어 하니까 그걸 바로 알아차리는 거야. 물론 우리가 하고 있는 일은 결코 이성적인 행동이 아니라 유치한 장난이라고 할 수 있지. 전쟁이라는 것이 대규모로 이루어지는 유치한 장난인 것처럼 말이야. 언젠가 인류는 이성적인 방법으로 인구 증가를 억제하는 법을 배워야 할 거야. 당장은 우리가 이 견딜 수 없는 상황에 대해 상당히 비이성적으로 대응하고 있지만, 인구를 줄이고 있다는 점에서는 근본적으로 옳은 일을 하고 있는 거야."

"그렇고말고." 내가 말했다. "우리가 하고 있는 일이 어쩌면 미친 짓일 수도 있지만, 아마 옳은 일이고 불가피한 일일 거야. 인류가 이성을 지나치게 혹사시키고 이성으로 접근할 수 없는 것까지 이성의 도움으로 해결하려는 것은 온당치 않거든. 그렇게 하다간 미국인들의 이상이나 볼셰비키들의 이상과 같은 이상들이 생겨나게 되지. 이 두 가지 이상은 극도로 이성적이긴 하지만, 삶을 너무 단순하게 천편일률적으로 만들기 때문에 삶에 끔찍한 폭력을 가하면서 삶을 약탈하고 있어. 한때 고상한 이상이었던 인간상이라는 것이 하나의 상투어가 되는 지경까지 와 있어. 우리 같은 미치광이들은 어쩌면 그것을 다시 고상하게 회복시킬 수 있을 거야.”

구스타프는 웃으면서 대답했다. “친구, 대단히 똑똑한 연설을 하는군. 이 지혜의 샘에 귀를 기울이는 것은 즐겁고 유익한 일이야. 게다가 자네가 하는 말은 일말의 진실을 갖고 있을 거야. 그러나 지금은 그 정도로 하고 자네 산탄총을 다시 장전하도록 하게. 내가 보기에 자네는 다소 몽상가적 기질이 있는 것 같아. 또다시 수컷 노루 새끼 몇 마리가 언제라도 달려올 수 있어. 우리가 철학을 가지고는 녀석들을 사살할 수 없으니 하여튼 총신에 탄환을 장전해 두고 있어야 해.”

자동차가 한 대 달려오다 이내 넘어져 도로를 막아 버렸다. 유일한 생존자인 붉은 머리의 뚱뚱한 남자는 잔해 더미 옆에서 거칠게 몸짓을 하다가 놀란 눈으로 위와 아래를 살펴보았고, 우리의 은신처를 발견한 뒤 고함을 지르면서 권총을 꺼내 들고 우리를 향해 여러 차례 방아쇠를 당겼다.

“당장 꺼져요, 그렇지 않으면 쏠 거요.” 구스타프가 아래를 향해 소리쳤다. 그 남자는 구스타프를 겨냥해 다시 한번 방아쇠를 당겼다. 우리는 두 발의 총탄을 발사해 그를 쏘아 죽였다.

이어 자동차 두 대가 더 달려왔고, 우리는 그것들도 해치웠다. 그러고 나자 도로에는 적막감이 감돌았다. 이 도로가 위험하다는 소문이 널리 퍼진 듯했다. 우리는 아름다운 경관을 감상할 여유가 생겼다. 호수 저편 평지에 작은 도시가 보였고, 그곳에서 연기가 피어오르는가 싶더니 이내 지붕에서 지붕으로 불길이 옮겨붙었다. 그곳에서도 총소리가 들려왔다. 도라는 눈물을 조금 흘렸고, 나는 그녀의 젖은 뺨을 쓰다듬어 주었다.

"우리는 모두 죽어야 하는 걸까요?" 그녀가 물었다. 아무도 대답하지 않았다. 그러는 사이 보행자 하나가 나무 아래쪽으로 걸어왔다. 그는 망가진 자동차들이 뒹굴고 있는 것을 보고 여기저기 기웃거리다 한 자동차 앞에서 몸을 숙여 차량 안을 들여다보더니 화려한 색깔의 양산과 여성용 가죽 가방 그리고 포도주 한 병을 꺼냈다. 그는 평화롭게 방벽 위에 걸터앉아 포도주를 병째로 마시고 가방에서 은박지에 싼 무언가를 꺼내 먹었다. 그는 남은 포도주를 다 비우고 양산을 겨드랑이에 끼고는 만족스러워하면서 걸어갔다. 그는 평화롭게 가야 할 길을 갔고, 나는 구스타프에게 말을 걸었다. "자네는 저 다정한 녀석을 겨냥해 총을 쏘는 것이 가능하겠어? 나는 정말 할 수 없을 것 같아."

"그런 것은 요구하지도 않아." 나의 친구가 투덜거렸다. 하지만 그도 마음이 편안해 보이지는 않았다. 여전히 악의가 없고 평화로우며 천진난만하게 행동하고 여전히 순진무구한 상태로 살아가고 있는 한 인간을 보자, 우리는 칭찬받아 마땅하고 필연적이라고 여겼던 우리의 모든 행동이 갑자기 어리석고 역겹게 느껴졌다. 제기랄, 온통 피투성이야! 우리는 부끄러운 생각이 들었다. 그러나 전쟁터에서는 장군들도 가끔 이런 감정을 느꼈다고 한다.

"우리 더 이상 여기 죽치고 있지 말아요." 도라가 불만을 토로했다. "내려가요. 차 안에 분명 먹을 게 있을 거예요. 두 볼셰비키 양반은 배고프지 않아요?"

저 아래쪽 불타는 도시에서 맹렬하고 무서운 기세로 종소리가 울리기 시작했다. 우리는 나무를 타고 아래로 내려갔다. 나는 도라가 난간을 넘어가는 것을 도와주면서 그녀의 무릎에 키스를 했다. 그녀는 해맑은 웃음을 터뜨렸다. 하지만 그 순간 발 아래 있는 널빤지가 부러지면서 우리 두 사람은 허공으로 추락하고 말았다.

*

나는 사냥의 모험으로 여전히 들뜬 상태에서 다시 둥근 형태의 극장 복도로 돌아와 있었다. 수없이 많은 문마다 붙어 있는 글귀가 나를 또다시 유혹했다.

무타보르 어떤 식물이나 동물로도 변신 가능

카마수트라 인도의 연애술 강의 초보자 코스: 42가지 사랑 연습

유쾌한 자살!
웃다가 죽을 수 있음

정신적인 인간이 되길 원하는가!
동양의 지혜

아, 내게 천 개의 혀가 있다면!
신사들만 입장 가능

서양의 몰락
가격 할인. 여전히 최고 수준

예술의 정수
음악을 통해 시간이 공간으로 바뀌다

웃음 속의 눈물!
유머를 위한 공간

은둔자 역할놀이
모든 사교 모임의 완전한 대체물

글귀는 끝없이 이어졌다. 한 글귀는 다음과 같았다.

개성 구성하기 입문!
성공 보장

이 글귀가 주목할 만하다고 여겨져 글귀가 붙어 있는 문 안으로 들어섰다.

어둠침침하고 적막한 공간이 나를 맞았다. 그곳에는 한 남자가 의자 없이 동양식으로 맨바닥에 앉아 있었고, 남자 앞에는 거대한 서양 장기판 같은 것이 놓여 있었다. 첫눈에 보기에 그는 우리의 친구 파블로인 듯했다. 하여튼 그 남자 역시 화려한 색상의 유사한 실크 재킷을 입었고, 파블로처럼 검게 빛나는 두 눈을 갖고 있었다.

"혹시 파블로인가?" 내가 물었다.

"나는 그 누구도 아닙니다." 남자는 다정한 목소리로 설명했다. "이곳에서는 그 누구도 이름 따위를 갖고 있지 않고, 이곳에서 우리는 개인으로 존재하지 않습니다. 나는 체스 두는 사람입니다. 당신은 어떻게 개성을 형성하는지에 대한 수업을 들으려는 거죠?"

"네, 그렇습니다."

"그렇다면 당신의 체스 형상들 중에서 내가 여러 개 이용할 수 있게 해 주십시오."

"나의 체스 형상들이라고요?"

"당신의 이른바 개성이라는 것이 해체된 것으로 보이는 조각들 말입니다. 형상들 없이는 내가 체스를 둘 수 없거든요."

그는 내게 거울을 하나 내밀었고, 나는 거울 속에서 나의 통일된 개성이 수많은 자아로 분열되는 것을 다시 한번 목격했다. 이제는 분열된 자아의 수가 더욱 늘어난 것 같았다. 다만 그 형상들은 이제 손에 딱 잡히는 체스 말 크기로 작아져 있었다. 체스 두는 남자는 조용하고 능숙한 손놀림으로 그중에서 이삼십개 골라 체스 판 옆 바닥에 세웠다. 그러면서 그는 같은 내용의 강연이나 수업을 여러 번 반복하는 사람처럼 단조로운 목소리로 말했다.

"인간이 영속적인 통일체라는 견해는 오류이고 불행을 야기하는 견해라는 사실은 당신도 잘 알고 있겠지요. 당신은 인간이 다수의 영혼, 수많은 자아로 이루어져 있다는 것도 아마 잘 알고 있을 겁니다. 통일적인 인격체로 보이는 것이 그토록 많은 형상으로 분열되어 있는 경우, 우리는 미쳤다고 하는 것이고 과학은 그런 증상에 조현병이라는 이름을 붙였어요. 물론 어떤 다양성도 지도적인 것, 어떤 질서나 범주화 없이는 통제 불가능하다는 점에서 그런 학문적 견해는 타당하다고도 할 수 있고요. 다른 한편으로 우리의 수많은 하부 자아가 단번에 구속력 있는 질서를 형성하고 그것이 평생에 걸쳐 지속될 수 있다고 믿는다는 점에서 학문은 틀렸다고도 할 수 있어요. 학문의 이런 오류는 여러 불편한 결과를 초래했어요. 그런 오류가 그래도 유일하게 어떤 가치가 있다고 한다면, 그것은 국가가 임명한 교사들과 교육자들의 업무를 단순하게 하여 그들이 사고와 실험을 하지 않아도 되었다는 거죠. 이런 오류의 결과로 치유 불가능할 정도로 미친 사람들이 오히려 '정상적인', 그러니까 사회적으로 가치가 높은 존재로 여겨지고 있어요. 반대로 천재에 속하는 상당수 사람은 미친 사람으로 간주되고요. 그래서 우리는 심리학과 관련해 과학적 이론에 내재된 결함을 '구성 기법'이라는 개념을 통해 보완하고자 합니다. 자아의 분열을 경험한 사람에게 우리는 그가 분열된 조각들을 어느 때나 자신이 원하는 질서로 새로 조합할 수 있다는 것을 보여 주고 싶어요. 이렇게 할 경우 그 사람은 삶의 유희를 무한히 다양하게 즐길 수 있죠. 극작가가 얼마 안 되는 인물을 갖고 한 편의 드라마를 만들어 내듯, 우리는 해체된 자아의 형상들로 새로운 그룹들을 구성하고, 새로운 유희와 긴장 상황을 즐기며, 영원히 새로운 상황들을 만들어 내는 거죠. 한번 보세요!"

남자는 차분하고 능숙한 손놀림으로 내 형상들을 움켜잡았다. 그는 고령의 노인, 소년, 아이, 여자 등의 형상을 비롯해 명랑한 것과 슬픈 것, 강한 것과 부드러운 것, 민첩한 것과 둔한 것 등 모든 체스 형상을 손에 들고 게임을 할 수 있도록 재빨리 자신의 체스 판 위에 배열했다. 게임 속에서 체스 형상들은 여러 조합과 가족을 형성해 서로 게임과 전쟁을 벌이기도 하고 우정과 적대 관계를 맺으면서 세상의 축소판이 되었다. 남자는 황홀해하는 내 눈앞에서 그 생기 있고 잘 정돈된 작은 세상이 움직이는 것을 한동안 보여 주었다. 나는 형상들이 놀이를 하고 전투를 벌이고 연합해서 전투에 나서고 구애를 하고 결혼하고 번성하는 모습을 관찰했다. 그것은 실로 여러 배역이 등장하는 생생하고 흥미진진한 한 편의 드라마였다.

그런 다음 남자는 경쾌한 동작으로 체스 판을 쓸어 내고 모든 형상을 가볍게 쓰러뜨린 다음 한곳에 모았다. 이제 그는 까다로운 예술가인 양 곰곰이 생각하면서 같은 형상들을 가지고 전혀 다른 조합, 다른 관계 및 연결로 구성된 전혀 새로운 게임을 구성했다. 이 두 번째 유희는 첫 번째 판과 어느 정도 유사한 것이 아니었다. 구성하는 세계가 같고 재료가 같았다. 하지만 음조를 달리하는 작곡이고 속도가 바뀌었으며, 모티프의 강조점이 새로워지고 상황이 다르게 설정되었다.

이 지혜로운 구성의 대가는 나 자신의 조각들인 체스 형상들을 활용해 매번 새로운 게임을 구성해 냈다. 멀리서 보면 게임들은 모두 대체로 서로 비슷하고 모두 같은 세계에 속하고 동일한 혈통인 것 같지만, 실은 각 게임이 완전히 새로운 것이었다.

"이것이 바로 삶의 기술입니다." 남자는 강의식 어투로 말했다. "앞으로 당신은 원하는 대로 형태를 바꾸고 새롭게 생명을 불어넣으며 더 풍부하고 더 복잡하게 하는 방식으로 당신 삶의 게임을 직접 만들어 보세요. 그것은 당신 손에 달려 있답니다. 광기라는 것이 고차원적 의미에서 보면 모든 지혜의 시작이듯, 이 정신 분열은 모든 예술, 모든 상상의 출발점입니다. 이런 사실은 심지어 학자들조차 어느 정도 알고 있죠. 예를 들어 저 매력적인 책 『왕자의 마술피리』*를 자세히 들여다보면 그 책에서 어떤 학자가 행한 수고롭고도 성실한 작업은 정신 병원에 수용되어 있는 수많은 미친 예술가의 천재적인 협력 덕분에 고상한 작업이 되었다고 할 수 있어요. 자, 당신의 이 체스 형상들을 챙겨 가요. 게임은 당신에게 종종 즐거움을 선사할 겁니다. 오늘 참을 수 없는 괴물처럼 자라나서 놀이를 망치는 형상이 있다면, 당신은 그 인물을 내일은 무해한 조연으로 강등시킬 수 있습니다. 반대로 한동안 불운과 불행을 선고받은 불쌍한 형상한테 다음번 게임에서는 공주 역할을 하도록 할 수도 있고요. 즐거운 시간이 되기를 바랍니다, 신사 양반."

나는 깊이 허리를 굽혀 이 체스의 대가에게 감사 인사를 하고는 작은 형상들을 호주머니에 넣고 좁은 문을 통해 바깥으로 나왔다.

이제 복도에 나가면 나는 복도 바닥에 앉아 몇 시간이고, 아니 한동안은 영원히, 나의 체스 형상들을 가지고 체스 놀이를 할 생각이었다. 하지만 둥근 형태의 밝은 극장 통로에 이르렀을 때 나보다 강한 새로운 흐름이 나를 끌어당겼다. 한 장의 화려한 포스터가 눈앞에서 화려하게 번쩍였다.

황야의 이리 조련의 기적

이 글귀는 내 속에서 온갖 다양한 감정을 불러일으켰다. 내 심장은 지나온 삶과 떠나온 현실에서 생겨난 온갖 종류의 불안과 강박감으로 인해 고통스럽게 위축되었다. 나는 떨리는 손으로 문들을 열고 들어가 대목장의 가설 부스로 들어섰다. 관객석의 나와 무대 사이에 쇠로 된 격자 창살이 설치되어 있었다. 무대 위에는 허풍이 좀 있어 보이고 거만해 보이는 동물 조련사가 서 있었다. 덥수룩한 코밑수염과 근육질을 뽐내는 팔뚝, 유별나게 차려입은 서커스 의상에도 불구하고 그 남자는 고약하게도, 또 상당히 역겹게도 나를 닮아 있었다. 그 건장한 남자는 크고 멋지게 생겼으나 비쩍 마르고 노예처럼 겁먹은 눈빛의 이리 한 마리를 개처럼 목에 줄을 채워 데리고 있었다. 그것은 비참한 광경이었다! 이제 그 잔인한 조련사가 기품 있지만 굴욕적일 정도로 굴종적인 맹수를 데리고 일련의 묘기와 놀라운 연기를 선보이는 것을 보고 있노라니 한편으로는 역겨우면서도 흥미진진했고, 섬뜩하면서도 동시에 은밀한 쾌감이 느껴졌다.

나의 불쾌한 거울 이미지를 빼닮은 조련사는 물론 자신의 이리를 믿기 어려울 정도로 길들여 놓았다. 이리는 모든 명령에 주의를 기울여 복종했고 어떤 호령과 채찍 소리에도 비굴하게 반응했다. 이리는 무릎을 꿇기도 하고 죽은 체하기도 하며, 뒷다리로 서기도 하고 빵, 계란, 고깃덩어리, 작은 바구니 등을 고분고분 주둥이로 물어 오기도 했다. 게다가 조련사가 떨어뜨린 회초리를 주둥이로 물고 올 때의 이리는 보기 민망할 정도로 비굴하게 꼬리를 흔들어 댔다. 앞에다 토끼와 하얀 어린 양을 한 마리씩 데려다 놓자, 이리는 이빨을 드러내고 탐욕에 떨며 침을 질질 흘리긴 했지만 어떤 짐승도 건드리지 않았다. 오히려 조련사가 명령을 내리자, 이리는 겁에 질려 바닥에 웅크리고 있는 그 짐승들을 우아하게 뛰어넘기만 했다. 이리는 심지어 토끼와 어린 양 사이에 누워 앞발로 그것들을 껴안으며 함께 감동적인 가족의 분위기를 연출하기도 했다. 게다가 이리는 관객이 내미는 초콜릿을 받아먹기도 했다. 그 이리가 얼마나 놀라울 정도로 자기 본성을 철저히 부정하는 법을 배웠는지 지켜보는 것은 하나의 고통이었다. 나는 그것을 보면서 머리카락이 곤두섰다.

그러나 공연 후반부에서는 흥분한 관객은 물론 이리도 이런 고통에 대해 보상을 받았다. 세련된 조련 프로그램이 끝나고 조련사가 양과 이리의 무리 뒤에서 부드럽게 미소를 띤 채 의기양양하게 허리를 굽혀 인사하자, 이제 역할이 바뀌었다. 하리를 닮은 동물 조련사는 갑자기 이리 앞에서 허리를 깊이 숙이고 채찍을 이리의 발 앞에 내려놓은 뒤 조금 전 이리가 그랬던 것처럼 벌벌 떨고 위축되어 비참한 모습을 보이기 시작했다. 반면에 이리는 이전의 경련과 가식적인 모습을 벗어던지고 웃으면서 입맛을 다셨다. 이리는 눈빛이 이글거리기 시작하더니 온몸의 힘줄이 팽팽해지며 다시 야성미가 넘쳤다.

이제부터는 이리가 명령을 내리고 인간이 복종해야 했다. 명령이 떨어지자 인간은 무릎을 꿇고 이리를 연기하기 시작했는데, 혀를 늘어뜨리고는 땜질한 이빨로 자기 옷을 찢기도 했다. 그는 '인간을 조련하는 이리'의 명령에 따라 두 발로 걷기도 하고 네 발로 기어 다니기도 했으며, 뒷다리로 서기도 하고 죽은 시늉도 하며, 이리를 등에 태우고 채찍을 물어다 주기도 했다. 그는 개처럼 비굴하게, 또 타고난 재능도 보이면서 어떤 모욕적이고 도착적인 행동도 풍부한 상상력을 동원해 수행했다. 아름다운 소녀 하나가 무대에 올라가서 조련받은 남자에게 다가가 그의 턱을 쓰다듬고 뺨을 맞대었다. 그러나 그는 네 발로 계속해서 짐승 역할을 했다. 그가 머리를 흔들고 아름다운 소녀에게 이빨을 드러내며 마지막으로 이리처럼 위협적인 자세를 취하자, 결국 소녀는 무대에서 도망쳤다. 관객들이 초콜릿을 건네주자, 그는 경멸감을 내보이면서 냄새를 맡아 보더니 한쪽으로 밀쳐 버렸다. 마지막으로 하얀 어린 양과 살찐 얼룩무늬 토끼가 다시 등장했다. 배움에 뛰어난 인간은 이번에도 최선의 노력을 기울이면서 이리 역할을 수행했고, 그 광경을 보는 것은 즐거운 일이었다. 그는 비명을 지르는 그 작은 짐승들을 손톱과 이빨로 낚아채더니 가죽과 살점을 사정없이 물어뜯고 싱싱한 살코기를 질근질근 씹어 먹었으며, 도취된 듯 두 눈을 감은 채 짐승들의 따끈따끈한 피를 정신없이 빨아 먹었다.

나는 경악을 금치 못하고 문밖으로 뛰쳐나왔다. 내가 보기에 이 마술 극장은 순수한 낙원이 아니었다. 그 매혹적인 외피 속에 온갖 종류의 지옥이 감추어져 있었다. 오, 신이시여, 이곳에도 구원이 없단 말입니까?

나는 겁에 질려 이리저리 오갔다. 입안에서는 피 맛과 초콜릿 맛이 느껴지는 듯했는데, 이것이든 저것이든 모두 불쾌한 맛이었다. 나는 이 음울한 물결에서 벗어나기를 간절히 바랐고, 속에서 보다 편안하고 친근한 이미지를 떠올리고자 몹시 애썼다. 내 안에서는 "오 친구들이여, 이런 소리 말고!"*라는 외침이 흘러나왔다. 그 순간 경악스럽게도 전쟁 시기에 이따금 보았던 끔찍한 전선의 사진들, 서로 뒤엉켜 있는 시체 더미들이 떠올랐다. 시체의 얼굴들은 방독면을 쓴 탓에 씰룩거리는 악마의 가면처럼 변해 있었다. 그때 나는 인도주의적 정신을 지닌 반전주의자로서 그런 장면들을 보고 경악했는데, 나는 얼마나 어리석고 순진했던가! 오늘에야 비로소 나는 어떤 동물 조련사, 어떤 장관, 어떤 장군, 어떤 광인도 이미 내 안에 들어 있지 않은 사상과 이미지들을 그들의 머릿속에서 부화시킬 수 없다는 사실을 알았다. 그런데 내 안에 들어 있는 사상과 이미지들 역시 마찬가지로 역겹고 야만적이고 사악하고 거칠고 어리석은 것이었다.

나는 안도의 한숨을 내쉬면서 앞서 마술 극장의 프로그램이 시작될 무렵 거울에서 나온 아름다운 소년이 그렇게 격정적인 반응을 보이며 따라갔던 글귀를 떠올렸다.

모든 소녀가 너의 것

그리고 모든 것을 고려할 때 지금은 이것보다 더 탐낼 만한 제안이 없었다. 나는 그 저주받은 이리의 세계에서 다시 벗어나게 된 것을 기뻐하면서 문안으로 들어갔다.

그곳에서는 정말 믿을 수 없기도 하고 너무나 친숙한 것이어서 온몸에 소름이 끼칠 정도였지만 기이하게도 내 젊은 시절 달콤한 향기, 내 소년 시절과 청년 시절 분위기가 나를 맞았다. 내 심장에서는 당시 청춘의 피가 흐르기 시작했다. 방금 전까지 내가 행동하고 생각했던 것, 나라는 모든 존재는 망각 속으로 가라앉고, 나는 다시 젊어져 있었다. 한 시간 전, 아니 바로 직전까지만 해도 사랑이 무엇이고 욕망이 무엇이며 동경이 무엇인지 상당히 잘 안다고 믿었다. 하지만 그것은 한 늙은 남자의 사랑이고 동경에 불과했다. 이제 나는 다시 젊어져 있었고, 지금 내가 마음속에서 느끼는 감정, 이 거침없이 타오르는 불길, 이 강렬한 동경, 3월의 봄바람처럼 만물을 녹이는 이 정열은 청춘의 것이고, 새롭고 진정한 것이었다. 아, 잊고 있던 불길이 다시 타오르고 지난날의 음성이 충만하고도 그윽하게 울려 퍼졌다! 청춘의 피가 끓어올랐고 외침과 노랫소리가 내 영혼을 채웠다! 나는 열다섯 또는 열여섯 살 소년이 되어 있었고, 내 머리는 온통 라틴어와 그리스어 그리고 아름다운 시구들로 가득 차 있었으며, 내 생각은 노력과 명예욕으로 가득했고, 내 상상의 세계는 예술가가 되겠다는 꿈으로 넘쳐 있었다. 하지만 그 모든 불꽃보다 더 심오하고 더 강렬하며 더 대담하게 내 속에서 타오른 것은 바로 사랑의 불꽃, 성의 굶주림, 모든 것을 소진시키는 성적 쾌락에 대한 예감이었다.

나는 고향 소도시가 내려다보이는 바위 언덕에 서 있었다. 따스한 봄바람과 갓 피어난 제비꽃 내음이 풍겼고, 아래 도시에서는 강물과 부모님 집의 창문이 햇살에 환하게 빛났다. 모든 것이 그토록 충만하고 새롭고 창조의 에너지에 취한 소리와 향기를 발하고 심원한 색채로 빛났으며, 봄바람에 실려 초현실적이고 성스러운 분위기를 자아냈다. 내가 한때 시적 감성으로 충만

했던 젊은 시절 바라보던 세상의 모습이었다. 나는 언덕에 서 있었고, 봄바람이 내 긴 머리카락 사이를 스치고 지나갔다. 나는 꿈결 같은 사랑의 갈망에 젖어 손을 내밀어 이제 막 파릇파릇해지는 관목 숲에서 반쯤 피어난 어린 잎눈을 따서 그것을 들여다보고 냄새도 맡아 보았다. (그리고 냄새를 맡는 순간 벌써 당시의 모든 일이 다시 선명하게 떠올랐다.) 그러다가 그 작은 녹색 잎눈을 아직 어떤 소녀와도 키스해 본 적 없는 내 입술에 살포시 물고 씹어 보았다. 그 떫은맛, 향기로우면서 쓴맛을 느끼면서 내가 지금 체험하고 있는 것이 무엇인지 단번에 알 수 있었다. 모든 것이 그대로 재현되고 있었다. 나는 소년 시절 마지막 한때를 다시 체험하고 있었던 것이다. 초봄 어느 일요일 오후, 나는 혼자서 산책을 하다가 로자 크라이슬러를 만나 수줍은 인사를 건네고는 정신없이 그녀와 사랑에 빠져들었던 것이다.

당시 나는 그 아름다운 소녀가 혼자 몽상에 잠긴 채 아직 나를 발견하지 못하고 언덕을 올라오는 모습을 불안해하면서 기대를 안고 바라보고 있었다. 그녀는 머리를 두껍게 땋았지만 삐져나온 느슨한 가닥들이 양쪽 뺨에 흘러 내려와 바람에 하늘하늘 나부꼈다. 그때 나는 생전 처음으로 그 소녀가 얼마나 아름다운지, 그녀의 머리카락을 흩날리게 하는 그 바람의 유희가 얼마나 귀엽고 환상적인지, 그리고 그녀의 청순한 신체가 하늘하늘한 푸른 빛깔의 옷에 감싸인 그 모습이 얼마나 아름답고 동경을 불러일으키는지 보았다. 내가 씹은 잎눈의 그 씁쓰레한 맛과 함께 불안하고 감미로운 봄날의 쾌락과 불안이 마음에 스며든 것처럼, 소녀를 보는 순간 사랑의 정열에 대한 치명적인 예감, 다시 말해 여성성에 대한 예감, 무한한 가능성과 약속, 이름 모를 환희, 상상을 넘어서는 혼돈과 불안과 슬픔, 내면 깊은 곳에서의 구원과 깊은 죄의식에 대한 충격적인 예감이 한꺼번에 몰려왔다. 아, 혀끝에서 느껴지던 쓰디쓴 봄날의 맛이 얼마나 강렬했던가! 아, 장난스러운 봄바람은 그녀의 빨간 볼에 흘러내린 머리카락을 얼마나 흩날렸던가! 그녀는 곧 나를 향해 다가왔고 고개를 들어 나를 알아보고는 순간적으로 얼굴에 살짝 홍조를 띠면서 눈길을 옆으로 돌렸다. 내가 견진성사 때 썼던 모자를 벗고 인사하자, 로자는 금방 침착함을 되찾고 미소를 지으면서 다소 숙녀처럼 품위 있게 고개를 든 채 인사를 받아 주었고, 다시 편안하고 차분한 걸음걸이로 가던 길을 천천히 계속 걸어갔다. 그리고 내가 그녀의 뒷모습을 보며 보낸 수천 가지 사랑의 소망과 기대와 경의가 후광처럼 그녀를 감쌌다.

그것은 35년 전 어느 일요일에 있었던 일인데, 당시의 모든 것이 지금 이 순간 그대로 재현되었다. 바위 언덕과 작은 도시, 3월의 봄바람과 잎눈의 향기, 로자와 그녀의 갈색 머리, 부풀어 오르는 동경과 달콤하게 숨 막히는 불안감, 모든 것이 그대로였다. 이후 나는 그때 로자를 사랑한 것만큼 어떤 사람을 더는 사랑해 본 적이 없는 것 같았다. 그런데 이번에는 그때와 다르게 그녀를 맞을 기회가 주어졌다. 나는 그녀가 나를 알아보고 얼굴을 붉히는 모습, 그것을 감추려고 애쓰는 모습을 알아보았고, 그녀가 나를 좋아한다는 것과 이 만남이 나에게나 그녀에게나 동일한 의미가 있다는 것을 단번에 깨달았다. 그리고 이번에는 모자를 벗어들고 그녀가 지나갈 때까지 엄숙하게 서 있는 대신, 불안감과 압박감을 무릅쓰고 내 젊은 피가 명령하는 대로 했다. 나는 그녀를 향해 소리쳤다. "로자! 이렇게 와 줘서 정말 고마워, 아름다운 아가씨. 나는 너를 정말 좋아해." 이런 인사는 그 순간에 할 수 있는 가장 재치 있는 말이 아니었지만 지금은 재치 같은 것이 필요하지 않았고 그것으로 충분했다. 로자는 숙녀의 얼굴을 하지 않았고 가던 길을 계속 가지도 않았으며 발걸음을 멈추고 나를 쳐다보았다. 로자는 더 붉어진 얼굴로 내게 말했다. "안녕, 하리, 나를 정말로 좋아하는 거야?" 이렇게 말하는 그녀의 생기 넘치는 얼굴에서는 갈색의 두 눈이 반짝였다. 나는 오래전 일요일에 로자를 그냥 지나치게 했던 그 순간 이후 나의 모든 삶과 사랑은 잘못되었고 혼돈이었으며 아주 어리석은 불행이었다는 생각이 들었다. 그러나 지금은 잘못이 바로잡혔고, 모든 것이 달라지고 좋게 변했다.

우리는 서로 손을 내밀어 맞잡고는 이루 말할 수 없을 정도로 행복해하면서 천천히 걸었다. 우리는 처음엔 아주 당황스러워 무슨 말을 해야 할지, 무엇을 해야 할지 몰랐고, 당혹한 탓에 점점 발걸음을 빨리해 나중에는 뛰다시피 했다. 그러면서도 숨이 차서 걸음을 멈춰야 할 때까지 잡은 손을 놓지 않았다. 우리는 둘 다 어린 나이여서 서로 어떻게 시작해야 할지 제대로 알지 못했다. 그 일요일 날 우리는 첫 입맞춤도 하지 못했으나 더없이 행복했다. 우리는 서서 호흡을 가다듬고 풀밭에 앉았다. 나는 그녀의 한 손을 어루만졌고, 그녀는 수줍어하며 다른 손으로 내 머리를 쓰다듬었다. 그러다가 다시 일어나 누가 더 키 큰지 재보았다. 사실은 내가 손가락 하나 정도 더 컸지만 나는 그 사실을 인정하는 대신에 우리 둘은 키도 똑같고 사랑하는 신께서 우리를 서로에게 정해 주셨으니 언젠가 결혼할 거라고 확언했다. 그러자 로자가 어딘가에서 제비꽃 향기가 난다고 말했고, 우리는 짧게 자란 봄날의 풀밭에 무릎을 꿇고 앉아 제비꽃을 찾았다. 마침내 줄기가 짧은 제비꽃 몇 개를 찾아내 서로에게 자기가 찾은 것을 선물했다. 어느덧 날이 서늘해지고 해가 바위 언덕 위로 비스듬히 기울자, 로자는 집에 가야 한다고 말했다. 우리는 둘 다 슬픔을 느꼈다. 나는 그녀를 집까지 바래다줄 수 있는 상황이 아니었기 때문이다. 그러나 우리는 이제 서로 하나의 비밀을 공유했고, 그것은 우리가 가진 가장 소중한 것이었다. 나는 바위 언덕에 홀로 남아 로자가 준 제비꽃 향기를 맡았고, 바위 언덕에 누운 채 얼굴을 내밀고는 가파른 경사지 저편의 도시 방향을 내려다보았다. 나는 로자의 작고 어여쁜 모습이 저 아래쪽에 모습을 드러내고 우물가를 지나 다리를 건너는 것을 지켜보았다. 그리고 지금쯤 그녀가 부모님 집에 도착했음을 알았다. 그녀는 아늑한 방으로 들어가 있을 것이고, 나는 그녀에게서 멀리 떨어진 이곳 언덕에 누워 있었다. 그렇지만 나한테서 그녀에게로 인연의 끈이 매어졌고, 두 사람 사이에 전류가 흘렀으며 하나의 비밀이 오갔다.

우리는 그 뒤에도 봄 내내 여기저기서 만났다. 바위 언덕에서도 보고 정원 울타리에서도 보았으며, 라일락이 피기 시작할 무렵 떨리는 첫 키스를 했다. 우리가 어린 나이에 나눈 키스는 소박했고 아직 정열이나 포만감이 결여된 입맞춤이었다. 나는 그녀의 귓가로 물결처럼 흘러내린 머리카락을 가볍게 쓰다듬는 정도에 머물러 있었다. 하지만 우리가 사랑하고 즐거워할 수 있는 모든 것이 우리의 것이었다. 우리는 수줍게 스치는 모든 손길, 모든 미숙한 사랑의 표현, 가슴 졸이며 서로 기다리던 모든 순간에서 새로운 행복을 발견했고, 그렇게 하면서 사랑의 사다리를 한 칸씩 올라갔다.

이렇게 나는 로자와 제비꽃부터 시작해 내 사랑의 삶 전체를 더 행복한 상태로 다시 체험했다. 이제 로자는 시야에서 사라지고 이름가르트가 나타났다. 태양은 점점 더 뜨거워지고 별들은 더 어지러워졌으나, 로자도 이름가르트도 내 것이 되지는 못했다. 나는 사랑의 사다리를 한 칸씩 올라가면서 더 많은 것을 체험하고 더 많은 것을 배워야 했다. 그리고 이름가르트를 잃어버리고 나서는 다시 안나도 잃어야 했다. 젊은 시절 한때 사랑했던 모든 여자를 다시 한번 사랑했다. 그런데 이번에는 그들 누구에게든 사랑의 감정을 불어넣고 그들 각자에게 무엇인가 주고 무엇인가 받을 수 있었다. 예전에는 오로지 내 환상 속에서만 살던 소원, 꿈, 가능성 들이 이제는 현실이 되어 체험되었다. 아, 너희 아름다운 모든 꽃이여, 이다여, 로레여, 내가 여름 한때, 한 달 동안, 또는 하루 동안, 사랑했던 모든 소녀여!

나는 그제야 조금 전 저 사랑의 문을 향해 열심히 뛰어갔던 정열적인 미소년이 바로 나 자신이라는 것을 깨달았다. 그리고 나의 이 부분, 내 존재와 삶 중에서 10분의 1, 아니 1,000분의 1만 체험했던 이 부분을 이제는 내가 온전하게 체험하게 되었음을 깨달았다. 나의 그 부분은 이제 내 자아를 구성하는 다른 모든 형상에 구애받지 않고, 사상가의 방해도 받지 않고, 황야의 이리에게 괴롭힘을 당하지도 않고, 내 안에 있는 시인, 몽상가, 도덕가에 의해 주눅도 들지 않으면서 성장하는 것이 허용되었다. 아니, 지금의 나는 오로지 사랑을 하는 존재가 되어 있었고, 사랑의 행복과 고통의 공기 외에 어떤 행복이나 고통도 들이마시지 않았다. 이름가르트는 벌써 내게 춤을 가르쳐 주었고 이다는 키스하는 법을 가르쳐 주었으며, 가장 아름다웠던 엠마는 어느 가을날 저녁 바람에 흔들리는 느릅나무 잎사귀 아래서 그녀의 연갈색 젖가슴에 키스하도록 하고 내게 쾌락의 잔을 마시게 한 첫 여자였다.

나는 파블로의 작은 극장에서 많은 것을 체험했는데, 말로 표현할 수 있는 것은 1,000분의 1도 되지 않는다. 내가 사랑했던 모든 소녀가 이제 나의 것이 되었다. 각각의 소녀는 그녀만이 줄 수 있는 것을 내게 주었고 그녀만이 받을 수 있는 것을 내게서 받았다. 많은 사랑, 많은 행복, 많은 쾌락을 맛보았고, 아울러 많은 혼란과 고통도 맛보았다. 내 삶에서 이루어지지 못했던 모든 사랑이 이 꿈결 같은 시간에 마법처럼 내 정원에서 피어났다. 그것들은 순결하고 부드러운 꽃, 화려하게 불타오르는 꽃, 일찍 시들어 버리는 어두운 색조의 꽃, 가물거리며 타오르는 관능, 내밀한 몽상, 작열하는 우수, 불안으로 가득한 죽음, 빛나는 재생의 모습으로 피어났다. 내게는 오로지 신속하고 맹렬한 기세로 사로잡을 수 있는 여자들도 있고, 오랜 시간에 걸쳐 세심하게 구애할 때야 행복을 선사하는 여자들도 있었다. 내 삶에서 모든 희미한 구석이 다시 하나하나 모습을 드러냈다. 어떤 때는 단 1분에 불과한 시간이었지만, 성적인 목소리가 나를 향해 소리쳤고 여인의 눈빛이 나를 매혹시켰으며 소녀의 새하얀 피부의 미광이 나를 유혹한 그런 순간이었다. 과거에는 이루지 못했던 모든 것이 다시 회복되었다. 모든 여자가 각자 독특한 방식으로 내 여자가 되었다. 옛날 한 급행열차의 통로 쪽 창가에서 15분 정도 내 곁에 서 있었고 이후 내 꿈에 몇 번이나 등장했던 밝은 금발에 진한 갈색 눈이 인상적이었던 여자, 그녀는 말 한마디 하지 않았지만 내가 상상하지 못했던 경악스럽고 치명적인 사랑의 기술을 가르쳐 주었다. 그리고 마르세유 항구에서 만난 매끈하고 조용한 성격의 중국 여인, 거울같이 잔잔한 미소를 짓고 윤기 나는 흑발에 몽롱한 눈을 가졌던 그 여인도 전대미문의 것을 알고 있었다. 내가 만난 여자들은 모두 각자 비밀을 가지고 있었고 자신이 태어난 땅의 향기를 풍겼다. 각자 저마다의 방식으로 키스를 하고 웃었으며, 각자 독특한 방식으로 수줍어하기도 하고 각자 독특한 방식으로 대담해지기도 했다. 그들은 내게 왔다가 다시 갔다. 물결이 그들을 내게 실어 왔고, 나를 그들에게로 실어 갔다가 또 떼어 놓았다. 성의 물결에 이렇게 떠다니는 것은 어린아이들이 헤엄을 치는 것과 마찬가지로 매혹, 위험, 놀라움이 가득한 유희였다. 그리고 나는 나의 삶, 겉으로는 초라하고 사랑도 없어 보이는 황야의 이리로서의 실존이 참으로 풍성하게 사랑에 빠지기도 하고 기회를 얻기도 했으며 유혹을 누렸다는 것을 깨닫고 놀라워했다. 나는 그 모든 것을 거의 소홀히 했고 회피하고자 했으며, 그것에 걸려 비틀거리면서 가능하면 서둘러 잊어버리려고 했다. 그러나 그것들은 모두 이곳에 수백 개의 영상 형태로 빠짐없이 보존되어 있었다. 이제 나는 그것들을 보고 그것들에 헌신하고 내 마음을 열면서 그 희미한 장밋빛 세계로 내려갈 수 있었다. 그리고 파블로가 얼마 전에 제안한 유혹, 그리고 이전에는 내가 제대로 이해하지도 못했던 다른 유혹들이 다시 나타났고, 서넛이 벌이는 환상적인 유희들이 미소를 지으면서 나를 자신들의 윤무(輪舞) 속으로 끌어들였다. 수많은 일이 일어났고 수많은 유희가 벌어졌는데, 이루 말로 표현할 수 없는 것들이었다.

이런 유혹과 악덕, 탐닉의 끝없는 물결에서 나는 조용히 그리고 말없이 다시 위로 떠올랐다. 이제 만반의 준비가 되어 있었고, 지식으로 채워지고 현명해져 있었으며, 체험도 깊어져 헤르미네를 감당하기에 성숙한 상태가 되어 있었다. 헤르미네는 수천의 배역이 등장하는 나의 신화에서 마지막 인물이었다. 그녀의 이름은 저 끝없는 이름의 행렬에서 마지막으로 등장했고, 그녀의 이름이 등장하는 것에 때맞춰 나도 의식을 되찾았다. 지금까지 나의 사랑의 동화도 끝났는데, 나는 그녀를 이곳의 희미한 마법의 거울 속에서 만나고 싶지 않았기 때문이다. 나의 체스 판에서 단지 하나의 형상이 그녀에게 속한 것이 아니라, 하리라는 존재 전체가 그녀에게 속했던 것이다. 아, 이제 나는 모든 것이 단지 그녀와만 연관되고 성취되도록 나의 체스 형상들을 바꿀 것이다!

물결이 나를 육지로 옮겨 주었다. 나는 다시 극장에서 특별석으로 이어져 있는 고요한 복도에 서 있었다. 이제 무엇을 하게 될까? 나는 주머니 속의 조그마한 체스 형상들을 만져 보았으나, 그것들을 재배열하려는 욕구는 벌써 시들해졌다. 출입문, 글귀, 마법 거울 들로 이루어진 무궁무진한 세계가 나를 둘러싸고 있었다. 나는 무심코 다음 글귀를 읽어 보고 전율했다.

사랑으로 사람을 죽이는 법

이런 글귀가 적혀 있었다. 일순간 기억 속의 심상(心想) 하나가 떠올랐다. 레스토랑 식탁에 함께 앉아 있던 헤르미네의 모습이었다. 그녀는 포도주와 음식을 먹고 마시는 것도 중단하고 갑자기 심오한 대화에 빠져들었고, 섬뜩할 정도로 진지한 눈빛으로 오로지 내 손에 죽기 위해 내가 그녀를 사랑하게 만들 것이라고 했었다. 불안과 침울함의 거센 물결이 내 마음에 밀려들었다. 갑자기 모든 것이 다시 내 앞에 나타났다. 마음 깊은 곳에서 나는 곤경과 운명을 다시 느꼈다. 나는 절망적인 심정이 되어 몇몇 체스 형상들을 꺼내고자, 그리고 마법을 다소 동원해 체스판에 형상들을 다시 배열하고자 주머니에 손을 넣었다. 하지만 주머니에는 어떤 체스 형상도 남아 있지 않았다. 체스 형상들

대신 내가 주머니에서 꺼낸 것은 칼이었다. 나는 까무러치게 놀라 복도를 따라 달렸고 문들을 지나쳤으며, 갑자기 거대한 거울 앞에서 나를 발견하고 멈춰 섰다. 거울 속을 들여다보니 키가 나만 하고 덩치가 큰 잘생긴 이리 한 마리가 얌전히 서서 겁먹은 표정으로 불안한 눈을 번득이고 있었다. 이리는 눈을 깜박이면서 나를 힐끗 쳐다보더니 약간 웃었고, 그 순간 입가가 벌어지면서 붉은 혓바닥이 보였다.

파블로는 어디에 있는 걸까? 헤르미네는 어디에 있는 걸까? 개성의 구성에 대해 그렇게 근사한 설명을 늘어놓던 그 똑똑한 녀석은 어디에 있단 말인가?

나는 거울 속을 한 번 더 들여다보았다. 조금 전에는 내가 제정신이 아니었던 모양이다. 높다란 거울 속에서 혀를 날름거리며 서 있던 이리의 모습은 찾아볼 수 없었다. 거울 속에 서 있는 인물은 나, 하리였다. 내 얼굴은 이제 잿빛이 되었고 그동안 하던 모든 유희는 흔적도 찾아볼 수 없었다. 나는 모든 악덕으로 지쳐 있고 끔찍할 정도로 창백한 모습이었지만, 그래도 하나의 인간, 적어도 대화가 가능한 존재였다.

"하리." 내가 말을 건넸다. "너는 거기서 뭘 하는 거야?"

"아무것도 하지 않아." 거울 속의 인물이 대답했다. "기다리고 있을 뿐이야. 나는 죽음을 기다리고 있어."

"도대체 죽음이 어디 있다는 거야?" 내가 물었다.

"죽음은 다가오고 있어." 거울 속의 인물이 말했다. 그때 극장 내부에 있는 빈방들에서 아름다우면서도 소름 끼치는 음악 소리가 들려왔다. 오페라 〈돈 조반니〉에서 석상(石像)이 등장할 때 연주되는 그 음악이었다. 저 피안의 세계, 저 불멸의 존재들이 사는 세계에서 얼음장처럼 차가운 음악이 유령의 집 같은 이 공간에 울려 퍼지면서 등골을 오싹하게 했다.

'모차르트야!' 나는 이렇게 생각하면서 내 내면의 삶에서 가장 사랑하는 최고의 이미지들을 불러냈다.

그때 뒤쪽에서 웃음소리가 들려왔다. 고통의 세계 너머에 있고 인간들은 들어 보지 못한 피안의 세계에서 들려오는 것으로, 신들의 유머에서 생겨난 밝고 얼음장처럼 차가운 웃음소리였다. 나는 이 웃음소리에 몸이 얼어붙으면서도 복된 감정을 느끼며 뒤를 돌아보았다. 모차르트가 나를 향해 다가오고 있었다. 모차르트는 웃으면서 내 곁을 지나갔고 어슬렁거리는 걸음으로 태연하게 한 관람석을 향해 걸어가더니, 문을 열고 안으로 들어갔다. 나는 젊은 시절 신이자 평생 사랑하고 존경해 온 이 인물을 열심히 뒤따라갔다. 음악은 계속 울려 나왔다. 모차르트는 특별석 난간에 서 있었고, 무대에는 아무것도 보이지 않았으며, 뒤쪽의 끝없는 공간을 채우고 있는 것은 어둠뿐이었다.

"들어 보게." 모차르트가 말했다. "색소폰 없이도 그런대로 들을 만하지. 물론 그 훌륭한 악기를 폄훼할 생각은 없지만 말이야."

"우리는 지금 어느 지점에 있는 거죠?" 내가 물었다.

"우리는 〈돈 조반니〉의 피날레 부분을 듣고 있다네. 레포렐로는 벌써 무릎을 꿇고 있어. 훌륭한 장면이고, 음악도 들을 만하지. 이 대목은 물론 온갖 종류의 인간적인 색채를 띠고 있지만,

그래도 벌써 피안의 분위기를 분명히 느끼게 하거든, 바로 웃음에서 말이야. 그렇지 않은가?"

"모든 작곡 중에서 최후의 걸작이라고 할 수 있죠." 나는 교사처럼 격식을 갖추어 말했다. "물론 그다음에는 슈베르트도 나오고 후고 볼프도 나오고, 저 불쌍하면서도 훌륭한 쇼팽도 빼먹어선 안 되겠죠. 거장이신 당신은 이맛살을 찌푸리시는군요. 아, 그래요, 베토벤도 있습니다. 그분 또한 경이롭지요. 그런데 그 모든 것은 아름다울지 모르지만, 거기엔 벌써 어떤 미완성의 특성, 해체적인 요소가 내재되어 있습니다. 〈돈 조반니〉 이후에는 그렇게 완전한 형태의 작품이 만들어진 적이 없습니다."

"너무 애쓰지 말게." 모차르트는 이렇게 말하면서 지독히 냉소적으로 웃었다. "자네도 아마 음악가겠지? 나는 지금 음악 일을 그만두고 은퇴해 살고 있지. 가끔 재미 삼아 이 분야가 어떻게 돌아가는지 구경하긴 하지만 말일세."

그는 오케스트라를 지휘하듯 두 팔을 들어 올렸고, 어디선가 달인가 어떤 비슷하게 창백한 천체 하나가 떠올랐다. 나는 특별석 난간 너머로 측량할 수 없이 깊은 공간을 바라보았다. 거기에는 안개와 구름이 떠다니고, 산맥과 해안이 어스름한 형체를 드러내 보였다. 발아래로는 황무지 같은 평원이 넓게 펼쳐져 있었다. 그 평원에는 존경받음 직한 노인 하나가 긴 수염을 휘날리고 비애에 찬 얼굴로 검은 옷을 입은 거대한 무리의 선두에 서서 걸어가고 있었다. 노인은 우울하고 낙담한 모습이었다. 모차르트가 말했다.

"보게나, 저 양반은 브람스야. 저 사람은 구원을 얻고자 최선의 노력을 기울이고 있지만, 거기에 이르려면 아직 한참 남았다네."

나는 수천 명에 이르는 그 검은 사람들이 브람스의 악보 모음집에서 신들에 의해 불필요하다고 판단받았을 성부나 음표 부분을 노래하거나 연주한 자들이라는 것을 알게 되었다.

"악기들을 너무 과밀하게 사용했어, 재료를 너무 많이 낭비한 거지." 모차르트는 고개를 끄덕이며 말했다.

곧이어 우리는 리하르트 바그너가 이에 못지않게 큰 무리의 선두에 서서 행진하는 모습을 보았다. 수천의 사람이 그에게 의지해 힘겹게 발걸음을 옮기고, 그는 순교자처럼 지쳐 터덜터덜 걸어가고 있었다.

"저의 젊은 시절에는," 나는 애처로운 마음이 들어 입을 열었다. "이 두 작곡가가 완전히 대립되는 인물로 여겨졌죠."

모차르트가 웃었다.

"그렇다네, 언제나 그런 거야. 하지만 어느 정도 떨어져서 보면 그런 대립들도 점차 서로 닮아 가는 경향을 보인다네. 그리고 덧붙이자면 악기를 너무 과밀하게 사용한 것도 바그너나 브람스의 개인적인 잘못이라고 할 수는 없지. 그들이 살았던 시대의 과오였던 거야."

"뭐라고요? 그렇다면 시대의 과오 때문에 저들이 이제 저토록 심하게 속죄해야 한단 말인가요?" 나는 비난하는 어조로 물었다.

"물론일세. 그렇게 하는 것이 심급 제도에 어울리는 절차라고 할 수 있지. 저들은 우선 시대의 채무를 다 갚아야 하고, 그런 다음에 개인적 차원에서도 정산할 것이 많이 남아 있는지 따져 볼 수 있을 거야."

"그러나 시대의 채무가 저분들이 책임질 일은 아니잖습니까?"

"물론 그렇긴 하지. 아담이 선악과를 따 먹은 것도 자네 탓이 아니지만, 자네는 그것에 대해 속죄해야 하는 걸세."

"끔찍한 일이군요."

"그렇다네. 삶이란 언제나 끔찍한 것이라네. 우리가 책임 있는 것은 아니지만 책임지게 되는 거지. 사람은 이미 태어나면서 유죄 상태라고 할 수 있어. 자네가 그것을 모르고 있었다면 오늘 특별한 종교 수업을 받은 걸세."

나는 참담한 심정이었다. 지칠 대로 지친 순례자가 되어 피안의 황야를 헤매는 내 모습을 보았다. 직접 집필한 쓸데없이 많은 책, 모든 논문, 모든 잡문을 짊어진 채 가고 있었고, 내 뒤에는 인쇄 작업에 참여했던 한 무리의 식자공 그리고 내가 쓴 모든 것을 읽고 삼켜야 했던 독자들이 따르고 있었다. 맙소사! 아담과 선악과, 그리고 다른 모든 원죄가 여전히 남아 있었다. 그러니까 이 모든 것은 속죄되어야 하고 연옥의 불길은 계속 타올라야 하며, 비로소 이 모든 것이 끝나고 나서도 어떤 개인적인 것, 어떤 고유한 것이 여전히 남아 있는지 아니면 나의 모든 행위와 그 결과는 그저 바다 위 하잘것없는 거품, 모든 사건의 강물에서 아무 의미 없는 유희에 불과한지 따져 볼 수 있을 것이다!

모차르트는 침울한 내 얼굴을 보고 크게 웃기 시작했다. 그러다가 중심을 잃고 휘청거리면서 트릴을 연주하듯 다리를 떨었다. 그러면서 나를 향해 소리쳤다. "이봐 젊은이, 자네는 혀에 깨물리기라도 하고 허파에 꼬집히기라도 한 거야? 아니면 자네의 독자들, 망나니들, 불쌍하게 마구 먹어 대는 자들, 자네의 식자공들, 이교도들, 저주받은 선동자들, 칼을 딸랑거리는 자들을 염려하는 건가? 정말 웃기는군, 이 얼간이 녀석, 박장대소하고 포복절도할 일이야, 자칫하면 바지에 오줌 싸겠어! 아, 순진해서 쉽게 믿는 인간이여, 인쇄용 검은 잉크와 영혼에 고통을 안고 사는 그대여, 자네에게 양초를 하나 선사하지, 아니 그저 농담으로 그렇게 하는 거야. 허튼소리, 딸깍 소리, 소동도 피우고, 농담도 하고, 꼬리도 흔들어 보지만, 그리 오래 타오르지는 않아. 젠장, 악마가 자네를 데려갈 거고 자네는 마구 휘갈겨 놓은 것들, 여기저기서 표절한 그 모든 것 때문에 심한 매질을 당할 거야."

그런데 이것은 너무 심한 말이었다. 나는 화가 치밀어 더는 슬퍼하고만 있을 겨를이 없었다. 나는 모차르트의 댕기머리를 붙잡았다. 그가 날아가려고 하자 내 손에 잡힌 그의 머리채는 혜성의 꼬리처럼 늘어졌고, 나는 댕기머리 끝에 매달려 그곳 세상을 한 바퀴 빙 돌았다. 제기랄, 그곳 세상은 너무나 차가웠다! 그 불멸의 위인들은 얼음장처럼 차갑고 끔찍할 정도로 희박한 공기를 견뎌 내고 있었다. 하지만 얼음장처럼 차가운 공기는 기분을 유쾌하게 해 주는 구석도 있었는데, 나는 의식을 잃기 전 아주 짧은 순간 그것을 감지했다. 지독하게 예리하고 강철처럼 번쩍이며 얼음장 같은 명랑함이 나를 뚫고 지나갔고, 모차르트처럼 밝고 자유분방하며 초지상적으로 웃고 싶은 욕망이 나를 관통했다. 하지만 그 순간 나는 호흡을 중단하고 의식을 잃고 말았다.

*

혼미하고 기진맥진한 상태에서 다시 정신을 차렸다. 복도의 하얀 빛이 매끈한 바닥에 부딪혀 반사되고 있었다. 나는 아직 불멸의 존재들의 세계에 와 있는 것이 아니었다. 여전히 이 세계, 수수께끼와 고통의 세계, 황야의 이리들의 세계, 고통스러울 정도로 복잡하게 얽혀 있는 현세에 머물러 있었다. 이곳은 결코 있기 좋은 장소가 아니었고, 나로선 한동안도 머물 수 없는 곳이었다. 이런 삶을 끝장내야 했다.

대형 벽거울 속에서 하리가 나를 마주 보고 서 있었다. 그는 상태가 좋아 보이지 않았는데, 교수 집을 방문한 날 밤 그리고 이어 술집 '검은 독수리'에서 춤을 추던 때와 크게 다르지 않은 모습이었다. 그러나 그것은 오래전 일, 몇 년 아니 몇백 년 전 일이었다. 하리는 더 나이가 들었고 춤추는 법을 배웠으며, 마술 극장을 방문했고 모차르트의 웃음소리를 들었다. 그는 춤추는 일, 여자, 면도칼을 더 이상 무서워하지 않게 되었다. 재능이 특출하지 않은 사람도 몇백 년 동안 계속 내달리다 보면 성숙해지는 법이다. 나는 거울 속의 하리를 오랫동안 응시했다. 아직은 그를 알아볼 수 있을 것 같았다. 거울 속의 하리는 3월 어느 일요일 바위 언덕에서 로자를 만나 견진성사를 받을 때 썼던 모자를 벗고 인사하던 열다섯 살 하리와 조금 닮은 구석이 있었다. 그렇지만 그사이 그는 몇백 살은 더 먹었다. 그는 음악과 철학을 지긋지긋할 정도로 실컷 공부했고, 술집 '슈탈헬름'에서 알자스산 포도주를 들이켰으며, 고루한 학자들과 더불어 크리슈나 신에 대한 논쟁을 벌이기도 했다. 그는 또한 에리카와 마리아를 사랑했고 헤르미네와 친구 사이가 되었으며, 지나가는 자동차들을 향해 사격을 가하기도 하고 마르세유에서 매끈한 중국 여자와 잠을 자기도 했다. 그뿐만 아니라 그는 괴테와 모차르트를 만나 보았고, 그 자신을 여전히 포획하고 있는 시간과 가상현실의 그물에 다양한 구멍을 내기도 했다. 그는 비록 자신의 소중한 체스 형상들을 다시 잃어버리긴 했지만 주머니에는 여전히 믿을 만한 칼 한 자루를 갖고 있었다. 늙은 하리, 지친 노인네여, 앞으로 전진!

어휴, 인생은 왜 이렇게 쓴맛일까? 나는 거울 속 하리에게 침을 뱉고 발길질해서 그를 산산조각 내 버렸다. 나는 메아리가 울리는 복도를 따라 천천히 걸어가면서 그렇게나 많은 매혹적인 것을 약속한 마술 극장의 문들을 주의 깊게 바라보았다. 그런데 지금은 어떤 문에도 더는 글귀가 붙어 있지 않았다. 나는 마치 사열하듯이 백여 개나 되는 마술 극장의 문을 하나하나 살피며 걸음을 옮겼다. 나는 오늘 가장무도회에 참석한 것이 아니던가? 그로부터 백 년이 흘렀다. 이제는 세월이 더 이상 존재하지 않을 것이다. 하지만 아직 할 일이 남아 있었다. 헤르미네가 기다리고 있었다. 그것은 아주 기이한 결혼식이 될 것이다. 나는 탁한 물결 속에서 저편으로 헤엄쳐 갔다. 나는 우울하게 끌려가는 노예, 황야의 이리였다. 어휴!

마지막 문 앞에 멈춰 섰다. 탁한 물결이 나를 이곳으로 끌고 온 것이다. 아, 로자, 아, 나의 아득한 청춘, 아 괴테와 모차르트!

문을 열고 들어가자, 소박하면서도 아름다운 광경이 눈에 들어왔다. 바닥 양탄자 위에 두 사람이 나체로 누워 있었다. 아름다운 헤르미네와 잘생긴 파블로였다. 두 사람은 결코 충족될 것 같지 않아 보이나 쉽게 충족되는 사랑의 유희에 지쳐 있었고 나란히 누워 깊이 잠들어 있었다. 아름답고 근사한 인간들, 멋진 그림들, 경탄을 자아내는 육체들이었다. 헤르미네의 왼쪽 젖가슴 아래에는 새로 생겨난 동그란 얼룩이 하나 보였는데 거무스름한 그 자국은 파블로가 곱게 빛나는 이빨로 물어 놓은 사랑의 상처였다. 나는 그 얼룩이 있는 곳을 주머니칼로 날이 쑥 들어갈 정도로 깊게 찔렀다. 헤르미네의 희고 부드러운 피부에서 피가 흘러내렸다. 만약 모든 상황이 약간만 달랐더라면, 모든 것이 조금만 다르게 진행되었더라면, 나는 키스를 하면서 그 피를 핥았을 것이다. 하지만 나는 그렇게 하지 않았다. 그저 피가 흘러내리는 것을, 그리고 그녀가 무척이나 고통스러워하고 놀라는 표정을 지으면서 두 눈을 뜨는 것을 지켜보았다. 나는 '저 여자가 왜 놀라는 걸까?'라고 생각했다. 그러면서 그녀의 눈을 감겨 주어야겠다는 생각이 들었으나, 그녀의 두 눈이 저절로 다시 감겼다. 일이 끝난 것이다. 그녀는 몸을 조금 옆으로 돌렸다. 그때 그녀의 겨드랑이에서 가슴으로 이어지는 곱고 부드러운 그림자가 눈앞에서 아른거렸다. 그것은 내게 무엇인가 기억해 내라고 요구하는 것 같았다. 그러나 도무지 기억이 나지 않았다! 이제 그녀는 잠잠히 누워 있었다.

한참 동안 그녀를 바라보았다. 그러다가 마침내 잠에서 깨어난 사람처럼 부르르 떨면서 그 자리를 뜨려고 했다. 그때 파블로가 몸을 돌리고 눈을 뜨면서 팔과 다리를 쭉 뻗더니, 아름다운 여인의 죽은 몸 위로 몸을 숙이고 미소 짓는 모습이 눈에 들어왔다. 이 인간은 어떤 순간에도 진지할 줄 모르는 작자라는 생각이 들었다. 무슨 일이 일어나든 이 녀석은 미소를 지었다. 파블로는 조심스럽게 양탄자의 한쪽 모서리를 들어 헤르미네의 몸을 상처가 보이지 않게 가슴팍까지 덮어 주고는 소리 없이 관람석을 빠져나갔다. 그는 어디로 간 것일까? 나를 홀로 남겨 두고 모두 가 버린 것일까? 나는 내가 사랑하고 시샘도 했던 여인의 반라 시신과 함께 홀로 남겨졌다. 그녀의 창백한 이마 위로는 소년 같은 고수머리가 흘러내리고, 살짝 벌린 입술은 아주 창백한 얼굴에서 붉게 빛났으며, 머리에서는 향기가 은은하게 퍼지고, 머리카락 아래에는 조각처럼 또렷한 자그마한 귀가 살짝 드러나 있었다.

이제 그녀의 소원이 이루어졌다. 나는 사랑하는 여인이 완전히 내 것이 되기도 전에 그녀를 살해한 것이다. 상상할 수도 없던 일을 저지른 것이다. 이제 무릎을 꿇고 앉아 허공을 응시하면서 내가 저지른 행동이 무엇을 의미하는지 알지 못했고, 내 행위가 올바르고 정당한지 아니면 그 반대였는지도 도무지 알 수 없었다. 그 영리한 체스 놀이꾼은 이에 대해 뭐라고 할 것인가? 그리고 파블로는 뭐라고 할 것인가? 나는 아무것도 알지 못했고, 생각조차 할 수 없었다. 헤르미네의 얼굴에서 핏기가 사라지면서 립스틱을 바른 입술이 더욱 진홍색으로 타올랐다. 나의 삶 전체가 이와 같았다. 내가 경험한 약간의 행복과 사랑은 그녀의 경직된 입과 같았다. 죽은 얼굴에 칠해진 약간의 빨간색 같은 것이었다.

그리고 죽은 자의 얼굴, 죽은 자의 하얀 어깨, 죽은 자의 하얀 팔에서 냉기가 스멀스멀 흘러나와 나를 전율하게 했다. 이 한겨울의 황량함과 고독의 공기, 시나브로 강도를 더해 가는 냉기 속에서 내 손과 입술이 뻣뻣하게 굳어 갔다. 나는 태양을 소멸시킨 것일까? 나는 모든 생명의 심장을 살해한 것일까? 우주에 있는 죽음의 냉기가 갑자기 들이닥친 것일까?

나는 오한을 느끼면서 돌처럼 굳어 버린 그녀의 이마, 뻣뻣해진 그녀의 고수머리, 창백하고 싸늘한 빛을 발하는 조개 모양의 귀를 응시했다. 그녀에게서 흘러나오는 냉기는 치명적인데도 아름다웠다. 그 냉기는 놀라운 울림이고 진동이었으며, 그 자체로 음악이었다!

예전에도 한때 이런 전율을 느낀 적이 있지 않은가? 그러면서 행복감도 살짝 맛보지 않았던가? 이런 음악도 언젠가 들어 본 적 있지 않은가? 그렇다, 모차르트에게서, 저 불멸의 존재들에게서 들어 본 적 있었다.

지난날 한때 어디선가 발견했던 시구가 떠올랐다.

> 그러나 우리는 별처럼 빛나는 에테르의 얼음 속에서
> 우리 자신을 발견했다.
> 날들도 모르고 시간도 모르며,
> 남자도 여자도 아니고, 젊지도 않고 늙지도 않았다.
> (…)

우리 영원한 존재는 차갑고 변치 않으며
우리의 영원한 웃음은 차갑고 별처럼 밝다.

그때 특별석의 문이 열리더니 모차르트가 들어왔다. 그런데 모차르트는 이전처럼 댕기머리도 아니었고 짧은 바지를 입거나 버클 달린 구두를 신지도 않고 다분히 현대적인 복장을 하고 있어, 첫눈에 그를 알아보지 못하고 두 번 보고서야 알아차렸다. 모차르트는 내 곁에 바싹 다가와 앉았고, 나는 그가 헤르미네의 가슴팍에서 바닥으로 흘러내린 피에 더럽혀지지 않도록 하마터면 그를 잡아 뒤로 살짝 당길 뻔했다. 그는 자세를 잡고 앉아 거기 널려 있는 몇몇 작은 장비와 도구를 하나하나 세밀하게 점검했다. 그는 그것들을 매우 진지하게 여기고 능숙하고 민첩한 손놀림으로 이리저리 움직여 보기도 하고 나사를 죄기도 했다. 나는 그가 피아노를 칠 때 꼭 한 번 보고 싶었던 그 손놀림을 감탄 어린 눈으로 지켜보았다. 이런저런 생각에 잠긴 채, 아니 실은 생각에 잠겼다기보다는 그의 아름답고 재치 있는 손놀림에 매료되어 넋을 잃은 채 꿈을 꾸는 기분으로 그 모습을 바라보았다. 그와 가까이 있다는 것이 흥분되기도 했지만 약간 불안하기도 했다. 그가 무슨 작업을 하고 있는지, 그가 무엇을 조이고 조작하고 있는지 전혀 주목하지 않았다.

그런데 그가 조립해서 작동시킨 것은 라디오였고, 이제 그는 스피커를 켜면서 말했다. "뮌헨 방송, 헨델의 F장조 콘체르토 그로소."

그리고 정말 말할 수 없이 경악스럽게도 그 끔찍한 금속 깔때기는 축음기를 소지한 사람들과 라디오 방송 청취자들이 이구동성으로 음악이라고 부르는 것, 저 기관지 염증의 가래와 단물이 빠질 때까지 씹은 껌의 혼합물에 불과한 것을 곧바로 뱉어냈다. 마치 켜켜이 쌓인 먼지를 걷어 내면 옛 대가의 귀중한 그림이 모습을 드러내듯 그 탁한 점액과 그르렁거리는 소음 뒤에는 이 신성한 음악의 고상한 구조, 위엄을 갖춘 구성, 서늘하고 긴 호흡, 현악기가 산출하는 풍성하고 폭넓은 울림이 분명히 존재하고 있었다.

"하느님 맙소사!" 나는 경악을 금치 못하고 소리를 질렀다. "지금 뭐 하시는 거죠, 모차르트! 당신은 진심으로 당신 자신과 내게 이런 추잡한 짓을 하는 건가요? 이 혐오스러운 기계, 우리 시대의 전리품이라 할 수 있고 예술에 대항하는 섬멸전에서 마지막 승리를 거둔 그 무기를 우리에게 풀어 놓으려 하는 건가요? 꼭 그래야만 합니까, 모차르트?"

아, 이제 그 섬뜩한 인물은 참으로 차갑고 무시무시한 웃음, 소리를 내지 않으면서도 모든 것을 박살 내 버리는 웃음을 터뜨렸다! 그는 내가 고통스러워하는 것을 내심 즐거워하면서 지켜보았고, 라디오 세트의 그 저주받은 나사들을 돌려 댔으며 금속 깔때기를 작동시켰다. 그는 일그러지고 영혼도 없으며 독이 들어 있는 그 음악을 계속 방 안에 울려 퍼지게 했다. 그러면서 그는 웃었고, 웃으면서 내게 이렇게 대답했다.

"제발 걱정은 그만, 이웃 양반! 그런데 자네는 혹시 이 리타르

단도를 주목해 보았는가? 기발한 착상이야, 안 그런가? 그래, 조급한 양반, 이제 이 리타르단도의 사상을 한번 흡입해 보게. 베이스 소리가 들리는가? 마치 신들의 발걸음 같지. 늙은 헨델의 이 놀라운 착상이 그대 불안한 마음에 파고들어 차분해지도록 해 보게. 어떤 걱정이나 조롱 같은 것은 그만두고 말이야. 그 신적인 음악의 아득한 형태 위에 이 우스꽝스러운 장치가 정말 지독히 바보 같은 베일을 드리우고 있긴 하지만, 그 배후에 이 신적인 음악이 유유히 걸어가고 있다는 것을 알아차릴 걸세! 주의 깊게 들어 보란 말일세, 그러면 자네는 분명 무언가 배우게 될 거야. 겉으로 보면 이 황당한 소리통은 세상에서 가장 어리석은 짓, 가장 쓸데없는 짓, 가장 금지된 짓거리를 하고 그러면서 어디선가 연주된 음악을 무차별적으로, 어리석고 거친 형태로, 게다가 지독하게 왜곡시킨 형태로, 낯설고 그 음악에는 걸맞지 않은 공간에 내던지고 있지. 하지만 그런데도 그것은 그 음악의 근원적인 정신은 파괴할 수 없다는 점을 주목해야 한다네. 결국 이 소리통이 할 수 있는 거라곤 기껏해야 기술이라는 것이 음악을 수단으로 삼아 얼마나 황당하고 얼마나 정신없는 짓거리를 하고 있는지 어쩔 수 없이 입증해 보인다는 것일세! 잘 들어 보게, 자네에게 꼭 필요한 일이야! 자, 귀를 기울여 보라고! 그렇게 말일세. 자네가 지금 듣고 있는 것은 단지 라디오에 의해 능욕당한 헨델, 그런데 이 끔찍한 표현 양식에서도 여전히 신적인 위상을 드러내는 그런 헨델만이 아니라는 걸세. 그게 아니라, 소중한 친구, 자네는 동시에 모든 삶에 대한 탁월한 비유를 듣고 또 보고 있는 걸세. 자네는 라디오에 귀를 기울일 때 이념과 현상, 영원과 시간, 신적인 것과 인간적인 것 사이의 근원적인 투쟁을 듣고 보는 거야. 라디오는 이 지상에서 가장 훌륭한 음악을 10분 정도 시민들의 응접실이나 다락방 같은 아주 부적절한 공간에 임의로 내던지면서, 잡담을 하고 음식을 먹고 하품을 하고 잠을 자는 청취자들의 귀를 채워 주고 있어. 라디오는 이런 음악의 감각적인 아름다움을 빼앗아 버리고 음악을 망가뜨리고 상처를 내어 단지 가래 끓는 소리로 만들어 버리고 있어. 그렇게 하면서도 라디오는 물론 그 정신을 완전히 죽일 수는 없지. 이와 마찬가지로 이른바 현실이라는 것, 삶이라는 것도 세상의 화려한 이미지들의 유희를 도처에 뿌려 대고 있다네. 그것은 헨델의 음악을 들려주고 나서 중소기업에서의 회계 조작법에 대한 강연이 이어지게 하고, 매력적인 오케스트라의 음악을 맛없는 소음 덩어리로 바꾸어 버리며, 이념과 현실, 오케스트라와 우리 귀 사이에 자신의 기법과 부단한 활동, 무절제한 편의주의와 허영심을 마구 끼워 넣고 있어. 삶 전체가 그런 것이네, 젊은 친구. 우리는 이런 현실을 있는 그대로 인정해야 하고, 우리는 미련한 당나귀가 아니므로 그런 상황에 대해 웃는 거야. 자네 같은 유형의 사람들은 라디오 또는 삶에 대해 비판할 권리가 전혀 없어. 자네는 차라리 경청하는 법을 먼저 배우는 것이 좋을 거야! 진지하게 여길 가치가 있는 것은 진지하게 여기는 법, 나머지 것에 대해서는 웃어 버리는 법을 배우는 거지! 아니면 자네는 스스로 더 낫게, 더 고상하게, 더 지혜롭게,

더 기품 있게 살아왔다는 건가? 아니, 그렇지 않다고, 하리 씨! 자네는 자신의 삶을 끔찍한 병력(病歷)으로 만들고, 자신의 재능을 재앙으로 만들어 버렸지. 그리고 내가 보기에 자네는 너무나 예쁘고 매력적인 아가씨를 어떻게 더 훌륭하게 활용할 생각은 못 하고 그녀의 몸에 칼을 꽂아 무참히 파괴했어! 자네는 그것이 옳은 행동이었다고 생각하나?"

"옳은 행동이었다고? 아, 그렇지 않습니다!" 나는 절망적으로 소리쳤다. "맙소사, 정말 모든 것이 잘못되고, 지독히 어리석을 뿐 아니라 조악했어요! 모차르트, 나는 한 마리 짐승, 멍청하고 사악한 짐승, 병들고 썩어 있는 한 마리 짐승에 불과합니다. 당신 말이 골백번 맞아요. 하지만 이 아가씨의 경우는 그녀 자신이 그것을 원했고, 나는 소원을 이루어 주었을 뿐입니다."

모차르트는 소리 없이 웃었고, 이번에는 고맙게도 나를 위해 라디오를 꺼 주는 대단한 호의까지 보였다.

내 변명은 조금 전까지만 해도 그 변명을 여전히 충실하게 믿고 있던 나 자신에게조차 뜻밖에도 정말 멍청한 소리로 들렸다. 나는 갑자기 한 가지 일이 생각났다. 예전에 헤르미네가 시간과 영원에 대해 이야기한 적이 있었다. 그때 나는 곧바로 그녀의 생각은 내 생각을 그대로 반영한 것이라는 입장을 취했다. 그러면서 내 손에 죽고 싶다는 헤르미네의 생각이 전적으로 그녀의 고유한 착상이고 소원이며, 내 영향을 받은 것이 전혀 아니라고 당연히 여겼다. 하지만 만약 그런 것이었다면 어째서 나는 그때 그 끔찍하고 황당한 생각을 그냥 받아들이고 믿었을 뿐만 아니라 심지어 미리 예감까지 했단 말인가? 어쩌면 그것이 결국 내 생각이었기 때문 아닐까? 그리고 왜 나는 하필이면 헤르미네가 벗은 몸으로 다른 남자의 팔에 안겨 있는 순간에 그녀를 죽였을까? 모차르트의 소리 없는 웃음은 모든 것을 알고 있다는 듯 조롱 가득한 웃음이었다.

"하리." 그가 입을 열었다. "자네는 사람을 제대로 웃기는 재주가 있어. 그 아름다운 아가씨가 자네에게 바란 것이 정말 오로지 자네 칼에 죽는 것이었을까? 그런 말은 다른 사람들한테나 믿으라고 해! 그래, 적어도 자네는 그녀를 대담하게 찔렀고, 그 불쌍한 아가씨는 완전히 숨을 거두었지. 이제 자네는 그 아름다운 아가씨를 대상으로 행한 정중한 행동의 결과가 무엇인지 경험할 때가 된 것 같네. 아니면 자네는 그 결과를 회피하고 싶은가?"

"아니요." 나는 소리쳤다. "사태를 전혀 이해하지 못하세요? 내가 그 결과를 회피할 거라니요! 내가 바라는 것은 오로지 내 행위에 대해 속죄하고 또 속죄하고 또 속죄하는 것, 처형당하기 위해 도끼 아래 머리를 내미는 것, 받아야 할 벌을 받고 파멸하는 것입니다."

모차르트는 참기 어려운 조롱을 담은 눈길로 나를 노려보았다.

"자네는 언제나 너무 격정적이야! 하지만 자네는 곧 유머를 배우게 될 거야, 하리. 진정한 유머는 모름지기 교수대 유머라고 할 수 있지. 그리고 필요하다면 자네는 바로 교수대에서 그 유머를 배울 수 있을 거야. 그렇게 할 준비가 되었는가? 정말 그래? 좋아, 그렇다면 자네는 검사에게 가서 유머 감각이라고는 전혀 알지 못하는 사법 장치를 묵묵히 견뎌 내면서 마지막 단계까지 나아가 감옥에서 이른 아침 시간에 자네의 목을 내려치도록 하는 거야. 자네는 그렇게 할 준비가 되었다고?"

그 순간 내 눈앞에 글귀 하나가 번쩍 나타났다.

하리의 처형

나는 동의의 표시로 고개를 끄덕였다. 작은 격자 창문들이 나 있는 담장으로 사방이 둘러싸인 삭막한 뜰, 완벽하게 정돈된 교수대, 법관복과 프록코트를 입은 열두 명의 신사, 그 한가운데 내가 서 있었다. 잿빛이 감도는 새벽 공기에 오싹한 한기를 느꼈고 참담한 두려움으로 심장이 오그라들었지만, 나는 각오가 되어 있었고 동의한 상태였다. 나는 명령에 따라 앞으로 나갔고, 명령에 따라 무릎을 꿇었다. 검사가 모자를 벗고 헛기침을 하자, 다른 신사들도 헛기침을 했다. 검사는 엄숙한 판결문을 눈앞에 펼치고 다음 내용을 읽어 내려갔다.

"신사 여러분, 여러분 앞에 서 있는 사람은 하리 할러라는 자로서 우리의 마술 극장을 고의적으로 악용한 죄목으로 기소되어 유죄 판결을 받았습니다. 할러는 우리의 아름다운 가상의 갤러리를 이른바 '현실'과 혼동해 거울 속에 비친 아가씨의 형상을 거울 속에 비친 칼로 찔러 죽여 고상한 예술을 모독했을 뿐 아니라, 유머를 이해하지 못하고 우리 극장을 자살 장치로 이용하려는 의도를 보였습니다. 이에 우리는 할러에게 영생의 벌과 더불어 앞으로 열두 시간 동안 우리 극장에 입장할 수 있는 권한을 박탈할 것을 선고합니다. 아울러 피고는 한바탕 비웃음거리가 되는 처벌도 면할 수 없습니다. 신사 여러분, 소리를 맞춰 봅시다. 하나, 둘, 셋!"

'셋' 하는 소리가 끝나자마자 그곳에 있던 사람들은 한 사람도 틀리지 않고 완벽하게 동시에 웃음을 터뜨리기 시작했다. 그것은 차원 높은 합창 형태의 웃음이었고, 인간들이 감당하기 어려운 섬뜩한 피안의 웃음소리였다.

다시 정신을 차렸을 때, 모차르트는 여전히 내 옆에 앉아 있었고 내 어깨를 툭툭 치며 말을 건넸다. "어떤 판결이 내려졌는지 들었겠지. 그러니까 자네는 앞으로 삶의 라디오 음악에 계속 귀를 기울이는 데 익숙해져야 할 거야. 그렇게 하는 것이 자네에게 좋을 거야. 자네는 도통 재능이라고는 없는 사람이야, 어리석은 양반, 하지만 이제는 자네에게 요구되는 것이 무엇인지 알게 되었을 거야. 자네는 웃는 법을 배워야 할 거고, 그것을 요구받고 있는 거야. 자네는 삶의 유머, 삶이라는 교수대에서의 유머를 이해해야 할 거야. 그런데 자네는 이 지상에서 모든 것을 할 준비가 되어 있는데, 다만 자신에게 요구되는 것은 준비가 되어 있지 않은 거야! 자네는 아가씨를 찔러 죽일 준비가 되어 있고, 엄숙하게 처형당할 준비가 되어 있어. 그리고 어쩌면 백 년 동안 고행하면서 자신을 채찍질할 준비도 되어 있겠지. 안 그런가?"

"그럼요, 진심으로 그렇게 할 준비가 되어 있습니다." 나는 비참한 심정이 되어 소리쳤다.

"당연히 그렇겠지! 자네는 어리석고 유머도 없는 모든 행사를 좋아하고, 참으로 관대한 양반, 자네는 모든 격정적이고 위트 없는 것을 좋아하고 있어! 하지만 나는 그런 것을 전혀 좋아하지 않고, 자네의 로맨틱한 속죄 전체에 동전 한 푼 던져 줄 생각이 없어. 자네는 처형되기를 원하고 목이 잘려 나가기를 원하겠지, 광포한 인간 같으니라고! 자네는 그 정신 나간 이상을 실현하려고 열 번도 넘게 살인을 저지르려 하겠지. 자네는 죽기를 바라고 있어, 비겁한 양반, 그러면서 살아가는 것은 바라지 않지. 그런데 자네는 바로 그 삶을 살아가야 해! 자네가 설령 가장 엄중한 처벌을 받는다 해도 그것은 자네에게 정당한 처벌이라고 할 수 있을 거야."

"아, 어떤 처벌을 받게 되는 거죠?"

"예를 들면 우리가 그 아가씨를 다시 살려내 당신과 결혼하게 하는 거지."

"안 됩니다. 나는 그럴 준비가 되어 있지 않아요. 그것은 불행으로 끝날 겁니다."

"자네가 저지른 짓이 아직 충분히 불행하지 않다는 말처럼 들리는군! 하지만 이제 격정이나 살인 같은 것은 그만둬야 할 거야. 자네는 이성을 되찾아야 한다고! 자네는 살아가야 하고, 웃는 법을 배워야 해. 빌어먹을 삶의 라디오 음악을 듣는 법을 배워야 하고, 그 배후에 있는 정신을 존중하는 법을 배워야 하고, 거기에 들어 있는 모든 찌꺼기에 대해 웃는 법도 배워야 해. 내가 바라는 것은 그게 전부야, 더는 자네에게 요구할 게 없어."

나는 이를 악물고 나지막하게 물었다. "만약 내가 그걸 거부하면 어떻게 되는 거죠? 모차르트 선생, 내가 당신에게는 황야의 이리를 마음대로 다루고 그의 운명에 관여할 권리가 없다고 말한다면 어떻게 할 건가요?"

"그렇다면 말일세," 모차르트는 평온하게 말했다. "나는 자네에게 내 근사한 담배나 한 개비 피워 보라고 권하겠네." 이렇게 말하면서 그는 조끼 주머니에서 마술을 하듯 담배 한 개비를 꺼내 내밀었다. 그 순간 그는 더 이상 모차르트가 아니었다. 검고 이국적인 눈동자로 따스하게 나를 바라보는 인물은 바로 내 친구 파블로였다. 그는 또한 내게 작은 체스 말들을 가지고 게임하는 법을 가르쳐 준 남자와 쌍둥이처럼 닮았다.

"파블로!" 나는 깜짝 놀라 소리쳤다. "파블로, 우리가 지금 어디에 있는 건가?"

파블로는 내게 담배를 건네고 불을 붙여 주었다.

"우리는 지금 내 마술 극장에 와 있는 거야." 그가 미소를 띠면서 말했다. "탱고를 배우고 싶든 장군이 되고 싶든 알렉산드로스 대왕과 이야기를 나누고 싶든, 당신은 그 모든 것을 이 자리에서 바로 할 수 있어. 하지만 하리, 솔직히 나는 당신에게 좀 실망했어. 당신은 자제력을 완전히 잃어버렸고, 내 작은 극장의 유머를 파괴해 버리고 추잡한 짓을 했거든. 당신은 칼로 사람을 찔렀고, 우리의 아름다운 이미지 세계를 현실의 얼룩으로 더럽혔다고. 당신은 멋진 모습을 보여 주지 않았어. 적어도 나는 당신이 헤르미네가 나와 함께 누워 있는 것을 보고 질투심에서 그렇게 행동한 것이었으면 해. 유감스럽게도 당신은 이 체스 형상을 어떻게 다루어야 할지 몰랐던 거야. 나는 당신이 그 게임을 더 잘 배웠을 거라고 생각했거든. 괜찮아, 이제라도 오류는 수정할 수 있으니까.”

그는 어느새 체스 말의 크기로 작아진 헤르미네의 형상을 손가락으로 집어 들고 조금 전에 담배를 꺼냈던 그 조끼 주머니 속에 집어넣었다.

감미롭고 진한 담배 연기가 기분 좋은 냄새를 풍겼다. 온몸에서 힘이 쭉 빠지는 느낌이 들고 일 년 정도 푹 잘 수 있겠다는 생각이 들었다.

아, 이제야 모든 것을 이해했다. 나는 파블로를 이해했고 모차르트를 이해했으며, 내 등 뒤 어딘가에서 그의 섬뜩한 웃음소리를 들었다. 나는 삶의 게임을 위한 수십만 개에 달하는 모든 체스 말이 내 주머니 속에 들어 있다는 것을 알게 되었다. 나는 충격을 받고 어렴풋이나마 게임의 의미를 깨닫게 되었고, 다시 한 번 게임을 할 준비가 되어 있었다. 그 고통을 다시 한번 맛보고, 그 무의미함에 다시 한번 전율하며, 내면의 지옥을 한 번 더, 아니 몇 번이고 자주 통과하는 여행을 할 준비가 되어 있었다.

언젠가 나는 체스 게임을 더 잘할 수 있을 것이다. 언젠가는 웃는 법을 배우게 될 것이다. 파블로가 나를 기다리고 있었다. 모차르트가 나를 기다리고 있었다.

주

20 **『메멜에서 작센까지 소피의 여행』** 요한 티모테우스 헤르메스(1738~1821)가 집필한 감상주의풍 서간체 소설로 18세기에 가장 널리 읽힌 소설의 하나였다.

장 파울 요한 파울 프리드리히 리히터(1763~1825)는 낭만주의 시기 유머러스한 소설가로 헤세가 많이 경탄했다. 장 파울은 필명이다.

노발리스 낭만주의 시인이자 사상가였던 프리드리히 폰 하르덴베르크(1772~1801)가 '노발리스'라는 필명을 썼다.

레싱 고트홀트 에프라임 레싱(1729~1781)은 독일 계몽주의 시기 대표적 문인이자 비평가였다.

야코비 프리드리히 하인리히 야코비(1743~1819)는 계몽주의를 비판한 소설가이자 사상가였다.

리히텐베르크 게오르크 크리스토프 리히텐베르크(1742~1799)는 18세기 후반 물리학자, 철학자, 풍자작가로 활약한 인물이다.

28 **프리데만 바흐** 프리데만 바흐(1710~1784)는 음악의 아버지로 알려진 요한 제바스티안 바흐(1685~1750)의 장남이다.

레거 막스 레거(1873~1916)는 독일 낭만주의 시대 작곡가 및 오르간 연주자로, 바로크 양식으로 된 오르간 곡으로 유명하다.

37 **아달베르트 슈티프터** 오스트리아 소설가로, 1805년에 태어났으며, 정신 착란에 시달리다 말년(1868)에 린츠에서 면도칼로 스스로 목숨을 끊은 것으로 알려져 있다.

51 **지아노초** 장 파울이 1801년에 발표한 소설 『비행선 조종사 지아노초의 항해일지』에 나오는 주인공의 이름.

아틸라 슈멜츨레 아틸라 슈멜츨레는 장 파울이 1809년에 발표한 풍자소설 『군목 슈멜츨레의 플레츠 기행』에 등장하는 인물.

보로부두르 사원 18~19세기에 건축된 인도네시아 자바섬에 있는 불교 사원.

93 **어린아이로 지내는 것은 얼마나 복된가** 베를린의 유명한 작곡가 알베르트 로르칭(1801~1851)이 1837년에 발표한 희가극 「차르와 목수」에 나오는 후렴구 일부다.

101 **니체의 시** 1884년 가을을 노래한 시로, 니체는 이 시에 '고독', '작별' 등의 제목을 붙였다.

138 **마티손** 프리드리히 폰 마티손(1761~1831)은 독일의 고전주의 시기에 많은 인기를 구가했던 시인.

뷔르거 고트프리트 아우구스트 뷔르거(1747~1794)는 독일 질풍노도기 '담시(譚詩)'로 유명한 시인. 뷔르거는 자신의 처제 아우구스테를 위해 「몰리를 위한 헌시」를 썼고, 아내가 죽은 후 그녀와 결혼했다.

139 **불피우스** 크리스티아네 불피우스(1765~1816)는 여러 해 동안 괴테의 애인으로 지내다 결국 결혼해 괴테의 아내가 되었다.

140 **어스름이 위로부터 내렸다** 노년의 괴테가 1827년에 쓴 「중국-독일 절기와 일기」 연작시 중 여덟 번째 시의 첫 행.

141 **베토벤** 독일 고전주의 문학을 대표하는 괴테는 당대 드라마 작가이자 재능 있는 소설가였던 하인리히 폰 클라이스트(1777~1811)에 경탄하는 마음도 있었으나 클라이스트의 작품이 자기 파괴적

이라 여겼고, 특히 작품에 나타난 염세주의적인 측면을 배척했는데, 클라이스트는 1811년 권총으로 자살했다. 아울러 괴테는 강도는 약하지만 이와 유사하게 베토벤의 개성과 그의 작품에 나타난 거친 측면들에 대해서도 개탄한 것으로 알려져 있다.

154 **발터 폰데어포겔바이데** 발터 폰데어포겔바이데(1170~1230)는 중세 독일의 대표적인 시인으로, 당대 최고의 인기를 누렸다.

196 **〈여닝〉이나 〈발렌시아〉** 폭스트롯 곡 〈여닝(Yearning)〉은 필라델피아 출신 작곡가 조지프 A. 버크가 쓴 곡으로 1925년부터 서구에서 많은 인기를 끌었고, 폭스트롯 곡 〈발렌시아(Valencia)〉는 스페인 작곡가 호세 파디아의 작품으로 1926년 폴 화이트먼 오케스트라의 중요 히트곡이었다.

205 **함순** 크누트 함순(1859~1952)은 1920년 노벨 문학상을 수상한 노르웨이 출신 극작가로, 니체의 철학과 더불어 헤세를 포함한 독일의 전체 작가 세대에 영향을 주었다.

239 **경이로운 이중창** 헨델의 오라토리아 〈이집트의 이스라엘〉에 나오는 '여호와는 나의 용사'라는 제목의 베이스를 위한 이중창.

272 **타트 트밤 아시** '타트 트밤 아시(Tat tvam asi)'는 산스크리트어 문장으로 직역하면 '네가 그것이다'라는 뜻이다. 힌두교 철학에서 개인과 절대자 사이의 관계를 표현하는 말이다. 즉 우주의 실체 그리고 개인의 내부에 있는 자아가 하나임('범아일여')을 깨달을 때 구원이나 해탈이 있다고 보았던 것이다.

287 **『왕자의 마술피리』** 책의 제목은 헤세가 지어낸 것으로, 독일의 낭만주의 작가 아힘 폰 아르님과 클레멘스 브렌타노가 공동 간행한 민요집 『소년의 마적』을 연상시킨다. 하지만 헤세는 제목을 살짝 바꾸어 독일의 정신과 의사이자 역사가인 한스 프린츠호른(1886~1933)을 암시한 것으로 보인다. 이 의사는 1922년에 『정신병자들의 예술성』이라는 연구서를 펴냈는데, 이 책에는 실제로 하이델베르크 대학 정신 병원에 수용된 환자들이 산출한 많은 예술

작품의 삽화가 들어 있다.

291 **오 친구들이여, 이런 소리 말고** 실러의 시 「환희의 송가」 그리고 이 시에 곡을 붙인 베토벤의 〈9번 교향곡 합창〉 부분 첫 소절에 나오는 구절이다. 헤세는 제1차 세계 대전이 일어난 1914년 11월, 사방에서 들리는 집요한 민족주의자들의 목소리에 반대해 이런 제목으로 신문 기사를 쓴 적이 있다.

현대 사회에서 국외자가 겪은 자아 분열상과 현대 문명의 신경증에 관한 보고서

권혁준(인천대학교 독어독문학과 교수)

"왜냐하면 할러가 겪은 영혼의 병은 한 개인의 기벽이 아니라 우리 시대 자체의 병, 할러가 속한 세대의 신경증이었기 때문입니다." - 본문 중에서

헤르만 헤세와 『황야의 이리』

20세기 독일의 대표적 문인의 하나인 헤르만 헤세가 1927년에 발표한 소설 『황야의 이리』(원제 *Der Steppenwolf*)는 이 작가의 문명(文名)을 독일 지역을 넘어 전 세계에 떨친 작품이다.

헤세는 생전에도 특히 전쟁을 경험한 후 삶의 의미와 방향에 목말라 있던 젊은 세대에서 인기를 얻었지만, 미국 같은 곳에서는 사후, 특히 월남전이 한창이던 1960년대 말 '헤세 열풍'이 일어났다. 이런 열풍을 선도한 작품이 『싯다르타』와 『황야의 이

리』인데, 특히 『황야의 이리』는 1960년대 말 탈권위주의, 반전, 반핵 및 환경운동을 내세우며 미국과 유럽 사회를 뒤흔들었던 이른바 '68 학생운동' 세대 그리고 문명을 등지고 자연으로 돌아가고자 했던 '히피'들이 바이블처럼 여기고 열독한 소설이기도 하다. 1960년대 북아메리카에서는 '황야의 이리'라는 이름의 록 밴드가 등장하기도 했는데, 밴드의 이름은 현대 문명에 대해 불만을 표출했던 소설 주인공에게 공감해 따온 것이 분명하다.

『황야의 이리』가 지금까지 세계적인 명성을 누리는 것은 헤세가 현대 문명 속에서의 자아 분열을 경험하고 진정한 인간이 되기를 탐색하는 주인공의 여정을 제시했을 뿐 아니라 현대성이라는 시대 문제를 비판적으로 다루기 때문일 것이다. 자아와 세계, 개인과 우주 사이 연관성에 대한 탐구는 헤세의 모든 작품을 관류하는 중심 주제이기도 하다.

원래 경건주의 가풍 집안에서 자랐으나 청소년 시기부터 작가 외에는 아무것도 되지 않으려 했던 헤세는 첫 장편 소설 『페터 카멘친트』(1904)를 발표해 작가로서 상당한 성공을 거두고 명성까지 얻는다. 제1차 세계 대전이 일어나기(1914) 전까지 6만 부 정도 팔린 이 작품의 성공에 힘입어 당시 스물여섯 살이던 헤세는 바젤의 서점 점원 일을 그만두고 1962년 타계할 때까지 전업 작가로 살 수 있었다. 『페터 카멘친트』에서 헤세는 현대 문명, 특히 대도시의 삶과 대척점에 있는 자연에 가까운 삶을 찬미하면서 문화 염세주의를 대거 표방했다. 이 소설이 발표될 무렵 많은 젊은이가 자연에 대한 낭만주의적 향수를 느끼고 단체 도보운동('반더포겔') 같은 활동에 참여했는데, 헤세의 첫 소설은 이런 시대 유행에 조응하는 것이기도 하다. 하지만 주인공('페터 카멘친트')은 정작 어떤 사회 운동에 가담한 인물이 아니고 헤세의 여타 주인공들과 마찬가지로 오히려 자신의 진정한 삶을 탐색한 신비주의적 성향의 개인주의자, 사회의 아웃사이더였다. 이 밖에도 초기에 해당하는 중요한 소설로는 사회적 압박에 짓눌려 파멸하는 청춘을 다룬 『수레바퀴 아래서』(1906), 서로 다른 기질과 성향의 남녀가 결혼해 겪는 부부 갈등을 다룬 『게르트루트』(1910), 시민적인 삶을 떠난 방랑자를 그린 『크눌프』(1915) 등이 있다.

헤세의 작품으로 독자에게 더욱 알려진 소설은 중기 이후 나온 『데미안』, 『싯다르타』, 『황야의 이리』, 『나르치스와 골드문트』 그리고 만년의 대작 『유리알 유희』가 있다. 이 소설들은 모두 제1차 세계 대전 이후 발표됐는데, 제1차 세계 대전은 헤세의 문학 역정에서 분수령이 된 것으로 보인다. 초기 작품들은 대체로 시골이나 고향에 대한 감상주의적인 애착을 보이며 사회에서 문제적인 개인들의 뿌리도 거기 있다는 메시지를 담고 있다. 그리고 당대 여러 작가와 마찬가지로 헤세 역시 전쟁 발발이 서구 문명이 회복되고 집단 정체성을 발견하는 계기가 될 것으로 여겼다. 그러나 전쟁에서의 비인간적인 참상을 목도하면서 곧바로 전쟁에 반대하는 평화주의자로 태도를 바꾸었고, 이로 인해 독일 민족주의자 그룹과 우익 언론의 공격 대상이 되기도 했다. 하지만 1914년 이후 그의 글쓰기 특징이라고 할 수 있는 세계 시민을 지향하는 휴머니즘은 헤세에게 결국 1946년 노벨 문학상 수상이라는 영예를 안겨 주었다.

『데미안』(1919년에 '에밀 싱클레어'라는 필명으로 발표)은 제1차 세계 대전 이후 헤세가 문학적으로 새로운 출발을 하면서 선보인 첫 소설이다. 일인칭 서술자로 등장하는 주인공 에밀 싱클레어는 내면의 목소리에 귀를 기울이면서 외부에서 가해지는 어떤 규범도 따르기를 거부하는 인물이다. '내면'에의 길을 걸어가는 주인공을 통해 이 소설이 던지는 개인주의적 메시지는 두 차례 대전을 경험한 독일에서 특히 젊은 세대에게 성서와 같은 것이 되었다. 1922년 발표된 『싯다르타』에서 헤세의 문명 비판은 부처가 활동한 지역과 시대를 배경으로 이루어지는데, 힌두교 제사장(브라만)의 아들인 싯다르타는 단호하게 개인주의 정신을 보이면서 부처의 교리에 자신을 완전히 내맡기기보다는 한 늙은 사공의 실질적인 영향 아래서 교리로 전할 수 없는 지혜의 형식으로 불교의 정수를 흡수한다.

1927년에 발표된 『황야의 이리』는 당시 헤세가 처했던 개인적인 상황을 많이 반영하고 있다. 헤세는 우스꽝스럽고 역겨운 세계에서 자신이 철저히 배제되어 있다는 감정을 가졌는데, 시민사회로부터의 고립과 내면의 자살 충동이 작품에서는 주인공 하리 할러가 경험하는 삶의 위기로 표출된다. 그런데 하리 할러는 싱클레어/데미안 또는 싯다르타와 달리 자아 분열을 경험한 사회의 아웃사이더로서 인간 되기의 길을 걷지만 위기를 해결하지 못한 인물로 남는다. 어쩌면 이런 열린 결말이 현대 독자들에게 더욱 강력한 호소력을 발휘한다고도 볼 수 있다.

『황야의 이리』는 내용과 형식 면에서 모더니스트 작가로서의 역량을 잘 보여 주는 반면, 이후의 작품들은 다소 답보적인 행보를 보인다. 『나르치스와 골드문트』(1929~1930)는 두 대전 사이 위협적인 세계와 거리가 먼 중세를 배경으로 하고 있다. 이 소설에서 헤세는 나르치스와 골드문트라는 두 아웃사이더 인물로 나타나는 이원론(다른 세계의 지혜와 삶을 긍정하는 감각성)을 탐구하는데, 두 인물이 갈망하는 '전체성'은 개인적으로 달성할 수 없고 상호 관계에서만 발견된다는 메시지를 담고 있다. 마지막 대작 『유리알 유희』(1943년 발표)는 헤세가 12년에 걸쳐 완성한 작품으로 작가로서의 야심을 유감없이 보여 준다. 히틀러 치하의 독일과 제2차 세계 대전의 야만성에 반대해 이 소설은 유토피아적인 미래의 정신 공화국으로 설정된 공간(카스탈리엔)에서 요제프 크네히트라는 유희 명인이 최고의 경지에 오르는 과정을 서술하고 있다.

『황야의 이리』와 작가의 자전적 요소

헤르만 헤세는 작가 스스로 인정했듯이 특별히 자전적인 작가였다. 소설의 주인공들(페터 카멘친트, 한스 기블러, 에밀 싱클레어 등)은 작가의 삶에서 특정한 시기에 겪은 경험, 사유, 문제의식을 드러내기 위한 상징적 은유로 설정된 경우가 많다.

이 소설의 주인공 하리 할러(Harry Haller)도 이니셜이 헤르만 헤세와 같고, 헤세가 소설을 완성한 것이 쉰 살이었다는 점을 감안하면 나이도 일치한다. 주인공은 작가와 마찬가지로 아내의 갑작스러운 정신 질환으로 가정생활이 파경을 맞았고, 전쟁(제1차 세계 대전) 중에는 자신이 쓴 평화와 인간성을 옹호하는 논조의 기사들로 인해 조국(독일)의 배신자, 우익 언론의 비난을 받은 인물로 묘사되고 있다.

이처럼 소설의 인물과 작가는 여러 면에서 경험을 공유하는데, 작품 『황야의 이리』는 헤세의 삶에서 특별한 위기를 집중적으로 다룬다. 헤세가 가장 심한 위기를 맞은 것은 1922년에서 1926년인데, 한 차례 이상 자살을 대안으로 생각할 정도로 절망했다고 한다(마흔여덟 살에 친구였던 후고 발에게 보낸 편지 등에서 언급). 헤세는 쉰 살 생일까지 2년 정도 휴식을 가지면서 심각한 우울증에서 벗어났는데, 이때 하리 할러처럼 쉰 살 생일에 자살할 권리를 대안으로 두는 전략을 취하기도 했다.

『황야의 이리』를 발표하기에 앞서 헤세는 1925/1926년 겨울에 40여 편의 연작시를 써서 '위기'라는 이름을 붙였다. 시집 전체는 1928년에 발표되었으나, 일부는 1926년 11월 『노이에 룬트샤우』에 '황야의 이리'라는 제목으로 실리기도 했다. 헤세는 이 시들이 문학이라기보다는 자기 삶의 단순한 고백이라고 밝힌 적도 있는데, 연작시집에 「불멸의 존재들」이라는 시(소설에서는 할러가 교외의 한 술집에서 마리아를 기다리는 동안 포도주 메뉴판 뒷면에 이 시를 끄적거림)가 그대로 실려 있다. 이외에도 연작시집의 시들은 헤세의 경험, 특히 나이 들어 새롭게 기분 전환을 시도한 것을 거의 있는 그대로 표현하고 있다.

작가의 우울한 심성은 대체로 자신이 늙어 가는 상황에서 비롯된 것이다. 이 시기에 헤세는 여러 육체적 질병으로 고전했는데, 특히 좌골 신경통과 통풍을 겪었을 뿐 아니라 시력도 약화되었고 눈 뒤쪽에서 일어나는 심한 두통 때문에 자주 괴로워했다. 소설에는 작가의 이런 상황이 그대로 반영되어 있다. 고통을 완화시키고자 헤세가 의존했던 것도 강한 아편이나 술이었다. 헤세의 포도주와 브랜디 소비는 연작시집 『위기』와 여러 편지에서도 자주 언급되고, 소설에서 하리 할러는 시내 술집에서 이런 술을 마셨다.

더 놀라운 것은 소설에 나오는 할러의 다른 활동(댄스 교습, 축음기 구매, 가면무도회 참여 등)도 작가의 경험을 토대로 했다는 것이다. 헤세는 1926년 댄스 교습에 참여했고, 통풍에 시달리는 나이였지만 폭스트롯과 원스텝을 밟을 정도는 되었으며, 3월에는 카니발 축제 기간에 취리히에서 열린 가면무도회에 처음으로 참석하고는 자신이 30년 동안 인간 문제에 몰두하면서도 정작 가면무도회를 제대로 알지 못한 바보였다고 고백하기도 했다. 같은 해 6월에는 취리히의 한 가게에서 축음기를 하나 구입해 저녁이면 당시 유행하던 댄스곡 〈여닝〉이나 〈발렌시아〉를 듣기도 했다.

가정생활이 평탄하지 못했던 헤세는 1912년부터 스위스 베른에서 살다가 아내의 우울증 발발(1917)과 결혼 생활의 파경(1918)을 계기로 1919년 스위스 루가노 호수 위쪽의 몬타뇰라에 있는 은거지('카사 카무치'라는 오래된 성)로 거처를 옮긴다. 정원까지 갖춘 이곳은 헤세에게 도시 생활과 현대 세계에서 벗어난 피난처였다. 이곳에서 헤세는 검소한 생활, 채식, 명상 등 금욕주의자의 삶을 시도하면서 시민 세계에서 도피한 은둔자로서 즐겼는데, 이런 고독은 글쓰기와 새로 발견한 취미(수채화)에 생산적인 결과를 낳기도 했다.

그러나 몬타뇰라 산중은 겨울철에 추위가 참기 힘든 정도여서 헤세는 1924년부터는 겨울이 찾아오면 다시 바젤이나 취리히 같은 도시로 나가서 살았다. 헤세는 도시에서 친구들과 교유하고 특히 바젤에서는 다락방을 얻어 보통 사람들과 더불어 살면서 지난 몇 년간 고독자로서 자신이 향유한 자유의 삶이 어떤 가치가 있는지 의문을 갖기도 했고, 젊은 시절 지식을 추구하는데 많은 시간을 보내면서 정작 삶을 제대로 즐기지 못한 것을 후회하기도 했다. 그러면서 헤세는 말 그대로 '다 자란 어린아이' 처럼 살고자 시도했고, 완전히 성공을 거둔 것은 아니지만 새로운 삶을 즐겼다. 이 시기에 헤세는 춤추는 법도 새로 배우고 술집을 전전하는 것 외에 성적 해방도 상당히 향유했다고 한다.

물론 헤세는 바젤이나 취리히에서 겨울철을 보내는 동안 춤이나 음주, 성적 유희에만 몰두한 것이 아니었다. 몬타뇰라의 은거지를 떠날 때는 여행 가방에 필요한 책들, 수채화 도구, 그림 등 도시의 셋방을 장식할 수 있는 물건들을 챙겼는지 꼼꼼히 확인했다. 하리 할러 역시 이와 같은 지적, 심미적 물건들을 가지고 와서 자신의 다락방을 채우고 은둔자의 공간으로 만든다. 하리 할러의 방에서 발견하는 시암 종파의 부처 그림은 동양 종교에 대한 헤세의 관심, 간디의 초상은 헤세의 평화주의를 보여 주는 것이다.

작가와 작중 인물의 유사한 정체성은 독서 측면에서도 잘 나타난다. 독일 낭만주의는 헤세의 초창기 삶에 중요한 영향을 끼쳤는데, 그가 가장 소중하게 여겼던 낭만주의 작가 장 파울과 노발리스는 할러의 서책 목록에서도 발견된다. 도스토옙스키의 책들은 헤세의 또 다른 관심을 보여 주는데, 헤세는 1920년 '혼돈 들여다보기'라는 제목으로 이 러시아 소설가에 대해 세 편의 에세이를 발표하기도 했다. 괴테 전집은 헤세에게 더욱 중요한 의미를 지닌다. 헤세는 독일의 대문호 괴테를 마음 깊이 존경했고, 괴테에 대한 작가의 찬탄과 비판은 할러가 괴테를 만나는 꿈 부분에서 그대로 나타난다. 아울러 『황야의 이리』와 소설 속에서 괴테가 '불멸의 존재들' 중 하나로 등장한 것은 헤세의 상상적인 전기소설이 독일의 문학적 전통에 확고하게 뿌리를 두고 있음을 보여 준다.

소설의 구조와 구성

헤세는 『황야의 이리』가 출간되고 나온 초기의 여러 비평이 소설의 형식에 제대로 주목하지 못한다는 견해를 보인 적이 있다. 그러면서 헤세는 이 소설이 미완성이 아니라 음악에 비유하면 소나타나 푸가처럼 균형을 갖추고 있다고 했고, 소설의 음악적 구조와 관련해 간주곡에 해당하는 '소논문'을 중심으로 소설이 엄격한 소나타 양식을 취하고 있다고도 했다. 헤세의 이런 비유를 고려한다면 이 소설에서 음악은 내용 면에서뿐만 아니라 형식 면에서도 중요한 영향을 끼친다.

분명한 것은 『황야의 이리』가 특이하고 복잡한 구조를 가진 소설이라는 점이다. 하리 할러라는 시민 사회의 아웃사이더를 주인공으로 내세운 이 소설은 크게 편집자의 서언, 할러의 수기 첫 부분, 황야의 이리에 관한 소논문, 하리 할러의 수기 후반부로 명확하게 나뉘어 있다. 이런 단락과 더불어 헤세는 다중의 인물을 서술자로 등장시켜 시점을 다양화하는 서사 전략을 동원하고 있다.

우선 소설은 셋집 여주인의 조카가 셋집 거주자가 남긴 수기를 편집한 인물로 등장해 하리 할러라는 인물을 서술하는 내용('편집자의 서언')으로 시작한다. 이때 서술자는 객관적인 시점의 외양을 취하면서 회고와 성찰의 형태로 주인공에 대한 자신의 견해를 피력한다. 일반 독자는 '편집자의 서언' 부분이 소설이 아니라는 인상을 받을 수도 있겠지만, 편집자가 하리 할러의 수기를 처음 읽은 독자이자 수기를 해석하는 인물이기도 하다는 점에서 이 부분은 독자가 수기를 다양한 방식으로 수용하도록 준비시킨다. 아울러 편집자는 시민 계층의 대표자로서의 시각도 드러낸다. 황야의 이리는 시민 계층의 삶에 대해 한편으로는 동경하면서 다른 한편으로는 낯선 감정, 경멸감 등 양가적 감정을 갖고 있다. 시민 사회의 눈으로 보면, 황야의 이리의 고독한 삶과 절망적 시선은 시민 사회를 불안하게 하는 위협으로 여겨진다.

편집자는 황야의 이리의 삶을 목격한 자로서 하리 할러의 고독한 실존을 독자에게 전달하고자 하는데, 하리 할러는 그에게 다음과 같은 인상을 남긴다. "도시 한복판으로 들어와 군중 속에서 길을 잃은 황야의 이리, 이 문제의 인물, 경계심 가득한 그의 고독, 그의 야성, 그의 불안, 그의 향수, 그의 고향 상실에 대한 묘사로 이보다 더 적절한 표현은 없을 것입니다." 편집자는 한편으로 이 인물에 공감을 표시하지만, 자신은 시민적이고 안정되며 의무로 가득한 삶을 살고 있다면서 거리를 둔다. 아울러 편집자는 하리 할러의 수기를 허구적인 성격을 띤 일종의 '자기 내면의 전기'인 동시에 '시대의 기록'으로 읽어야 할 것이라고 제안한다.

그런데 '오로지 미친 자들을 위하여'라는 불길한 부제가 붙은 '하리 할러의 수기' 첫 부분을 읽을 때 독자는 주인공의 주관적인 세계에 진입하게 된다. 할러의 수기는 소설에서 가장 많은 분량을 차지하며 1인칭 서술자가 직접 등장해 일기와 유사한 형태를 취해(그러나 일기와 달리 지난 경험을 회상하고 성찰하면서 거리 유지) 내적 분열을 겪는 자신의 유의미한 체험들을 '부르주아' 편집자의 시점과 완전히 다른 시점에서 서술해 나간

다. 수기에 따르면 그의 내면에서는 '이리'와 '인간'이 서로 반목하는데, '인간'의 정신적인 관심, 윤리적·미학적 이상들, 고상한 삶과 시민적 삶의 방식을 그의 속에 있는 '이리'는 가식적이고 무의미한 것이라고 낙인찍는다. 반대로 그의 속에 있는 '인간'은 길들여지지 않고 인간을 경멸하며 공동체에서의 삶, 예술과 문화에의 참여를 거부하는 거친 이리의 야성을 비난한다. 하리 할러는 자신이 살고 있는 시대와 사회에서 낯선 감정을 느끼며 고독한 방황을 하는 자신을 '황야의 이리'라고 부른다. 현대 문명과 기술의 발전에 혐오를 느끼는 그는 시민 사회의 아웃사이더로 살면서 시민 계층의 평온과 안정을 동경하면서도 만족감과 평범한 삶을 경멸하고 견딜 수 없어 한다. 수기의 첫 부분에는 이런 그의 내면 상태가 잘 묘사되어 있다.

그런데 하리 할러가 시내를 배회하다 우연히 입수한 「황야의 이리에 관한 소논문」 부분에서는 서사 시점이 또다시 변한다. 주인공 자신의 평가에 따르면 이 소논문은 "외부의 높은 곳에 있는 어떤 인물이 (…) 묘사한 것으로 냉정하고 지극히 객관적인 외양을 지닌 것"으로서 주인공의 삶에 대해 일정한 거리를 둔 서술이라고 할 수 있다. 소논문은 하리 할러의 자기 파괴적인 갈등을 비판적으로 해석하면서 그의 자기 평가를 하나의 '착각'으로 드러낸다. 아울러 소논문은 황야의 이리가 어떻게 자기를 해방할 수 있을지 가능성을 제시한다. 하리 할러는 소논문에서 자신의 모습을 성찰하면서 자신의 삶이 바뀌어야 한다는 점을 고통스럽게 자각한다.

소설에서 가장 많은 분량을 차지하는 수기 후반부에서 헤세는 다시 주관적인 비전으로 돌아간다. 간주곡에 해당하는 '소논문'을 제외한다면 할러의 수기 부분은 서술자가 자신의 체험을 직접 전달하는 시점의 일치를 보여 준다. 그리고 할러의 주관적인 비전은 어느 정도 소논문의 영향을 받아, 부분적으로는 헤르미네, 파블로와 같은 인물을 만나 과격하게 다른 방식으로 자신을 바라보는 법을 배우면서 점차 수정된다. 가장 결정적인 변화는 소설 마지막에 나오는 마술 극장 장면에서 일어난다. 이곳에 이르면 할러가 밤의 환락을 예고하는 글에서 읽은 '입장료로는 이성을 지불할 것'이라는 글귀가 암시하듯 서사에서도 이성적인 객관성 같은 것이 모두 폐기된다.

이처럼 다중의 시점을 동원함으로써 『황야의 이리』는 헤세의 다른 작품들보다 복잡한 구조를 띠는 모더니즘 텍스트가 되었다. '편집자의 서언' 부분뿐만 아니라 소설의 거대한 분량을 차지하는 수기 부분, '황야의 이리에 관한 소논문'은 황야의 이리라는 인물과 그의 운명을 다양한 시점에서 조명해 보려는 시도라고 할 수 있다. '편집자의 서언'은 목격자의 시선에서 쓴 것이고, 수기는 자신의 정체성을 탐색하는 자아의 자기비판적 기록이며, 소논문의 객관적인 시각은 수기 부분과 상호 영향을 주고받으며 주인공에 대한 이미지를 다면적으로 제시하고 있다.

'편집자의 서언'에 등장하는 편집자의 언어는 '하리 할러의 수기' 부분의 언어보다 대체로 단순한 편이다. 수기에서는 문장들이 더 길어지고 복잡한 형태를 보인다. 하지만 편집자 역시 니체 사상의 여러 측면에 친숙해 있고 주인공에 대한 그의 분석 역시 소논문에서 주장된 것과 확연히 다르지 않다. 한편 소논문은 그 자체로 문체적인 면에서 보면 특이한 혼종의 장르를 보여준다. '옛날 한때'와 같은 동화적 문체로 시작해 인생 지침서 같은 논조를 보이다가, 유희적이고 조롱하는 어조에도 불구하고 부르주아 계층, 자살에 관한 일반적인 논평과 함께 인간 실존의 복잡한 심리학적 성격을 다룬다. 소논문은 '우리'가 말하는 형식으로 제시되어 있다. 소논문은 저자가 명확하지 않지만, '불멸의 존재들'이 취하는 시점으로 기술되고, 이 '불멸의 존재들'은 할러가 우연히 방문하는 마술 극장에서도 지배적인 존재들이라는 암시가 나온다. 물론 소논문의 장황하고 화려한 문체는 극장 관람석 문에 붙어 있는 글귀와 차이가 있다. 그리고 소논문의 저자는 어떤 부분에서도 모차르트가 마술 극장의 마지막 장면에서 하는 것처럼 할러의 거만한 태도를 통렬하게 조롱하지 않는다.

동시대 거장인 토마스 만은 『황야의 이리』를 같은 시기에 나온 제임스 조이스의 『율리시스』나 앙드레 지드의 『위폐범들』에 버금가는 혁신적인 작품으로 평가한 바 있다. 이 소설의 구조가 그 정도로 과격한 모더니즘에 해당하는지는 단정하기 어렵지만, 이 소설이 지닌 강점은 무엇보다 현대 사회에서 한 개인이 겪은 신경증을 솔직하게 묘사하고 있다는 것, 그리고 이 문제에 대한 헤세 특유의 접근이 시점의 다양성을 통해 이루어지고 있다는 것은 분명하다. 그리고 '편집자'가 지적했듯이 하리 할러의 신경증은 그가 속한 세대 전체의 신경증이기도 하다. 이 소설이 후세대에 걸쳐 여전히 호소력을 발휘하는 것은 현재도 이런 신경증이 계속되고 있기 때문일 것이다.

‘교양 소설’로서의 『황야의 이리』

『황야의 이리』는 주인공이 늦은 나이에 삶을 새롭게 발견해 나가는 과정을 다룬다는 점에서 교양 소설 장르에 속한다. 교양 소설(혹은 교육 소설)은 독일의 문학적 전통에서 독특한 장르의 하나다. 영국이나 프랑스, 러시아의 경우에는 대체로 사실주의 소설의 전통이 우세했다. 그런데 특히 독일에서 발달한 교양 소설은 주인공이 미숙한 청소년 시기부터 사회의 유용한 구성원으로 성숙해 가는 발달 과정에 초점을 맞춘다. 교양 소설에서도 사회적 관심사가 완전히 배제되는 것은 아니지만, 개인의 성장 과정이 더 중요하기 때문에 철학적 관념들은 부수적인 역할을 하는 경우가 많다.

그런데 이 소설의 주인공은 소설 출발 시점에 이미 고도로 교양을 갖춘 인물이고, 책을 출판한 작가이자 문학과 고전 음악 전문가라는 점에서 전통적인 교양 소설과는 차이가 있다. 할러의 교양 교육은 40대 후반에 시작되는 때늦은 교육일 뿐 아니라, 교양의 습득 과정 역시 평범하지 않다. 그가 배워야 할 핵심적인 것의 하나는 다른 방식으로 자신의 실존을 바라보는 것이다.

출발점에서 황야의 이리인 하리 할러는 자기 자신 속에서 분열을 경험하는 인물이다. 지적, 정신적, 예술적 자질 덕분에 절반은 인간이고 거칠고 야성적인 본능 때문에 절반은 이리인 실존을 살고 있고, 따라서 평범한 안전을 추구하는 시민 계층의 아웃사이더로 살면서도 시민 계층의 안온함을 그리워하는 양가적 감정을 가진 존재다. 하지만 이런 이원론은 그가 우연히 습득한 「황야의 이리에 관한 소논문」에 나타난 조잡한 이원론적 사고로 평가되면서 폐기된다. 소논문에는 하리가 교양이 높은 인간임에도 불구하고 이분법에 갇혀 둘 이상은 세지 못하는 미개인처럼 처신한다고 지적한다.

소논문에서는 이원론적인 사고에 사로잡힌 문학적 사례도 제시한다. 괴테의 드라마 『파우스트』에서 학식이 높은 주인공 파우스트는 "내 가슴에는 두 영혼이 살고 있다!"라는 유명한 대사를 내뱉는 것이다. 이원론은 인간 실존이 수많은 영혼으로 되어 있다고 보는 인도 철학에서는 이미 오래전에 하나의 망상으로 드러났지만, 서구 사상에서는 오랫동안 중심적인 역할을 해왔다. 할러는 자신이 습득한 소논문을 자세히 탐구하지만, 소설을 읽는 분별력 있는 독자와 달리 우선 이원론의 맹점을 제대로 파악하지 못한다. 그는 나중에 마술 극장의 거대한 거울 속에서 또는 체스 판에서의 작은 체스 형상으로 자신의 다양한 자아와 대면한 뒤에야 비로소 이를 인정하기 시작한다.

하리 할러의 이중적인 자아상은 서양 철학에서 친숙한 것이다. 마음/정신과 육체를 대립시키는 이원론이 그것이다. 지적이거나 정신적인 것들은 긍정적인 평가를 받는 반면, 본능이나 육체적 욕구들은 동물과 공유하는 속성, 길들일 필요가 있는 열등한 자질로 여겨졌다. 수기 편집자는 할러의 이런 자아상이 이웃을 사랑하고 자신을 증오하도록 가르친 엄격하고 독실한 신앙인 양육자 때문일 것으로 추측한다. 자기혐오는 할러가 자기 내부에서 '이리'라고 생각하는 부분을 겨냥하고 있다.

특히 성적인 억제는 개신교적 배경에서 비롯된 것으로, 예를 들어 할러는 청소년 시기에 견진성사를 받고 첫사랑 로자 크라이슬러를 만나지만 인사만 나누는 것에 그친다. 할러가 중년이 되어서도 이런 금기 때문에 괴로워한다는 것은 바이마르에서 늙은 괴테를 방문하는 꿈에서도 나타난다. 그는 전갈의 존재에 대해 당혹해하는데, 전갈은 그의 무의식에서 아우구스트 뷔르거의 시에 나오는 아름다운 연인(몰리)이자 "여성성과 죄를 상징하는 아름답고도 위험한 문장(紋章)의 동물"로 여겨진다. 그러나 괴테에게는 성적인 것이 전혀 위협이 되지 않았다. 몰리에 대한 할러의 질문에 괴테는 크게 웃으면서 조그만 상자 속에 있는 예쁜 장난감 여자 다리를 내밀어 할러를 놀려 댄다. 할러가 손을 잡으려는 순간 앙증맞은 다리는 움찔하고, 할러는 그것이 전갈일지도 모른다고 의심하면서 자신의 욕망과 공포 사이에서 분열된 모습을 보인다.

성적인 문제와 관련된 할러의 때늦은 교육은 무도회가 열리기 전 3주 동안 아름답고 젊은 매춘부 마리아(헤르미네의 친구)를 통해 이루어진다. 그의 교육은 무도회장에서도 계속된다. 우선 할러는 청년의 의상을 입고 등장해 소년 시절 친구 헤르만을 연상시키는 헤르미네에게서 동성애적인 요소를 의식한다. 이어 그는 여자 피에로로 변장한 헤르미네와 함께 정열적인 결혼과도 같은 짝짓기 춤을 춘다. 그가 배운 새로운 사랑의 기술은 마술 극장('모든 소녀가 너의 것'이라는 관람석)에서 초현실적인 차원에서 실행된다. 할러는 과거의 모든 성적인 기회를 다시 한번 체험한다. 이런 체험을 통해 그는 자신이 꿈꾸던 유일하게 진정한 여인인 헤르미네와 대면할 정도로 성숙해 있다고 느끼지만, 그의 자신감은 착각으로 드러난다. 왜냐하면 그는 헤르미네가 파블로와 애정 행위를 나눈 뒤 지쳐 있는 것을 보고는 칼로 찔러 죽이기 때문이다. 나중에 그는 헤르미네의 소원을 이행한 것이라고 강변하지만, 보다 설득력 있는 동기는 질투였다. 이것은 그가 앞서 괴테의 꿈 장면에서 제시된 것처럼 성적인 것에 대해 주도적이고 유희적으로 대처하는 법을 여전히 배우지 못했음을 보여 준다. 소설 마지막 부분에서 파블로는 헤르미네의 시신을 가리키면서 말한다. "유감스럽게도 당신은 이 체스 형상들을 어떻게 다루어야 할지 몰랐던 거야. 나는 당신이 그 게임을 더 잘 배웠을 거라고 생각했거든."

처음부터 할러의 실존을 특징짓는 하나는 그가 삶의 유희를 제대로 향유하지 못한다는 것이다. 할러가 헤르미네를 만나 레스토랑에서 첫 데이트를 할 때, 헤르미네는 그에게 우선 즐겁게 음식 먹기 등 대부분의 사람이 당연하게 여기고 실행하는 삶의 기본적인 것을 배워야 할 거라고 말한다. 그러면서 헤르미네는 그에게 춤추는 법, 웃는 법, 사는 법을 가르치려 한다. 헤르미네는 소설에서 할러의 거울상이면서 동시에 할러의 삶에서 억압된 부분을 대변하는 존재로 설정되어 있다. 할러는 그녀에게서 춤추는 법을 배우고 가면무도회에 참석해 삶을 긍정하고 자신과 세계와의 신비한 합일을 체험하기도 한다. 하지만 헤르미네로서도 할러에게 웃는 법을 가르치는 것은 어려운 일로 드러난다.

소논문에서는 황야의 이리가 유머의 재능을 타고났다는 조짐도 보인다고 했지만, 할러는 대체로 자신의 삶과 자기 자신을 너무 진지하게 여기는 인물이다. 그는 나중에 웃음을 터뜨리고 일시적으로 해방감을 느끼기도 하는데, 특히 파블로가 '유머의 학교'라고 묘사한 마술 극장에서 '가상의 자살'을 하도록 초대받고 파블로가 건네준 손거울에서 본 자신의 이전 개성을 파괴하던 순간 이런 일이 일어난다. 하지만 결국 그는 헤르미네를 살해한 자신을 처형해야 한다고 고집하면서, 문자 그대로 법정에서 비웃음을 사고 "유머를 이해하지 못하고 마술 극장을 자살 장치로 이용했다"는 비난을 받는다.

결국 할러는 춤은 배우지만 웃음의 시험에서는 탈락한다. 그런데 할러는 소설에서 이런 점에서 모범이 되는 두 인물을 만난다. 할러가 꿈에서 만난 괴테는 아름답게 춤을 추듯이 걸음을 걷는다. 노년의 괴테는 몰리에 대한 질문을 받고 크게 웃음을 터뜨리기도 하고, 할러의 꿈 마지막 부분에서는 "노인들에게 전형적인 어둡고 불가해한 유머를 가지고 속으로 격렬하게" 웃어 대는 인물로 묘사된다. 모차르트는 마술 극장에서 할러의 침울한 표정을 보고 휘청거리면서 트릴을 연주하듯 다리를 떤다. 〈돈 조반니〉에서 석상이 등장하는 악곡 부분을 들으면서 그가 터뜨리는 웃음소리는 밝고 얼음장처럼 차갑다. 모차르트는 무선 라디오에 의해 헨델의 음악이 크게 왜곡되었음을 지적하는 할러의 항의에 대해서도 다시 웃음을 터뜨리는데, 이번에는 차갑고 무의미하며 소리 없는 웃음이다. 웃음에 대한 이런 묘사는 '불멸의 존재들'의 시 마지막 행("우리의 영원한 웃음은 차갑고 별처럼 밝다")을 떠올리게 한다.

괴테와 모차르트는 소설에서 '영원한 존재들'의 지위에 오른 인물로 그려지고, 할러가 추구하는 이상적 인간상이다. 두 인물은 모두 탁월한 인간으로, 소논문에서의 우주론적 이미지를 사용한다면 '부르주아' 세계의 중력에서 벗어나 우주 공간의 얼음장 같은 영역으로 도약하는 데 성공한 인물들이다. 광대하고 공허한 공간, 얼음장 같은 냉기, 별들이라는 요소 등의 이미지는 인간 되기를 성취한 드문 개인들('불멸의 존재들')에 대한 작가 헤세의 비전과 연결되어 자주 등장한다.

이런 인물들은 니체의 『차라투스트라는 이렇게 말했다』에 등장하는 '초인(超人)' 유형이라고 할 수 있다. 헤세는 스무 살 때 이 저서를 읽고 깊은 영향을 받았는데, 예언자 차라투스트라는 춤추는 일과 웃는 일을 초인의 조건을 갈망하는 자들이 갖추어야 할 것, 다시 말해 '보다 높은 인간 실존'에서 본질적인 것으로 간주했다. 여기서 우리는 할러의 교육에서 핵심적인 두 요소에 대한 철학적 원천을 발견하게 된다. 소논문에서 황야의 이리를

"완전히 인간이 되는 길을 따라가기에 충분한 천재"라고 묘사한 것을 보면, 할러는 니체적인 의미에서 차원 높은 인간으로 간주될 수 있다. 하지만 소설 마지막 부분에서 할러 자신이 인정하듯이 그의 교육은 완성과 다소 거리가 있다. 왜냐하면 그는 여전히 삶의 게임을 더 잘하는 법, 웃는 법을 배워야 하는 것이다.

소설에서의 시대 비판

『황야의 이리』는 1차적으로 작가의 자화상이라고 할 수 있는 인물(하리 할러)의 교양 발달을 제시하고 있다는 인상을 준다. 그런데도 이 소설은 당대 특정 지역의 사회적·정치적 상황을 배경으로 하고, 당대의 현실과 현대 문명에 대한 가차 없는 비판도 담고 있다.

우선 소설의 도시 장면들은 바젤 또는 취리히를 배경으로 한 것으로 보인다. 하지만 헤세가 소설에서 그리는 사회적·정치적 현실은 작가의 조국(독일 바이마르 공화국)을 염두에 두었던 것이 분명하다. 이것은 할러가 어느 날 저녁 방문한 교수의 모습에서도 잘 드러난다. 할러와 친분 있는 젊은 교수는 한편으로 수준 높은 학자이고 동아시아 신화에 전문적 식견을 가진 인물이지만, 다른 한편으로 "자기 주변에서 다음 전쟁이 준비되고 있는 것도 전혀 보지 못하고 유대인들과 공산주의자들은 증오받아 마땅하다"고 여기는 인물이다. "선량하나 아무 생각 없고 자족하며 자신을 중요하게 여기는 어린아이"로 묘사되는 이런 이미지는 당시 독일 대학에서 교수직에 있던 많은 인물에 들어맞는 것이다. 바이마르 공화국에서는 군국주의, 공화국이나 민주주의에 대한 적대감, 반유대주의가 대학의 학생회를 포함해 학문 집단에 만연해 있었다. 우익 계열의 신문들도 이런 반동적인 태도를 조장했는데, 그런 신문을 구독하던 교수는 할러와 같은 평화주의자이자 세계주의자들을 비웃는 기사를 읽고 고소해한다. 나중에 헤르미네도 다른 신문에서 할러를 심하게 비난하는 기사를 우연히 접하는데, 할러는 자기 동포의 셋 중 둘은 그런 논조의 신문을 읽으며 증오심을 키우고 독일이 전쟁에서 패배한 것을 무력으로 복수하도록 선동당하고 있음을 지적한다. 이런 대목은 당시 새로운 전쟁 준비를 선동하는 세력에 대한 작가의 통찰을 담고 있다. 할러는 특히 장군들, 거대 자본가, 정치인 등 당시 독일의 권력자들이 지난 전쟁에서의 살육에 대해 죄책감을 느끼지 않는 것에 분노하는데, 할러의 이런 항변은 전쟁(제1차 세계 대전) 중 헤세가 여러 기고문에서 가한 비판이기도 하다.

흥미로운 점은 헤세의 비판이 사회적·정치적 현실만 겨냥하지 않았다는 것이다. 헤세는 오랜 기간에 걸쳐 보다 사변적인 형태로 진행된 독일 지성인들(철학가, 예술가, 작가 들)의 부정적인 영향력도 지적한다. 어느 날 저녁 고전 음악 콘서트에 다녀온 할러는 독일의 지성인들이 현실에서 편안함을 느끼지 못하고 현실을 낯설고 적대적인 것으로 여겼으며 그 때문에 독일적 현실 속에서 정신이 수행한 역할이 형편없었다고 언급한다. 특히 할러의 마음에서 음악은 다른 세계의 것, 순수하기도 하지만 비합리적인 세계와 연관되어 있다. 지성인들이 이성, 로고스, 언어를 선호하지 않고 이를 희생하면서 음악에 몰두하고 있다는 것이다.

이런 주장은 다소 사변적으로 들릴 수도 있으나, 헤세만의 주장은 아니었다. 헤세에 앞서 토마스 만도 『마의 산』에서 음악과 말 사이 유사한 대립 관계를 제시한 바 있고, 후에 소설 『파우스트 박사』와 1945년에 쓴 에세이 「독일과 독일인들」에서 나치즘의 뿌리를 탐구하면서 이 주제의 확장을 시도한 바 있다. 토마스 만의 형이었던 하인리히 만 역시 에세이라는 보다 직접적인 형식을 통해 독일의 지성인들과 작가들이, 특히 프랑스의 볼테르나 졸라 같은 동료들과 비교할 때 사회적·정치적 발전에 상대적으로 무관심했다고 비판한다.

하리 할러의 시대 비판은 현대 문명에 대한 비판으로 나아간다. 할러는 수기 첫 부분에서 대중오락을 포함해 어리석은 소비라는 특징을 띠는 현대인의 삶이 본질적으로 천박하다고 비난한다. 할러는 후반부에서 시간을 때우기 위해 영화관을 찾았다가 성서의 신성한 이야기들이 샌드위치를 소비하면서 영화를 보는 관객들 앞에서 상업화되어 재현되는 것을 보고 경악을 금치 못한다. 할러는 재즈 음악에 대해서도 로마에서 마지막 황제들의 집권기에도 이와 유사한 '몰락의 음악'이 연주되었을 것이라면서 역겨움을 느낀다. 현대 문명에 대한 이런 언급을 보면, 헤세는 당대 많은 지식인, 특히 슈펭글러가 유명한 저작 『서구의 몰락』에서 제기한 문화 염세주의에 기울어 있었던 것으로 보인다. 소설에서 할러는 어떤 낯선 남자의 장례식을 목도하고 서구의 모든 문화가 하나의 공동묘지와 같고 거기에는 예수 그리스도와 소크라테스, 모차르트, 하이든, 단테, 괴테와 같은 인물들이 명판에 희미하게 이름만 남아 있다는 견해를 보인다.

아울러 기술 문명에 대해서도 하리 할러는 현대의 신은 기술이라고 진단하면서 적대적인 태도를 보인다. 따라서 그는 마술 극장에서 자동차를 마구 파괴하는 것에 열정적으로 가담하고, 주인집 아주머니의 조카가 취미로 조립하는 라디오, 모차르트가 헨델의 음악을 방송으로 내보내기 위해 작동시킨 초기의 무선 라디오 같은 것에 반감을 보인다. 이 소설이 자연과 환경보호 의식이 중요해진 시대에 더욱 호소력을 갖는 것은 자동차와 같은 기술 문명의 지배, 어리석은 소비 풍조 같은 현대 사회의 부정적 측면에 대해 주인공이 보이는 적대감에서도 설명될 수 있을 것이다. 문명에 대한 반감과 더불어 약물로의 도피, 자살 충동, 평준화된 삶에 대한 거부 등은 1960년대 미국에서 문명 반대에 나섰던 히피 세대의 세계관에도 반영되었고, 히피 세대가 이 소설을 숭배한 것은 우연이 아니다. 하지만 근본적으로 이 소설이 할러의 문화 염세주의를 무조건 지지하는 입장을 보이는 것은 아니다. 오히려 마술 극장에서 모차르트는 할러에게 삶에 포함된 찌꺼기가 삶의 진정한 정신을 파괴하도록 허용하지 말고, 저주받은 '삶의 라디오 음악'을 듣는 법을 배워야 할 거라고 충고한다. 이런 점에서 본다면 이 소설에는 삶에 대한 긍정이 담겨 있다.

헤세와 동시대 작가 쿠르트 핀투스는 이 소설이 나온 해에 가한 논평(1927)에서 "『황야의 이리』는 모든 고백서 중에서 가장 가차 없이 영혼을 뒤흔드는 작품"이고 "분노에 잡혀 잘못된 실존, 백화점, 성당들을 파괴하고 시민적인 질서를 무너뜨리고자 하는 아나키스트"를 다룬 반시민적 소설이라고 말했다. 이런 논평에 동조해 이 작품에 거부감을 느끼는 정서도 지속적으로 있었다. 그러나 헤세는 이 소설을 구상하면서 "우스꽝스럽게도 반은 인간이고 반은 이리인 한 인물의 이야기"이고 "먹고 마시기, 살인 등과 같은 단순한 일을 원하는 절반과 사색하고 모차르트를 듣고자 하는 다른 절반으로 인해 장애를 겪고 삶이 불편한 인간이지만 결국에는 목을 매거나 삶의 유머를 배우는 대안이 있음을 발견하는" 인물이라고 적고 있다. 작가의 이런 진술, 작품에 흐르는 삶에 대한 긍정적 태도는 이 소설이 삶의 권태나 자살충동을 미화하는 선동적인 작품이라는 방향의 해석이 오독(誤讀)임을 보여 준다. 토마스 만이 1928년 1월 헤세에게 보낸 편지에서 "『황야의 이리』는 오랜만에 나에게 독서가 무엇인지 다시 일깨워 준 작품"이라고 찬사를 보낸 것도 작품 속에 담긴 삶에 대한 근본적인 긍정을 읽어 냈기 때문일 것이다.

아무쪼록 옮긴이로서는 평준화된 삶, 소비 만능의 현대 문명이 낯설고 그 속에서 신경증을 경험하는 독자들에게 이 책이 위안이 되고 삶의 새로운 가능성을 탐색하는 데 즐거운 동반자가 되기를 기대해 본다. 작품을 선정해 번역을 맡겨 주었을 뿐 아니라 섬세하게 교정 작업을 하면서 번역 작업을 끝까지 응원해 준 을유문화사 편집부에 진심으로 감사드린다.

2020년 여름 독일에서
옮긴이 권혁준

판본 소개

헤르만 헤세의 소설 『황야의 이리(*Der Steppenwolf*)』는 1927년 6월 독일의 피셔 출판사(S. Fischer Verlag)에서 초판이 간행되었고, 작가가 75세 되던 1952년과 80세 되던 1957년에 『헤세 전집』에 포함되어 출판되었다.

작가 사후 이 소설은 1963년에 독일문고판출판사(Deutscher Taschenbuch Verlag: DTV)에서, 1969년에 주어캄프(Suhrkamp) 출판사에서 선보인 문고 총서 첫 권으로 출간되기도 했다(1985년 재판 간행). 이 소설은 이어 1972년 주어캄프 출판사에서 폴커 미헬스(Volker Michels)가 해설을 첨부한 형태로 다시 출간됐고, 같은 출판사에서 간행한 『헤세 전집(*Hermann Hesse: Sämtliche Werke*)』 결정판(총20권, 2005년 완간)의 네 번째 책에 포함되었다. 본 번역은 이 판본을 토대로 했다.

헤르만 헤세 연보

1877 7월 2일 독일 뷔르템베르크 지방의 소도시 칼프에서 발틱계 독일인 요하네스 헤세(1847~1916)와 마리 군데르트(1842~1902) 사이에서 장남으로 태어남. 양친은 모두 개신 교회의 '바젤 선교단' 일원으로 활동했고, 헤르만 헤세는 경건한 개신교 집안에서 성장.

1881 '바젤 선교단' 교사인 아버지를 따라 온 가족이 스위스로 이주, 1883년에 스위스 국적 취득(이전에는 러시아 국적).

1886 가족이 다시 고향 칼프로 돌아와, 그곳에서 김나지움 입학.

1890 신학교에 입학할 수 있는 뷔르템베르크주 시험 준비를 위해 괴핑겐 소재 라틴어 학교에 입학. 헤세는 주 시험 응시 자격을 얻고자 이 시기에 스위스 국적 포기.

1891 주 시험에 합격해 마울브론 수도원 소속 개신교회 신학교에 입학했으나, 7개월 뒤 "시인이 아니면 아무것도 되고 싶지 않다"면서 신학교에서 도망.

1892 6월, 고독과 짝사랑 등으로 자살을 시도하기도 하고 신경쇠약 치료를 받기도 함. 슈투트가르트 근처 바트 칸슈타트 김나지움에 1년간 다니다 학업 중단.

1893 사회민주주주의자 행세를 하고 시인 하이네를 흉내 내면서 술집을

전전하기도 하고 에슬링겐에서 서점 견습생으로서 일을 시작하지 만 사흘 만에 중단.

1894 칼프의 '페로트 탑시계' 공장에서 14개월 정도 견습공 생활.

1895~1898 튀빙겐 소재 고서적 판매상 '헤켄하우어 서점'에서 판매원 및 서적 분류 조수로 일함.

1898 첫 시집 『낭만적인 노래들』 출간.

1899 소설 『고슴도치』의 습작을 시작했으나 원고는 분실된 상태. 산문집 『자정이 지난 뒤의 한 시간』 출간.
9월 바젤로 이주, 유명한 고서적상 '라이히 서점'에서 1901년까지 서적 분류 조수로 일함.

1900 스위스 일간지 「알게마이네 슈바이처 차이퉁」에 기고문과 서평 게재 시작.

1901 3~5월, 첫 이탈리아 여행. 『헤르만 라우셔의 유고와 시 모음』 출간.

1902 어머니 마리 군데르트 사망. 『시집』 출간.

1903 바젤에서 하던 서점 일을 그만두고 5월에 마리아 베르누이와 약혼한 뒤 함께 두 번째 이탈리아 여행.

1904 첫 장편 소설 『페터 카멘친트』 출간. 이 소설이 문학적으로 성공을 거두면서 이후 평생 전업 작가로 활동. 마리아 베르누이와 결혼해 보덴 호반에 있는 가이엔호펜의 농가로 이사. 전기 소설 『보카치오』, 『아시시의 프란체스코』 출간.

1905 12월, 첫아들 브루노 출생.

1906 학교에서 청소년 문제를 다룬 소설 『수레바퀴 아래서』 출간. 당시 독일의 빌헬름 2세 정부에 저항하는 잡지 『3월』 공동 편집자로 1912년까지 활동.

1907 가이엔호펜에서 자신의 주택을 건축. 단편집 『이 세상』 출간.

1908 단편집 『이웃들』 출간.

1909 3월, 둘째 아들 하이너 출생.

1910 소설 『게르트루트』 출간.

1911 7월, 셋째 아들 마르틴 출생. 시집 『여행 중에』 출간. 7~12월, 화가 친구인 한스 슈투르체네거와 함께 인도와 동남아 지역 여행.

1912 단편집 『돌아가는 길들』 출간. 온 가족이 독일을 떠나 스위스 베른으로 이사한 뒤 작고한 화가 친구 알베르트 벨티의 별장에 거주하면서 로맹 롤랑과 교유.

1913 여행기 『인도에서』 출간.

1914 결혼 문제를 주제로 한 소설 『로스할데』 출간. 제1차 세계 대전이 일어나 자원입대하지만 고도 근시로 복무 부적격 판정을 받음.

1915 스위스 베른의 독일포로후원센터에서 근무하며 전쟁포로들과 억류자를 위해 정치 논문, 경고 호소문, 공개서한 등을 독일, 스위스, 오스트리아 신문과 잡지에 발표, 독일 극우 성향 언론에서 매국노라는 비난을 받음. 소설 『크눌프』, 단편집 『길에서』, 시집 『고독한 자의 음악』, 단편집 『청춘은 아름다워라』 출간.

1916 3월, 아버지 요하네스 헤세 사망. 스위스 루체른 근교에서 카를 구스타프 융의 제자 요제프 베른하르트 랑 박사에게 정신 분석 치료를 받음.

1917 시대 비판적인 언론 활동을 중단하라는 권고를 받으면서 '에밀 싱클레어'라는 가명으로 신문과 잡지에 기고 시작. 소설 『데미안』 집필. 아내의 정신 분열 증세와 셋째 아들 마르틴의 발병으로 헤세 자신도 신경 쇠약 증세를 보임.

1919 정치 팸플릿 『차라투스트라의 귀환』을 익명으로 출판한 뒤 이듬해 베를린에서 실명으로 출판. 정신 병원에 수용된 아내와 별거하고 세 아들을 친구들에게 나눠 맡긴 뒤 5월부터 혼자 스위스 테신주 몬타뇰라로 이주해 1931년까지 신바로크풍 저택 '카사 카무치'에서 거주. 체험담과 시들을 모은 『작은 정원』 출간. 소설 『데미안』을 에밀 싱클레어라는 가명으로 출간. 이 작품으로 폰타네상 수상.

1920 시화집 『화가의 시』, 도스토옙스키에 대한 에세이집 『혼돈 들여다

보기』, 표현주의 단편집 『클링조어의 마지막 여름』, 시화집 『방랑』 출간. 다다이즘의 선구자 후고 발과 교유.

1921 『시선집』 출간. 소설 『싯다르타』를 집필하는 동안 창작의 위기를 겪고, 취리히 근교에서 융에게 정신 분석 치료를 받음. 화집 『테신에서 그린 11편의 수채화』 출간.

1922 '인도의 시문학'이라는 부제가 붙은 소설 『싯다르타』 출간.

1923 산문집 『싱클레어의 수첩』 출간. 첫 부인 마리아 베르누이와 이혼.

1924 베른 시민권을 획득함으로써 스위스 국적을 다시 취득. 스위스 여성 작가 리자 뱅거의 딸인 스무 살 연하의 루트 뱅거와 재혼.

1925 자전적 소설 『요양객』 출간.

1926 감상과 기행문집 『그림책』 출간. 프로이센의 예술 아카데미 문학분과에 외국인 회원으로 선출(1931년 탈퇴).

1927 산문집 『뉘른베르크 여행』, 소설 『황야의 이리』 출간. 헤세의 50회 생일을 맞아 후고 발이 첫 헤세 평전 『헤르만 헤세. 그의 생애의 작품』 출간. 두 번째 부인 루트 뱅거의 요청으로 합의 이혼.

1928 산문집 『관찰』, 시집 『위기. 일기 한 편』 출간.

1929 시집 『밤의 위로』, 『세계문학총서』 출간.

1930 소설 『나르치스와 골드문트』 출간.

1931 화가 친구 한스 보드머가 지은 몬타놀라의 새집('카사 로자')으로 이사해 죽을 때까지 거주. 미술사가 니논 돌빈을 삶의 세 번째 동반자로 맞음. 「싯다르타」, 「어린이의 영혼」, 「클라인과 바그너」, 「클링조어의 마지막 여름」을 하나로 엮은 『내면으로의 길』 출간.

1932 소설 『동방순례』 출간. 소설 『유리알 유희』 집필 시작.

1933 단편집 『작은 세계』 출간.

1934 나치당의 문화 정책을 효과적으로 막기 위해 스위스 작가연합 회원이 됨. 시 선집 『생명나무』 출간.

1935 중단편을 모은 『우화집』 출간.

1936 전원시집 『정원에서 보낸 시간』 출간.

1937 산문집 『회고록』, 시집 『신시집』 출간.

1939 독일에서 나치가 집권하면서 헤세의 여러 작품이 불온서적으로 간주되어 인쇄가 어려워짐.

1942 첫 시 전집 『시집』 출간.

1943 스위스 취리리에서 만년의 대작 『유리알 유희』 출간.

1945 미완성 소설 『베르톨트』, 단편과 동화 모음집 『꿈길』 출간.

1946 정치평론집 『전쟁과 평화』 출간. 이후 헤세의 작품이 독일에서 다시 간행되기 시작. 독일 프랑크푸르트시가 수여하는 괴테 문학상에 이어 노벨 문학상 수상.

1947 스위스 베른 대학에서 명예 문학 박사 학위 수여. 고향 칼프시 명예 시민.

1951 『후기 산문』, 『서간집』 출간.

1952 75회 생일 기념으로 『헤세 문학 전집』 전6권 출간.

1954 동화 『픽토어의 변신』, 『헤르만 헤세와 로맹 롤랑의 서한집』 출간.

1955 후기 산문 『마법』 출간. 독일서적협회가 수여하는 평화상 수상.

1956 헤르만헤세문학상 제정.

1957 헤세의 80회 생일을 맞이해 『헤세 전집』 전7권 출간.

1962 8월 9일, 85세의 일기로 스위스 몬타놀라에서 뇌졸중으로 사망, 루가노 지역 공동묘지에 묻힘.

새롭게 을유세계문학전집을 펴내며

을유문화사는 이미 지난 1959년부터 국내 최초로 세계문학전집을 출간한 바 있습니다. 이번에 을유세계문학전집을 완전히 새롭게 마련하게 된 것은 우리가 직면한 문화적 상황에 적극적으로 대응하기 위해서입니다. 새로운 을유세계문학전집은 세계문학의 역할이 그 어느 때보다 중요해졌다는 인식에서 출발했습니다. 오늘날 세계에서 타자에 대한 이해는 우리의 안전과 행복에 직결되고 있습니다. 세계문학은 지구상의 다양한 문화들이 평등하게 소통하고, 이질적인 구성원들이 평화롭게 공존할 수 있는 문화적인 힘을 길러 줍니다.

을유세계문학전집은 세계문학을 통해 우리가 이런 힘을 길러 나가야 한다는 믿음으로 만들어졌습니다. 지난 5년간 이를 준비하기 위해 많은 노력을 기울였습니다. 세계 각국의 다양한 삶의 방식과 문화적 성취가 살아 있는 작품들, 새로운 번역이 필요한 고전들과 새롭게 소개해야 할 우리 시대의 작품들을 선정했습니다. 우리나라 최고의 역자들이 이들 작품 속 한 문장 한 문장의 숨결을 생생히 전하기 위해 심혈을 기울였습니다. 또한 역자들은 단순히 번역만 한 것이 아니라 다른 작품의 번역을 꼼꼼히 검토해 주었습니다. 을유세계문학전집은 번역된 작품 하나하나가 정본(定本)으로 인정받고 대우받을 수 있도록 최선을 다했습니다. 세계문학이 여러 경계를 넘어 우리 사회 안에서 주어진 소임을 하게 되기를 바라며 을유세계문학전집을 내놓습니다.

을유세계문학전집

1. 마의 산(상) 토마스 만 | 홍성광 옮김
2. 마의 산(하) 토마스 만 | 홍성광 옮김
3. 리어 왕 · 맥베스 윌리엄 셰익스피어 | 이미영 옮김
4. 골짜기의 백합 오노레 드 발자크 | 정예영 옮김
5. 로빈슨 크루소 대니얼 디포 | 윤혜준 옮김
6. 시인의 죽음 다이허우잉 | 임우경 옮김
7. 커플들, 행인들 보토 슈트라우스 | 정항균 옮김
8. 천사의 음부 마누엘 푸익 | 송병선 옮김
9. 어둠의 심연 조지프 콘래드 | 이석구 옮김
10. 도화선 공상임 | 이정재 옮김
11. 휘페리온 프리드리히 횔덜린 | 장영태 옮김
12. 루쉰 소설 전집 루쉰 | 김시준 옮김
13. 꿈 에밀 졸라 | 최애영 옮김
14. 라이겐 아르투어 슈니츨러 | 홍진호 옮김
15. 로르카 시 선집 페데리코 가르시아 로르카 | 민용태 옮김
16. 소송 프란츠 카프카 | 이재황 옮김
17. 아메리카의 나치 문학 로베르토 볼라뇨 | 김현균 옮김
18. 빌헬름 텔 프리드리히 폰 쉴러 | 이재영 옮김
19. 아우스터리츠 W. G. 제발트 | 안미현 옮김
20. 요양객 헤르만 헤세 | 김현진 옮김
21. 워싱턴 스퀘어 헨리 제임스 | 유명숙 옮김
22. 개인적인 체험 오에 겐자부로 | 서은혜 옮김
23. 사형장으로의 초대 블라디미르 나보코프 | 박혜경 옮김
24. 좁은 문 · 전원 교향곡 앙드레 지드 | 이동렬 옮김
25. 예브게니 오네긴 알렉산드르 푸슈킨 | 김진영 옮김
26. 그라알 이야기 크레티앵 드 트루아 | 최애리 옮김
27. 유림외사(상) 오경재 | 홍상훈 외 옮김
28. 유림외사(하) 오경재 | 홍상훈 외 옮김
29. 폴란드 기병(상) 안토니오 무뇨스 몰리나 | 권미선 옮김
30. 폴란드 기병(하) 안토니오 무뇨스 몰리나 | 권미선 옮김
31. 라 셀레스티나 페르난도 데 로하스 | 안영옥 옮김

32. 고리오 영감 오노레 드 발자크 | 이동렬 옮김
33. 키 재기 외 히구치 이치요 | 임경화 옮김
34. 돈 후안 외 티르소 데 몰리나 | 전기순 옮김
35. 젊은 베르터의 고통 요한 볼프강 폰 괴테 | 정현규 옮김
36. 모스크바발 페투슈키행 열차 베네딕트 예로페예프 | 박종소 옮김
37. 죽은 혼 니콜라이 고골 | 이경완 옮김
38. 워더링 하이츠 에밀리 브론테 | 유명숙 옮김
39. 이즈의 무희 · 천 마리 학 · 호수 가와바타 야스나리 | 신인섭 옮김
40. 주홍 글자 너새니얼 호손 | 양석원 옮김
41. 젊은 의사의 수기 · 모르핀 미하일 불가코프 | 이병훈 옮김
42. 오이디푸스 왕 외 소포클레스 | 김기영 옮김
43. 야쿠비얀 빌딩 알라 알아스와니 | 김능우 옮김
44. 식(蝕) 3부작 마오둔 | 심혜영 옮김
45. 엿보는 자 알랭 로브그리예 | 최애영 옮김
46. 무사시노 외 구니키다 돗포 | 김영식 옮김
47. 위대한 개츠비 프랜시스 스콧 피츠제럴드 | 김태우 옮김
48. 1984년 조지 오웰 | 권진아 옮김
49. 저주받은 안뜰 외 이보 안드리치 | 김지향 옮김
50. 대통령 각하 미겔 앙헬 아스투리아스 | 송상기 옮김
51. 신사 트리스트럼 섄디의 인생과 생각 이야기 로렌스 스턴 | 김정희 옮김
52. 베를린 알렉산더 광장 알프레트 되블린 | 권혁준 옮김
53. 체호프 희곡선 안톤 파블로비치 체호프 | 박현섭 옮김
54. 서푼짜리 오페라 · 남자는 남자다 베르톨트 브레히트 | 김길웅 옮김
55. 죄와 벌(상) 표도르 도스토예프스키 | 김희숙 옮김
56. 죄와 벌(하) 표도르 도스토예프스키 | 김희숙 옮김
57. 체벤구르 안드레이 플라토노프 | 윤영순 옮김
58. 이력서들 알렉산더 클루게 | 이호성 옮김
59. 플라테로와 나 후안 라몬 히메네스 | 박채연 옮김
60. 오만과 편견 제인 오스틴 | 조선정 옮김
61. 브루노 슐츠 작품집 브루노 슐츠 | 정보라 옮김
62. 송사삼백수 주조모 엮음 | 김지현 옮김
63. 팡세 블레즈 파스칼 | 현미애 옮김
64. 제인 에어 샬럿 브론테 | 조애리 옮김
65. 데미안 헤르만 헤세 | 이영임 옮김

66. 에다 이야기 스노리 스툴루손 | 이민용 옮김
67. 프랑켄슈타인 메리 셸리 | 한애경 옮김
68. 문명소사 이보가 | 백승도 옮김
69. 우리 짜르의 사람들 류드밀라 울리츠카야 | 박종소 옮김
70. 사랑에 빠진 여인들 데이비드 허버트 로렌스 | 손영주 옮김
71. 시카고 알라 알아스와니 | 김능우 옮김
72. 변신 · 선고 외 프란츠 카프카 | 김태환 옮김
73. 노생거 사원 제인 오스틴 | 조선정 옮김
74. 파우스트 요한 볼프강 폰 괴테 | 장희창 옮김
75. 러시아의 밤 블라지미르 오도예프스키 | 김희숙 옮김
76. 콜리마 이야기 바를람 샬라모프 | 이종진 옮김
77. 오레스테이아 3부작 아이스퀼로스 | 김기영 옮김
78. 원잡극선 관한경 외 | 김우석 · 홍영림 옮김
79. 안전 통행증 · 사람들과 상황 보리스 파스테르나크 | 임혜영 옮김
80. 쾌락 가브리엘레 단눈치오 | 이현경 옮김
81. 지킬 박사와 하이드 씨 · 존 니컬슨 로버트 루이스 스티븐슨 | 윤혜준 옮김
82. 로미오와 줄리엣 윌리엄 셰익스피어 | 서경희 옮김
83. 마쿠나이마 마리우 지 안드라지 | 임호준 옮김
84. 재능 블라디미르 나보코프 | 박소연 옮김
85. 인형(상) 볼레스와프 프루스 | 정병권 옮김
86. 인형(하) 볼레스와프 프루스 | 정병권 옮김
87. 첫 번째 주머니 속 이야기 카렐 차페크 | 김규진 옮김
88. 페테르부르크에서 모스크바로의 여행 알렉산드르 라디셰프 | 서광진 옮김
89. 노인 유리 트리포노프 | 서선정 옮김
90. 돈키호테 성찰 호세 오르테가 이 가세트 | 신정환 옮김
91. 조플로야 샬럿 대커 | 박재영 옮김
92. 이상한 물질 테레지아 모라 | 최윤영 옮김
93. 사촌 퐁스 오노레 드 발자크 | 정예영 옮김
94. 걸리버 여행기 조너선 스위프트 | 이혜수 옮김
95. 프랑스어의 실종 아시아 제바르 | 장진영 옮김
96. 현란한 세상 레이날도 아레나스 | 변선희 옮김
97. 작품 에밀 졸라 | 권유현 옮김
98. 전쟁과 평화(상) 레프 톨스토이 | 박종소 · 최종술 옮김
99. 전쟁과 평화(중) 레프 톨스토이 | 박종소 · 최종술 옮김

100. 전쟁과 평화(하) 레프 톨스토이 | 박종소·최종술 옮김
101. 망자들 크리스티안 크라흐트 | 김태환 옮김
102. 맥티그 프랭크 노리스 | 김욱동·홍정아 옮김
103. 천로 역정 존 번연 | 정덕애 옮김
104. 황야의 이리 헤르만 헤세 | 권혁준 옮김
105. 이방인 알베르 카뮈 | 김진하 옮김
106. 아메리카의 비극(상) 시어도어 드라이저 | 김욱동 옮김
107. 아메리카의 비극(하) 시어도어 드라이저 | 김욱동 옮김
108. 갈라테아 2.2 리처드 파워스 | 이동신 옮김
109. 마담 보바리 귀스타브 플로베르 | 진인혜 옮김
110. 한눈팔기 나쓰메 소세키 | 서은혜 옮김
111. 아주 편안한 죽음 시몬 드 보부아르 | 강초롱 옮김
112. 물망초 요시야 노부코 | 정수윤 옮김
113. 호모 파버 막스 프리쉬 | 정미경 옮김
114. 버너 자매 이디스 워튼 | 홍정아·김욱동 옮김
115. 감찰관 니콜라이 고골 | 이경완 옮김
116. 디칸카 근교 마을의 야회 니콜라이 고골 | 이경완 옮김
117. 청춘은 아름다워 헤르만 헤세 | 홍성광 옮김
118. 메데이아 에우리피데스 | 김기영 옮김
119. 캔터베리 이야기(상) 제프리 초서 | 최예정 옮김
120. 캔터베리 이야기(하) 제프리 초서 | 최예정 옮김
121. 엘뤼아르 시 선집 폴 엘뤼아르 | 조윤경 옮김
122. 그림의 이면 씨부라파 | 신근혜 옮김
123. 어머니 막심 고리키 | 정보라 옮김
124. 파도 에두아르트 폰 카이절링 | 홍진호 옮김
125. 점원 버나드 맬러머드 | 이동신 옮김
126. 에밀리 디킨슨 시 선집 에밀리 디킨슨 | 조애리 옮김
127. 선택적 친화력 요한 볼프강 폰 괴테 | 장희창 옮김
128. 격정과 신비 르네 샤르 | 심재중 옮김
129. 하이네 여행기 하인리히 하이네 | 황승환 옮김
130. 꿈의 연극 아우구스트 스트린드베리 | 홍재웅 옮김

을유세계문학전집은 계속 출간됩니다.

을유세계문학전집 연표

BC 458 **오레스테이아 3부작**
아이스퀼로스 | 김기영 옮김 | 77 |
수록 작품 : 아가멤논, 제주를 바치는 여인들, 자비로운 여신들
그리스어 원전 번역
서울대 선정 동서고전 200선
시카고 대학 선정 그레이트 북스

BC 434/432 **오이디푸스 왕 외**
소포클레스 | 김기영 옮김 | 42 |
수록 작품 : 안티고네, 오이디푸스 왕, 콜로노스의 오이디푸스
그리스어 원전 번역
「동아일보」 선정 '세계를 움직인 100권의 책'
서울대 권장 도서 200선
고려대 선정 교양 명저 60선
시카고 대학 선정 그레이트 북스

BC 431 **메데이아**
에우리피데스 | 김기영 옮김 | 118 |

1191 **그라알 이야기**
크레티앵 드 트루아 | 최애리 옮김 | 26 |
국내 초역

1225 **에다 이야기**
스노리 스툴루손 | 이민용 옮김 | 66 |

1241 **원잡극선**
관한경 외 | 김우석·홍영림 옮김 | 78 |

1400 **캔터베리 이야기**
제프리 초서 | 최예정 옮김 | 119, 120 |

1496 **라 셀레스티나**
페르난도 데 로하스 | 안영옥 옮김 | 31 |

1595 **로미오와 줄리엣**
윌리엄 셰익스피어 | 서경희 옮김 | 82 |
미국대학위원회 선정 SAT 추천 도서

1608 **리어 왕·맥베스**
윌리엄 셰익스피어 | 이미영 옮김 | 3 |

1630 **돈 후안 외**
티르소 데 몰리나 | 전기순 옮김 | 34 |
국내 초역 「불신자로 징계받은 자」 수록

1670 **팡세**
블레즈 파스칼 | 현미애 옮김 | 63 |

1678 **천로 역정**
존 번연 | 정덕애 옮김 | 103 |

1699 **도화선**
공상임 | 이정재 옮김 | 10 |
국내 초역

1719 **로빈슨 크루소**
대니얼 디포 | 윤혜준 옮김 | 5 |

1726 **걸리버 여행기**
조너선 스위프트 | 이혜수 옮김 | 94 |
미국대학위원회가 선정한 고교 추천 도서 101권
서울대학교 선정 동서양 고전 200선

1749 **유림외사**
오경재 | 홍상훈 외 옮김 | 27, 28 |

1759 **신사 트리스트럼 섄디의 인생과 생각 이야기**
로렌스 스턴 | 김정희 옮김 | 51 |
노벨연구소 선정 100대 세계 문학

1774 **젊은 베르터의 고통**
요한 볼프강 폰 괴테 | 정현규 옮김 | 35 |

1790 **페테르부르크에서 모스크바로의 여행**
A. N. 라디셰프 | 서광진 옮김 | 88 |

1799 **휘페리온**
프리드리히 횔덜린 | 장영태 옮김 | 11 |

1804 **빌헬름 텔**
프리드리히 폰 쉴러 | 이재영 옮김 | 18 |

1806 **조플로야**
샬럿 대커 | 박재영 옮김 | 91 |
국내 초역

1809 **선택적 친화력**
요한 볼프강 폰 괴테 | 장희창 옮김 | 127 |

1813 **오만과 편견**
제인 오스틴 | 조선정 옮김 | 60 |

1817 **노생거 사원**
제인 오스틴 | 조선정 옮김 | 73 |

1818 **프랑켄슈타인**
메리 셸리 | 한애경 옮김 | 67 |
뉴스위크 선정 세계 명저 10
옵서버 선정 최고의 소설 100
미국대학위원회 선정 SAT 추천 도서

1826 **하이네 여행기**
하인리히 하이네 | 황승환 옮김 | 129 |

1831 **예브게니 오네긴**
알렉산드르 푸슈킨 | 김진영 옮김 | 25 |

1831 **파우스트**
요한 볼프강 폰 괴테 | 장희창 옮김 | 74 |
서울대 권장 도서 100선
미국대학위원회 SAT 권장 도서

디칸카 근교 마을의 야회
니콜라이 고골 | 이경완 옮김 | 116 |

1835 **고리오 영감**
오노레 드 발자크 | 이동렬 옮김 | 32 |
서머싯 몸 선정 세계 10대 소설
연세 필독 도서 200선

1836 **골짜기의 백합**
오노레 드 발자크 | 정예영 옮김 | 4 |

감찰관
니콜라이 고골 | 이경완 옮김 | 115 |

1844 **러시아의 밤**
블라지미르 오도예프스키 | 김희숙 옮김 | 75 |

1847 **워더링 하이츠**
에밀리 브론테 | 유명숙 옮김 | 38 |
서머싯 몸 선정 세계 10대 소설
서울대 선정 동서 고전 200선
미국대학위원회 SAT 권장 도서

제인 에어
샬럿 브론테 | 조애리 옮김 | 64 |
연세 필독 도서 200선
미국대학위원회 SAT 권장 도서
BBC 선정 영국인들이 가장 사랑하는 소설 100선
「가디언」 선정 가장 위대한 소설 100선

사촌 퐁스
오노레 드 발자크 | 정예영 옮김 | 93
국내 초역

1850 **주홍 글자**
너새니얼 호손 | 양석원 옮김 | 40 |

1855 **죽은 혼**
니콜라이 고골 | 이경완 옮김 | 37 |
국내 최초 원전 완역

1856 **마담 보바리**
귀스타브 플로베르 | 진인혜 옮김 | 109 |

1866 **죄와 벌**
표도르 도스토예프스키 | 김희숙 옮김 | 55, 56 |
미국대학위원회 SAT 권장 도서
하버드 대학교 권장 도서

1869 **전쟁과 평화**
레프 톨스토이 | 박종소·최종술 옮김 | 98, 99, 100 |
뉴스위크, 가디언, 노벨연구소 선정
세계 100대 도서

1880 **워싱턴 스퀘어**
헨리 제임스 | 유명숙 옮김 | 21 |

1886 **지킬 박사와 하이드 씨 · 존 니컬슨**
로버트 루이스 스티븐슨 | 윤혜준 옮김 | 81 |

작품
에밀 졸라 | 권유현 옮김 | 97 |

1888 **꿈**
에밀 졸라 | 최애영 옮김 | 13 |
국내 초역

1889 **쾌락**
가브리엘레 단눈치오 | 이현경 옮김 | 80 |
국내 초역

1890 **인형**
볼레스와프 프루스 | 정병권 옮김 | 85, 86 |
국내 초역

에밀리 디킨슨 시 선집
에밀리 디킨슨 | 조애리 옮김 | 126 |

1896 **키 재기 외**
히구치 이치요 | 임경화 옮김 | 33 |
수록 작품 : 섣달그믐, 키 재기, 탁류, 십삼야, 갈림길, 나 때문에

체호프 희곡선
안톤 파블로비치 체호프 | 박현섭 옮김 | 53 |
수록 작품 : 갈매기, 바냐 삼촌, 세 자매, 벚나무 동산

1899 **어둠의 심연**
조지프 콘래드 | 이석구 옮김 | 9 |
수록 작품 : 어둠의 심연, 진보의 전초기지, 『청춘과 다른 두 이야기』 작가 노트, 『나르시서스호의 검둥이』 서문
미국대학위원회 SAT 권장 도서
연세 필독 도서 200선

맥티그
프랭크 노리스 | 김욱동·홍정아 옮김 | 102 |

1900 **라이겐**
아르투어 슈니츨러 | 홍진호 옮김 | 14 |
수록 작품 : 라이겐, 아나톨, 구스틀 소위

1902 **꿈의 연극**
아우구스트 스트린드베리 | 홍재웅 옮김 | 130 |

1903 **문명소사**
이보가 | 백승도 옮김 | 68 |

1907 **어머니**
막심 고리키 | 정보라 옮김 | 123 |

1908 **무사시노 외**
구니키다 돗포 | 김영식 옮김 | 46 |
수록 작품 : 겐 노인, 무사시노, 잊을 수 없는 사람들, 쇠고기와 감자, 소년의 비애, 그림의 슬픔, 가마쿠라 부인, 비범한 범인, 운명론자, 정직자, 여난, 봄 새, 궁사, 대나무 쪽문, 거짓 없는 기록
국내 초역 다수

1909 **좁은 문 · 전원 교향곡**
앙드레 지드 | 이동렬 옮김 | 24 |
1947년 노벨 문학상 수상 작가

1911 **파도**
에두아르트 폰 카이절링 | 홍진호 옮김 | 124 |

1914 **플라테로와 나**
후안 라몬 히메네스 | 박채연 옮김 | 59 |
1956년 노벨 문학상 수상 작가

돈키호테 성찰
호세 오르테가 이 가세트 | 신정환 옮김 | 90 |

1915 **변신 · 선고 외**
프란츠 카프카 | 김태환 옮김 | 72 |
수록 작품 : 선고, 변신, 유형지에서, 신임 변호사, 시골 의사, 관람석에서, 낡은 책장, 법 앞에서, 자칼과 아랍인, 광산의 방문, 이웃 마을, 황제의 전갈, 가장의 근심, 열한 명의 아들, 형제 살해, 어떤 꿈, 학술원 보고, 최초의 고뇌, 단식술사
서울대 권장 도서 100선
연세 필독 도서 200선
미국대학위원회 SAT 권장 도서

한눈팔기
나쓰메 소세키 | 서은혜 옮김 | 110 |

1916 **청춘은 아름다워**
헤르만 헤세 | 홍성광 옮김 | 117 |
1946년 노벨 문학상 및 괴테 문학상 수상 작가

1919 **데미안**
헤르만 헤세 | 이영임 옮김 | 65 |
1946년 노벨 문학상 및 괴테 문학상 수상 작가

1920 **사랑에 빠진 여인들**
데이비드 허버트 로렌스 | 손영주 옮김 | 70 |

1924 **마의 산**
토마스 만 | 홍성광 옮김 | 1, 2 |
1929년 노벨 문학상 수상 작가
서울대 권장 도서 100선
연세 필독 도서 200선
「뉴욕타임스」 선정 '20세기 최고의 책 100선'
미국대학위원회 SAT 권장 도서

송사삼백수
주조모 엮음 | 김지현 옮김 | 62 |

1925 **소송**
프란츠 카프카 | 이재황 옮김 | 16 |

요양객
헤르만 헤세 | 김현진 옮김 | 20 |
수록 작품 : 방랑, 요양객, 뉘른베르크 여행
1946년 노벨 문학상 수상 작가
국내 초역 「뉘른베르크 여행」 수록

위대한 개츠비
프랜시스 스콧 피츠제럴드 | 김태우 옮김 | 47 |
미 대학생 선정 '20세기 100대 영문 소설' 1위
모던 라이브러리 선정 '20세기 100대 영문학' 중 2위
미국대학위원회 추천 '서양 고전 100
「르몽드」 선정 '20세기의 책 100선'
「타임」 선정 '20세기 100대 영문 소설'

아메리카의 비극
시어도어 드라이저 | 김욱동 옮김 | 106, 107 |

서푼짜리 오페라 · 남자는 남자다
베르톨트 브레히트 | 김길웅 옮김 | 54 |

1927

젊은 의사의 수기·모르핀
미하일 불가코프 | 이병훈 옮김 | 41 |
국내 초역

황야의 이리
헤르만 헤세 | 권혁준 옮김 | 104 |
1946년 노벨 문학상 수상 작가
1946년 괴테상 수상 작가

1928

체벤구르
안드레이 플라토노프 | 윤영순 옮김 | 57 |
국내 초역

마쿠나이마
마리우 지 안드라지 | 임호준 옮김 | 83 |
국내 초역

1929

첫 번째 주머니 속 이야기
카렐 차페크 | 김규진 옮김 | 87 |

베를린 알렉산더 광장
알프레트 되블린 | 권혁준 옮김 | 52 |

1930

식(蝕) 3부작
마오둔 | 심혜영 옮김 | 44 |
국내 초역

안전 통행증·사람들과 상황
보리스 파스테르나크 | 임혜영 옮김 | 79 |
원전 국내 초역

1934

브루노 슐츠 작품집
브루노 슐츠 | 정보라 옮김 | 61 |

1935

루쉰 소설 전집
루쉰 | 김시준 옮김 | 12 |
서울대 권장 도서 100선
연세 필독 도서 200선

물망초
요시야 노부코 | 정수윤 옮김 | 112

1936

로르카 시 선집
페데리코 가르시아 로르카 | 민용태 옮김 | 15 |
국내 초역 시 다수 수록

1937

재능
블라디미르 나보코프 | 박소연 옮김 | 84 |
국내 초역

그림의 이면
씨부라파 | 신근혜 옮김 | 122 |
국내 초역

1938

사형장으로의 초대
블라디미르 나보코프 | 박혜경 옮김 | 23 |
국내 초역

1942

이방인
알베르 카뮈 지음 | 김진하 옮김 | 105 |
1957년 노벨 문학상 수상 작가

1946

대통령 각하
미겔 앙헬 아스투리아스 | 송상기 옮김 | 50 |
1967년 노벨 문학상 수상 작가

1948

격정과 신비
르네 샤르 | 심재중 옮김 | 128 |
국내 초역

1949

1984년
조지 오웰 | 권진아 옮김 | 48 |
1999년 모던 라이브러리 선정 '20세기 100대 영문학'
2005년 「타임」 선정 '20세기 100대 영문 소설'
2009년 「뉴스위크」 선정 '역대 세계 최고의 명저' 2위

1953

엘뤼아르 시 선집
폴 엘뤼아르 | 조윤경 옮김 | 121 |
국내 초역 시 다수 수록

1954

이즈의 무희·천 마리 학·호수
가와바타 야스나리 | 신인섭 옮김 | 39 |
1952년 일본 예술원상 수상
1968년 노벨 문학상 수상 작가

1955

엿보는 자
알랭 로브그리예 | 최애영 옮김 | 45 |1955년 비평가상 수상

저주받은 안뜰 외
이보 안드리치 | 김지향 옮김 | 49 |
수록 작품 : 저주받은 안뜰, 몸통, 술잔, 물방앗간에서, 올루야크 마을, 삼사라 여인숙에서 일어난 우스운 이야기
세르비아어 원전 번역
1961년 노벨 문학상 수상 작가

1957

호모 파버
막스 프리쉬 | 정미경 옮김 | 113 |

점원
버나드 맬러머드 | 이동신 옮김 | 125 |

1962

이력서들
알렉산더 클루게 | 이호성 옮김 | 58 |

1964 **개인적인 체험**
오에 겐자부로 | 서은혜 옮김 | 22 |
1994년 노벨 문학상 수상 작가

아주 편안한 죽음
시몬 드 보부아르 | 강초롱 옮김 | 111 |

1967 **콜리마 이야기**
바를람 샬라모프 | 이종진 옮김 | 76 |
국내 초역

1968 **현란한 세상**
레이날도 아레나스 | 변선희 옮김 | 96 |
국내 초역

1970 **모스크바발 페투슈키행 열차**
베네딕트 예로페예프 | 박종소 옮김 | 36 |
국내 초역

1978 **노인**
유리 트리포노프 | 서선정 옮김 | 89 |
국내 초역

1979 **천사의 음부**
마누엘 푸익 | 송병선 옮김 | 8 |

1981 **커플들, 행인들**
보토 슈트라우스 | 정항균 옮김 | 7 |
국내 초역

1982 **시인의 죽음**
다이허우잉 | 임우경 옮김 | 6 |

1991 **폴란드 기병**
안토니오 무뇨스 몰리나 | 권미선 옮김
| 29, 30 |
국내 초역
1991년 플라네타상 수상
1992년 스페인 국민상 소설 부문 수상

1995 **갈라테아 2.2**
리처드 파워스 | 이동신 옮김 | 108 |
국내 초역

1996 **아메리카의 나치 문학**
로베르토 볼라뇨 | 김현균 옮김 | 17 |
국내 초역

1999 **이상한 물질**
테라지아 모라 | 최윤영 옮김 | 92 |
국내 초역

2001 **아우스터리츠**
W. G. 제발트 | 안미현 옮김 | 19 |
국내 초역
전미 비평가 협회상 브레멘상
「인디펜던트」 외국 소설상 수상
「LA타임스」 「뉴욕」 「엔터테인먼트 위클리」 선정
2001년 최고의 책

2002 **야쿠비얀 빌딩**
알라 알아스와니 | 김능우 옮김 | 43 |
국내 초역
바쉬라힐 아랍 소설상
프랑스 툴롱 축전 소설 대상
이탈리아 토리노 그린차네 카부르 번역 문학상
그리스 카바피스상

2003 **프랑스어의 실종**
아시아 제바르 | 장진영 옮김 | 95 |
국내 초역

2005 **우리 짜르의 사람들**
류드밀라 울리츠카야 | 박종소 옮김 | 69 |
국내 초역

2016 **망자들**
크리스티안 크라흐트 | 김태환 옮김 | 101 |
국내 초역